미국문학으로 읽는
미국의 문화와 사회

미국문학으로 읽는 **미국의 문화와 사회**

초판 1쇄 발행일 2016년 5월 15일
김성곤 외 지음

발행인 이성모
발행처 도서출판 동인 • 서울시 종로구 혜화로3길 5 118호
　　　　TEL 02-765-7145 / FAX 02-765-7165 / dongin60@chol.com
등 록 제1-1599호
I S B N 978-89-5506-713-2
정 가 26,000원

※ 잘못 만들어진 책은 바꿔 드립니다.

미국문학으로 읽는
미국의 문화와 사회

| 김성곤(서울대 명예교수) 외 지음 |

도서출판 동인

차례

한국의 영문학 연구와 교육: 그 문제점과 전망

김성곤

1. 외국문학자의 한계와 극복방안

한국 대학에서 영문학도와 영문학자가 당면하는 가장 근본적인 문제는, 우리가 외국인으로서 영문학을 전공했을 때 영미학자들과의 경쟁에서 과연 그들과 동등하거나 그들을 앞지를 수 있는가 하는 문제일 것이다. 최근 정년퇴임한 어느 원로 영문학자는, 돌이켜보면 자신이 전공을 잘못 선택한 것인지도 모르겠다는 생각이 든다고 고백해서 후배 학자들과 학생들의 마음을 심란하게 했다. 사실 외국인으로서 영문학을 전공하는 데 따르는 어쩔 수 없는 태생적 한계가 있다는 사실을 부인할 수는 없을 것이다. 우선 넘기 힘든 언어의 장벽이 있고, 다음으로는 문화적 이해의 부족이라는 문제가 있다. 그러므로 모국어로 된 문학, 태어나면서부터 몸과 마음에 젖어 있는 자기네 문화, 그리고 초중고 시절 이미 다 읽고 배운 작품들을 전공하는 영미 학자들과 벌이는 경쟁에서 외국인은 태생적으로 불리할 수밖에 없다. 그래서 국내 최고의 능력을 갖춘 학자라 할지라도 영미 학자들과의 경쟁에서는 필연적으로 불리하고 국제학계에서 자신의 역량만큼 인정받지 못하며, 학자로서 충분히 빛을 발하기도 어려운 것이 부인할 수 없는 사실이다.[1] 그 원로교수의 회한은 아마도 그런 맥락에서 이해할 수 있을 것이다.

사실, 영미대학의 영문과 교수들 중에는 외국인, 특히 아시아인은 영문학을 전공해서는 성공할 수 없다는 편견을 가진 사람들도 있다. 예컨대 얼마 전, 프린스턴대의 어느 영문학 교수는 영문학을 전공하고 싶다는 한국의 교환학생에게, "너는 영어가 유창하지 못해서 영문학을 할 수 없다"고 말해 상처를 주었으며, 뉴욕주립대에 있다가 다른 대학으로 옮겨간 또 다른 영문학 교수는 "외국학생들은 영미문화를 잘 모르기 때문에 시대적 배경에 대한 이해와 지식이 필수적인 영미문학 전문가가 되기는 어렵다"라고 말하기도 했다. 38년 전, 내가 미국에서 유학하던 시절에도 한 백인 학생이 수업 발표 도중에, 북미나 유럽처럼 기독교 국가가 아닌 지역에서 온 사람은 존 밀턴John Milton의 『실락원Paradise Lost』을 제대로 이해할 수 없고, 미시시피 강을 모르는 중국학생은 『허클베리 핀의 모험Adventures of Huckleberry Finn』을 제대로 이해할 수 없을 것이라고 심각하게 말한 적이 있었다. 중국인은 아니었지만 비슷하게 생긴 필자에게 모종의 시선이 집중되는 것 같아서, 그 학생에게 "한국인들 중에도 성서를 읽으며 눈물을 흘리는 사람들이 많고, 기독교도가 아니어도 얼마든지 『실락원』을 읽고 감동받을 수 있으며, 한국의 어린아이들도 『허클베리 핀의 모험』과 유사한 『15소년 표류기』를 읽고 무인도로 탐험을 떠난 적이 있다"고 반박해 주었다(무인도로 간 어린이들 실종사건은 그 당시 한국 신문의 헤드라인을 장식하고 있었다). 담당교수였던 비평가 레슬리 피들러Leslie A. Fiedler도 그것은 대단히 잘못된 생각이라며 그 학생의 잘못을 바로 잡아주었지만, 사실 그러한 편견을 가진 사람들은 언제 어디서나 존재하고 있을 것이라는 생각이 들었다. 당시 또 어떤 미국인 영문학 교수는 필자가 포스트모더니즘을 공부하고 있다고 하자, 참으로 어려운 분야를 선택했다고 걱정하면서 미국학생들보다 뛰어나려면 현대 미국문학보다는 미국학생들이 잘 모르고 또 잘 선택하지 않는 청교도시대 문학을 전공하는 것이 유리하지 않겠느냐는 우정 어린 충고를 해주기도 했다. 유감스러운 것은, 한국교포들 중에도 그런 생각을 가진 사람들이 있다는 사실이다. 2012년 가을에 내가 조지 워싱턴대학교에 갔을 때, 한국교포 한 사람이 나에게 다가와서 서울대학교에서 무엇을 가르치느냐고 묻기에 미국문학을 가르친다고 했더니 깜짝 놀라면서, "한국학생들이 도대체 어떻게 『허클베리 핀의 모험』 같은 미국문학을 이해할 수 있겠느냐"고 물어서 나를 당황하게 했다.

한국의 영문학자들은 현지에서뿐 아니라 국내에서도 여러 가지 부당한 편견에 부딪치게 된다. 예컨대 국문학자는 무엇을 써도 당당하게 독창적인 이론가로 또 그 분야 세계 최고의 석학이라고 불리지만, 영문학자는 아무리 창의적인 해석방법을 제시하고 또 새로운 시각의 논문을 발표해도, 여전히 외국문학의 소개자 겸 해외이론의 수입상으로 밖에 인정받지 못한다.[2] 이는 평생을 영문학 연구에 헌신하고 은퇴하는 영문학자가 탄식할 수밖에 없는 부당하고 한심한 현상이 아닐 수 없다. 심지어는 같은 영문학자들조차도 무의식적으로 그러한 편견에 편승하게 된다. 나 역시 강연을 하러 단상에 올라갈 때마다 사회자의 소개에서 그러한 서글픈 현상을 본다. —"오늘 이 자리에는 포스트모더니즘과 에드워드 사이드의 오리엔탈리즘을 국내에 처음 '소개'하신 분이 나오셨습니다." 45년 동안이나 그것들을 연구해왔고 우리의 상황에 맞게 원용하는 학문적 작업을 해왔음에도 불구하고 서글프게도 영문학자는 여전히 외국이론의 '소개자'로서 제시될 뿐이다. 더구나 외국문학자를 마치 자신의 이론이 없는, 외국 사조의 '수입상'처럼 생각하는 사람을 만날 때마다, 영문학자들은 힘이 빠지고 자신의 전공에 회의를 느끼게 된다. 다른 분야를 전공했더라면 세계적인 석학이 되었을 인재들이 단지 외국문학을 전공했다는 이유만으로 그런 반열에 오르지 못하고 서구의 모방이나 하는 삼류학자처럼 취급받는 것이 너무도 부당하기 때문이다. 사실 영문학을 공부하다가 어려워 다른 분야로 전공을 바꾼 사람들이 많은데도, 참고 견디며 온갖 어려움을 극복하고 박사학위를 취득해 영문학자가 되었는데, 그런 식의 대접을 받는 것은 참으로 맥이 빠지는 일이 아닐 수 없다.

그러나 외국문학자들이 국가를 위해 꼭 필요한 외국문화의 전문가들일 뿐만 아니라, 비교문학적 시각을 통해 자국문학의 수준을 현저하게 높이는 역할을 하는 중요한 사람들이라는 데에는 의심의 여지가 없다. 더욱이 요즘에는 시대가 변해서, 자신의 영어능력과 학자적 역량에 따라 외국문학자도 얼마든지 해외저널에 글을 실을 수 있게 되었고 자신의 독창적 이론도 펼칠 수 있게 되었다. 유럽중심 백인문명이 지배문화였던 예전에는 외국 이름을 가진 사람은 아예 영미 유명학술지에 글을 발표하기도 어려웠다. 그러나 다문화주의, 민족연구, 소수인종연구, 문화연구, 포스트식민주의의 영향으로 지금은 오히려 소수인종 학자나 작가들의 시각이 경우에 따라 더 존중되고 부상하는 시대가 되었다. 실례로 에드워드 사이드 Edward Said를 이어서 컬럼비아대학의 석좌교수가 된 가야트리 스피박 Gayatri C. Spivak이나, 위스컨신대학의 이허브 하산Ihab Hassan, 하버드의 호미 바바Homi K. Bhabha, 캘리포니아대 어바인의 응구기 와 시옹오Ngugi wa Thiongo, 그리고 나이지리아 출신 노벨상 수상작가 월 소잉카Wole Soyinka는 모두 미국에서 활동하고 있는 외국출신 학자나 작가들이다. 또 인도의

라니짓 구하Ranajit Guha는 '섭 알턴 스터디스subaltern studies'의 창시자로서 오늘날 영문학이론에 중요한 공헌을 하고 있다.

그래서 요즘은 외국문학자라는 이유만으로 좌절할 필요는 전혀 없게 되었다. 예컨대 외국인 영문학자는 아웃사이더의 독특한 시각으로 오히려 영미인 학자가 보지 못하는 독창적이고도 참신한 해석을 제공해줄 수도 있기 때문이다. 예컨대 아시아계 미국문학의 경우, 미국인 학자나 교포학자가 보는 시각과는 또 다른 시각을 한국의 미국문학자가 제시할 수도 있으며, 또 미국인 작가의 작품이라고 할지라도 미국인이 보지 못하는 측면이나 시각을 한국의 영문학자가 주창할 수도 있다.

그래서 중요한 것은, 기존에 나와 있는 서구식 해석의 반복이나 모방이 아니라 우리 시각으로 바라보고 해석하는 독창적인 이론을 만들어내며, 새롭고 참신한 논문과 저서를 써서 부지런히 해외저널에 발표하고 국제학계에 알리는 것이다. 더 나아가 한국의 영문학자들이 모여서 영문학을 새롭게 접근하고 해석하는 '서울학파The Seoul Critics'같은 것이 생겨나면, 세계 영문학계의 주목과 존중도 받을 수 있을 것이다. 그렇게 되면 우리의 독특한 해석과 접근법에 영미학계가 관심을 보일 것이고, 따라서 외국문학자라고 해서 부당한 대접을 받거나 낙담할 필요도 없게 될 것이다.

식민지시대나 해방 직후에는 시대적인 상황으로 인해 국내의 영문학자들이 영미문학과 문화를 '소개'해야만 하는 위치에 있었던 시절도 있었다. 그러나 지금은 시대가 달라져서, 이제는 더 이상 영미문학이나 사조를 소개만 하는 국내학자들은 없다고 해도 과언이 아닐 것이다. 즉 외국인이기 때문에 우리는 어떤 식으로든지 — 때로는 무의식적으로 — 아웃사이더의 시각으로 영미문학과 현대문학이론을 바라보고 해석하며, 우리의 관점이 들어간 논문을 쓰고 있다는 것이다. 예컨대 포스트모더니즘이나 포스트식민주의 또는 페미니즘이나 문화연구는 우리의 상황과도 자연스럽게 연결되는 문예사조다. 그런데 우리의 삶과 사회와도 밀접한 관계를 맺고 있는 그런 사조들을 어떻게 단순히 외국 것으로만 치부해 버릴 수가 있으며, 우리와는 전혀 무관한 것처럼 글을 쓸 수 있겠는가? 물론 일차적으로는 외국문학자로서 영문학을 연구하게 되겠지만, 그 다음 단계로는 자연스럽게 외국문학을 우리 시각으로 바라보고 우리 것과 비교하는 비교문학자적 작업을 하게 된다는 것이다.

물론 우리가 아직도 해외의 연구결과를 답습만 하고 있다면 지금이라도 연구방향을 돌려서 우리의 시각으로 영미문학을 바라보고 해석하는 접근을 시도해야만 할 것이다. 그러면 외국문학자라고 해서 독창적이지 못할 것이라는 오해와 편견을 불식시킬 수 있을 것이며, 더 나아가 국제학계에서도 합당한 주목을 받게 될 것이다. 그 때 비로소 한국의 영문학자들은 외국문학자로서의 보람을 느끼게 될 것이다. 그와 같은 것은 비단 영문과 교수뿐 아니라 영문학을 전공하는 우리나라의 학생들에게도 마찬가지로 적용된다. 그런 의미에서, 영문학 교수들은 영문학을 전공하는 학생들—특히 대학원생들—을 격려해주며 그들이 나아가야 할 연구방향을 제시해주어야지, 절망하거나 좌절하게 해서는 안 될 것이다.

2. 영문과의 교과과정 개편과 교수방법의 변화

한국 대학 영문과가 당면하고 있는 두 번째 문제는 교과과정과 교수방법의 문제일 것이다. 예전과 달리, 지금은 영어를 잘해서 혹은 문학이 좋아서 영문과에 들어오는 학생들은 거의 없다고 해도 과언이 아니다. 여학생들은 그저 수능성적이 좋아서, 그리고 남학생들은 법대나 경영대에 가려다가 여의치 않아 오는 경우가 많기 때문이다.[3] 그렇기 때문에 이제는 더 이상 학부에서 어려운 수준의 영문학 전공과목을 설강하는 것이 바람직하지 않게 되었다. 학부의 교육목적은 전문 영문학자의 양성이 아니라, 영문학 공부를 통한 타문화의 이해와 교양의 증진, 그리고 심도 있는 인문학적 사고방식의 함양에 있기 때문이다. 그러므로 문학이나 어학 전공은 대학원에 들어가서 하도록 하고, 학부에서는 문학입문과목이나 어학입문과목 같은 교양과 인격함양을 증진시키는 과목들을 설강하는 것이 바람직할 것이다. 예컨대 미국 펜실베이니아주립대에서 내가 담당했던 영문학/비교문학 코어과목 중 하나는 [문학에 나타난 인종, 젠더, 정체성 Race, Gender, Identity in Literature]인데, 학부학생들은 졸업을 위한 이 필수과목을 수강하면서 문학작품을 통해 인종적 편견, 성적 편견, 정체성 문제 등을 성찰하고 세계인으로서 필요한 교양과 인성을 쌓게 된다. 한국 영문과에서도 막연한 문학 강좌가 아니라, 인격수양에 유익한 그런 류의 구체적인 주제의 문학과목들을 개발하고 설강하면 좋을 것이다. 그런데 유감스럽게도 한국 대학 영문과의 코어과목을 보면 그런 교양적 성격의 과목보다는 영문학의 정수를 가르치는 핵심전공 성격의 과목이 대부분이다.

다음으로 영문과에서는 학생들에게 국제적 안목과 시야를 제공해주는 과목들, 그리고 국제사회에서 '세계의 시민global citizen'으로 사는 데 필요한 영어실력을 증진시킬 수 있는 실용적인 과목들을 설강해 가르치는 것이 바람직할 것이다. 예컨대 영미문화연구, 미국 대중문화연구, 영작문, 영어회화, 영어원서강독, 시사영어 등이 바로 그런 과목들일 것이다. 문학이 싫은 학생들에게 영문학 공부만을 강요할 수는 없으며, 사회에 나가서 활용할 수 있는 영어능력의 배양과 영미문화에 대한 전문성의 함양도 중요하기 때문이다. 그런데 현재 국내 대학교육의 현실은 인성교육도 어설프고 전공교육도 제대로 안 되어 미숙하고 설익은 졸업생들을 사회로 배출하고 있으며, 그 결과는 곧 우리 사회의 낮은 수준과 민도로 나타나고 있다.

또 한 가지 문제는, 우리가 과연 학생들이 영문학에 관심을 가질 수 있도록 재미있게 가르치고 있는가 하는 점이다. 학부에서도 마찬가지지만, 대학원에서도 학생들에게 문학을 재미있게 가르쳐야지, 괜히 난해하고 힘들게 만들어서 문학이라면 진저리치게 만드는 것은 결코 바람직한 일이 아니다. 물론 학생들에게 엄격한 학문적 훈련을 시키는 것은 필요하다. 그러나 문학은 원래 재미있게 배울 수 있는 분야이다. 문학에는 진한 감동이 있고, 커다란 깨달음이 있으며, 재미있게 읽을 수 있는 스토리도 있다. 또 문학은 현실과는 별개의 지고하고 순수한 예술이 아니라, 우리 모두의 삶의 이야기이며, 우리 문화와 사회, 그리고 우리의 정치와 역사와도 긴밀한 관련을 맺고 있다. 그런데 우리는 학생들에게 문학을 어렵게만 가르쳐, 학생들로 하여금 좌절하거나 스트레스성 학습장애를 겪게 만드는 경우가 많은데, 이는 후학양성과 독려에 치명적인 해악을 끼치고 있는 셈이다.[4] 좋은 스승이란 자신이 이렇게 발견한 지름길을 제자들에게는 제대로 명료하게 가르쳐주는 사람이다. 그러나 자기도 길을 잘 모르는 스승은 제자들과 함께 우왕좌왕 길을 찾아 헤매거나, 잘못된 길로 학생들을 데려가기 마련이다. 그러므로 좋은 스승을 만난 사람은 그렇지 못한 사람보다 고생을 덜 하고 훨씬 더 빨리 목표에 도달할 수 있게 된다. 학생들에게 문학은 아무나 하는 것이 아닌, 난해한 것이라는 식의 겁을 주어 좌절시키거나 전공을 바꾸게 하거나 학업을 중단하게 하는 교수는 결코 좋은 스승이라고 할 수 없을 것이다.

학생들의 관심사에 부응하면서도 유익한 강좌의 한 구체적인 예는 서울대학교 영문과에서 설강하고 있는 [영미대중소설 읽기]와 [영미문화읽기]이다. 서울대학교 영문과는 오랫동안 [영미단편소설강독]과 [영산문강독]을 교양과목으로 제공했는데, 영문과 소속이 아닌 학생들은 영미단편소설이나 영산문에 별 관심이 없어서 그동안 선호도가 낮았다. 그래서 2000년대 초, 그 두 과목을 [영미대중소설 읽기]와 [영미문화읽기]로 강의

명칭을 바꾸었는데, 이후 학생들의 호응이 대단히 좋아서 교양과목의 성공사례로 꼽히고 있다. 단순한 영미 단편이나 산문 대신 학생들의 관심사인 '(영미)대중소설'과 '(영미)문화'로, 그리고 강독이라는 용어를 젊은 세대에게 친숙한 '읽기'로 바꾼 것이 주효한 것이다.

그리고 담당교수들의 연령이 젊어지면서 강의 내용도 본질적으로 바뀌었다. 즉 단순한 영문교재를 강의실에서 우리말로 번역해주던 과거와는 달리, 이제는 학생들의 토론과 발표, 그리고 파워포인트나 영화 같은 전자/영상매체의 활용으로 수업이 훨씬 더 재미있어진 것이다. 만일 교수가 강의실에 들어와서 예전처럼 작품번역만 해주거나 학생들에게 번역을 시키는 것이 수업내용이라면, 요즘 학생들은 즉시 그 강의를 취소하거나 인터넷에 올려 신랄하게 비방할 것이다. 그래서 요즘은 컴퓨터에 능하지 못한 교수나, 대중문화나 영화를 잘 모르는 교수는 수업 운용에 어려움이 많게 되었다.

서울대학교에서 내가 담당했던 [영미대중 소설 읽기]를 사례로 들어보면, 우선 다양한 학과에서 온 60명의 학생들이 수강했으며, 그 중에는 외국학생들과 교포학생들도 상당수 있었다. 교재는 묶어서 책자packet로 만들었으며, 각 문학작품 외에 참고자료reference로 영화 텍스트film texts를 사용했는데 대단히 효과적이었다. 왜냐하면 영화는 당대 영미인들의 꿈과 두려움, 그리고 문화와 사고방식을 잘 반영해주고 있는 훌륭한 문화텍스트이기 때문이다.[5] 요즘은 순수소설과 대중소설의 경계가 소멸되어서 명확한 선을 긋기가 어려워졌다. 따라서 '대중소설'이라 함은 '당대의 문화를 잘 반영하고 있는 대중적인 인기를 누리는 소설'로 그 의미를 확대했으며, 저급한 통속소설은 제외했다.[6]

개강 초기에는 우선 '미국이란 무엇인가?What is America?'라는 제목으로 왜 청년문화/대중문화가 미국의 주류문화가 되었는가를 건국초기 미국역사와 끄레브꾀르St. Jean de Crevecoeur의 「미국인은 누구인가?What Is an American?」와 「미국농부의 편지Letters from an American Farmer」 그리고 로런스D. H. Lawrence 의 『미국 고전문학 연구Studies in Classic American Literature』와 연관해서 읽고 설명했다. 이때 영화텍스트로는 미국의 문제점들을 은유적으로 잘 보여주 는 "터미널The Terminal"을 이용했으며, 존 윈스롭John Winthrop의 「기독교 사 랑의 모델A Model of Christian Charity」에서 '언덕 위의 도시A City upon a Hill' 부 분을 발췌해서 읽고 토론했다. 다음으로는 '문화민주주의와 대중문화Cultural Democracy & Pop Culture'와 '미국문화의 이해Understanding American Culture'에 대 한 파워포인트 강의자료PPT presentation를 통해 미국 대중문화에 대한 다양 한 시각을 학생들과 더불어 탐색했다.7 이때 평론가 피들러가 출연해 미국 대중문화의 본질을 설명하는 DVD "미국의 발명The Invention of America"(덴마 크 국영TV 제작)은 대단히 유용한 참고교재가 되었다.

미국의 대중문화에 대한 소개Introduction가 끝나고, 본격적인 텍스트 읽기에 들어가면서부터는 다음과 같이 주제별 논의를 시작했다.

(1) SF/Genetic Engineering/Mutants/Science & Technology
(2) Ironies of Life
(3) Initiation: Pride and Prejudice
(4) Horror Fiction and Fantasy Literature
(5) The American Dream and American Nightmares

(1) "SF/Genetic Engineering/Mutants/Science & Technology"에서는 테크 놀로지를 다룬 과학소설들을 읽어 나가면서, 과학기술의 문제점이 어떻 게 대중문학작품과 영화에 나타나 있는가를 고찰하고 논의했다. 먼저 아 이작 아시모프Isaac Asimov의 『바이센테니얼맨The Bicentennial Man』을 읽고

동명의 영화(영화 제목에는 The가 없음)에서 선별한 장면들을 보면서 두 장르를 비교 논의했다. 이 작품은 미래사회의 가정용 로봇이 감정과 지성을 갖게 되어 점차 인간이 되어가는 과정을 그린 것으로서, 인간다운 기계와, 비인간적인 기계 같은 인간 중 과연 누가 더 나은가 하는 문제를 성찰하게 해주었으며, 동시에 아시모프가 미국의 건국 200주년Bicentennial을 기념해 쓴 소설이기 때문에 '미국이란 무엇인가?'라는 문제와도 연관해서 토론했다.

이 작품은 또한 사찰에서 마당을 청소하며 날마다 경 외우는 소리를 듣던 로봇이 어느 날 도를 깨우쳐 보살이 되어 승려들에게 설법을 한다는 내용의 한국소설 『레디메이드 보살』(제1회 동아사이언스 SF 대상)과도 좋은 비교가 되었다. 그리고 『바이센테니얼맨』을 읽으면서 기계와 인간의 조화를 긍정적으로 보는 사조인 트랜스휴머니즘Transhumanism도 살펴보았으며, 그 과정에서 영화 "터미네이터 IITerminator II"와 "터미네이터: 구원 Terminator: Salvation"의 몇 장면(예컨대 인간을 충실하게 보호하며 인간을 위해 자살까지 하는 사이보그, 그리고 인간을 위해 자신의 심장을 기증하고 자신은 죽어가는 기계인간의 모습)을 보았는데 아주 효과적이었다.

이어서 유전자조작의 문제점을 다룬 마이클 크라이튼Michael Chrichton의 소설 『넥스트NEXT』의 일부를 읽었으며, 관련 영화텍스트로는 돌연변이들을 인종적 편견이라는 측면에서 다룬 "엑스맨X-Men," 전사한 병사를 되살려 인간병기로 만드는 "유니버설 솔저Universal Soldier," 그리고 인간복제의 문제점을 제기한 "여섯 번째 날The Sixth Day"의 몇 장면들을 본 다음, 과학기술이 초래할 수도 있는 장점과 단점에 대해 토론했다. 그리고 커트 보네것Kurt Vonnegut, Jr.의 「해리슨 버저론Harrison Bergeron」을 읽으면서는 소위 유토피아적 평등사회가 어떻게 필연적으로 디스토피아 통제사회로 변질되어 가는지를 성찰했는데, 이때 "이퀼리브리움Equilibrium," "V 포 벤

데타V for Vendetta," "울트라바이올렛Ultraviolet" 같은 영화 텍스트와 "돌 하우스Dollhouse"같은 텔레비전 드라마를 활용했다.

(2) "Ironies of Life"에서는 '삶의 아이러니'라는 주제를 놓고 오 헨리O. Henry의 단편소설들을 읽었다. 「재물의 신과 사랑의 신Mammon and the Archer」에서는 '돈과 사랑의 대립'이라는 주제를 '기계와 목가적 꿈의 대립과 조화'라는 주제로 확대해 그 두 극단 사이를 오가는 미국문학과 문화의 특성을 토론했다. 그 과정에서 리오 마르크스Leo Marx의 '정원 속의 기계 The Machine in the Garden' 개념을 논의했고, 관련 영화텍스트로는 탐 크루스 Tom Cruise와 더스틴 호프만Dustin Hoffman이 각각 기계와 목가적 꿈을 상징하는 인물로 등장하는 "레인 맨Rain Man"을 사용했다. 오 헨리의 또 다른 단편 「마녀의 빵Witches' Loaves」에서는 법정스님의 유언과 그가 절판시키려 했던 저서 중 하나인 『무소유』의 경우를 연결시켜 좋은 의도가 나쁜 결과를 가져올 수도 있다는 교훈에 대해 논의했다. 이어 「바쁜 브로커의 로맨스The Romance of a Busy Broker」에서는 인간을 기계처럼 만드는 도시생활의 문제점을 찰리 채플린Charlie Chaplin의 영화 "모던 타임스Modern Times"와 연결시켜 공부했으며, 「펜들럼The Pendulum」에서는 역시 시계추처럼 체제에 순응하며 살아가는 현대 도시인의 삶과 '오랜 습관은 쉽게 없어지지 않는다Old Habits Die Hard'라는 속담처럼 오랜 습관을 떨쳐버리지 못하고 다시 일상으로 돌아가는 소시민의 생활에 대해 고찰히면서 삶의 여러 상태들을 성찰했다. 그리고 「붉은 추장의 몸값The Ransom of Red Chief」을 읽으면서는 미국 동부와 서부의 특성과 정신을 연구했으며, 미국 동부와 서부의 혼을 잘 드러내주고 있는 "흐르는 강물처럼A River Runs Through It"이라는 영화텍스트를 보조 교재로 사용했다.

(3) "Initiation: Pride and Prejudice"에서는 인간의 정치적 이념과 편견의 문제를 다루었다. 우선 리처드 코넬Richard Connell의 「가장 위험한 사냥감The Most Dangerous Game」에서 학생들은 타자의 입장에 서보는 것, 남을 배려하는 것, 약육강식의 세상에서 인간성을 유지하는 것, 그리고 인종적 편견에 대한 활발한 토론을 벌였다. 그러한 토론은 곧 다원주의와 제국주의에 대한 논의로 확대되었다. 서머싯 몸William Somerset Maugham의 「만물박사Mr. Know-All」로부터는 진정한 용기란 무엇이며, 누가 진정한 신사인가, 그리고 타자에 대한 편견이나 인종적 편견이 사실 얼마나 근거 없는 것인가를 토론했다. 관련 자료로는 필립 로스Philip Roth의 "휴먼 스테인The Human Stain"의 영화텍스트를 사용해 '정치적 올바름Political Correctness'도 다루었는데, 학생들은 "휴먼 스테인"이라는 영화를 아주 좋아했고 감동 깊게 보았다. 학생들은 또한 댄 브라운Dan Brown의 『다빈치 코드The Da Vinci Code』와 『천사와 악마Angels and Demons』를 아주 좋아했는데, 그 두 소설을 읽으면서 학생들은 팩션의 특성, 역사 다시보기, 경직된 종교적 신념의 무서움, 독선Self-righteousness의 해악, 이분법적 사고방식의 문제, 그리고 바티칸과 프리메이슨의 대립 등을 논의했는데, 위 두 작품은 이미 영화텍스트가 DVD로 나와 있어서 그것도 활용했다. 프레드릭 포사이트 Frederick Forsyth의 『어벤저Avenger』를 읽으면서는 테러리즘, 반미주의, 그리고 대의Grand Cause와 작은 선함Lesser Good 같은 문제를 점검했는데, 동시에 민족주의와 반미주의에 대해서도 다각도의 토론이 있었다.

(4) "Horror Fiction and Fantasy Literature"에서는 공포소설과 판타지가 어떻게 현실비판과 사회비판 기능을 훌륭하게 수행하고 있는가를 공부했다. 예컨대 스티븐 킹Stephen King이 「그들은 가끔 다시 돌아온다Sometimes They Come Back」를 통해 한 편의 공포소설을 어떻게 강력한 정치비판/사

회비판으로 바꾸어놓고 있는가를 이야기해주면서, 학생들 스스로 그 작품에서 정치적 은유를 찾아보도록 했다. 학생들은 연구보고서를 통해 결국, 이 작품이 1950년대 대통령 선거 때 있었던 민주당 후보 애들라이 스티븐스Adlai E. Stevenson와 공화당 후보 드와잇 아이젠하워Dwight D. Eisenhower의 대결, 미국인들의 잘못된 선택, 그리고 그 필연적인 귀결인 워터게이트 사건을 한 편의 호러 소설을 통해 은유적으로 비판하고 있다는 것을 찾아내고 자신들의 발견에 크게 기뻐했다. 한편 브램 스토커Bram Stoker의 『드라큘라Dracula』는 정통과 이단, 흡혈과 착취, 문명과 야만, 성적 억압, 사라져가는 귀족계급과 신흥 중간계급, 봉건주의와 자본주의의 대립을 다각도로 고찰할 수 있는 텍스트였다. 관련 영화텍스트로는 "트와일라잇Twilight," 텔레비전 드라마로는 "문라잇Moonlight"을 사용해, 오늘날 미국의 가정문제, 현대인의 고립과 고독, 그리고 서로 다른 종족 긴의 사랑과 교감과 의리 등을 논의했다.

판타지는 특히 학생들의 많은 인기를 끌었는데, 유명 판타지 소설을 읽으며 학생들은 판타지란 궁극적으로 동전의 양면처럼 현실과 불가분의 관계를 맺고 있으며, 마치 거울처럼 현실을 비추어보고 비판하는 역할을 한다는 것을 깨닫게 되었다. 예컨대 저자 루이스C. S. Lewis는 부인하고 있지만, 『사자와 마녀와 옷장The Lion, the Witch, and the Wardrobe』은 여전히 2차 세계대전과 히틀러에 대한 은유적 비판으로 읽을 수 있고, 필립 풀먼 Philip Pullman의 『황금 나침반The Golden Compass』 역시 영생수무의본을 통해 또 다른 세계와의 교류, 종교의 독선, 영혼의 소중함, 타자를 위한 희생 등 요즘 우리가 당면하고 있는 절실한 문제들을 비판적으로 성찰하고 있다는 것을 배우게 되었다. 롤링J. K. Rowling의 『해리포터와 아즈카반의 죄수Harry Potter and the Prisoner of Azkaban』를 통해서는 변신 모티프를 중심으로, 인간의 편견이 초래하는 문제들, 그리고 겉만 보고 사물을 판단하는 것의 오류에 대해 배우고 토론했다.

(5) "The American Dream and American Nightmares"에서는 대중소설에 나타난 미국의 꿈과 미국의 악몽을 탐색했다. 로버트 스콜스Robert Scholes의 지적대로, 미국은 원래 '건국의 아버지들Founding Fathers'의 꿈에 의해 세워진 나라였다. 그러나 꿈은 악몽이 되기 쉽고 부서지기 쉬워서 꿈에 의해 세워진 나라는 자칫 허상의 나라로 전락할 수도 있기 때문에, 그런 맥락에서 미국의 꿈과 악몽을 성찰했다.[8] 이 세상을 거대한 정신병원으로 본 켄 키지Ken Kesey의 『뻐꾸기 둥지를 날아간 새One Flew Over the Cuckoo's Nest』를 통해서는 인간을 통제하고 억압하는 조직과 거기에 저항하는 것의 중요성을 조지 오웰George Orwell의 『1984』와 올더스 헉슬리 Aldous Huxley의 『멋진 신세계Brave New World』를 참고자료로 해서 토론했더니 대단히 효과적이었다. 아카데미상을 수상한 영화텍스트 "뻐꾸기 둥지를 날아간 새"도 학생들의 흥미를 유발시키는 데 아주 좋은 작품이었다.

하퍼 리Harper Lee의 『앵무새 죽이기To Kill A Mockingbird』를 통해서는 타자(타인종/빈자/비정상인 등)에 대한 편견 문제를 집중적으로 토론했다. 학생들은 흑백영화였지만 그레고리 펙Gregory Peck이 애티커스 핀치 역을 맡은 동명의 영화텍스트도 대단히 감동적으로 보고 각자 의견들을 제시하고 토론했다. 이때 학생들은 미국의 꿈과 악몽을 문화인류학적으로 접근한 피들러의 『미국소설에 나타난 사랑과 죽음Love and Death in the American Novel』 같은 비평서와 「헉 핀이여, 다시 뗏목으로 돌아와 다오!Come Back to the Raft Ag'in, Huck Honey!」 같은 평론에 비추어 위에 언급한 문학작품들을 분석했다.

[영미대중소설 읽기]는 매 작품마다 3-4명의 학생들이 팀을 짜서 발표

했는데, 그들이 준비해온 PPT의 내용이 다양해서 유익하고도 재미있었으며, 그 결과물은 서울대 홈페이지의 My eTL에 올려 모두가 공유하도록 했다. 그냥 작품을 읽고 발표하라고 하면 학생들은 언제나 작가소개에 너무 많은 시간을 할애하는 경향이 있어, 작가소개보다는 작품분석과 주제 자체에 대한 집중적이고 다양한 접근을 하라고 지시하는 것이 필요했다.

한국 대학 영문과들은 원래 영미대학의 커리큘럼을 그대로 들여왔는데, 영국이나 미국의 영문과는 우리로 말하면 국문과여서 외국어학과인 우리나라 영문과와는 현실적으로 많이 다를 수밖에 없다. 예컨대 미국 영문과의 경우는 자기네 언어여서 그런지, 영어능력 검증이 없지만, 미국 대학의 외국어학과는 해당 외국어(예컨대 스페인어, 프랑스어, 독일어, 이탈리아어, 중국어, 일본어 등)에 대한 상당한 실력이 없으면 아예 졸업을 하지 못하도록 되어 있다. 필수적으로 수강해서 학점을 따야만 하는 주요 강의들이 사전조건prerequisite으로 해당 외국어의 공인시험 점수proficiency test score나, 해당 외국어의 고급 코스를 마쳤다는 증명서certificate를 요구하기 때문이다. 그러나 국내 대학의 영문과에는 학생들의 영어능력을 검증하는 장치가 전혀 없어서 영어를 못하더라도 얼마든지 입학하고 졸업할 수 있도록 되어 있다. 그러나 영문과를 졸업하려면 TEPS나 TOEFL 같은 공인인증 영어시험 점수를 제출하거나, 그것을 대체할 수 있는 해당 수준의 영어강의를 수강하도록 해야만 할 것이다.

영미 대학의 영문과와 한국 대학의 영문과가 달라야 하는 또 한 가지는, 전자가 문학텍스트의 분석 자체에 비중을 둔다면, 비영어권 국가의 영문과인 후자는 영미문학 텍스트 연구와 더불어 영미문화의 이해에도 큰 비중을 두어야만 한다는 것이다. 예컨대 영미 대학의 불문과나 독문과 또는 서문과나 노문과는 해당 국가의 문학텍스트와 문화텍스트를 통해 그 나라의 문화를 이해하는 데 중점을 두고 있다.

내가 서울대학교에서 담당했던 [영미문화의 이해는 바로 문학텍스트와 문화텍스트를 접목시켜, 영미문화에 대한 이해를 증진시키기 위한 강좌였다. 이 강좌에서는 특히 영미문화를 주제와 사조별로 나누어, 각각 거기에 해당되는 문학작품과 영화텍스트를 읽고 분석함으로써 영문화권 국가들을 보다 더 심도 있게 이해하는 것을 강의 목표로 정했다. 이 과목에 대한 학생들의 호응도는 대단히 좋았는데, 그 이유는 아마도 학생들이 좋아하는 문화텍스트－예컨대 장르소설, 영화, 텔레비전 드라마, 팝송, 컴퓨터 게임 등을 부교재로 사용했기 때문이었으리라고 사료된다.

3. 대학에서의 영어강의 문제

요즘 많은 대학들이 대학평가를 대비해서, 그리고 국제랭킹을 올리기 위해서 또는 급증하는 외국유학생들을 위해서 영어강의를 늘리고 있다. 영어강의가 많아지는 것은 한국 대학의 국제화를 위해서 분명 바람직한 일이다. 그러나 그에 따른 문제 또한 심각한 것으로 알려져 있다.[9]

우선 영어로 강의를 하는 경우, 필연적으로 강의의 질이 많이 떨어진다는 점이다. 교수가 원어민이 아닌 경우에는 자기가 아는 지식을 100퍼센트 전달하기 어렵고, 학생들 또한 청취력이 떨어질 경우나 교수의 영어가 유창하지 못할 때는 100퍼센트 알아들을 수가 없기 때문이다. 더욱이 질문이나 답변이나 토론이 영어로 진행될 경우에는 한국어로 진행하는 것과는 비교가 안 되게 수준이 낮아지고 내용이 부실해질 수 있다. 그래서 원어민 수준의 영어구사가 가능하지 않는 교수나, 영미대학에서 영어로 강의해본 적이 없는 교수는 국내 대학의 영어강의를 담당하기에 별로 적합하지 않다. 자칫 영어가 약한 교수는 학생들의 신망과 존경을 잃을 수도 있고, 단지 좋은 학점을 바라고(서울대의 경우 영어강좌는 상대평가의 제약을 받지 않음) 과목을 이수하겠다고 등록한, 영어가 짧은 학생들은 답답하고 불행한 한 학기를 보내게 될 것이기 때문이다. 그래서 영어강의는 원어민 교수를 많이 뽑아서 되도록 그들에게 맡기고, 한국인 교수들은 한국어로 강의하도록 하는 것이 최선의 방법일 것이다.

영어로 강의를 한다고 자랑스럽게 말하면서 미리 프린트 아웃해온 영문원고를 읽는 교수도 있고, 원어민 학생의 질문을 이해하지 못해 답을 못 해주는 교수도 있으며, 영어가 짧아 영어토론에는 아예 참여하지 못하는 교수도 있다. 그러나 영어강의를 하려면, 적어도 한 시간이나 두 시간 정도는 원고가 없어도 유창하게 영어로 말할 수 있어야만 하고, 추상적 내용을 학문적 영어로 전달할 줄도 알아야만 하며, 영어질문에 대한 즉각적인 답변은 물론, 학생들과 자유롭게 토론할 수도 있어야만 한다. 그리고 영어발음과 억양과 스트레스도 정확해야만 한다. 이공계는 교수의 언어능력이 꼭 중요하지 않을 수도 있겠지만, 주로 언어매체를 통해 학문을 가르쳐야만 하는 인문사회계는 언어에 서투르면 강의 자체의 생명력을 잃을 수 있기 때문이다. 그런데도 우리는 단지 대학국제화 항목의 랭킹을 올리는 데 급급한 나머지 영어강의를 너무 쉽게 생각하는 경향이 있다.

또 한 가지 잘못된 것은, 영문과 교수들의 경우에는 영어로 강의하는 것이 당연하다고 생각해서인지, 영문과에서 설강하는 영어강의에는 인센티브를 제공하지 않는 것이다. 대학 당국자들은 영문과 교수는 모두 영어 선생들이고 따라서 영어의 달인이라고 착각하는 경향이 있는데, 그건 전혀 사실이 아니다. 우선 대학 영문과는 영어를 가르치는 곳이 아니라, 영문학과 영미문화를 가르치는 곳이기 때문이다. 그리고 비록 인정하기가 당혹스럽기는 하지만, 영문과 교수들이 다 영어(특히 말하기)를 잘하는 것은 아니기 때문이다. 뿐만 아니라 영문과 교수가 영어강의를 하는 것에 인센티브를 제공하지 않겠다는 발상에는 영문과에서 영어를 영어로 가르치는 것은 너무 쉬워서 굳이 인센티브가 필요 없다는 잘못된 선입관이 들어 있다. 그러나 사실 영문학이야말로 영어로 강의하기에 가장 어려운 분야 중 하나라고 할 수 있을 것이다. 상당부분 사실을 이야기하는 역사나 정치나 경제와는 달리, 문학은 추상적인 내용을 어려운 어휘와 수준 높은 표현을 사용해 제시하고 토론해야만 하기 때문이다.

서울대학교 기초교육원에서는 지난 학기에 한 동명의 강의를 이번 학기에도 하면 인센티브를 제공하지 않는다. 두 번째 영어강의는 쉽게 할수 있다고 생각하는 모양인데, 이 역시 잘못된 발상에서 나온 그릇된 정책이라고 할 수 있다. 강의를 듣는 학생이 전혀 다르고, 강의계획서가 전혀 다르면 비록 강의명은 같더라도 그것은 이미 같은 강의가 아니다. 더구나 교수가 영어강의를 진행하는 데에는 강의명이 같거나 다르거나 간에 똑같이 힘이 든다. 그럼에도 불구하고 관료주의적인 대학 행정가들은 그 점을 이해하지 못한다. 만일 새로 개발하는 영어강의에만 인센티브를 준다면 그건 그럴 수도 있다. 문제는 같은 과목을 두 학기 계속하는 경우에만 인센티브를 주지 않고, 한 학기만 건너뛰면 같은 과목을 또 맡아도 인센티브를 준다는 점이다.

대학이 영어강의를 맡는 교수에게 인센티브를 주는 이유는 영어강의를 권장하고, 보다 더 많은 교수들로 하여금 영어강의에 참여하게 하기 위해서일 것이다. 그런데 교수 중에는 도저히 영어강의 능력이 안 되는데도 단지 인센티브를 받기 위해 영어강의를 하겠다고 나서는 경우도 있다. 그러면 그 반의 학생 수는 겨우 폐강을 피할 정도의 소수가 된다. 때로는 폐강을 피하기 위해 같은 제목의 강의를 맡은 동료교수들이 학생을 빌려주는 경우도 있다. 대학당국은 그런 경우와, 교수의 영어가 뛰어나서 수강생이 오륙십 명이 넘는 본격 영어강의를 똑같이 취급해서는 안 될 것이다. 대학이 권장하고 지원해야 할 것은 전자가 아니라, 바로 후자이기 때문이다. 때로는 교수가 자신의 영어가 많이 부족하다는 사실을 전혀 모르고 선의에서 영어 강의를 맡겠다고 자원하는 경우도 있다. 보고할 숫자 늘리기에 급급한 대학 당국자들로서는 그것이 대단히 고마운 일이기는 하겠지만, 그 경우는 자칫 대학의 이미지 실추로 이어질 위험도 있는 만큼 영어강의 위촉과 설강에 신중해야만 할 것이다.[10]

4. 국내 외국문학연구자가 나아가야 할 길

미국대학에 설치된 제2외국어학과들은 대부분 그 일차적 목적이 그 나라의 문학 전문가 양성이라기보다는, 그 나라의 언어전문가와 문화전문가의 양성이라고 알려져 있다. 예컨대 미국의 러시아어문학과는 톨스토이나 도스토예프스키 전문가보다는, 러시아어와 러시아문화 전문가를 양성하는 것이 일차적 목적이다. 그래서 미국이 소련과 대립하고 있었던 냉전시대에는 그렇게 번창하던 러시아어문학과가(정치적인 이유로 러시아 전문가가 많이 필요했으므로), 냉전이 끝나자 대폭 축소되어 지금은 소규모의 동아시아학과에 편입되어 있는 경우가 많다. 물론 문학작품은 외국문화를 이해하는 데 필수적이고 일차적인 텍스트라고 할 수 있고 문학의 중요성 또한 폄하해서는 안 되겠지만, '문화연구Cultural Studies'라는 새로운 사조로 인해 요즘은 문학도 크게는 '문화' 속에 포함시켜 논의되고 있는 것이 세계적인 추세가 되었다. 앤토니 이스트호프Antony Easthope가 『문학연구에서 문화연구로Literary to Cultural Studies』에서 지적하고 있는 것도 바로 그런 변화이다.

그래서 우리도 학부 영문과의 경우에는 영어와 영미문화에 능통한 영미전문가를 길러낼 필요가 있다. 물론 대학원은 학자양성소이기 때문에 문학전문가를 배출해내야겠지만, 학부의 일차적 목적은 학자양성이라기보다는 교양인의 육성이기 때문에, 영문과에서 미래의 외교관, 국제기구

직원, 영미문화 전문가 등 국제사회에 공헌할 수 있는 다양한 사람들을 양성해내는 것이 바람직할 것이다(어학실력이 뛰어나 통역사나 번역가가 되고 싶은 사람들은 각 대학에 설치되어 있는 통번역대학원에 진학하면 될 것이다). 그러기 위해서는 해방 이후 변함없이 반복되어온 오래된 교과과정을 과감히 개편해 새로운 시대의 요구에 부응하는 참신한 교과목들을 신설하고 또 가르쳐야만 할 것이다. 그리고 졸업조건으로 학생들에게 높은 수준의 영어능력을 요구해 학생들의 영어실력이 획기적으로 높아지도록 특단의 조치를 취해야만 할 것이다.

영어강의의 확대를 위해서는, 돈 들이지 않고 기존의 교수들을 이용하려고 하기보다는 다소 비용이 들더라도 원어민 교수와 영어가 모국어거나 모국어 수준인 교포출신 교수들을 대거 영입해 그들에게 영어강의를 맡기는 것이 가장 이상적일 것이다. 기존의 교수들 중에서는 영미대학교수 출신이거나, 아니면 정말 영어강의를 자유롭게 할 수 있는 사람에게만 영어강의를 위촉하는 것이 영어강의의 질을 위해서나 학교 이미지를 위해서도 바람직할 것이다.

한국의 영문과도 이제는 변해야 할 때가 되었다. 변화는 언제나 불편과 고통을 수반하지만, 종국에는 언제나 더 새롭고 더 좋은 결과를 가져다준다. 사실, 번데기가 찢어지는 아픔이 없이 어찌 아름다운 나비가 비상할 수 있겠는가? 얼마 전, 대전에서 열린 한국영어영문학회 국제학술대회의 대 주제도 '언어, 문학, 그리고 영어로 쓰인 세계의 문화: 글로컬 및 통문화적 맥락에서의 경계 넘기와 다리 놓기'라고 하니, 이제는 우리도 한국에서 그리고 아시아에서 영문학을 연구하고 가르치는 것의 의미와 문제점을 돌이켜볼 때가 되었다고 생각된다. 외국문학자로서 우리도 이제는 얼마든지 독창적일 수 있고, 학계에 공헌할 수도 있다는 사실을 널리 알리고 또 스스로 자랑스럽게 생각할 때가 되었기 때문이다.

¹ 우리의 국문학자들이나 한국학 전공자들은 비록 영어가 안 되더라도, 한국학을 전공하는 외국학자들이 그들의 글을 한국어로 읽을 수 있기 때문에 적어도 자기 분야에서는 국제적으로 알려지고 인정받는 것이 가능하다. 그러나 영문학자들은 그런 것이 원천적으로 불가능해서 해외에 알려질 수 있는 기회가 거의 없다. 그런 면에서 보면, 아이러니컬하게도 영문학자들은 국제학계에서 국문학자들보다도 더 불리한 입지에 처해 있다고 할 수 있다.

² 국내에 포스트모더니즘 선풍이 불던 1980년대 후반과 1990년 초반에 국내 일간지 기자들과 텔레비전 기자들은 포스트모더니즘 논쟁을 벌이는 일부 영문학자들을 지칭해 "외국 이론의 수입상"이라고 매도했다.

³ 실제로 서울대학교 영문과의 경우에도 3분의 1 정도는 사법고시 공부를 하고 있으며, 문학이 좋아서 문학을 공부하려는 사람을 찾으면 겨우 1∼2명 정도가 손을 든다. 그러나 1980년대 초만 해도 많은 학생들이 문학이 좋아서 영문과에 왔고, 문예지를 구해 열심히 읽었으며, 문학에 대해 열정적으로 토론하는 광경을 볼 수 있었다. 그러나 지금 그런 풍경은 사라지고 없으며, 대학 구내서점도 아예 문예지를 들여놓지 않는다. 문예지를 사려고 하는 학생이 없기 때문이다.

⁴ 영미 대학에서는 학부 때 학생들에게 엄청난 양이 과제를 내주어 혹독하게 훈련을 시키지만, 대학원에 들어오면 예비학자로서 대접해 자율적/자발적으로 공부하도록 해준다. 그러나 우리나라 대학에서는 이상하게 학부학생들에게는 느슨하게 대하면서도, 대학원생들에게는 혹독한 과제를 내주고 닦달하는 것을 자주 본다. 이는 대학원생들로 하여금 문학공부에 자신감을 잃게 하고 결국 학자의 길을 포기하게 하는 바람직하지 못한 결과를 초래하게 된다. 대학원생들은 특히 문학연구방법론이나 프로세미나 같은 과목을 듣다가 문학에 대한 흥미를 잃어버리는 경우가 많기 때문에, 그러한 과목들의 운용에 신경을 써야만 할 것이다.

⁵ San Diego 주립대의 Jerry Griswold은 이렇게 말한다. ─"영화는 한 민족의 희망과 두려움을 나타내주는 공동의 꿈이다. 만일 여러분이 오늘날 미국을 이해하기 원한다면 어디에서부터 시작할 것인가? 예컨대 극장에 가서 미국인들이 좋아하는 영화를 보는 것은 그 한 방법이 된다. 왜냐하면 영화는 우리가 공유하고 있는 꿈이자, 우리 문화의 꿈이기 때문이다 (그리스월드, p. 62)

Michael Wood는 영화가 사회를 반영해주는 문서라고 말한다. ─"사실상 모든 헐리웃 영화는 다소 특별한 사회사를 위한 텍스트이다. 영화가 아무리 하찮은 것이든지 혹은 어떤 의도를 갖고 있든지 간에, 영화는 어떤 것을 미국적 정신의 이면이라고 부를 것인지에 대한 연구를 가능하게 해준다. 적어도 영화는 우리가 살고 있는 환경의 일부이며 우리가 숨 쉬고 있는 도덕적인 분위기의 한 요소가 된다." (우드, p.26.)

⁶ 대중문학을 옹호했던 Leslie Fiedler도 저급한 통속문학을 비판했으며, 진정한 의미에서의 대중소설은 순수소설과 통속소설 사이에 위치해 있는 중간문학(middlebrow literature)

이라고 보았다. ―"나는 나의 이런 논의가 대중문화 속에 깃들어 있는 진부하고 무미건조하고 둔한 덕에 대한 옹호로 받아들여지기를 원하지는 않는다. 나는 다만 그러한 진부함과 둔함을 이용해서 모든 가치 있는 문학의 원동력이 되는 것을 비난하는 이들을 비판하기 위한 것뿐이다." (Fiedler, p.23)

⁷ 미국의 대중문화를 문화적 제국주의로 보는 견해와 그러한 의견에 비판적인 견해를 둘 다 제시해주고 학생들에게 토론하게 했는데, John Tomlinson의 *Cultural Imperialism*과 Michael Skovmand의 *Media Cultures*를 참고문헌으로 제시해주었다. 또한 문화가 어떻게 정치에 이용되는가에 대해서는 Douglas Kellner의 *Media Culture*의 일부도 읽고 논의했다.

⁸ "And the North Americans in particular are obsessed with their own history ― perhaps because they live in a country which was itself a fabulous fiction that grew in the minds of men like Columbus, Hudson, and John Smith before they found it and founded it ― and in the minds of other men like Paine, Jefferson, and Franklin, who invented its political and social structures out of their ideals and hopes, and then sought as actors on the stage of history to make a real nation out of their fabulous dreams. An American myth has always been stronger than reality, romanticism stringer than realism. (Scholes, pp. 208-209)

⁹ 최근 포항공대는 지금부터 시작해 앞으로 3년 후에는 영어만 사용하는 캠퍼스를 만들겠다고 발표했다. 우선 교양과목은 금년부터 영어로만 강의를 하고, 학생들의 페이퍼도 영어로만 쓰게 할 것이며, 교내 문서나 게시문도 영어로 하고, 교수회의도 영어로 진행하겠다는 것이다. 현재 포항공대의 외국인 학생비율은 2.2%이고 외국인 교수비율은 7.2%인데, 영어만 사용하는 3년 후에는 외국인 학생비율을 10%, 외국인 교수비율을 25.6%로 상향하겠다는 것이 포항공대의 계획이다. 공과대학의 경우에는 영어사용이 가능할 것이고, 또 바람직하기도 할 것이다. 그러나 인문대학의 경우에는 그렇게 쉬운 문제가 아니다.

¹⁰ 최근 서울대학교 교수학습개발센터가 영어강의를 하고 있는 교수들에게 보낸 설문 중에는, "영어강의 중 가장 심각한 문제는 무엇인가?"라는 항목이 있었고, 고르라는 답 중에는 1) "학생들이 내 억양과 발음을 못 알아들을까봐 걱정이 된다." 2) "내 과목에는 영어를 못 알아듣는 학생들이 많아서 수업하기가 어렵다."라는 항목이 들어 있었다. 문제가 이 정도로 심각하다면 아예 영어강의를 할 준비가 안 되어 있는 셈이다.

「필경사 바틀비」 새로 읽기*

● ● ● 한기욱

1. 불가해성과 애매성

허먼 멜빌Herman Melville의 단편소설 「필경사 바틀비Bartleby, The Scrivener」(1853)(앞으로 「바틀비」)는 그 무렵에 씌어진 『모비 딕Moby-Dick』, (1851), 『피에르Pierre』(1852), 『사기꾼The Confidence Man』(1856) 같은 장편들의 잡다하고 사변적인 서사방식과 달리 절제되고 정교한 이야기 솜씨를 보여준다. 특이한 것은 군더더기 없는 언어로 제시된 소설의 상황이 기이하

---

* 이 글은 『안과밖』 34 (2013년 상반기)에 실렸던 「근대체제와 애매성: 「필경사 바틀비」 재론」을 수정·가필한 것임을 밝혀둔다.

기 짝이 없다는 점이다. 이 소설을 읽을 때마다 새삼 절감하는 것은 주인공 바틀비의 불가해성이다. 그는 뉴욕 월가의 변호사에게 고용되지만 고용주의 마땅한 요구―필사 대조, 필사 자체, 잔심부름 등―에 대해 '그렇게 안하고 싶습니다 would prefer not to'라는 말을 반복하면서 일절 응하지 않는다. 바틀비는 왜 그런 특이한 방식의 거부를 하는 걸까? 그리고 멜빌은 어쩌자고 그런 바틀비의 불가해한 행위를 버젓이 보여주는 걸까? 독자는 이런 물음을 피하기 힘들다.

사실 이 물음을 붙들고 나아갈 때 우리는 바틀비가 비범한 인물 같기도 살짝 미친 사람 같기도 한 애매한 지점에 이르게 된다. 「바틀비」의 애매성은 바틀비라는 인물의 불가해한 면모에서 비롯되지만 작품의 특이한 형식과도 떼어놓을 수 없다. 멜빌은 얄궂게도 독자가 공감할 만한 인물인 바틀비를 그 속내를 전혀 알 수 없게 추상적으로 표현한 반면 비판받기 쉬운 변호사는 그 내밀한 심리까지 속속들이 그려낸 것이다. 이런 까닭에 작품은 변호사 쪽의 사실주의적 구체성과 바틀비 쪽의 모더니즘적인 추상성이 기이한 짝패를 이루는 독특한 형식을 갖게 되었다.

「바틀비」를 한편의 소설로 대할 때 첫 번째 제약 조건은 바틀비라는 인물은 일인칭 화자인 변호사의 이야기를 통해서만 등장하고 주로 변호사의 관점에서 묘사되고 품평된다는 사실이다. 가령 "바틀비의 경우 내 놀란 두 눈으로 본 것, 그것이 결말 부분에 등장하는 한 가지 모호한 소문을 제외하면, 사실 내가 그에 관해 알고 있는 전부"(Melville 13)라는 변호사의 발언은 이 점을 분명히 한다. 변호사는 합리적이고 온정적인 사람으로 보이지만, 자기기만이랄까 허위의식 같은 것이 있어서 미묘한 지점에서는 '믿을 수 없는 화자'이기도 하다. 사실 그의 이야기 중에 진실과 거짓을 명확히 식별하기 힘든 영역이 있는데, 애매성의 한 원천은 여기에 있다. 가령 '결말 부분에 등장하는 한 가지 모호한 소문'에 대한 변호사의 이야기가 애매성이 발원하는 중요한 지점이다. 「바틀비」의 탁월함은 화자의 이런 미심쩍은 속성을 교묘하게 활용하여 작품 깊숙이 애매성의 요소를 삼투시킨 정교한 형식과 떼어놓을 수 없다.

바틀비라는 인물에서 비롯되어 작품 전체를 관통하는 불가해성과 애매성 덕분에 20세기 후반 미국문학계에서는 '바틀비 산업Bartleby Industry'이라고 불릴 만큼 온갖 다양한 해석의 평문이 쏟아져 나왔다(McCall x, 1-32). 한때는 바틀비를 자본주의체제에서 창조성의 위기를 겪는 예술가로 혹은 '소외된 노동자'로 조명하기도 했다. 바틀비를 실존주의나 부조리극의 주인공으로 부각하거나 수도승이나 그리스도 같은 메시아적 인물로 해석하는 평문도 나왔다. 그런데 지난 반세기 이상 이어져온 「바틀비」 논의에서 분명해진 것은 바틀비로 말미암아 고용관계를 근간으로 삼는 근대 자본주의 '체제'가 문제의 대상으로 떠올랐고 '체제'에 대응하는 바틀비의 독특한 방식이 비평적 초점이 되었다는 점이다.

20세기 중반 이래 미국문학계에서 「바틀비」 논의는 중단된 적이 없었으나 그 새로운 전기는 바깥에서 왔다. 들뢰즈Gilles Deleuze, 아감벤Giorgio Agamben, 하트Michael Hardt/네그리Antonio Negri, 지젝Slavoj Žižek 같은 서구의 내로라하는 철학자·이론가·비평가 들이 근대 '체제'에 대한 바틀비의 독특한 대응 방식에 주목하면서 「바틀비」 논의는 새로운 활력을 띠기 시작했다. 이들은 바틀비의 행위를 그들 각각의 탈근대적·반체제적 사유와 긴밀하게 연결함으로써 작품의 현재적 의미에 초점을 맞추었다. 이 바람에 1853년에 탄생한 「바틀비」가 오늘날의 현실에 핵심적인 질문을 던지는 작품으로, 이를테면 근대의 매트릭스에서 벗어나는 탈근대의 계기를 빼어나게 사유하는 작품으로 부각되었다. 이들의 정치적이고 철학적이고 이론적인 접근방법은 일차적으로 바틀비라는 주체와 그의 행위를 문제 삼지만, 「바틀비」라는 소설 형식의 특이성에 눈을 돌리기도 했다. 이들의 논의가 알려지면서 '바틀비 산업'은 이제 전 지구적으로 뻗어나갔고, 「바틀비」와 그 주인공은 한국의 작가와 독자에게도 상당한 반향을 불러일으켰다.

이 글은 이들의 새로운 「바틀비」 논의를 검토하면서 이 작품의 독특한 예술적 현재성을 다시 짚어보려는 시도이다. 이들의 논의가 영감을 불러일으키고 작품을 새롭게 생각하는 계기임은 분명하지만 다른 한편 이들의 낯선 사유와 언어는 종종 미로를 헤매게 만들기도 한다. 이들의 성찰을 받아들이되 미로에 빠지지 않기 위한 하나의 방편으로 작품이 지닌 불가해성과 애매성의 요소를 길잡이 삼아 이들의 견해를 비평적으로 검토해보고자 한다.

2. 어떤 변혁적 주체인가?: 해방정치와 '바틀비의 정치'

「바틀비」에 대한 다양한 논의들 가운데 자본주의 비판에 초점을 두는 정치적 독법은 오래 전에 등장했다. 1970년대 맑스주의 비평은 바틀비에게서 '소외된 노동자'의 완벽한 초상을 발견하여 '월가 이야기A Story of Wall Street'라는 부제가 붙은 이 소설을 자본주의의 무정함을 현시하는 이야기로 부각했다(Barnett 참조). 맑스주의 평자에게는 월가 변호사 사무실에 고용된 한 창백하고 과묵한 사무직 노동자의 외롭지만 의로운 투쟁이 눈에 띄었으니, 바틀비의 필사 거부를 파업으로, 해고에 대한 불응을 농성으로, 심지어 구치소에서의 음식 거부를 단식투쟁으로 해석하려는 시도까지 나왔다. 이런 노동·정치적 독법은 체제와 계급의 문제를 환기하는 미덕을 지녔으나 작품의 핵심을 건드리는 비평적 설득력을 지니지는 못했다. 심각한 약점은 맑스주의적 관점에 맞지 않는 작품의 기이한 측면과 바틀비의 불가해성을 무시하거나 자의적으로 처리한 점이다. 게다가 「바틀비」가 노동자의 일상적 삶을 그려낸 '사실적인 이야기realistic story'임을 강조하기도 하고 자본주의의 비정함과 노동의 소외를 일깨워주는 '우화parable'임을 암시하기도 하는데, 두 양식이 어떻게 결합되어 있는가 하는 미학적 문제는 방치되었다.

맑스주의 비평은 「바틀비」에 대한 1970년대의 주제적 접근방식이 비평적 취약성을 드러냄에 따라 철저한 역사주의적 독법으로 이행했다(Reed 247-49). 이 소설의 집필 당시 뉴욕의 노동운동과 노동담론, 이에 대한 정치적 논쟁의 문맥을 치밀하게 추적하는 연구들이 진행됨으로써 「바틀비」의 시공간적 좌표가 정밀하게 재구성되었다. 그리하여 한 연구자는 "19세기 중엽 뉴욕에서의 계급투쟁 – 그리고 이 투쟁에 대한 당대의 담론 – 에 대해 숙지하고 있는 것이 「바틀비」를 완전히 이해하는 데 필수불가결하다"(Foley 88)고 주장한다. 사실 그가 이 작품의 '서브텍스트'로 파악한 1849년의 '애스터 플레이스 폭동Astor Place Riot'과 이를 둘러싼 논쟁은 작품을 이해하는 데 참조할 만하다. 하지만 이것이 '필수불가결'한 것인지는 의문이다. 「바틀비」가 탁월한 것은 작품이 자아내는 기이한 감흥이 1849년 뉴욕의 노동·정치적 상황을 자세히 알지 못하는 오늘날의 독자에게도 직접적으로 와 닿아 깊은 울림을 주기 때문이 아닐까?

하트와 네그리의 논평이 주목을 끈 것은 「바틀비」의 이런 남다른 현재성에 초점을 맞추고 있기 때문이다. 이들은 "바틀비는 이런저런 일에 반대하는 것도 아니며 자신의 거부에 대해 어떤 이유를 대지도 않는다. 그냥 수동적으로 절대적으로 거절한다"(Hardt and Negri 203)고 지적하며, 이 '절대적인 거부absolute refusal'를 '제국' – 이들의 이론에 따르면 국민국가

주권의 쇠퇴와 세계시장의 실현과 더불어 도래하는 새로운 전지구적 주권 형태-의 지배에서 벗어나는 "해방정치의 시작the beginning of liberatory politics"으로 평가한다. 말하자면 바틀비는 예전의 맑스주의 평자들이 보여주려 했던 19세기 중엽의 소외된 노동자라기보다 오늘날의 '제국'에 대한 자발적 예속을 거부하는 정치적 주체로 호명된 것이다. 단, 이 거부는 시작일 뿐이라서 후속 작업이 뒤따라야 함을 강조한다.

> 우리가 필요로 하는 것은 새로운 사회체(社會體)를 창조하는 것이고, 이는 거부를 훨씬 능가하는 기획이다. 우리의 탈주선들, 우리의 대탈출은 제헌(制憲)적이어야 하고 진정한 대안을 창조해야 한다. 우리는 또한 이 단순한 거부를 넘어서서 혹은 이 거부의 일환으로서 새로운 삶의 양식과 무엇보다 새로운 공동체를 건설할 필요가 있다. 이 기획은 인간 그 자체의 벌거벗은 삶을 지향하는 것이 아니라 인간다운 인간, 즉 집단지성과 공동체의 사랑으로 반듯해지고 풍부해진 인간성을 지향한다. (Hardt and Negri 204)

하트와 네그리가 보기에는 바틀비의 거부는 혁명의 첫걸음이지만 거기서 멈춘다면 '일종의 사회적 자살'로 끝날 수밖에 없다. 바틀비의 절대적인 거부가 뜻있는 결실을 맺으려면 새로운 삶의 양식과 새로운 공동체의 건설로 나아가야 한다는 것이다. 그런데 그들이 이렇게 다짐을 두는 까닭은 바틀비의 됨됨이가 자기들이 기획하는 해방정치의 구도에 딱 들어맞지는 않음을 감지하고 있기 때문이 아닐까. 자기들 기획의 지향을 "인간 그 자체homo tantum의 벌거벗은 삶"과 "인간다운 인간homohomo, 즉 집단지성과 공동체의 사랑으로 반듯해지고 풍부해진 인간성"의 대비를 통해 설명하면서 현재의 바틀비는 전자에 해당하는 것으로 가늠하는 듯하다.

하트와 네그리의 이런 입장을 정면으로 비판한 것은 지젝이었다. 지젝은 우선 바틀비의 거부하는 말에 주의를 환기한다.

> 그의 "그렇게 안하고 싶습니다"는 문자 그대로 받아들여져야 한다. 즉 그 말은 "그렇게 하고 싶지 (또는 하고자 하지) 않습니다"가 아니라 "그렇게 안 하고 싶습니다"다. (…) 주인의 명령을 거부하면서 바틀비는 술어를 부정한 것이 아니라, 오히려 비술어를 긍정한 것이다. 그는 **그것을 하기를 원하지 않는다**고 말한 것이 아니다. **그는 그것을 안 하고 싶다(안하기를 원한다)**고 말한 것이다. 이것이 우리가 자기가 부정하는 것에 기생하는 '저항' 또는 '항의'의 정치로부터 패권적 위치 **및** 그 부정 바깥에 새로운 공간을 여는 정치로 이행하는 방식이다. (Žižek, *The Parallax View* 381, 저자 강조)

여기서 눈여겨볼 것은 '그렇게 안하고 싶습니다 would prefer not to'라는 특이한 표현에 대한 지젝의 날카로운 지적뿐 아니라 "자기가 부정하는 것에 기생하는 '저항' 또는 '항의'의 정치"와 "패권적 위치 및 그 부정 바깥에 새로운 공간을 여는 정치"의 대비이다. 이 대비의 구도에서는 체제에 저항하고 개선책을 제시하는 이른바 '진보정치'는 전자에 속할 뿐이며 바틀비처럼 기존 체제의 요청에 특이한 방식으로 거절하거나 물러나는 것만이 후자에 속한다.

지젝은 하트와 네그리가 바틀비를 어떤 정치적 비전도 대책도 없이 순수하게 체제에 저항하는 인물로 파악할 뿐이라고 비판하고 이런 그들과 자신의 입장 차이를 '이중적'이라고 밝힌다. 첫째, 그들에게 바틀비의 "안하고 싶습니다"는 기존 사회체제에 대한 거리를 획득하는 첫 번째 행보일 뿐이고 그 다음에는 새로운 공동체를 건설하는 힘든 과업으로 나아가야 하는데, 이런 단계론적 발상이야말로 가장 경계해야 할 대상이다.

지젝에게는 바틀비의 "안하고 싶습니다"가 체제를 추상적으로 부정하는, 변혁운동의 출발점이 아니라 "일종의 아르케arche, 즉 전체 운동을 뒷받침하는 근본적인 원리"(382)이기 때문이다. 달리 말하면 "바틀비의 태도는 단지 새로운 대안적 질서를 형성하는 두 번째의 좀 더 '건설적인' 과업을 위한 첫 번째 예비 단계가 아니다. 그것은 바로 이 질서의 원천이자 배경이며 그것의 상시적인 토대이다. 바틀비의 물러남의 제스처와 새로운 질서의 형성 사이의 차이는 . . . 시차視差의 차이다"(383). 요컨대 거부에서 건설로, 개인에서 공동체로 나아갈 것을 전제하는 하트와 네그리의 단계론적 발상과 분명한 선을 긋는다.

둘째, "안하고 싶습니다"에 함축된 거부 혹은 물러남의 대상이 전혀 다르다는 것이다. 하트와 네그리에게 그 말은 제국의 체제적 지배에 대한 거부로 상정되지만, 지젝에게는 무엇보다 "우리들의 참여를 확보함으로써 체제가 재생산하는 것을 돕는 모든 저항 행위"(383)에 대한 거절로 나타난다. 달리 말하면 지젝에게 바틀비의 일차적인 거절 대상은 "자기가 부정하는 것에 기생하는 '저항' 또는 '항의'의 정치"이다. 지젝은 이런 정치의 예로 자선운동, 환경운동, 인종적·성적 차별철폐 운동, '서구 불교' 등 대체로 '진보정치'로 불리는 것들을 거론한다. 지젝이 항의의 정치 혹은 진보정치에 대해 이토록 비판적인 입장을 취하는 것은 그것이 체제의 울타리 안에 안주한 채 혁명의 기운을 빼놓는 역할을 하고 있다고 보기 때문이다.

지젝은 이런 종류의 진보정치로부터 자신이 지향하는 정치를 선명하게 구분하기 위해 '바틀비의 정치politics of Bartleby'라는 용어를 만들어낸다 (Žižek, "Notes towards a politics of Bartleby"). 이는 체제에 기생해서 반대 활동을 하는 방식을 접고 체제의 위계질서 바깥으로 나가는 정치이며, 체제는 물론 체제와 싸우다가 체제의 일부가 되어버린 진보 세력과도 결별하는 정치이다. 말하자면 "패권적 위치 및 그 부정 바깥에 새로운 공간을 여는 정치"인 것이다. 지젝의 '바틀비의 정치'가 하트와 네그리의 단계론적 혁명론에 대한 예리한 비판임은 분명하지만, 그것이 오늘날 현실에서 얼마나 설득력이 있는지는 따로 따져봐야 한다. 구체적인 현장에서 '항의의 정치'의 패러다임과 결별하고 '바틀비의 정치'로 나아가야 할지 아니면 양자의 결합이 더 바람직할지 규명할 필요가 있다.

사실은 '바틀비의 정치'라는 명명이 적절한지도 의문이다. 지젝은 소설적 인물인 바틀비를 마치 우화 속 관념의 화신처럼 취급하는데, 이것부터 문제다 싶다. 바틀비가 지젝의 정치에 '대변인spokesperson' 노릇을 한다는 지적(Beverungen and Dunne 176)이 나오는 것은 바틀비가 소설의 맥락에서 떨어져 나와 지젝의 생각대로 재단된 것 같기 때문이다. 바틀비라면 오늘날 신자유주의적 경쟁과 출세의 요구뿐 아니라 인종적·성적 차별 철폐운동과 빈민운동, 환경운동 등 온갖 진보운동의 동참 요구에 대해 "안하고 싶습니다"라고 응답할 것이라는 지젝의 주장에 공감하기 어려운 것은 '저항의 정치'를 그렇게 획일적으로 거부해도 좋을지 의문이거니와 바틀비의 거부가 반드시 '저항의 정치'만을 향하고 있다는 느낌은 들지 않기 때문이다. 만약 지젝이 바틀비에게 '바틀비의 정치'에 동참하기를 요청한다면 바틀비는 어떤 반응을 보일까? 십중팔구 그 특유의 유순하되 단호한 목소리로 그렇게 안하고 싶습니다라고 답할 것 같다.

3. 메시아인가 병자인가

아감벤은 하트와 네그리, 지젝이 바틀비의 주체성을 놓고 논쟁하기 전에 이미 바틀비에 대한 존재론적 논의를 시도한 바 있다. 아감벤은 우선 필경사로서 바틀비가 문학의 별자리뿐 아니라 철학의 별자리에도 속하며 어쩌면 그 속에서만 온전한 형상을 찾을 수 있다고 하면서 철학적 접근의 필요성을 정당화한다(Agamben 243). 아감벤은 서구철학사에서 필사 혹은 글쓰기의 행위를 사유와 창조의 행위에 비유하는 전통을 추적하는 한편 잠재성potentiality 개념을 중심으로 바틀비가 보여주는 새로운 존재 방식을 조명하고자 한다.

아감벤은 사유를 글쓰기 행위에 비유하는 발상들의 기원을 추적한 결과 아리스토텔레스의 『영혼론De anima』에서 "지성이란 아무것도 실제로 씌어있지 않은 서판과도 같다"는 구절을 발견한다(243-45). 이 공백 서판의 이미지는 라틴어로 '타불라 라사tabula rasa'로 번역되고 존 로크John Lock에 이르러서 '백지white sheet'로 변주되면서 서양철학의 기본적인 형상적 비유로 자리 잡는다. 아감벤은 아리스토텔레스가 그 서판의 이미지를 통해 전하고자 한 뜻을 이렇게 정리한다.

> 지성은 그러므로 사물이 아니라 순수한 잠재성의 존재이며, 아무것도 씌어있지 않은 서판의 이미지는 정확히 순수한 잠재성이 존재하는 양태를 표현하는 기능을 한다. 아리스토텔레스에게 무엇일 수 있거나 무엇을 할 수 있는 모든 잠재성은 항상 무엇이지 않을 수 있거나 무엇을 하지 않을 수 있는 잠재성이기도 한데, 이 후자가 없다면 잠재성은 언제나 이미 현실로 이행했을 것이며 현실과 구분될 수 없을 것이다. . . . "않을 수 있는 잠재성"이야말로 아리스토텔레스 잠재성론의 핵심적인 비법으로서 모든 잠재성 그 자체를 비(非)잠재성으로 변형시킨다. (245)

아감벤이 서양철학의 핵심 개념으로 파악하는 잠재성 가운데 주목하는 것은 '현존하는 잠재성existing potentiality'으로 이미 특정한 지식이나 능력을 갖고 있는 경우다. 가령 건축가와 시인에게 집을 지을 잠재성과 시작詩作의 잠재성을 지녔다고 말할 때이다. 그런데 이때 잠재성은 건축가가 집을 짓지 않을 잠재성과 시인이 시를 쓰지 않을 잠재성을 갖고 있는 한에서 잠재성일 수 있다는 것이다(179-80). 그러므로 잠재성 중에 '무엇일 수 있거나 무엇을 할 수 있는 잠재성potential to be or to do something'보다 '(이지/하지) 않을 수 있는 잠재성potential not to'이 기본인 것이다. '비잠재성impotentiality'이란 잠재성이 아니거나 없다는 뜻이 아니라 '않을 수 있는 잠재성'에 의해 실행이 보류된 잠재성을 뜻한다.

한편 아감벤은 글쓰기 행위와 창조를 연관시키는 사례를 중세 이슬람의 아리스토텔레스학파의 글에서 발견한다. 가령 신의 창조를 글쓰기 행위에, 신을 필경사에 비유하거나 세상의 창조를 신의 지성이 스스로를 사유하는 행위로 묘사하는 예를 찾아낸다(246). 이 지점에서 아감벤은 창조란 무엇인가를 묻는다. 유대교·기독교·이슬람교는 하나같이 창조를 '무無에서 만들어내는 것'으로 상정한다. 그런데 '무에서 창조하다to create from nothing'의 뜻을 면밀하게 따지면 무는 단순한 없음이 아니라 만물이 비롯되는 원천에 가깝다. 아감벤은 이처럼 필경사와 연관된 글쓰기, 지성/사유, 잠재성, 창조에 대한 일련의 철학적 담론을 살펴본 후 그 맥락에서 바틀비의 존재론적 의의를 이렇게 평한다.

> 글쓰기를 중단한 필경사로서 바틀비는 모든 창조의 원천인 무(無)의 극단적인 형상이며, 동시에 그는 순수하고 절대적인 잠재성으로서 이 무에 대한 가차없는 옹호가 된다. 필경사는 서판이 되었으며 이제 그는 자기 자신의 백지와 다르지 않다. (253-54)

여기서 주목할 것은 '절대적인 잠재성absolute potentiality'이다. 아감벤에 따르면 절대적인 잠재성은 신이 어떤 것에도 구속되지 않고 무엇이든 할 수 있는 경우를 말한다(254-55). 이성의 법칙이나 신 자신의 의지마저 초과하는 무한한 가능성의 세계를 지칭하는 것이다. 멜빌이 바틀비에게 떠맡긴 예술적(시적) 실험－"절대적 우연성의 실험"(261)－에 대해서도 아감벤은 유사한 논지를 이어간다. 그것은 과학적 실험과 달리 "어떤 조건 하에서 어떤 일이 일어나는 동시에 일어나지 않을 수 있는가?"라고 정식화될 수 있다(260). 바틀비의 실험은 이처럼 합리적인 이성에서 물러난 경험의 지점까지 내려갈 때만이 충분한 의미를 획득한다는 것이다. 그런 실험은 오로지 잠재성 자체, 즉 있으면서 동시에 있지 않을 수 있는 어떤 것의 발생과 관련이 있기 때문에 (어떤 일이 일어나거나 안 일어날 것이라는) 필연성의 원칙과 어긋난다. "그런 실험은 오로지 '과거의 변경불가능의 원칙'에 의문을 제기함으로써만이, 아니 '잠재성의 역행적 실현 불가능성'에 이의를 제기함으로써만이 가능한 것이다"(266).

아감벤은 잠재성이 과거를 향해 되돌아갈 수 있는 두 방식을 지적한다. 하나는 니체의 '영원회귀'의 길이고, 다른 하나는 바로 바틀비의 잠재성을 통한 '탈창조decreation'의 길이다. 차라투스트라Zarathustra는 의지로 하여금 과거로 되돌아가 일어났던 일을 자신의 의지의 결과로 변형함으로써만이 과거를 향한 의지의 복수심 혹은 분한憤恨의 형벌에서 해방될 수 있음을 설파한다. 그러나 아감벤은 "니체가 오로지 복수심을 억누르는 데만 신경 쓸 뿐 있지 않았던 것이나 달리 될 수 있었던 것의 비탄에 대해서는 까맣게 잊는다"(266)고 비판한다. 이에 반해 바틀비가 보여주는 탈창조의 길은 바로 '있지 않았던 것이나 달리 될 수 있었던 것'에 초점을 맞춘다. 바틀비가 배달 불능 우편물을 처리한 적이 있다는 소문을 전하는 변호사의 발언 중에 아감벤이 다음 구절을 주목하는 것도 바로 그 때문이다.

> 때때로 창백한 직원은 접힌 편지지 속에서 반지를 꺼내는데, 그 반지의 임
> 자가 되어야 했을 그 손가락은 어쩌면 무덤 속에서 썩고 있을 것이다. 또한
> 자선헌금으로 최대한 신속하게 보낸 지폐 한 장을 꺼내지만 그 돈이 구제
> 할 사람은 이제 먹을 수도 배고픔을 느낄 수도 없다. . . . 삶의 심부름에
> 나선 이 편지들이 죽음으로 질주한 것이다. (45)

아감벤에게 배달되지 않은 편지는 "있을 수 있었으나 결코 일어나지
않은 즐거운 사건을 가리키는 암호"(269)를 암시한다. 실제로 일어난 것은
정반대의 가능성이 실현되는 우연의 발생이었지만, 그렇다고 불발된 그
'즐거운 사건'이 전혀 존재하지 않았던 것은 아니다.

바틀비의 잠재성을 통한 탈창조의 길을 따라가면 결국 메시아로서의
바틀비에 도달하게 되는데, 다만 "바틀비가 만약 새로운 메시아라면, 그
는 예수와 달리 있었던 바를 되찾기 위해서가 아니라 있지 않았던 바를
구하기 위해 온 것"(270)이라고 단서를 단다. "있을 수 있었으나 결코 일어
나지 않은 즐거운 사건"을 구하기 위해 찾아온 메시아라는 뜻이다. 이를
테면, 바틀비는 신이 세상을 '있을 수 있는 잠재성'을 바탕으로 창조한 첫
번째 창조가 아니라 신이 '있지 않을 수 있는 잠재성'을 모두 소환하여 창
조한 두 번째 창조의 메시아라는 것이다. 바틀비가 필사를 중단하면서 이
행한 이 두 번째 창조는 "재창조도 영원한 반복도 아니며 차라리 탈창조
라 하겠는데, 그 속에서는 일어난 일과 일어나지 않은 일이 신의 지성 속
에서 그것들의 원래의 하나됨으로 되돌려지는 한편, 있지 않을 수 있었으
나 있었던 것이 있을 수 있었으나 있지 않았던 것과 구분될 수 없게 된
다"(270)고 한다.

아감벤의 바틀비론의 논지를 비교적 상세히 소개한 것은 그의 철학적 논의가 난해하기도 하거니와 그를 거론하는 논의들이 적잖은 혼란과 왜곡을 불러일으키고 있다고 판단하기 때문이다. 특히 변호사가 마지막에 덧붙인 바틀비에 관한 소문에 대한 해석에서 그러하다. 섬세한 분별이 필요한데, 일단 변호사의 발언을 들어보자.

> 그 소문은 이렇다. 즉 바틀비가 워싱턴의 배달 불능 우편물 취급소의 말단 직원이었는데, 행정부의 물갈이로 갑자기 그 자리에서 쫓겨났다는 것이다. 이 소문을 곰곰이 생각할 때면 나를 사로잡는 감정을 표현할 길이 없다. 배달 불능 편지라니! 죽은 사람과 같은 느낌이 들지 않는가? 천성적으로 혹은 불운에 의해 창백한 절망에 빠지기 쉬운 사람을 생각해보라. 그런 사람이 계속해서 이 배달 불능 편지를 다루면서 그것들을 분류해서 태우는 것보다 그 창백한 절망을 깊게 하는 데 더 안성맞춤인 일이 있을까? (45)

이 대목에서 논란이 되는 쟁점은 두 가지다. 소문의 진위 문제와 소문에 대한 변호사의 생각을 어떻게 받아들이느냐의 문제이다. 상당수 논자들이 소문이 사실로 밝혀진 것처럼 논리를 편다. 하지만 변호사가 소문의 내용을 전하기 전에 "그 소문의 근거가 무엇인지 확인할 수 없었고 따라서 그것이 얼마나 진실한지도 지금 알 수 없다"고 단서를 달았음에 유의해야 한다. 그럼에도 이런 단정적인 판단이 널리 퍼진 데는 아감벤 자신도 일조한 것으로 보인다. 그는 소문에 대해 "이야기의 다른 곳에서처럼 법률가는 독자에게 **정확한 정보**를 제공하지만, 늘 그렇듯이 그가 그것에서 끌어내는 설명은 과녁을 벗어난다"(269, 인용자 강조)라고 서술한다. 하지만 텍스트 어디에도 그 소문이 '정확한 정보'임을 뒷받침할 근거가 없다. 두 번째 문제는 상당수 논자들이 소문에 대한 변호사의 반응을 멜빌의 의도로 간주한다는 사실이다. 변호사는 "배달 불능 편지라니! 죽은 사람과 같은 느낌이 들지 않는가?"라고 토로함으로써 '배달 불능 편지dead letters'를 '죽은 사람dead men'과 등치시키고 양자를 바틀비와 연관시킨다. 또한 바틀비가 배달 불능 편지를 소각처리하면서 '창백한 절망pallid hopelessness'이 더 깊어졌으리라는 공감어린 해석을 내놓아 바틀비의 병적인 성향을 암시한다. 그러나 아감벤은 변호사의 이런 설명을 과녁을 벗어난 것으로 일축하며, 무엇보다 "배달 불능 편지와 바틀비의 정형어구定型語句, formula 사이의 특수한 연관"의 문제를 전혀 다루지 못하기 때문에 하찮다고 평한다(269). 아감벤이 소설 말미의 소문과 그에 대한 변호사의 해설을 선택적으로 받아들이는 것은 그의 입장과 무관하지 않다. 그로서는 바틀비와 배달 불능 편지의 '특수한 연관'은 꼭 필요하지만, 변호사처럼 바틀비의 언행과 죽음에서 '창백한 절망'의 징후를 읽는 독법은 그의 구도에 맞지 않는다. 아감벤은 오히려 바틀비가 툼즈 구치소 안뜰의 "영원한 피라미드들의 한가운데" 서 있는 지점에서 탈창조가 일어나 이미 삶과 죽음의 경계를 넘어선 것으로 본다(271).

아감벤의 존재론적 성찰은 바틀비의 기이한 언행을 새롭게 사유하게 하는 소중한 계기임이 틀림없으나 그가 제시한 바틀비의 형상이 소설 속의 인물과 얼마나 부합하는가는 따로 짚어볼 문제이다. 여기서 멜빌이 미묘한 도덕적 문제에서 신뢰할 수 없는 화자인 변호사를 통해 진위가 확인되지 않은 소문을 끌어들임으로써 이승의 불확정성을 텍스트 속에 흩뿌렸다는 것을 감지하느냐가 하나의 시금석이 될 수 있다. 즉 우리는 끝내 그 소문이 사실인지 아닌지 확인할 길이 없으며, 또한 그 소문이 사실이라 해도 변호사의 해설이 얼마나 정당한지를 판별하기 어려운 것이다. 이 점에서 아감벤은 '소설 자체의 이야기'를 섬세하게 읽은 것은 아니다. 이런 이중의 불확정성을 감안하면 어떤 해석이 나올 수 있을까?

변호사는 자신이 끝내 이해하지도 감당하지도 못한 채 죽어간 바틀비를 자기 나름의 '인간적인' 기준에서 이해해보려는 시도를 하는 것이 아닐까? 변호사의 마지막 탄성 '아 바틀비여! 아 인간이여!'는 불가해한 바틀비를 자기 식으로 '인간화'하는 서사 작업을 매듭짓는 신호로 들린다. 이런 변호사의 서사적 노력은 작품 전반에 깔려있는 변호사의 자기기만적인 합리화와 합쳐져 하나의 흐름을 형성한다. 이때 어렵지만 중요한 비평작업은 그의 말에서 진실과 거짓을 구분하는 일인데, 변호사가 암시한 바틀비의 '창백한 절망'과 병적 성향은 여전히 진위가 가려지지 않은 애매한 상태로 남는다. 가령 변호사가 일요일 우연히 자신의 사무실에 들렀다가 뜻밖에도 바틀비를 발견하고 착잡한 상념에 빠지는 대목이 그렇다.

> 나의 첫 번째 감정은 순수한 우울과 진지하기 그지없는 연민의 감정이었다. 그러나 내 상상 속에서 바틀비의 절망적인 고독이 커지면 커질수록 그에 비례하여 바로 그 우울감이 공포로, 연민이 반발로 바뀌었다. . . . 그날 아침 목격한 것으로 말미암아 나는 그 필경사가 선천적인 불치병의 희생자라는 것을 납득하게 되었다. 내가 그의 육신에 자선을 베풀 수는 있다. 그러나 그를 아프게 하는 것은 그의 육신이 아니다. 아픔을 겪는 것은 그의 영혼인데, 그 영혼에는 내 손이 미치지 않는다. (29)

이 대목에서 분명한 것은 바틀비에 대한 변호사의 공감과 연민이 한계에 달했다는 것, 그리고 그 지점에서 발생하는 자신의 공포와 반발을 합리화하는 과정에서 필경사가 '선천적인 불치병' 혹은 '영혼'의 병을 앓고 있다는 설정을 한다는 것이다. 어려운 점은 그렇다고 반드시 바틀비의 '영혼'의 병에 대한 변호사의 판단이 틀렸다고 확정할 수 없다는 것이다.

사실 합당한 이유 없이 거절하는 바틀비에 대해 진저 넛은 "저 아저씨는 살짝 머리가 돈 것 같아요"(22)라고 반응한 바 있다. 바틀비가 비범한 사람인지 아니면 정신적 질환을 앓는 사람인지, 혹은 비범한 동시에 정신적 질환을 앓는 사람인지의 애매함은 남는다.

4. 바틀비는 아버지 없는 형제인가

앞서 검토한 논자들은 「바틀비」를 소설로 대하지 않은 듯하다. 이를테면 그것이 정치적 문건이나 철학적 에세이라도 크게 상관없는 논의를 펼친 것이다. 이에 반해 들뢰즈는 「바틀비」를 우선 문학 텍스트로 대하며, 그 고유한 문학적 형식과 언어에 비상한 관심을 기울인다. 들뢰즈가 「바틀비」에 대한 논의에 그치지 않고 멜빌의 주요 소설들과 인물들, 심지어 미국문학에 대한 비평적 견해를 밝히는 것도 다른 논자들이 보여주지 못한 미덕이다.

그렇지만 들뢰즈의 논의가 전통적인 문학비평의 관례를 따르고 있는 것은 아니다. 오히려 그것은 근대문학의 미학적 전제들을 뒤엎는 발상으로 가득하다. 글의 첫머리부터 "「바틀비」란 작가에게 메타포도 아니요 어떤 무엇의 상징도 아니다. 그것은 격렬하게 희극적인 텍스트인데, 희극적인 것은 항상 문자 그대로이다"(Deleuze 68)라고 단언하면서, 그 희극적인 것의 구현체로서 '그렇게 안 하고 싶습니다'라고 반복되는 '정형어구'에 주목한다. 이 정형어구는 "언어 속에 일종의 외국어를 개척하는 것"(71)이므로 들뢰즈의 '소수문학minor literature' 개념에 부합한다. 모든 걸작은 그것이 쓰인 언어 내에서 일종의 외국어를 형성하기 마련이라면, 멜빌은 영어 밑에서 작동하는 외국어를 발명한 것이라고 평하며, 그것을 탈영토화된

'고래의 언어the language of the Whale'로 명명한다(72).

들뢰즈 논의의 전반부는 이 정형어구가 인습적인 주류 언어를 파괴하면서 일종의 외국어(고래의 언어)를 형성하는 이중의 은밀한 과정을 추적한다. 이 정형어구는 "단어들을 구분할 수 없게 하고 언어 속에 진공상태를 만들어내는 비결정성의 영역"(73)을 창출하여 언어의 지시적 기능을 훼손한다. 언어는 '발화행위speech act'를 함으로써 명령, 약속, 거부, 승낙 따위의 행위를 수행하기도 하는데, 긍정도 부정도, 거부도 승낙도 아닌 바틀비의 정형어구는 이 기능도 마비시킨다는 것이다. 가령 "바틀비가 거부를 했다면 그는 그래도 반란자나 전복자로 간주될 수 있고 그런 자격으로 여전히 사회적 역할을 가질 것이다. 그러나 그 정형어구는 모든 발화행위를 좌절시키면서 동시에 바틀비를 어떤 사회적 지위도 부여될 수 없는 순수한 국외자로 만든다"(73). 요컨대 이 어구는 언어를 모든 '지시대상references'으로부터 단절함으로써 언어적 기능에 필요한 추정과 위계질서가 힘을 쓰지 못하게 한다. 바틀비의 언어가 지닌 '선호의 논리'가 주류 언어가 근거하고 있는 '추정의 논리'를 무력화시키기 때문이라는 것이다.

들뢰즈가 바틀비에게서 주목하는 것은 그가 추천서도 소유물도 없고 특성도 특수성도 없는 사람이라는 점이다. 바틀비는 과거도 미래도 없기에 순간을 살 뿐이라는 것이다. 들뢰즈는 바틀비의 정형어구 "안하고 싶습니다"만큼이나 "내가 까다로운/특별한 것은 아니에요I am not particular"(Melville 41)라는 발언에 의미를 부여한다(Deleuze 74). 들뢰즈는 바틀비를 '독창적인 인물'로 규정하고 '실용주의의 영웅'으로 조명하기도 하지만, 그에게 결정적으로 중요한 점은 바틀비가 '특수성이 없는 사람the man without particularities'으로 특수성을 지닌 '개인individual'의 개념에서 벗어난 새로운 존재라는 것이다.

들뢰즈에게 바틀비의 변호사와의 관계가 중요한 것은 그것이 "되기의 가능성, 새로운 인간의 가능성the possibility of a becoming, of a new man"(74)을 시험하기 때문이다. 양자는 자본주의 체제의 근간인 고용관계로 맺어져 있다. 고용주의 권력은 피고용자인 노동자에게 노동력을 요구할 수 있을 뿐더러 노동자의 공간적 위치를 임의로 정할 수 있다는 데 있다. 변호사는 바틀비를 고용하면서 반투명 유리 접문으로 나뉜 사무실에서 터키와 니퍼즈, 진저 넛이 함께 쓰는 공간이 아닌 자기 쪽의 공간에 배치시킨다. 그리고 "더욱더 만족스러운 배치를 위하여 나는 바틀비 쪽에서 내 목소리는 들을 수 있되 그를 내 시야에서 완전히 격리할 수 있는 높다란 접이식 녹색 칸막이를 구입했다. 그래서 그런대로 사적인 자유와 그와의 소통을 동시에 누릴 수 있었다"(19).

하지만 바틀비의 특이한 징헝어구가 시작되면서 이상한 상황이 벌어지고 고용관계의 위계질서마저 무너진다. 변호사는 자기 사무실에서 바틀비에게 되레 쫓겨나기도 하고, 해고해도 떠나지 않는 바틀비를 어쩌지 못해 자신이 사무실을 옮기고, 마지막으로 바틀비를 설득하려다 실패하자 도망치듯 사륜마차를 타고 뉴욕 인근을 떠돌기까지 한다. 들뢰즈는 이 일련의 해프닝에 대해 "애초의 배치부터 이 억누를 수 없는, 카인과 같은 도망에까지 모든 것이 기이하고, 변호사는 미친 사람처럼 행동한다"(Deleuze 75)고 논평한다. 바틀비 못지않게 비정상적인 변호사의 면모를 부각함으로써 양자의 관계가 단순한 고용관계를 초과하고 있음을 지적한 것이다. 특히 '카인과 같은 도망Cain-like flight'이라는 표현이 암시하듯 그것은 이미 형제 간의 관계로 사유되기 시작한다.

사실 들뢰즈가 변호사와 바틀비의 각별한 관계에 주목하는 것은 그것이 부자관계에서 형제관계로 전화할 가능성을 염두에 두기 때문이다. 그는 멜빌의 소설에서 아버지의 이미지와 아들 주체 사이에 식별불가능의 영역이 형성되어 미묘한 변이가 일어나는데, 그것은 "더 이상 미메시스의 문제가 아니라 되기의 문제"라고 주장한다. 나아가 미국문학의 정신분열증적 특성은 "아버지를 통하지 않는, 아버지 기능의 폐허에 기초하여 세워진, 보편적 형제애의 기능을 수립하려는 꿈"(78)을 추구한다는 것이다. 들뢰즈가 형제관계를 중시하는 맥락은 다음 대목에서도 드러난다.

> 인간을 아버지 기능으로부터 해방시키는 것, 새로운 인간 혹은 특수성이 없는 인간을 낳는 것, 형제들의 사회를 새로운 보편성으로 구성함으로써 독창적인 인물과 인류를 재결합시키는 것. 형제들의 사회에서는 동맹이 부자(父子)관계를 대신하며 피의 계약이 혈족을 대신한다. 남성은 실로 동료 남자의 피의 형제이며, 여성은 그의 피의 자매이다. 멜빌에 따르면 이것이 **독신자들의 공동체**이며, 그 성원들을 무제한적인 되기로 이끈다. (84, 저자 강조)

'피의 형제blood brother', '피의 자매blood sister', '피의 계약blood pact'에서 '피'는 혈연이 아니라 오히려 혈연에서 자유로워진 존재의 어떤 경지를 뜻한다. 들뢰즈가 꿈꾸는 아버지 없는 형제자매들의 세계는 전근대적 가부장제라든지 자본주의적 남녀차별도 사라진 세상이며, 남녀 간의 결혼제도 역시 의미를 상실하는 '독신자들의 공동체'이다. 특정한 가족 성원으로 구성된 배타적인 공동체가 아니라 독신자들이 '무제한적인 되기'를 실천하는 열린 공동체인 것이다. 그에게 이런 독신자들의 관계는 "사랑보다 더 깊은 불타는 열정"이며, 그 관계는 '비식별 영역' 속에서 "형제간의 동성애적 사랑"까지 뻗어나가며 "남매간의 근친상간적 사랑"까지 통과한다(84–85).

들뢰즈가 멜빌 문학에 매료된 것은 그가 보기에 이런 독신자들의 관계가 펼쳐놓은 새로운 경험의 강도와 낯선 영역 때문일 것이다. 그러나 멜빌 자신은 들뢰즈가 흠모하는 독신자들의 공동체에 대해 결코 찬양 일색은 아니었다. 이를테면 매혹과 반발을 동시에 보여준다고 하겠다. 가령 『모비 딕』에서 거친 고래잡이들의 씩씩한 형제애의 모습을 실감나게 그려내는가 하면 에이헙의 광기어린 흰 고래 추격전에 열광하여 불나방처럼 뛰어드는 그들의 섬뜩한 모습을 포착하기도 했다.

어쨌거나 「바틀비」의 경우 독신자들의 그런 '되기'의 시도가 있었다면 그것은 성공하지 못한다. 들뢰즈는 바틀비가 변호사에게 요구한 것은 약간의 신뢰일 뿐인데, 변호사는 아버지 기능의 가면에 불과한 자선과 박애로 대한다고 해석한다. 변호사는 바틀비의 고독한 실존을 통해 바틀비 '되기'에 끌려들어가지만 주위의 소문ㅡ주류 사회의 표준의 한 척도ㅡ때문에 그런 '되기'로부터 후퇴하고 만다는 것이다(88). 들뢰즈는 변호사의 바틀비 되기 실패가 미국혁명의 역사직 실패에 조응하는 깃으로 파익하는 듯하다. 가령 "'아버지 없는 사회'의 위험들에 대한 지적이 종종 있었지만, 진정한 위험은 오로지 아버지의 귀환밖에 없다. . . . 국가의 탄생, 국민국가의 복원ㅡ그리고 괴물 같은 아버지들이 다시 질주해서 돌아오는 동안 아버지 없는 아들들이 다시 죽어가기 시작한다"(88). 국가와 아버지의 귀환이야말로 미국혁명의 실패 요인이며 남북전쟁을 계기로 더한층 깊어진 미국의 병증이라고 본 것이다. 이런 실패에도 불구하고 들뢰즈는 미국의 '실용주의의 영웅'인 바틀비에 대한 희망을 버리지 않으며, "바틀비는 병자가 아니라 병든 미국의 의사, 치료 수술사, 새로운 그리스도 혹은 우리 모두의 형제"(90)라고 결론짓는다.

들뢰즈가 변호사와 바틀비의 관계를 자본주의적 고용관계를 넘어서 탐구한 의의는 높이 사줄 만하다. 근대 자본주의체제 속에서 두 존재가 만났는데, 그 중 하나는 수수께끼 같은 인물이라서 두 사람이 유의미한 관계를 맺기 위해서는 그 체제의 근간인 고용관계를 넘어서야 한다는 것까지는 설득력이 있다. 그러나 되기의 시도가 부자관계에서 형제관계로의 전환이라는 설정에 대해서는 짚어볼 것이 있다. 하나는 이런 설정이 두 사람의 관계를 특정한 관점에 가두는 것이 아닐까 하는 의구심이고, 다른 하나는 되기의 최종 목표로 여겨지는 '아버지 없는 형제들'의 세상을 들뢰즈처럼 멜빌도 과연 바람직한 것으로 느꼈느냐의 문제이다.

후자의 문제와 관련하여 들뢰즈가 바틀비를 '특수성이 없는 사람'으로 규정한 것에 주목할 필요가 있다. 들뢰즈는 이런 사람만이 개인의 특수성에서 벗어나 '무제한적인 되기'를 누릴 수 있으며, 그런 의미에서 바틀비를 '실용주의의 영웅'으로, 미국의 '열린 길'에 나서는 독창적인 영혼으로 부각하려 하는 듯하다(87-88). 하지만 과연 이런 탈개인화가 해방을 가져다줄지 의심스럽거니와 바틀비가 들뢰즈 식의 '되기'를 즐기는/수행하는 '욕망기계'와 같은 존재인 것 같지 않고, 미국의 '열린 길의 영웅'은 더더욱 아닌 듯하다. 무엇보다 벽으로 둘러싸인 사무실이나 감옥에 붙박이로 남아있는 바틀비에게 '열린 길'의 이미지는 어울리지 않는다(Rancière, 161).

오히려 뭔가 감지되는 것이 있다면 열림을 거부하는 비타협적인 고집 같은 것이 아닐까. 들뢰즈도 아감벤도 바틀비의 "안하고 싶습니다"가 순수한 선호를 나타내며 의지를 넘어선 것임을 강조한다. 사실 그 자체는 특정한 의지를 배제한 응답이다. 하지만 그런 순수한 선호에 의한 거절이 수십 차례 되풀이될 때에는 뉘앙스가 달라진다. 들뢰즈는 이에 대해 "무無에의 의지가 아니라 의지의 무無가 자라나는 것"(71)이라고 풀이하지만, 새로운 방식으로 의지가 작동하는 것은 아닌지 의심스럽다. 무심한 듯 유순한 방식으로 관철되는 이 완강한 의지가 감지되는 순간 바틀비는 들뢰즈가 상정하듯 그렇게 개방적인 존재는 아님을 느끼게 된다.

5. 맺음말

이제껏 멜빌의 「바틀비」에 대한 최근의 주목할 만한 논의를 비판적으로 살펴보았다. 바틀비는 하트·네그리에게는 '해방정치의 시작'을 여는 사람으로, 지젝에게는 체제는 물론 체제에 기생하는 반대세력과도 결별하려는 정치의 원리로, 아감벤에게는 순수하고 절대적인 잠재성의 형상으로, 들뢰즈에게는 아버지의 권능에서 벗어난 '형제 공동체'의 영웅으로 호명되었다. 이 다양한 접근방식이 이 소설을 새롭게 읽는 가능성을 열어 놓은 것은 분명하다. 하지만 이 논의들의 공통의 약점은 바틀비의 불가해 성을 직시하지 않고 논자 자신의 관점으로 환원시키거나 굴절시켜 해석한다는 것이다. 가령 이들은 바틀비에게 감지되는 부정적인 기미를 씻어내어 오로지 긍정적인 모습만을 남겨놓는 경향이 있는데, 앞서 몇몇 사례에서 보듯이 이런 환원주의 독법에서는 소설과 바틀비에 대한 관념화가 일어나기 마련이다.

「바틀비」의 남다른 예술성은 다른 어떤 관념이나 이상으로 환원될 수 없는 바틀비의 불가해한 현존을 실감나게 표현한 데 있지 않을까 싶다. 가령 『모비 딕』의 흰 고래나 에이헙도 나름의 불가해성을 지녔지만 바틀비와는 존재적으로 중대한 차이점이 있다. 흰 고래의 불가해성은 생명력에 충만한 존재의 생동감과 떼놓을 수 없는 반면, 바틀비의 그것은 유순하되 추상적이고 생동감을 걷히고 있다. 이 점에서 바틀비는 흰 고래보다 흰 고래의 불가해성을 증오하여 그것을 죽이고자 하는 에이헙에 더 가깝다. 하지만 바틀비와 에이헙 사이에도 중요한 차이가 있다. 우리는 에이헙의 내면 독백을 통해 그의 속내를 자세하게 들을 수 있지만 바틀비의 경우에는 그렇지 못하기 때문에 바틀비가 에이헙과 얼마나 다른지 감지할 수 있을 뿐, 확신하기는 힘들다. 바틀비의 유순하되 완강한 의지를 생각하면 그가 '소진된 에

이협'처럼 느껴지기도 하지만(한기욱 82-83) 그의 불가해한 죽음을 생각하면 삶의 의욕을 잃고 해안에 올라와 자살하는 고래처럼 여겨지기도 한다.

이 소설의 탁월함은 그런 바틀비를 근대 자본주의 체제의 한가운데-월가의 변호사 사무실과 툼즈 구치소-갖다 놓고 거기서 빚어지는 기이한 상황을 비정하게 지켜보고 기록하는 데 있다. 화자인 변호사는 온정적인 사람으로서 그 나름으로 바틀비를 연민하고 배려하려 애쓰지만 끝까지 그의 편에 서지는 못한다. 사실 그의 내면 독백은 불가해한 바틀비의 엄연한 현존과 자본주의 체제의 요구 사이에서 어쩔 줄 몰라 하는 어느 중생의 번민의 기록이다. 그러나 바틀비 자신이 이 체제에 순응하거나 복종하지 않는다는 것은 짐작할 수 있지만 그 외에는 어떤 생각을 가지고 있는지 알길이 없다. 체제의 안에 있는지 바깥에 있는지조차 판단하기 어려운데, 오히려 이 때문에 바틀비는 체제의 타자로서 선명하게 나타나게 된다.

바틀비에 대한 변호사의 내적 갈등이 심해질수록 바틀비가 비범한 사람인지 살짝 미친 사람인지 애매하게 보인다는 것도 흥미로운 점이다. 어쨌든 이 애매함의 소설적 효과는 어느 한쪽으로 확정될 경우보다 훨씬 크고 차원이 다르다. 왜냐하면 묘하게도 바틀비의 애매성이 지극히 합리적인 것 같기도 완전히 미친 것 같기도 한 자본주의 세상의 애매성과 맞물려 있음이 불현듯 감지되기 때문이다. 이를테면 바틀비의 불가해한 언행으로 말미암아 우리가 사는 세상의 '체제'가 절대성을 잃고 상대화되면서 고용관계를 포함하여 체제에 의해 당연시되던 모든 전제와 가정이 돌연 애매함의 소용돌이에 빠진 듯도 하다. 근대 자본주의체제의 강력한 논리와 균형을 뒤흔드는 것 같은 이 애매함의 효과야말로 앞의 논자들이 각각 나름대로는 멋진 바틀비 상을 제시했음에도 불구하고 놓쳐버린 이 소설의 탁월한 현재성이 아닐까.

인용문헌

한기욱. 「모더니티와 미국 르네쌍스기의 작가들」, 『안과밖』 4(1998 상반기).

Agamben, Giorgio. "Bartleby, or On Contingency," *Potentialities: Collected Essays in Philosophy*, ed. and trans. Daniel Heller-Roazen. Stanford: Stanford UP, 1999.

Barnett, Louise K. "Bartleby as Alienated Worker," *Studies in Short Fiction* 11 (fall 1974).

Foley, Barbara. "From Wall Street to Astor Place: Historicizing Melville's 'Bartleby'," *American Literature* 72:1 (2000).

Beverungen, Armin and Dunne, Stephen. "'I'd Prefer Not To.' Bartleby and the Excesses of Interpretation," *Culture and Organization* 13.2 (June 2007).

Deleuze, Gilles. "Bartleby; or, The Formula," *Essays Critical and Clinical*, trans. Daniel W. Smith and Michael A. Greco. New York: Verso, 1998.

Hardt, Michael and Negri, Antonio. *Empire*. Cambridge: Harvard UP, 2000.

McCall, Dan. *The Silence of Bartleby*. Ithaca and London: Cornell UP, 1989.

Melville, Herman. "Bartleby, the Scrivener", *The Piazza Tales and Other Prose Pieces: 1839-1860*, ed. Harrison Hayford et als. Evanston and Chicago: Northwestern UP and Newberry Library, 1987.

Rancière, Jacques. "Deleuze, Bartleby, and the Literary Formula," *The Flesh of Words: The Politics of Writing*, trans. Charlotte Mandell. Stanford: Stanford UP, 2004.

Reed, Naomi. "The Specter of Wall Street: 'Bartleby, the Scrivener' and the Language of Commodities," *American Literature* 76:2 (2004).

Žižek, Slavoy. *The Parallax View*. Cambridge: MIT P, 2006.

_____. "Notes towards a politics of Bartleby: The ignorance of chicken" *Comparative American Studies* 4(4) (2006).

마크 트웨인과
노예제*

● ● ● 강평순

1

윌리엄 딘 하웰즈(William Dean Howells)가 마크 트웨인(Mark Twain)을 가리켜 세르반테스와 셰익스피어 이후 최고의 해학가이며 미국 문단에서 가장 위대한 인물이자 비길 바 없는 미국 문단의 링컨이라고 극찬한 바와 같이, 트웨인은 기본적으로는 유머를 구사하는 해학가였지만 궁극적으로는 진지한 사회 비평가로서 단순한 웃음의 전달만이 아닌 허위와

---

* 이 글은『영어영문학연구』46권 1호(2004년 3월)에 실렸던 것을 수정, 가필한 것임을 밝혀둔다.

거짓, 타락한 인간성과 같은 사회의 제반 양상을 비판하는 이중적 관점을 지닌 작가였다고 볼 수 있다. 이러한 면에 대해 톰슨Charles Miner Thompson 은 마크 트웨인이라는 해학가의 뒤에는 날카로운 관찰자, 진지한 인간, 열렬한 개혁가의 모습이 숨어 있다고 하면서 트웨인은 자신이 알고 있는 삶 속에서 모든 사악한 것에 주목하고 그것을 세상 사람들에게 드러내었 다고 지적한다(Foner 50). 톰슨의 지적처럼, 인간과 사회에 대한 비판적인 측면을 고려할 때 트웨인은 훌륭한 해학가이면서 동시에 탁월한 사회비 평가였다. 그런데 그가 미국 사회에 대해 이처럼 비판적 태도를 지니게 된 까닭은 당시 미국의 사회, 문명이 그의 기대에 미치지 못했기 때문이 었다고 말할 수 있다. 따라서 트웨인의 사회 비평적 태도를 이해하기 위 해서는 먼저 당대의 문화적, 사회적, 정치적 배경에 대한 이해가 선행되 어야 할 것이다.

1850년대의 남부와 북부는 정치적, 경제적으로 서로 상이하고 서로에 게 대단히 적대적이었다. 경제적 입장에서 보자면, 남부는 개방된 시장에 서 농산물을 싼 가격에 팔고 제조상품을 보호시장에서 비싼 가격으로 사 야 하는 불리한 입장에 놓여 있었다. 남부의 농민들은 이것을 북부의 상 인들이 자신들에게 부과한 부당한 부담으로 여겼다. 반면 정치적 입장에 서 보았을 때, 남부는 투표 인구의 면에서 그들이 가질 수 있는 권리 이 상의 큰 영향력을 지니고 있었다. 당시 헌법에 노예무역의 철폐가 기재됨 으로써 남부의 주들이 투표권을 행사하지 못하는 노예들의 정치적 대표 권을 대신 행사하였기 때문이다. 따라서 남부 노예들을 대신하는 남부의 백인들은 북부의 백인들보다 더 큰 정치적 영향력을 발휘했던 것이다. 이 처럼 노예무역의 철폐에도 불구하고 무지와 종교적 완고함, 편협의 지배 를 받고 있었던 남부의 문화는 여전히 노예제를 고수하였다. 그리고 그들에게 있어서 노예제의 제한이나 폐지는 경제적 곤경을 야기 시킬 수 있는 문제였다. 따라서 노예제에 대한 공격은 곧 남부에 대한 공격이었으며 남부에 대한 긍정적인 관심은 그 어떤 것이건 노예제를 내포하는 것이었다 (Crunden 150–61). 반면 정치적으로 불리한 북부는 도덕적이고 현실적인 근거에서 남부보다 주장의 정당성을 지녔다. 북부의 새로운 정착민들은 노예제에 익숙지 않았으며, 남부가 숭배하는 기사적 미덕에 대해서도 무지했다. 그들은 땅과 독립을 원했고 노예들은 경제에 해가 되었다.

　이러한 대립으로 야기된 남북전쟁은 국가적 통일의 강화를 실현함과 동시에 사회적 문화적으로 근본적인 변화를 가져다주었다. 미국은 농업 중심의 경제 체제를 상공업 중심의 경제 체제로 바꾸었으며, 이미 전쟁 때부터 실행해 온 상공업의 보호 정책을 한층 더 강화시켰다. 이것은 곧 남부의 농본주의에 대한 북부의 상입주의의 승리를 의미하였다. 더욱이 북부는 자신들의 정치적인 주도권과 경제적인 이익을 위해 노예해방을 주장했다.[1] 이런 미국적 상황 속에서 트웨인이 겪은 여러 사회 경험은 그에게 사회를 꿰뚫어 볼 수 있는 통찰력을 가져다주었으며, 그로 하여금 사회의 여러 문제들에 대하여 관심을 갖게 하였다. 특히 그는 노예제의 역사적 폐해를 잘 알고 있었으며 인간의 자유롭고 평등한 권리를 침해하는 것, 즉 흑인에 대한 차별대우에 대해서는 무엇보다도 강한 분노를 느꼈다. 사실 흑인 노예제는 그에게는 당대 사회의 도덕적, 지적, 정서적 노예상태의 모든 문제를 함축하는 주제로서 그것에 대한 그의 관심은 당연한 일이라고 볼 수 있다.

2

1873년의 『도금시대The Gilded Age』로부터 1894년의 『톰 소여의 아프리카 모험Tom Sawyer Abroad』에 이르는 트웨인의 작품을 살펴보면, 간혹 등장하는 흑인은 노예이든 아니든 주로 외적인 면으로만 제시되고 있으며 당시의 다른 작가들의 작품의 흑인 노예들과 그다지 차이가 드러나지 않는다. 이 당시 남부와 북부의 작가들은 향수에 젖어 대농장 시절을 '사라져 없어진 황금시절'로 묘사했으며, 옛날의 애정이 넘치던 가족주의를 감상적으로 그리워하는 흑인 노예들을 그렸다. 남북 전쟁 전의 많은 소설에서 볼 수 있듯이, 흑인은 잔인한 노예제의 순교자이며 학대받는 톰 아저씨가 아니라, 모든 것을 잃어버린 주인의 충실한 하인이었다. 이러한 흑인은 거의 개인적인 인물로 그려지지 않고 주로 인종관계에 있어서 백인의 이데올로기를 지지하는 도구로서 그려졌다. 따라서 소설 속의 흑인은 개성이 없고 어리석은 아이들과 같으며, 미신적이고 오로지 관객에게 즐거움을 주는 희극적인 인물이었다. 즉 흑인은 노래와 쇼에 나오는 무감각한 샘보와 같은 인물에 지나지 않았다. 이처럼 흑인 등장인물들은 이미 정형화된 틀에 맞춰져 묘사되어졌기 때문에 진실된 모습을 보여주지 못했다. 트웨인도 흑인 노예에 대한 관습적인 형식을 당대의 작가들에게서 물려받아 동정보다는 웃음을 줄 수 있는 진부하기 짝이 없는 정형화된 희극적 흑인들을 그려내었다.

그러나 『도금시대』의 다니엘 아저씨에 대한 이야기를 자세히 살펴보면, 트웨인이 어떤 면에서는 흑인 노예와 노예제에 대한 인식을 갖기 시작했음을 알 수 있다. 여기서 트웨인은 다니엘 아저씨의 자기희생이라는 희극적인 제안을 통해 잔인한 주인에게 희생당하는 노예의 모습보다는 무관심하고 결정론적인 신에게 희생당하는 흑인의 모습을 보여준다. 물론 이 소설에서 흑인 노예에 대한 트웨인의 인식은 미약하기 짝이 없다. 왜냐하면 다니엘 아저씨와 그의 아내가 노예업자에게 팔려 강 하류로 실려 가게 될 때 이들 노예들의 감정은 전혀 이야기되지 않기 때문이다.

좀 더 노예제에 대한 관심이 발전된 모습을 보여주는 작품으로는 1874년 11월 아틀랜틱 지에 발표된 「실화A True Story」를 들 수 있다. 여기에서 트웨인은 처음으로 노예의 관점에서 노예 상태가 어떠한 것인지를 보여준다. 이 작품은 이전까지의 진부한 희극적 내용이 아닌 노예제의 희생자인 흑인의 진정한 경험을 보여주는 노예 문학의 획기적인 작품이라 여겨진다. 왜냐하면 『허클베리 핀의 모험The Adventures of Huckleberry Finn』이 출판되기 이전에 정형화된 흑인 노예의 이미지에서 벗어나 노예의 내면적인 모습이 이 작품 속에서 다루어지고 있기 때문이다. 그리고 모든 고통 속에서도 자신감과 위엄을 지니고 이를 즐겁게 웃어넘기는 레이첼 아줌마의 모습은 나중에 트웨인이 쓴 소설 속의 주인공 짐과 록시의 문학적 원형이 된다. 트웨인은 레이첼 아줌마의 모습과 삶을 살아가는 태도를 통해서 흑인 노예도 사랑의 본능과 따뜻한 마음을 지닌 인간임을 보여준다.

그러나 『허클베리 핀의 모험』에서 노예들의 고통은 노예를 소유하는 사회의 잔인성, 즉 그 사회 구성원들의 비인간성을 드러내는 매개가 된다. 헉이 짐의 고통을 인식하는 것은 그 고통을 야기한 잔인성에 대한 강조이며, 짐을 노와주느냐 마느냐에 대한 헉의 노력적 설정은 인간의 야만적인 행위, 즉 노예제에 대한 고발이다. 사실 비평가들은 일반적으로 헉과 짐의 뗏목 여행을 짐의 노예제로부터의 도망이라기보다는 헉의 사회적 속박으로부터의 도망으로 해석해 왔다. 스미스David L. Smith가 지적하듯이, 사기꾼인 왕과 공작이 뗏목에 올라탄 후로는 이들의 여행은 짐의 도망과는 아무 상관이 없게 되며 소설의 내용도 비인간적이고 억압적인 문명으로부터 벗어나려는 헉의 자유의 탐색으로 옮겨가게 된다(Smith 86). 하지만 헉 또한 노예제로부터 도망치고 있다는 사실로 미루어보건대 트웨인에게 있어서 노예제란 짐의 실제 노예 상태보다는 일반적인 의미에서의 속박의 상태를 함축하는 용어이다. 즉 남북 전쟁 이전의 남부에서의 노예 제도는 흑인뿐만 아니라 백인을 포함한 모든 사람들에게 강요되는 속박에 대한 은유적 표현인 것이다.

트웨인은 노예제도를 비문명적이고 비인간적인 사회제도라고 비난하면서 "우리는 같은 형제인 인간을 소유하고, 사고, 팔고, 때리고, 매질하고, 그리고 그들의 마음을 아프게 하였다. ─그러므로 우리는 우리 자신을 부끄럽게 여겨야만 한다"(Budd 94)고 공공연하게 말한바 있다. 남부 사회의 이런 비인간성과 잔인성은 흑인 노예, 특히 짐에 대한 남부 사람들의 태도에서 잘 드러나고 있다. 특히 이 소설에서 짐은 이러한 노예제의 모든 해악을 드러내는 수단이 된다. 왓슨 아줌마가 짐을 강 하류에 팔려고 한다든지, 왕과 공작이 같이 지내온 짐을 40불에 팔아넘김으로써, 짐에게 많은 고통을 주게 되는 경우들이 그러하다.

또한 헉이 방문하는 쥬디스 로프터스 부인도 친절하고 소박하며 관대한 부인으로서 통찰력을 지닌 인본주의자이다. 그러나 도망친 도제인 헉을 친절하게 대해주던 부인조차도 흑인 노예에 대한 편견을 지니고 있으며 300달러의 현상금이 걸린 도망 노예를 꼭 사로잡아야겠다는 탐욕스러운 면을 보여준다. 짐이나 팹(헉의 아버지) 중 누가 헉을 살해했느냐 하는 진실은 그녀에게는 중요치 않다. 그녀가 헉을 잘 대해주고 올바른 일만 하려고 하지만, 그 올바른 일이란 도망친 노예를 추적하려는 남편에게 총과 사냥개를 꼭 가져가도록 조언을 해주는 것이다. 쥬디스 로프터스 부인의 에피소드의 의미는 세 가지로 나누어 볼 수 있다. 첫째, 이 에피소드는 더글라스 과부댁의 친절한 섭리로부터 피터 월크스 에피소드에서의 헉의 사기 행각의 고백에 이르는 친절한 행위들의 연장선상에 있는 하나의 사건이다. 둘째, 이것은 헉과 짐의 가장과 도피의 뗏목 여행을 시작하게 하는 계기가 되며, 사회적 차원에서의 노예제도와 억압으로부터의 도망이 시작된다. 셋째, 친절한 부인조차도 도망노예를 사로잡아야겠다는 탐욕의 모습을 보여주는데, 이는 남부의 배금주의적 성향이 선한 사람에게조차 그 타락된 영향을 끼치고 있음을 보여주는 예이다.

짐이 다시 잡혔을 때도 마을 사람들은 그에게 지독한 욕을 퍼붓고 매질을 하고 그의 손발을 쇠사슬로 묶는가 하면, 먹을 것이라곤 빵과 물밖에 주지 않는다. 그리고 그들은 검둥이 노예에게는 비인간적인 행동을 하면서도 이를 당연하게 여긴디. 심지어 관대한 헉 조치도 노예제도에 대해서 이들과 똑같은 태도를 보여주기도 한다. 헉은 짐을 탈출시키려는 톰의 행동을 이해하지 못한다. 그는 톰의 행동으로 인해 그와 그의 가족들을 만인 앞에 수치스럽게 만드는 것이라고 생각하고 그를 위해서 계획을 막아야 한다고 생각하기까지 한다. 이처럼 헉의 거짓 죽음을 불러일으키는 팹과의 갈등에서 시작하여 강변의 여러 사건에 이르는 사회적 무질서—복수나 린치가 문명적 권위의 상징인 법을 대신하기 때문에—는 톰의 비인간적 무관심에서 그 절정에 이르게 된다. 톰이 짐을 구하려는 장난은 백인의 잔인하면서도 비인간적 태도를 분명하게 보여주는 경우이나. 그 동안 뗏목 여행의 여러 사건들은 사실 무서우면서도 재미를 가져다주는 것이었다. 그러나 짐이 겪는 마지막 고통은 전혀 재미있지도 않으며 오히려 기괴하게 느껴질 정도이다.

노예제에 대한 비인간적인 사고방식은 그 마을의 의사와 샐리 아줌마에게서 더욱 분명하게 드러난다. 먼저 톰을 치료한 의사는 친절하고 인간적인 사람이다. 그는 톰을 쏘게 된 헉의 이상한 꿈을 듣고서도 어떤 의심도 품지 않고 따라 나선다. 그가 톰을 치료하면서 도움이 필요하게 되었을 때, 자신의 자유를 포기한 짐의 정성스런 도움을 받게 된다. 그러나 의사는 이 검둥이가 도망친 노예라고 확신하자, 그는 의사로서의 의무인 마을의 감기 환자에 대한 진찰을 포기한다. 그는 이 검둥이가 도망치면 그것은 자신의 책임이 될 것이라고 생각하면서 이 도망 노예를 다시 잡아야 한다는 도덕적 의무를 중시한다. 그는 백인 몇 사람이 쪽배를 타고 가는 것을 발견하자, 그들을 가만히 불러들여 톰의 간호로 지쳐 잠든 짐을 묶도록 한다. 이는 마치 왕이라고 자칭하는 사기꾼이 짐을 배신하고 팔아넘기던 앞서의 사건을 연상시키는 모습이다. 나중에 그는 마을 사람들에게 흑인 노예의 희생적인 간호를 칭찬하면서, 이 검둥이는 결코 나쁜 검둥이가 아니며 "천 달러에다 친절한 대우를 받을 가치가 있는"(*HF* 361) 노예라고 말한다. 여기서 의사의 말은 자신의 자유를 희생시키면서 톰을 간호한 흑인노예에 대한 진정한 찬사라 볼 수 있다. 그러나 의사가 자기를 도와준 흑인 노예를 체포하게 한다든지 그를 금전적으로 평가하는 모습은 짐에 대한 평가가 노예제의 범주를 벗어나지 못하는 제한적인 것임을 드러내 보여준다.

또한 샐리 아줌마가 헉에게 늦게 도착한 이유를 물을 때도 그들의 대화에서 노예제에 대한 남부인의 태도를 극명하게 엿볼 수 있다. 그녀의 질문에 헉은 배가 좌초된 것이 아니라 증기선의 실린더 헤드가 터졌기 때문이라고 거짓말을 늘어놓는다. 이때 그녀는 검둥이가 다쳤다는 말을 들으면서 "그것 참 다행이었구나. 왜냐하면 때로는 사람들이 다치기도 하니까"(*HF* 291)라고 말한다. 이들의 대화는 흑인 노예를 인간 이하로 여기는 남부인의 비도덕적인 사고방식을 극화하는 한 예이다. 헉의 즉각적인 대답과 그녀의 경박하고 편협한 응답은 매우 즐겁고 재미있게 들리지만, 헉의 대화는 흑인 노예에 대한 남부인의 일반적인 편견, 즉 흑인에 대한 사회적 무관심을 희화하는 것으로 볼 수 있다. 200번 이상 사용되는 '검둥이 nigger'는 인종 차별적인 용어로서, 이 단어를 빈번히 사용하는 것에 대해 트웨인은 "나는 어떤 인종적 편견도 가지고 있지 않다고 분명히 확신한다. 그리고 나는 어떤 유색 인종에 대한 편견이나 계급적 편견도 가지고 있지 않다고 생각한다. 정말로 나는 이 사실을 알고 있다. 나는 어떤 사회 집단도 받아들일 수 있다. 내가 관심을 가지고 있는 것은 모든 사람은 인간이라는 것이다"(Sloane 29)라고 자신의 입장을 분명하게 밝히고 있다.

당시에 일상적으로 사용되고 있었던 이 단어는 흑인에 대한 불쾌하고 비하적인 의미를 지니고 있다. 위의 언급으로 미루어 봤을 때, 트웨인은 이 단어의 의미를 정확히 이해하고서 소설 전반에 걸쳐 검둥이를 노예와 같은 의미로 사용했음을 알 수 있다. 즉, 검둥이는 "열등하고 인간 이하이며 유럽계 미국인들에게 소유되고 빌붙어 살아가는 자"로서, "지능이 낮고 부도덕하며 게으르고 미신을 믿는"(Smith 92–93)[2] 존재이다. 가령 "짐이라 불리는, 왓슨 양의 검둥이"라든지 "검둥이를 훔치는 자"에서 검둥이는 하나의 소유물, 즉 상품이나 노예의 의미를 지닌다. 그러나 이러한 낱말의 개념은 사회적으로 구성되고 인정받은 하나의 허구이며, 샐리 아줌마가 믿는 헉의 거짓말처럼 거짓이며 불합리한 것이다. 소설 속의 여러 에피소드에서 볼 수 있듯이, 트웨인은 짐의 인간적이고 지적인 면에 대한 묘사를 통해 검둥이라는 단어의 의미의 무용성을 제시한다. 그는 과거에 흑인들이 노예로서 가장 적합하다는 백인들의 주장은 잘못된 것이며, 오히려 백인들이 더 부도덕하고 게으른 존재임을 보여준다. 이는 이미 소멸

된 노예제의 정당성에 대한 부정을 넘어서서 흑인에 대한 기존의 관념까지도 전복시키는 것이다.

트웨인은 남부인의 비인간적인 행위들과는 대조적으로 짐을 따뜻한 인정을 지닌 인물로 그리면서, 짐의 고결한 행동을 통해 노예제에 대한 그들의 편협한 사고방식을 비판한다. 먼저 짐이 빈집에 죽어 있는 사람을 발견했을 때, 그는 죽은 사람이 헉의 아버지임을 숨기고 헉에게 그 시체를 보지 않도록 세심히 배려하는 인간다운 모습을 보여준다. 또 톰이 총상을 당했을 때도 그를 치료하기 위해 짐은 자신의 자유를 포기하는 진정한 용기를 보여준다. 백인 우월주의에 젖어 있는 의사조차도 자신의 자유를 포기한 짐의 용기에 찬사를 보내면서, "이 검둥이만큼 훌륭하고 충실한 검둥이는 본 일이 없소"(HF 361)라고 말하기까지 한다. 이때 의사나 마을 사람들은 짐의 행동에 놀라워하며, 헉은 짐의 마음속은 희다고 생각한다. 그러나 이 훌륭하고 충실한 흑인에 대한 그들의 보답은 그를 욕하고 후려갈기는 처벌을 그만둘 뿐, 짐의 무거운 족쇄를 풀어줄 만큼 자비롭지는 못하다. 여기서 트웨인은 백인의 잔인하고 이기적인 태도와 짐의 자기희생을 대조시키면서, 백인의 피부가 백인의 우월성을 정당화시킬 수 없음을 보여준다.

헉은 백인 사회의 윤리적 규범과 백인우월주의를 그대로 답습한 채 뗏목 여행을 시작하기 때문에, 그도 처음에는 짐을 하찮은 노예로 여긴다. 여기서 짐은 노예제를 고수하는 사회에서 도망친 노예이므로 둘의 관계는 사회적 차원의 의미를 지닌다. 짐이 도망쳐 나왔다는 사실을 알게되었을 때, 헉을 자기가 야비한 노예폐지론자로 불린다 할지라도 조금도 꺼려하지 않겠다고 말한다. 이것은 헉이 사회적 제도, 즉 노예제도와의 갈등이 이미 시작했음을 보여주는 대목이다. 두 사람이 뗏목 여행을 하는 동안 헉은 짐과의 많은 대화를 통해 그도 고귀한 인간이며 분별력을 지닌 흑인임을 점차 깨닫게 되고, 그를 자기와 대등한 인간으로 여기게 된다.

혁의 내적 갈등은 사기꾼 왕과 공작이 짐을 40불에 팔아 넘겼다는 사실을 알게 되었을 때 절정에 이르게 된다. 그는 마음의 불안과 정신적 고통을 억누르기 위해 왓슨 아줌마에게 편지를 쓰게 되지만, 또 한편으로는 짐과의 지난날의 기억들을 떠올리게 된다. 짐이 뗏목의 불침번을 대신 서 주던 일, 혁이 안개 속에서 다시 살아서 돌아왔을 때 기뻐하던 모습, 그랜저포드 가의 습지에서 다시 만났을 때의 모습, 그리고 노예 사냥꾼들에게서 짐을 보호해 주었을 때 고마워하던 모습들이 즐거움으로 시작해서 짐에 대한 사랑으로 끝난다. 이때 혁은 인생의 가장 중요한 결단을 내리고 자기가 속한 사회와의 결별을 선언한다. 혁의 이런 결정은 노예제가 합법화되어 있는 미주리 주에서 혁이 짐이라는 노예의 도망을 도와준다는 사실 자체가 노예제를 유지하는 사회 전체에 대한 통렬한 비판이 되는 것이다. 혁의 양심의 갈등은 노예제 사회를 유지시키는 가치 규범의 한계를 보여주며, 그의 최종적 결단은 아직도 남아있는 노예제를 믿는 정신에 대한 도전이 된다.

3

『아서 왕 궁전의 코네티컷 양키A Connecticut Yankee in King Arthur's Court』는 트웨인의 중요한 문학적 성취로서 『허클베리 핀의 모험』과 『바보 윌슨Pudd'nhead Wilson』 사이에 위치한다. 이 소설은 6세기 중세 영국을 배경으로 트웨인의 민주주의, 역사적 진보, 그리고 정치적, 경제적 이데올로기의 개념을 제시하기 때문에, 그 소재와 배경은 미주리를 배경으로 하는 앞서의 남부 소설과 일치하지 않는다. 그러나 헉의 뗏목여행처럼 이 소설에서도 하트포드에서 시공이 전이된 기계공 행크의 왕국 여행으로 이루어지고 있다. 즉 행크가 샌디와 함께 떠나는 기사 모험과 변장한 아서 왕과 함께 떠나는 민정시찰이 바로 그것이다(Hoffman 97). 아서 왕과 행크는 여행 도중에 여러 신분의 사람들, 즉 귀족, 자유민과 노예를 만나게 되고 이들에 의해 신분 하락을 겪게 된다. 여행 중에 겪게 되는 신분의 변화로 인해 이들은 고립된 상황에 처하게 되고 『허클베리 핀의 모험』에서처럼 필연적으로 인간과 사회에 대한 성찰과 비관적인 결론에 이르게 된다. 심지어 행크는 모건 르 페이의 지하 감옥에서부터 소작농 마르코의 집의 체류에 이르기까지의 왕국 여행을 통해 모든 인간을 목매달고 싶다고 생각하기도 한다. 여기서는 헉의 관대한 마음과 같은 개인적 해결책이 제시되지 않고 있으며, 인간은 유전 형질에 의한 잔인하고 비열한 기질을 지니고 있음을 『허클베리 핀의 모험』에서보다도 더욱 분명하게 보여주고 있다.

소설 속의 아서 왕 시대의 삶은 『허클베리 핀의 모험』에서의 남부 사람들의 삶과 강렬하게 대비된다. 비록 흑인 노예는 등장하고 있지 않지만, 『아서 왕 궁전의 코네티컷 양키』에서도 노예와 같은 억압된 상황을 암시하는 이미지가 곳곳에서 제시되고 있으며, 이는 소설의 의도에 매우 중요한 역할을 한다. 행크가 포로가 되어 끌려간 카멜롯 성은 "돼지들과 그 똥들, 벌거벗은 아이들, 깡충거리는 개들, 누추한 오두막들"(HF 20)이 있는 또 다른 브릭스빌 마을이다. 즉 원시적인 6세기 영국의 모습은 여러 가지 면에서 남북전쟁 이전의 미국 남부의 모습과 흡사하다. 그리고 성 사람들의 모습과 행동도 확실히 브릭스빌 마을 사람들과 다를 바 없다. 다만 그들의 목에 두르고 있는 금속 목걸이만이 그들의 억압된 상황을 분명하게 보여줄 뿐이다. 나중에 행크는 이들의 모습과 처지를 설명하면서

"아서 왕 시대의 영국 사람은 대부분 노예들이었고 목에 금속 목걸이를 하고 있었다. 그 외의 사람들은 노예라고 불리지는 않았지만 사실상 노예와 다름없었다"(CY 54)라고 설명한다.

이것은 『허클베리 핀의 모험』의 함축적인 보편적 노예상태가 『아서 왕 궁전의 코네티컷 양키』에서는 소설의 전제가 되어 실질적인 노예 상태로 되었음을 보여주는 것이다. 이러한 전반적인 억압된 상황은 갑옷을 입은 행크를 통하여 상징적으로 제시된다. 트웨인은 힘들고 복잡한 갑옷을 입는 과정을 상세하게 설명하면서 그 불편함을 지적해나간다. 그는 행크의 입을 통해서 갑옷을 입는 것은 마치 촘촘한 고기잡이 그물을 뒤집어 쓴 것 같다고 하면서 갑옷의 무겁고 불편하고 답답하고 볼썽사나운 점을 지적한다. 그는 다른 사람의 도움 없이는 결코 입을 수 없는 갑옷을 "이 세상에서 가장 불편한 옷"(CY 78)이라고 결론을 내린다. 이런 불편함 때문에 행크는 갑옷을 만들어낸 중세인의 이성을 의심하기까지 한다. 그는 이 불편한 의상이 그렇게 오랜 세월 유지될 수 있었던데 대해 의문을 갖는다. 이 불편하고 답답한 갑옷은 인간의 자유로운 행동의 구속과 속박을 뜻한다. 이런 갑옷을 몸에 걸치는 것은 매우 억압적인 상황에 자신을 내맡기는 것이다. 이런 상징적 의미는 행크의 갑옷 속에 기어 들어온 벌레들로 인해 더욱 강조된다. 행크는 폭풍우로 인해 동굴로 피신하는데, 여러 가지 곤충과 개미, 벌레들도 비를 피해 동굴로 몰려들어와 그의 따뜻한 갑옷 속으로 기어들게 된다. 이때 벗어버릴 수 없는 갑옷과 그 속에 기어든 벌레들은 그에게 지금까지 겪었던 가장 끔찍한 고통을 가져다준다. 이 일이 있고 난 후 행크는 이 끔찍한 갑옷을 어떻게 해서든지 개선해야 되겠다고 다짐하게 된다.

트웨인은 아서 왕과 행크의 여행 동안에 이들이 겪는 왕국의 노예적인 억압적 상황을 남북 전쟁 이전의 남부의 노예제와 비교하면서 설명하고 있다. 즉 6세기 영국의 상황이 노예제가 유지되던 19세기 미국의 상황과 유사하게 언급되면서[3] 남북전쟁 전의 미국의 모습을 연상시킨다. 그리고 중세 영국과 미국 남부의 비슷한 외적인 풍경은 그들의 내적인 상황에 대한 언급으로 이어진다. 아서 왕국의 외면적인 평온과 질서 속에 봉건제도에 의한 불평등과 억압의 현실이 숨어 있는 것과 마찬가지로, 미국 남부의 광활한 대농장의 평화로움 속에는 노예제로 빚어지는 온갖 참상이 존재하고 있는 것이다. 당시 미국 남부를 지배하고 있던 농장주들은 봉건적인 귀족제도와 낭만적인 기사도에 심취하여 귀족적인 생활방식을 유지하고 있었다. 이들에게 있어서 유일한 노동의 수단인 흑인노예는 인간이라기보다는 하나의 재산에 불과하였으며, 우수한 백인이 생물학적으로 열등한 흑인을 보살펴야 한다는 미명 아래 노예제를 정당화하여 유지하였다. 이처럼 6세기의 영국과 미국 남부를 강하게 연결시켜 주는 요소는 두 사회에 공통적으로 존재하고 있는 노예제도이다. 그러나 6세기 영국은 노예제가 있었다기보다는 미국의 노예제를 비판하기 위해 의도적으로 노예제를 도입했다고 볼 수 있다. 즉, 트웨인은 중세 영국의 억압적인 상황으로 노예제라는 제도를 보여주고 있다.

비평가들은 그동안 이 소설의 노예제를 마치 미국 노예제에 대한 우화적 형식으로 해석해왔다. 물론 트웨인의 의도는 6세기와 19세기의 억압적 상황은 중요한 차이가 없음을 암시하면서 행크로 하여금 그 시대의 잘못된 현실을 체험하게 하는 것이다. 따라서 행크는 중세에서 겪은 경험들을 자신이 살던 19세기와 결부시키면서, 그 경험들은 단지 중세의 한 시대에만 국한되는 것이 아니라 현대에 이르기까지 지속되고 있는 인간사회의 보편적인 악습임을 강조한다. 이러한 두 시대의 연관은 "영주 저택의 비극"의 장에서 분명히 드러난다. 여기서 농노로 가장한 아서 왕과 행크는 숯쟁이를 우연히 만나게 된다. 그 숯쟁이는 영주 저택의 화재에 대한 의심을 받고 있었던 죄 없는 소작인 18명을 도살하거나 목매다는 일을 도와주고 돌아오는 길이었다. 행크는 자유민들이 귀족들 편에 서서 동료들을 해치는 것을 보면서 남부의 '가난한 백인들'의 비열성을 떠올리게 된다. 행크는 아서 왕 시대의 자유민들이나 소수의 자영농들, 기능공들이 인격을 지니지 못한 인간 이하의 대접을 받고 있다면서 그들이 처한 상황이 미국의 19세기에 살던 노동자들의 그것과 다를 바 없다고 지적한다. 오히려 그는 아서 왕의 자유민들이 19세기 노동자들보다 더 육체적 손실을 당하고 있음을 보여준다.

왕국을 여행하던 중 행크와 아서 왕은 자신들의 신분을 증명하지 못해 노예 경매장에서 돼지처럼 노예로 팔리게 된다. 이때 노예 싱들은 아서 왕을 최고 입찰 가격인 7달러라는 수치스러운 가격에 거래하게 되는데, 이는 노예제에 대한 또 하나의 신랄한 아이러니로 볼 수 있다. 왜냐하면 그들이 가장 존경하고 두려워하는 왕이 노예라는 딱지를 달게 되자, 그들은 왕과 노예를 제대로 구별하지 못하기 때문이다. 이것은 귀족과 노예의 신분적, 유전적 차이를 정당화시켜온 노예제의 주장이 얼마나 허구적인가를 보여주는 단적인 예가 된다. 이처럼 아서 왕이 노예로 팔리게 된다는 비역사적 상황 설정은 노예제의 비판이라는 주제적 관점에서 매우 중요하나.

또한 트웨인은 이 사건을 통해 아서 왕에게 영국의 잔인한 제도를 실제 피부로 느끼게 만드는 하나의 계기를 마련한다. 그들이 호송되는 노예의 무리에 속하게 되었을 때, 행크에게는 단지 부적절하고, 왕에게는 전혀 고려의 대상이 되지 못했던 노예제가 이제 그들 두 사람에게 소름끼치는 제도로 다가온다. 왕에게 가해지는, 또는 그의 눈앞에서 벌어지는 다른 노예들에 대한 가혹한 취급－예를 들자면 그녀의 가슴에 매달린 어린 두 딸 앞에서 화형에 처해지는 어머니, 굶주리는 아이에게 먹일 음식을 훔쳤다는 이유로 교수형을 당하는 또 다른 어머니－을 보면서 행크는 노예제를 없애야겠다는 결심을 하게 된다.

이러한 에피소드들은 미주리 주의 노예제에 대한 트웨인의 어릴 적 기억에서 비롯된 것으로 보인다. 더욱이 노예제에 대한 그의 묘사는 러시아와 시베리아에서의 노예 상태에 관한 기사들, 혹은 미국 흑인으로서 이전에 노예생활을 했던 찰스 볼의 자서전을 읽고 난 후 더욱 강화되어졌다고 볼 수 있다. 여러 신문 기사와 볼의 자서전에서 읽은 세세한 묘사는 이 소설의 가장 애처로운 장면, 즉 왕과 행크가 노예가 되기 전 마주친 노예 행렬의 묘사 부분에 반영되고 있다. 50명의 한 무리의 불쌍한 사람들의 행렬은 사회적 억압과 불공평이 가져온 최악의 상황을 보여주는 것이다. 그리고 "모든 연령의 사람들－머리가 희끗희끗한 늙은 남녀, 중년의 건장한 남녀, 젊은 부부들, 어린애들, 그리고 가슴에 매달려 있는 세 명의 피붙이들"(CY 139)이 웃음을 잃어버린 채 희망 없는 표정으로 행렬을 짓고 걸어가는 모습은 황폐화된 인간조건의 상징으로 보인다.

또한 노예주가 보여주는 인간의 근원적인 잔인성은 노예 가족의 생이별을 보여주는 장면의 반복을 통해 강조되고 있다. 마치 『허클베리 핀의 모험』에서 왕이라는 사기꾼이 윌크스가의 노예들을 강 하류의 노예 주인들에게 팔아넘기듯이, 노예 상인은 여자 노예를 그녀의 아이들과 함께 새 지주에게 팔아넘긴다. 이때 상인이 그녀의 사슬을 풀어주자, 그녀는 남편인 남자 노예의 팔에 몸을 던진다. 그는 눈물을 흘리며 여자와 아이들을 번갈아 보지만 결국 강제로 헤어지게 된다. 지주의 손에 질질 끌려가면서 비명을 지르고 발버둥을 치는 여자의 모습과 멀어져가는 비명소리를 비통하게 듣고 있는 남편의 모습은 행크에게는 견디어낼 수 없을 정도의 슬픈 광경이었다.

트웨인은 『아서 왕 궁전의 코네티컷 양키』에서 『허클베리 핀의 모험』의 남부 귀족들처럼, 영국의 귀족들과 상류 계층의 사람들도 자신들의 비인간적 제도에 속박되어 있음을 보여준다. 노예 부부가 헤어지기 전에, 여자 노예는 게으름을 피웠다는 이유로 상인에게 채찍질을 당하게 된다. 상인은 미친 사람처럼 그녀의 등가죽이 벗겨질 때까지 채찍을 휘둘러대는 잔인한 모습을 보여준다. 그녀가 채찍질을 당하는 동안 남자 노예는 그녀를 보호해주기는커녕 그녀가 채찍을 피하지 못하도록 붙잡는 명령을 받게 된다. 이때 행크와 같이 여행을 하던 순례자들의 대화 내용은 그들의 정신적 마비의 상태를 드러내 보여준다. 그들은 이 비참한 광경을 구경하면서도 애처롭게 비명을 질러대는 여자 노예의 고통에는 전혀 관심을 가지지 않으며, 오히려 상인의 훌륭한 채찍 솜씨만을 칭찬한다. 행크는 순례자들의 이런 모습을 지켜보면서 "그들은 평생 동안 매일같이 노예제에 익숙해지고 이미 마음이 굳어 있었기에 칭찬을 가져오는 이런 행위에 다른 어떤 것이 있음을 깨닫지 못했다. 소위 인간의 우월한 감정을 화석화시킨다는 점에서 이것은 노예제가 가져올 수 있는 일이었다. 왜냐하면 이 순례자들은 본래 마음이 따뜻한 사람들이었으며, 만약 그 사람이 말을 그처럼 다루었다면 그들은 그를 가만히 보고만 있지 않았을 것이기 때문이다"(CY 140-41)라며 노예제를 비난한다. 인간이 말과 같은 취급을 당한다면 그들은 가만히 보고만 있지 않았을 것이라는 말속에서 이미 그들은 노예를 사람으로 보고 있지 않음을 알 수 있다. 행크는 잔인한 행위를 아무렇지 않게 바라보는데 익숙한 그들에게서 인간성이 굳어졌음을 지적한다. 이것이 바로 인간의 감정을 화석화시키는 노예제의 본질이라고 볼 수 있다.

『바보 윌슨』에서도 비슷하게 반복되는 이 장면의 묘사는 트웨인의 어머니에 대한 기억에서 빌려온 것으로 보인다. 트웨인에 따르면, 그의 어머니는 사람들에 대해서 매우 친절하고 인정 많은 사람이었지만 노예제가 불법적이고 용납될 수 없는 인간 권리의 침해임을 깨닫지 못했다. 그녀는 사람들에게서 노예제가 비난되어지기보다는 옹호되어지는 말을 수없이 들어왔던 것이다. 그녀는 노예제를 인정하는 성경의 구절에 익숙해 있었다. 그녀는 다른 모든 남부의 지혜롭고 선하고 경건한 사람들의 믿음처럼 노예제를 옳고 정당하며 신성한 것으로 믿었다. 트웨인은 이러한 그녀의 태도를 훈련과 교육, 사람들과의 교제가 가져다준 '기이한 기적'이라고 보았다. 여기서 노예와 순례자의 대조는 의도적인 것으로 볼 수 있다. 독실한 기독교인 순례자들은 신성한 은자들의 축복을 받고 자신들의 죄를 씻어내기 위해서 성스러운 계곡을 찾아가고 있지만, 노예들의 비참한 처지에 대해서는 어떤 감정의 변화도 보이지 않는다. 여기서 노예들의 육체적 구속 상태는 상징적으로 순례자들의 정신적 구속 상태에 비교되고 있다. 이처럼 트웨인은 중세 영국과 19세기 미국이라는 서로 다른 두 시대의 공간적인 차이와 과거와 현재라는 시간적 차이를 초월하여 어느 시대에나 존재하는 문명사회의 악습인 노예제를 강도 높게 비판한다.

4

『허클베리 핀의 모험』에서 볼 수 있듯이, 트웨인은 헉과 짐의 뗏목여행을 통하여 노예제의 문제를 제기한다. 사실 미국 역사에 있어서 노예제는 자유와 평등이라는 미국인들의 꿈을 정면으로 부정하는 근본적인 모순점을 지니고 있다. 따라서 남부 백인인 헉과 흑인 노예 짐과의 관계는 이 소설의 주요한 문제로 부각될 수밖에 없다.

헉은 잭슨 아일랜드에서 짐과 만나게 되기 전까지는 노예제에 대해 어떤 의문이나 회의를 한 번도 가지지 못한 아이이다. 그러나 미시시피 강으로의 여행으로 인해 헉은 짐에 대해 평등한 관계와 동료애에 대한 믿음을 깨닫게 된다. 여기서 헉의 뗏목 여행은 당시 미국 사회의 노예제와 같은 제도적 악습들을 드러내는 문학적 장치라 할 수 있다. 이러한 깨달음이 헉으로 하여금 짐을 밀고하기보다는 차라리 지옥에 가겠다는 결심을 하게 만든다. 물론 헉의 결심은 남부의 사회 속에서 길들여진 양심에 반하는 결심이다. 따라서 백인 사회에서 교육을 받고 자란 소년이 자신의 본능에 따라서 지옥으로 가겠냐고 결심하는 것, 그 자체는 당시의 노예제에 대한 신랄한 고발이며 남부 문화에 대한 가장 가혹한 비판이 된다.

노예제에 대한 이런 비판적 태도는 『아서 왕 궁전의 코네티컷 양키』에서 더욱 분명하게 드러난다. 이 소설에서 직접적으로 비판되고 있는 대상은 6세기 영국의 군주제와 교회제도이지만, 트웨인은 미국사회에 대한 시사적 언급을 통해서 영국의 노예제를 그 시대에 국한되는 노예제가 아닌 미국의 노예제에 대한 우화로서 읽을 수 있음을 보여준다. 결국 노예제가 과거에서 현대에 이르는 인간 사회의 보편적 악습으로 해석되면서, 『허클베리 핀의 모험』에서의 간접적이고 함축적인 노예상태에 대한 묘사는 『아서 왕 궁전의 코네티컷 양키』에서는 제도에 의한 정신적 마비상태를 보여주는 작품의 배경으로 보다 구체화되고 있다. 이런 노예제에 대한 트웨인의 관심은 후기 작품, 특히 『바보 윌슨』에서 톰과 록시 두 사람의 관계를 통해 더욱 분명하게 다루어진다.

이와 같이 트웨인은 사회비평가로서 19세기 사회 전반에 만연된 도덕적 타락, 특히 남부 사회의 제반 문제들 중에서 노예제에 남다른 관심을 가진 작가였다. 그는 자신의 소설을 통해 어느 시대에도 존재할 수 있는 노예제를 심도 있게 다룸으로써 미국의 공동체 사회에 대한 현실적이고 합리적인 탐색을 이루었다고 하겠다.

---

[1] 북부 사람들은 경제적인 구조의 특성으로 인해 노예제도를 인정하지 않았을 뿐, 흑인에 대한 감정은 남부 사람들의 감정과 크게 다를 바 없었다. 그들이 주장했던 자유나 평등은 사실 흑인들에게는 적용되지 않는 백인들만의 것이었기 때문에 그들의 이념은 근본적인 문제점을 내포하고 있었다고 볼 수 있다.

[2] 스미스는 '인종'과 '흑인'의 개념을 다음과 같이 구별한다. 미국에서의 '인종'은 백인 우월성과 흑인 열등성을 의미하며, '흑인'이란 사회적으로 허구의 존재이며 아프리카계 미국인의 역사적 현실을 말해주는 대용물이라는 것이다. 그리고 그는 트웨인이 소설 속에서 비판하고 있는 것은 바로 이와 같은 구체화된 허구임을 지적한다.

[3] 이 소설에는 19세기 미국의 사회상과 관련되는 많은 시사적인 언급들을 포함하고 있다. 그것은 높은 관세율, 정치적으로 임명되는 엽관제, 자치제의 시행, 또는 가난한 백인의 비열성 등에 관한 것들이다.

인용문헌

정상준 외 역. 로버트 M. 크런든. 『미국문화의 이해』. 서울: 대한교과서, 1996.

Budd, Louis J. *Mark Twain: Social Philosopher*. Bloomington: Indiana UP, 1962.

Foner, Philip S. *Mark Twain: Social Critic*. New York: International Publishers, 1958.

Hoffman, Andrew Jay. *Twain's Heroes, Twain's Worlds*. Philadelphia: U of Pennsylvania P, 1988.

Robinson, Forrest G., ed. *The Cambridge Companion to Mark Twain*. New York: Cambridge UP, 1995.

Sloane, David E. E. *Adventures of Huckleberry Finn: American Comic Vision*. Boston: Twayne Publishers, 1988.

Smith, David L. "Huck, Jim, and American Racial Discourse." Ed. Eric J. Sundquist. *Mark Twain: A Collection of Critical Essays*. Englewood Cliffs, NJ: Prentice-Hall, 1994.

Smith, Henry Nash, ed. *Mark Twain: A Collection of Critical Essays*. Englewood Cliffs, NJ: Prentice-Hall, 1963.

Twain, Mark. *The Adventures of Huckleberry Finn*. Harmondsworth: Penguin Books, 1966.

_____. *A Connecticut Yankee in King Arthur's Court*. New York: New American Library, 1963.

_____. "A True Story." *Mark Twain's Sketches, New and Old*. Ed. Shelley Fisher Fishkin. New York: Oxford UP, 1996.

『워싱턴 스퀘어』에 나타난
19세기 미국사회와 여성*

● ● ● 이시연

1. 헨리 제임스의 여성 주인공

헨리 제임스Henry James는 대표작 『여인의 초상The Portrait of a Lady』
(1881)의 뉴욕 판 서문에서 (이사벨 아처와 같은) 여성을 주인공으로 선택
하는 문제에 대해 다음과 같이 언급한 바 있다.

어떠한 논리적 첨가과정에 의해서 이 빈약한 "인물," 한낱 가냘픈 그림자
같은, 이 영리하지만 당돌한 여자에게 소설의 제재로서의 고결한 특징들을

---

* 이 글은 필자의 석사논문 「헨리 제임스의 소설에 나타난 여성」 일부를 수정, 가필한
것임을 밝혀둔다.

가지게 할 수 있을 것인가? . . . 영리하거나 그렇지 못하거나, 수많은 당돌한 여자들이 하루하루 그들의 운명에 맞서고 있다. . . . 우리가 세상을 바라볼 때 언제나 놀라운 점은 수많은 이사벨 아처들과 그보다 훨씬 조그만 계집아이들이 얼마나 절대적으로 그리고 얼마나 터무니없이 그들의 중요성을 주장하고 있는가 하는 것이다. (Blackmur 48-49)

제임스의 서문은 다분히 자신의 작품에 대한 독자나 비평가의 오해와 비난 가능성을 염두에 두고 쓰인 글이므로 단어 하나하나마다 상당한 자의식과 아이러니가 포함되어 있다는 점을 고려할 때, 위의 글 역시 겉으로는 여성에 대해 경멸적 태도를 취하는 것처럼 보이지만, 사실 그러한 경멸은 여성을 소설의 주인공이 되기에는 "빈약한" 인물로 보는 기존의 소설 전통을 향한 것이다. 제임스는 영리하면서도 당돌한 "수많은 이사벨 아처들"의 "중요성"을 인식하고 있는 것이다. 또한 그들이 "하루하루 그들의 운명에 맞서고 있다"고 한 것은, 여성들로 하여금 온전하고 자유로운 삶을 살 수 없게 만드는 사회 현실을 일깨우는 것으로 이해할 수 있다. 그런 의미에서 비평가 존 칼로스 로우John Carlos Rowe가 "『데이지 밀러 Daisy Miller』에서 『상아탑The Ivory Tower』에 이르기까지, 여성의 사회적 상황이 소설의 중심문제인 한, 제임스는 여성의 재현에 관한 모종의 권위를 자임하고 있다"고 말한 것은 타당한 지적이다(Rowe 87). 제임스는 여성의 삶이 무언가 불완전하다는 것을 인식하는 한편, 그 불완전함이 여성의 본성에서 연유하는 것이 아니라 그가 "운명"이라는 말로 에둘러 표현한 어떤 외부적 요인, 즉 여성을 억압하고 왜곡하는 당대 사회 현실로 인한 것으로 파악한다. 더 나아가 그는 여성이 그러한 "운명"에 맞서 스스로의 "중요성"을 입증하고자 하는 모습에 관심을 가지고 그와 같은 여성을 그의 주인공으로 삼은 것이다. 이 점은 『여인의 초상』에 국한되는 것이 아니라 여성에 대한 제임스의 전반적인 태도와 관심을 말해준다.

한편, 제임스 소설의 주인공들이 지닌 공통적 특징은, 그들이 대개 남다른 재능과 인생에 대한 이상적 의욕을 지녔음에도 불구하고 그들을 둘러싸고 있는 사회의 관습이나 현실에 대한 무지와 순진성으로 인해 좌절당하게 된다는 것이다. 여성이 주인공일 경우에도 언뜻 보기에 이러한 특징은 크게 변하지 않는 듯하다. 예를 들어, 유럽 사회에 대한 미국인의 순수성이라는 우월함이 비교적 노골적으로 다루어진 초기의 두 작품『미국인The American』(1875)과 『데이지 밀러』(1878)에 대해 비평가 리비스F. R. Leavis는 두 주인공 크리스토퍼 뉴먼Christopher Newman과 데이지 밀러를 가리켜 '유럽 문명에 물들지 않은 순수한 미국인은 어떤 모습일까'라는 의문으로부터 제임스가 창조해낸 인물들이라고 말한다. 그리고 그러한 미국적 순수성이 현실 속에서는 통용될 수 없다고 지적한다(Leavis 165 66). 그러나 이처럼 미국 대 유럽이라는 대조의 틀 속에서 뉴먼과 밀러를 등치시키는 것은 남성인 뉴먼의 경우와는 명백히 구분되는 데이지 밀러의 시련의 원인과 죽음으로까지 이어지는 파국을 간과하게 만든다. 이에 반해 엘리자베스 앨런Elizabeth Allen은 미국인에 대한 유럽 사회의 "해석"에 상관없이 "주체"로서 존재하기 때문에 좌절은 겪더라도 치명적인 영향을 입지는 않는 뉴먼과 달리, "주체"가 아니라 오직 "미국 소녀"라는 "기호"로만 존재하는 밀러는 다양한 "오해"의 수동적 희생물로 죽음에까지 이른다며 둘 사이의 차이를 중요하게 나눈다(Allen 40-57). 같은 맥락에서, 제임스의 작품에 등장하는 여성 주인공들은 "단지 그들이 여성이라는 이유 때문에 그들의 지성, 감각, 계획, 희망이 모두 좌절되는 여성들"이라고 한 펏S. Gorley Putt의 지적은, 제임스의 여성 주인공들에게 여성성 자체가 가장 중요하고도 근본적인 좌절의 원인임을 분명히 한다.

여성주의 비평가들 사이에서 한때 헨리 제임스는 가부장제 내 여성의 사회적, 심리적 상황을 섬세하게 그려내면서 오히려 합리화시키는 유미주의자, 성차별적 엘리트주의자로 비판받기도 했으나, 반대로 19세기 남성 작가로서는 드물게 가부장제에 의한 여성의 예속이 가져오는 심리적 결과를 탁월하게 표현한 개척자적 작가로 재평가되기도 하였다. 이 글에서는 제임스의 작품 중에서는 예외적으로 유럽이 아닌 미국을 배경으로 한 『워싱턴 스퀘어Washington Square』(1880)의 주인공 캐서린 슬로우퍼를 중심으로, 데이지 밀러처럼 유럽이라는 이질적인 문화의 위협에 내던져지지 않고서도 19세기 미국 사회 내에서 여성은 어떤 삶을 살았는지 살펴보고자 한다.

2. 워싱턴 스퀘어, 1830-40년대

뉴욕 로워 맨해튼에 위치한 워싱턴 스퀘어는 1950-60년대 비트 세대와 히피 문화, 예술가들의 중심지였고 현재는 뉴욕 대학New York University이 자리한 그리니치빌리지의 한가운데 있다. 식민지 시대에는 농경지로, 19세기 초반에는 공공 묘지로 쓰였던 이 지역을 1826년 뉴욕 시에서 사들여 '스퀘어,' 즉 광장을 만들고 도시 개발을 시작하면서 워싱턴 스퀘어 주변은 당대 가장 인기 있는 부유한 주거지역으로 거듭났고, 바로 이 시기인 1830년대의 워싱턴 스퀘어가 제임스의 소설이 시작하는 배경이다.

『워싱턴 스퀘어』는 제목 때문에 적잖은 논란을 겪었다. 이 글에서 텍스트로 사용하는 펭귄 판의 서론을 쓴 브라이언 리Brian Lee가 말한 대로, 워싱턴 스퀘어라는 제목이 암시하는 "사회사"로서의 성격이 작품의 실제 내용에서는 뚜렷하게 발견되지 않는다는 것이 논란의 핵심이다(7). 예컨대 두피F. W. Dupee는 『워싱턴 스퀘어』에서 구 뉴욕Old New York이라는 배경은 단순히 "분위기"에 지나지 않는다고 지적했으며(63), 포이리어Richard Poirier 역시 이 작품에서의 인물들의 공적인 지위는 그들의 국적이나 사회적 지위와는 전혀 무관하며 전적으로 연극이나 동화의 유형적 인물들과의 유사성에 의존하고 있다고 주장하였다(167). 또 다른 비평가는 이 작품이 발자크의 『외제니 그랑데Eugenie Grandet』처럼 여주인공 이름을 따 『캐서린 슬로우퍼』라고 불리는 편이 나았을 것이라고도 말한 바 있다(Veeder 269n2). 이와 비슷한 입장의 비평가들은 대개 포이리어가 그랬던 것처럼 아버지 슬로우퍼 박사와 캐서린의 관계를 '잔인한 아버지'와 '어머니 없는 딸'이라는 동화적, 유형적 인물 간의 갈등관계로 단순화시키거나, 또는 슬로우퍼 박사의 잔인성을 제임스의 작품에 계속 등장하는 "냉혹하고, 자신의 욕망을 위해 고의적으로 다른 사람들을 희생시키며 법석, 사회석, 감정적 특권으로 타인을 이용하는 사악함"으로 유형화하여 해석하는 수준에 그쳐 명백한 한계를 보인다(Barzun 258-59). 반면 『워싱턴 스퀘어』가 "사회사"로서 제목 값을 충분히 한다고 주장하는 비평가도 적지 않다. 우선 이 작품을 『보스턴 사람들The Bostonians』(1886)과 더불어 제임스의 미국 고전 중 하나로 평가한 리비스는 이 작품의 뉴욕 배경이 미국 문화에 대한 제임스 특유의 깊은 탐구의 기회를 제공한다고 보았다(Leavis 161). 윌리엄 비더William Veeder 역시 슬로우퍼 박사가 뉴욕 상류사회의 체면존중 genteelism 규범을 대표하는 것으로 보고, 독자들이 슬로우퍼 박사의 야비한 이중성과 캐서린의 진정한 가치를 깨달아가면서 슬로우퍼 박사가 대표하는 사회 규범에 대해 판단을 내리는 과정에 이 작품의 진정한 의미가 있다고 설명한다. 이들은 워싱턴 스퀘어로 대표되는 뉴욕 사회의 특성을 작품 이해의 근거로 삼아, 캐서린과 슬로우퍼 박사의 갈등이 동화적 갈등이 아닌 것은 물론, 단순한 개인적 도덕성의 문제를 넘어서 사회의 엄격한 남성 중심적 규범 안에 갇힌 여성의 위치로 인한 갈등과 대결이라는 사실에 제대로 주목한다.

일부 비평가들의 오해와는 정반대로 『워싱턴 스퀘어』는 오히려 작품의 배경이 되는 시대와 지역을 구체적으로 밝히고 그 사회가 가지고 있는 특성을 세심하게 부각시키는 것으로 출발한다.

> 금세기 전반의 어느 한 시기에, 좀 더 구체적으로 말하면 전반 중에서도 그 후반기에, 뉴욕시에는 한 의사가 아주 승승장구하며 개업을 하고 있었는데, 미합중국에서는 특출한 의사들이 언제나 존경을 받아왔지만 특히 그는 유별나게 존경을 받았다. 미국에서는 이 직업은 언제나 명예롭게 여겨져 왔고, 또 다른 어떤 나라에서보다도 성공적으로 '진보적'이라는 말을 들을 자격을 내세워 왔다. 누구든 사회적 역할을 하려면 돈을 벌든가 버는 척이라도 해야 하는 그런 나라에서, 의술은 공인된 두 가지 신용의 근거를 모두 잘 갖춘 것으로 보였다. 그것은 실용적인 분야에 속하는 직업이기도 한데, 이 실용적이라는 것이 또한 미합중국에서는 대단히 권장할 만한 것인데다, 거기에 과학의 불빛까지 받았으니, 그것은 지식에 대한 애호가 언제나 여가나 기회를 가져다주지는 않는 이 사회에서는 인정받을 만한 자랑거리일 것이다. (27)

이 서두는 언뜻 보면 슬로우퍼 박사를 등장시키기 전에 의사라는 직업에 대한 이야기로 시작하는 것 같지만, 사실은 "미국이라는 나라"와 그 나라의 "작지만 전도유망한 수도" 뉴욕 사회의 속성을 제시하고 있다. 이 사회에서의 신용의 근거는 "돈"이고, 이 점이 이 사회의 일차적인 특성이다. 또한 화자의 어조에 감추어져 드러나는 이 사회의 좀 더 미묘한 특성은, 다른 사람들에게 어떻게 '보이느냐' 하는 점이 무엇보다 중요하다는 것이다. 의사라는 직업이 언제나 "존경consideration"을 받고 "명예롭게 여겨져 왔으며held in honor", "공인된recognized" 신용의 근거들을 모두 잘 갖춘 것으로 "보였다appeared"는 등의 표현을 통해 암시되는 그러한 특성은, "누구든 사회적 역할을 하려면" 돈을 "버는 척이라도 해야 한다make believe that you earn it"는 구절에서 단적으로 나타난다. 바로 그러한 곳에서 "아주 승승장구하며 개업을 하고" 있으면서 사람들 사이에 "영리한 사람"으로 통하고 "지역의 명사"이기까지 한 슬로우퍼 박사는 이 사회의 규범을 누구보다 잘 터득하고 그것에 맞추어 평생을 살아온 대표적 인물로 소개되고 있다.

1830-40년대의 뉴욕은 상업이 발전하고 시가지는 끊임없이 팽창하는, 한마디로 변화와 움직임의 도시였으며, 그러한 당시 상황은 작품 내 1세대를 대표하는 슬로우퍼 박사의 삶에 직접직인 영향을 끼친 것으로 나타난다. 그가 "유행의 물결"을 따라 신흥 "주거지구"인 워싱턴 스퀘어로 이사 오게 된 배경은 다음과 같이 서술된다.

> 그는 결혼 후 줄곧, 사회적 관점에서 볼 때 1820년경이 전성기였던 시청으로부터 5분이면 걸어갈 수 있는 거리에 서있는 붉은 벽돌 건물에서 살아왔었다. 그 이후로 유행의 물결은 끊임없이 북쪽으로 향하기 시작했는데, 뉴욕이란 도시가 좁은 수로 속에 뻗어 있는 덕에 그도 그럴 수밖에 없었다. 시끄러운 차량의 소음도 브로드웨이 양편까지 울리게 되었다. 그 의사가 거처를 옮겼을 때에는 이미 거래의 흥정소리는 어마어마하게 요란해져 있었고, 이 소리는 사람들이 즐겨 부르는 대로 이 운 좋은 섬의 상업적 발전에 관심이 많은 모든 훌륭한 시민들의 귀에는 음악처럼 들렸다. 이러한 현상에 대한 슬로우퍼 박사의 관심은 그저 간접적인—해가 감에 따라 그의 환자의 절반이 과로한 사업가들로 바뀌는 걸 보고는 좀 더 직접적인 것이 되었을 지도 모르지만—정도였다. 어쨌든 그의 이웃집들 대부분이 . . . 사무실이나

창고, 선박 대리점 등으로 개조되거나 아니면 저속한 상업적 용도로 사용되게 되자, 그도 좀 더 조용한 집을 찾아보기로 결심을 했다. (38-39)

워싱턴 스퀘어는 슬로우퍼 박사를 비롯한 뉴욕의 상류사회 사람들이 "저속한" 상업화의 물결을 피해 모여든 "조용하고 점잖은 은거처의 이상"이며 "유행"의 중심지이다. 뉴욕의 변화하는 유행은 거기에서 그치지 않고 박사의 조카딸 메리언의 약혼자로 2세대를 대표하는 "건장한 청년 증권 중개인" 아서 타운젠드에게로 이어지는데, 그에게 이르러서는 변화의 속도가 훨씬 더 빨라지고 있음을 알 수 있다.

> 아무래도 괜찮습니다. . . . 겨우 3, 4년만 살 테니까요. 3, 4년 후에는 이사를 갈 겁니다. 뉴욕에서는 다들 3, 4년마다 이사를 하지 않습니까. 그래야 항상 가장 최근의 것을 가질 수 있으니까요. 그건 다 이 도시가 너무나 빨리 자라고 있기 때문입니다. 모두 그것을 따라가야지요. . . . 저희들은 조금씩 조금씩 위쪽으로 이사를 가려고 생각합니다. 한 거리에 싫증이 나면 좀 더 높은 곳으로 가면 되죠. 그러면 항상 새 집을 가지게 될 테고, 새 집을 가지는 건 매우 이로운 일입니다. 최신의 개량된 것을 다 가질 수 있으니까요. 약 5년마다 모든 것이 죄다 새로 발명되니, 신품들을 따라가는 것은 멋진 일이잖아요. 저는 항상 모든 종류의 신품들을 따라가려고 애쓰고 있습니다. 저희 같은 젊은 부부에게 '계속해서 높은 곳으로 움직인다'는 것은 정말 훌륭한 좌우명이라고 생각지 않으십니까? (50)

이상에서 살펴본 대로 뉴욕은 쉬지 않고 빠르게 변화하고 팽창하고 있는 도시이며, 그 변화의 원동력은 바로 상업의 발달이다. 슬로우퍼 박사의 누이인 미시즈 아몬드의 남편은 "부유한 상인"이고, 그녀의 사윗감 아서 타운전드는 증권 중개인이고, 심지어 나중에는 모리스 타운전드까지 뉴올리언스로 면화를 사러 간다고 하는 것을 보면, 이 작품에 등장하는 남자들은 슬로우퍼 박사를 빼고는 모두 상업에 종사하고 있다. 슬로우퍼 박사는 상인도 아니고 또 스스로 학자연하기를 즐기지만, 그가 캐서린이 자신의 기대에 못 미치는 딸이라는 것을 깨닫고 스스로를 위로하는 다음과 같은 장면을 보면 사실상 그의 사고방식 및 가치관은 뉴욕 사회 전체의 그것처럼 철저히 상업화되어 있다는 것을 알 수 있다.

> 그는 철학자였다. 그는 수많은 시가를 피우며 자신의 실망을 달랬고, 충분한 시간이 흐르자 그것에 익숙해지게 되었다. 그는 실은 좀 괴상한 논리를 써서, 자신은 아무것도 기대하지 않았었노라고 스스로를 달랬다. '나는 아무 것도 기대하지 않는다'고 그는 자기 자신에게 말했다. '그러니, 그녀가 나를 놀라게 한다면 그것은 모두 **순이익**이 될 것이고, 또 그렇지 않더라도 **손해**는 전혀 없을 것이다.' (36, 강조 필자)

뉴욕의 급속한 발전과 변화에도 불구하고 그 안에서의 여성의 위치만은 사실상 달라진 것이 없다. "누구든 사회적 역할을 하려면 돈을 벌든가 버는 척이라도 해야 한다"는 이 사회의 제1원칙에 있어서 그 "누구든"이라는 말 속에는 여성은 아예 처음부터 배제되어 있다. 스프링어Mary Doyle Springer는 이러한 사실만 보아도 뉴욕 사회의 규칙은 전적으로 남성들의 규칙임을 알 수 있다고 지적한다(80). 미시즈 아몬드는 단지 "한 부유한 상인의 부인이며, 한 다복한 가정의 어머니"이고, 그녀의 딸인 메리언도 유망한 증권 중개인의 부인이 될 것이다. 그나마 이들은 남편의 돈 덕분에 상류사회의 일원으로 행세할 수 있지만, 가난한 성직자와 결혼했다가 자식도 재산도 없이 과부가 된 슬로우퍼 박사의 또 다른 누이 미시즈 페니먼은 멸시를 받으면서도 그에게 얹혀 살 수밖에 없는 비참한 처지이다.

그런 점에서 미시즈 페니먼을 단순한 코믹 릴리프comic relief 정도의 인물로 보는 평자들과 달리, 사회적으로 실효성 있는 어떠한 형태의 힘도 가지지 못한 여성이 어떤 모습으로 전락할 수 있는가를 보여주는 남성중심 사회의 희생자로 보는 스프링어의 해석은 작품의 흐름을 제대로 읽은 것이라 할 수 있다(Springer 39).

이 작품에서 여성에 대한 언급이 처음으로 나오는 것은 슬로우퍼 박사의 "운 좋은" 결혼을 설명하는 부분에서이다.

> 그는 스물일곱 살 나이에, 미스 캐서린 해링튼이라는 뉴욕의 매우 매력 있는 아가씨와 사랑해서 결혼했는데, 이 아가씨는 그에게 매력뿐만 아니라 든든한 지참금까지 가져다주었다. 미시즈 슬로우퍼는 상냥하고 품위 있고 교양 있고 우아했으며, 1820년에는 작지만 전도유망한 이 수도에서 가장 어여쁜 아가씨들 중의 하나였다. . . . 스물일곱 살 때 이미 오스틴 슬로우퍼는 12명이나 되는 구혼자들을 물리치고 1만 달러의 수입과 맨해튼에서 가장 매력 있는 두 눈을 가진 상류사회의 젊은 여성의 선택을 받은 이례적 사건을 가라앉히기에 충분한 명성을 얻고 있었다. 이 두 눈과 또 거기에 따라온 여러 가지들은 약 5년 동안 이 젊은 의사에게 더할 나위 없는 만족을 주었다. (28)

캐서린 해링튼은 그야말로 뉴욕 사회의 남성이 요구하는 모든 조건을 고루 다 갖춘 결혼 상대자이다. 여기에 열거된 상냥함, 품위, 교양, 우아함 등이 흔히 말하는 '여자다움'의 오래된 상투어들이라는 점도, 사회가 아무리 급속히 발전해도 여성은 언제나 여성'상'의 틀에서 벗어나지 못한다는 모순을 드러낸다. 더욱 문제가 되는 것은, 상업이 모든 것의 중심인 뉴욕 사회에서 여성은 하나의 상품으로 전락하게 된다는 것이다. 슬로우퍼 박사나 뉴욕 사회가 미시즈 슬로우퍼에 대해 중시하는 것은 1만 달러의 "든든한 지참금"과 "맨해튼에서 가장 아름다운 두 눈" 뿐이다. 여성의 가치는 지참금과 외모에 의해 매겨지게 되고, 그러한 사회에서 미시즈 슬로우퍼 는 그 두 가지 모두와 우아한 교양까지 갖춘 '최상등품'이며 기껏해야 그 소유자에게 "더할 나위 없는 만족"을 주고 사회에 대해 소유자의 능력을 입증해주는 역할밖에는 할 수 없다.

슬로우퍼 박사에게 딸 캐서린은 그녀의 어머니가 한 역할, 즉 캐서린 의 소유자인 슬로우퍼 박사 자신을 빛나게 해주는 역할의 대리자이다. 그 가 딸에게 어머니의 이름을 붙여주고 어머니와 똑같은 여자로 키우겠다 고 다짐하는 것은 바로 그러한 의도를 보여준다.

> 슬로우퍼 박사는 딸을 자랑하고 싶었을 것이다. 그러나 가엾게도 캐서린에 게는 자랑할 만한 것이 아무 것도 없었다. 물론 부끄러워 할 것도 없었지만, 박사에게는 그것만으로는 충분하지 않았다. 그는 자존심이 강한 사람이었으 므로, 자기 딸이 비범한 아이라고 생각할 수 있었다면 그것을 매우 즐겼을 것이다. 그녀의 어머니가 그 당시에 가장 매력 있는 여자였으니, 그녀도 당 연히 예쁘면서 품위 있고, 똑똑하면서 출중했어야 했을 것이다. 또 그녀의 아버지로 말할 것 같으면, 물론 **그 자신의 가치를 잘 알고 있는 사람**이었다. 그는 평범한 아이를 낳은 것이 원통한 때가 많았다. (35, 강조 필자)

슬로우퍼 박사의 이런 태도는 자랑스러운 자식을 가지고픈 자연스런 아 버지의 마음이라고 봐줄 수 없고 또 개인적 성향의 문제도 넘어선다. 비 더는 캐서린에 대한 슬로우퍼 박사의 실망이 "그의 사회적 위치에 크게 영향 받은 것"이라고 지적한다. 즉, 슬로우퍼 박사가 "잊어버릴 수도 용서 할 수도 없는" 캐서린의 "사회적 실패"는 뉴욕 상류사회의 여성상의 기준 에 미치지 못한다는 것인데, 그것이 그에게 그처럼 "원통한" 이유는 "뉴욕 사회의 나머지 사람들이 그보다 더 귀중하게 장려하는 가치가 없기 때문"
이라는 것이다(41면).

뉴욕 사회가 상업을 기반으로 한 사회이며 그것이 구성원들의 가치관
에 깊이 침투해 있다는 사실에 비추어 볼 때, 슬로우퍼 박사를 비롯한 뉴
욕의 상류사회가 "저속한" 상업화의 물결을 피해 "조용하고 점잖은" 워싱
턴 스퀘어로 모여들었다는 것은 역설적이다. 그러한 사회에서 여성이 지
참금과 외모라는 조건에 의해 등급과 값어치가 매겨진다는 것은 미시즈
슬로우퍼의 경우를 통해 알 수 있는데, 딸 캐서린에게로 오면 그와 같은
상황이 더욱 노골화되고 악화된다. 어쩌면 아버지조차 딸에게 "1년 수입
이 8만 달러는 되는 여자 같구나"라고 빈정대는 사회에서 캐서린이 재산
사냥꾼의 대상이 되는 것은 당연한 일로 보인다. 그러나 모리스 타운전드
가 슬로우퍼 박사의 허락을 받지 않고 결혼하면 캐서린이 어머니 쪽 유산
만 받게 된다는 사실을 염두에 두고 스스로에게 흥정하는 모습을 서술한
다음 장면은, 단순히 모리스 한 사람만이 아니라 뉴욕 사회 전체가 공유
하는 인간에 대한, 특히 여성에 대한 상업화된 사고를 여실히 보여준다.

> 그는 어찌 됐든 캐서린이 그녀의 몫으로 연간 만 달러는 가지고 있음을 결
> 코 잊지 않았으며, 이 점에 대해 충분히 생각을 했다. 그러나 그는 **자신의**
> **훌륭한 재능에 대해서 스스로 높이 평가하고 있었으므로, 지금 말한 그 금**
> **액으로는 어림도 없는 것 같았다.** 이와 동시에 그는 이 금액도 상당한 것이
> 며, 결국 모든 일은 상대적이므로, 수수한 정도의 수입이 큰 수입보다야 못
> 한 것은 사실이지만, 아예 한 푼도 없는 것이 어디서고 이로울 것은 없다는
> 점을 스스로 상기시켰다. (142-43, 강조 필자)

모리스가 "자신의 훌륭한 재능에 대해서 스스로 높이 평가"하고 있었다는

것은 슬로우퍼 박사가 "자신의 가치를 잘 알고 있는 사람"이라는 점과 꼭 닮았다. 두 남자에게 캐서린의 "가치"가 만족스럽지 못한 이유도 다를 리 없다.

　제임스는 그의 노트에서 미국 사회에서 남성과 여성의 영역이 점점 더 심하게 양분되어 가고 있는 현상의 문제점에 대해 다음과 같이 기록한 바 있다.

> 상대적으로 많은 여가와 교양, 세련미, 사교적 본능, 예술적 의욕 등을 가진 미국 여성과, 사업의 치열함에 빠져들어 상업, 직업, 민주주의, 정치 같은 가장 지저분한 관심사 외에는 어디에도 시간을 낼 수 없는 미국 남성 사이의 점점 심화되는 분열. 이 분열은 급속히 커다란 간격으로 벌어지고 있는데, 이것은 일찍이 유례가 없는 불평등의 심연이 돼가고 있다. (Matthiessen and Murdock 42)

제임스는『워싱턴 스퀘어』에서 상업도시로서 급속한 발전과 팽창을 거듭하고 있는 1830-40년대 뉴욕의 변화의 중심지인 워싱턴 스퀘어를 작품의 배경이자 제목으로 설정함으로써, 자본주의 발전과 상업화의 문제점은 물론 그것이 악화시키고 있는 여성 억압을 함께 다룰 수 있는 틀을 마련한다. 그러한 사회에서 여성은 상업화된 사고방식에 의해 마치 하나의 상품처럼 취급되거나 부인으로서 또는 딸로서 남자의 소유물로 규정되고 만다. 그 놀랄만한 발전과 변화에도 불구하고 여성은 어머니 세대에서 딸 세대로 이어져도 여전히 변화로부터 소외될 뿐 아니라 그러한 변화를 독차지한 남성에게 더욱 더 예속된 존재로 남는다.

3. 캐서린 슬로우퍼의 선택

슬로우퍼 박사는 딸 캐서린이 아버지의 사회적 평판에 걸맞은 "영리한 여자"로 자라길 원하고 누이인 미시즈 페니먼에게 그렇게 키우도록 명한다. 이에 미시즈 페니먼이 "오라버니 생각엔 영리한 것이 착한 것보다더 나은가요"라고 묻자, 박사는 "착한 걸 무엇에 쓰게? . . . 너희 여자들은 영리하지 않으면 착한 것은 아무 짝에도 쓸모가 없는 거다"라며 다음과 같이 덧붙인다.

> 물론 나는 캐서린이 착한 아이이길 바란다. . . . 나는 그 애가 못된 아이가 되리라고는 걱정도 하지 않는다. 그 애에겐 악의의 기미라곤 없으니 말이다. 프랑스 속담에도 있듯이, 그 애는 "맛 좋은 빵처럼 착한" 아이이지만 6년 후에도 여전히 그 애를 버터 바른 빵에 비하게 되지 않았으면 좋겠구나. (33)

슬로우퍼 박사도 캐서린이 "착한" 아이라는 것을 모르지는 않지만, 그에게 더욱 중요한 것은 그녀가 사회에서 여성에게 요구하는 종류의 "영리함"을 갖추어 그의 가치를 높여주는 것이기에, 하나 밖에 없는 어린 딸을 빵에 비하면서 그녀의 타고난 "착한" 품성을 가볍게 조롱한다.

실망스럽게도 캐서린은 슬로우퍼 박사의 기대에 미치지 못하는, "결단코 영리하지 못한" 딸로 자란다. "학과에 있어서도 재빠르지 못하고 또 그밖에 다른 것도 다 마찬가지"인 캐서린이 슬로우퍼 박사에게 얼마나 큰 실망을 주었을지는 쉽게 짐작할 수 있다. 슬로우퍼 박사는 실망에도 불구하고 겉으로는 딸에게 부당한 아버지로 보이지 않기 위해 부모의 의무를 다한다고 하면서도, 한편으로는 앞서 인용했듯이 아무것도 기대한 것이 없으니 "손해" 볼 것도 없다는 식으로 자신을 위로한다. 캐서린에 대한 그의 기대가 애초부터 그녀의 행복을 위한 것이 아니었다는 사실은, 이처럼 슬로우퍼 박사가 자신의 기대가 무너졌을 때 딸의 앞날을 걱정하지는 않고 그저 스스로의 손익을 셈하며 위로하는 일에만 마음을 쓰는 데서 확인된다.

이와는 달리 아버지에 대한 애정과 무한한 존경심이 바탕이 된 캐서린의 태도는 슬로우퍼 박사의 이기적이고 냉정한 태도와 뚜렷한 대조를 이룬다.

> 그녀는 끔찍이도 아버지를 좋아했다. 그리고 무척이나 두려워했다. 그녀는 아버지가 세상에서 가장 영리하고 멋지고 유명한 사람이라고 생각했다. . . . 그녀의 가장 간절한 소망은 그를 기쁘게 해주는 것이었으며, 그녀가 생각하는 행복이란 자기가 아버지를 기쁘게 해드리는 데 성공했다는 것을 알게 되는 것이었다. 그러나 그녀는 어느 정도 이상은 결코 성공하지 못했다. (35)

슬로우퍼 박사에 대한 캐서린의 존경과 두려움은 사실 어떠한 경우에도 완벽한 평정을 잃지 않는 그의 겉모습에 대한 것이며, 아직까지 캐서린에게는 그러한 표면 뒤에 이기적인 잔인함이 감추어져 있다는 것을 상상하는 것이 불가능하다. 그러나 어쨌든 캐서린의 순수함은 부모로서의 의무를 다하고 있다고 자처하는 슬로우퍼 박사의 냉정하고 위선적인 태도를 더욱 부정적으로 보이게 하는 한편, 슬로우퍼 박사나 뉴욕 사회가 무시하는 내면적 가치를 대변하고 있다.

포이리어는 이 작품에서 캐서린이라는 인물에 대한 화자의 태도가 슬로우퍼 박사의 그것과 일치한다고 주장한 바 있다. 그러나 캐서린이 정말로 슬로우퍼 박사가 생각하는 것처럼 둔하고 어리석은 소녀인가라는 문제에 대해서도, 화자는 그러한 판단을 내리는 사람들과 처음부터 거리를 두고 있다.

그녀는 너무나 말이 없고 반응도 없었다. **함부로 자기 생각을 말하는 사람들**은 그녀를 둔감하다고 했다. 그러나 그녀가 반응이 없다는 것은, 그녀가 불편할 정도로, 또 딱할 정도로 수줍어했기 때문이었다. 사람들이 이 점을 늘 이해해주지 못했으므로, 때때로 그녀는 무감각하다는 인상을 불러일으키곤 했다. **실제로는**, 그녀는 세상에서 가장 다감한 사람이었다. (36, 강조 필자)

화자는 일찌감치 "함부로 자기 생각을 말하는 사람들"의 판단이 틀렸고 폭력적이라는 사실을 시사한다. 딱할 만큼 수줍음을 타 의사표현을 제대로 하지 못하는 어린 캐서린을 두고 이들이 "둔감"하다고 판단하고 무시하는 것은, 슬로우퍼 박사나 모리스 타운젠드 같은 남자들이 캐서린은 그들의 행동으로 상처를 입을 만큼 섬세한 여자가 못 된다는 편리한 판단 하에 그녀를 마음대로 조종하려 드는 것을 예고한다고 볼 수 있다.

그렇다고 캐서린의 본성이 그처럼 연약하기만 한 것은 아니다. 너무나 강력한 아버지 밑에서 그의 권위와 일방적인 기대에 짓눌리고 또 그 기대에 못 미친다는 열등감을 항상 느끼면서 자라온 탓에 바깥으로 표현되지 못한 캐서린의 본성과, 냉정한 아버지로부터 보답 받지 못한 그녀의 애정은, 캐서린 스스로도 깨닫지 못하고 있는 깊이와 풍부함을 지니고 있다. 이것은 옷에 대한 캐서린의 갑작스런 관심을 설명하는 부분에서 간접적으로 드러난다.

그녀가 그것[옷]을 몹시 즐기게 된 것은, 사실은 스스로를 드러내고자 하는 말 못하는 본성의 욕구였다. 그녀는 옷으로 표현하고자 하였으며, 말로써 하지 못하는 것을 의상의 과감함으로 보상하고자 했던 것이다. 그러나 그녀가 옷을 통해 스스로를 표현했다면, 사람들이 그녀를 재치 있는 사람으로 생각해주지 않은 것도 분명 무리는 아니었다. (37)

그녀의 옷 입는 감각 역시 상류사회 사람들의 세련됨이나 우아함과는 거리가 멀어 또 한 번 슬로우퍼 박사의 고상한 취향을 거스르게 되고, 그 결과 메리언의 약혼 파티에 입고 간 진홍색 드레스 때문에 "이 굉장하신 분이 정말로 내 딸이란 말인가?"라는 비아냥거림을 당한다. 이 부분에서도 캐서린이 뉴욕 상류사회의 세련된 규범이나 취향에 미치지 못하는 것은 분명해 보이지만, 슬로우퍼 박사의 빈정거림은 독자로 하여금 그 세련된 규범 자체에 대해서는 회의를, 캐서린에 대해서는 그만큼 더 동정을 느끼게 한다. 또한, 결국은 슬로우퍼 박사가 빈정거린 대로 너무나 "비싸게" 보였기 때문에 모리스 같은 재산 사냥꾼을 불러들인 셈이 되지만, 이 강렬한 진홍빛 드레스는 캐서린의 억눌린 감정의 깊이를 간접적으로나마 드러내는 듯하다.

캐서린의 본성의 깊이가 드러나게 되는 것은, 각기 애정을 내세워 그녀의 삶을 지배하려 드는 두 남자, 슬로우퍼 박사와 모리스 타운전드로부터 그녀가 독립해 나오는 과정에서이다. 처음 그들이 거짓 애정 표현으로 그녀를 구속하고 조종하려 들 때 캐서린은 아무 것도 모르고 너무나 기뻐하는 모습을 보인다. 순진한 탓도 있지만 이는 그녀가 그만큼 감정이 풍부하고 사랑에 대한 갈망도 큰 사람이라는 것을 보여준다. 그러던 그녀가 처음으로 슬로우퍼 박사의 판단을 거스르는 것은 그가 모리스를 재산 사냥꾼이라고 말했을 때이다. 슬로우퍼 박사는 이 사건이 있은 후 그러한 감정과 위기에서 캐서린이 이상일 만남 수동적인 침묵만을 보이는 것을 의아하게 생각한다. 그러나 이 시기는 캐서린에게는 단순히 수동적인 침묵의 시기가 아니라 자기 자신에 대한 최초의 객관적 성찰의 시기이다.

그녀는 마치 다른 사람을 지켜보는 것처럼 자기 자신을 지켜보면서, 그녀가 어떤 행동을 할지 알고 싶어 했다. 그것은 마치 그녀 자신이기도 하고 또 아니기도 한 이 다른 사람이 갑자기 튀어나와 그녀에게 아직까지 시험되지 않은 기능들의 수행에 관한 자연스러운 호기심을 불러일으키는 것 같았다. (106)

그러한 시기를 거치고 나서 캐서린이 내리게 된 결정은, 언젠가는 아버지가 모리스에 대한 그의 판단이 틀렸다는 것을 알게 되리라 믿고 그때까지 기다리겠다는 것이다. 그녀의 결정을 듣고 슬로우퍼 박사가 그러면 자기가 빨리 죽기를 기다리게 될 거라고 빈정대자 캐서린은 그 말에서 "무서운 추악함"을 발견하고 깜짝 놀란다. 캐서린에게는 돈 때문에 거짓으로 사랑하고 결혼한다든가, 아버지가 반대하는 사람과 결혼하기 위해 아버지가 빨리 죽기를 기다린다든가 하는 것은 전혀 상상해보지 못한 "추악함"이기 때문이다. 그 후 슬로우퍼 박사의 서재에서 벌어지는 사건은 캐서린으로 하여금 결정적으로 아버지의 잔인함을 깨닫게 해준다. 좀처럼 남 앞에서 눈물을 흘리지 않는 그녀가 아버지의 무정한 말을 참지 못하고 처음이자 마지막으로 그 앞에서 눈물을 터뜨리면서 손을 내밀었을 때 슬로우퍼 박사는 조금도 동요하지 않고 정중하게 문을 열고 딸을 내보낸다. 슬로우퍼 박사는 캐서린이 자제력을 잃은 모습을 보일 때 일부러 더욱 정중하고 냉정한 태도를 취함으로써 자신이 캐서린을 이겼다고 생각하는 것이다. 그러나 캐서린은 결국 "제가 아버지와 함께 산다면 아버지 말씀에 복종해야겠지요. . . . 그러나 아버지에게 복종하지 않는다면 아버지와 함께 살며 친절과 보호를 누려서는 안 된다고 생각합니다"라는 최종 판단을 내린다. 이런 뜻밖의 반응에 슬로우퍼 박사는 캐서린을 둔감하고 어리석다고만 생각해온 것이 과소평가였다고 직감하면서도, 마지막 수단으로 그녀를 유럽에 데리고 가 한동안 모리스와 떨어져 있게 함으로써 그녀의 마음을 바꿔 놓을 결심을 한다. 복종하지 않는 한 혜택도 누려서는 안 된다는 캐서린의 단순한 논리는 앞으로 그녀가 보여줄 태도의 변화를 이해하는 데 중요한 그녀의 독특한 논리이며, 또한 아버지에게 복종하지 않겠다는 의지를 처음으로 단호하게 표현한 것이라는 점에서도 기억할 만하다.

의도적으로 캐서린을 황량한 알프스 산정으로 데리고 올라가 아직도 마음이 변하지 않았느냐고 물은 슬로우퍼 박사는, 그동안 딸의 결심이 조금도 변하지 않았다는 것을 알고는 마침내 분노와 동요를 드러낸다. 이 장면은 지금까지 슬로우퍼 박사가 어떠한 경우에도 냉정함을 잃지 않는 것으로 캐서린에 대한 우월감을 즐겨왔던 것을 생각할 때 그가 결정적으로 딸에게 패배했음을 보여주는 장면이다. 슬로우퍼 박사가 아무도 보는 사람이 없는 곳에 와서야 비로소 자신의 진짜 감정을 드러내는 것은, 뉴욕 사회의 체면 존중 가치관이 그 모범적 구성원인 슬로우퍼 박사를 얼마나 철저하게 옭아매고 있는가를 보여준다. 비로소 아버지의 참모습을 본 캐서린은 워싱턴 스퀘어로 돌아와 "이제 무슨 일이 있어도 아버지에게 결코 사정하지 않겠어요. 그건 다 끝났어요"라고 미시즈 페니먼에게 단언할 수 있게 된다.

모리스의 배신을 알아차린 캐서린이 그를 변명해주는 미시즈 페니먼에게 "그건 철저한 계획이었어요. 그는 고의적으로 약속을 깨뜨린 거예요"라고 이야기할 수 있게 된 것도, 실은 그녀가 그토록 존경해온 아버지의 완벽한 표면 뒤에 감추어진 비정함과 잔인함을 경험한 뒤였기 때문이라 할 수 있다. 모리스에게 버림받았다는 사실을 짐작하면서도 괴로움에 빠져있는 딸에게 일부러 언제 결혼해서 집을 떠날 거냐고 묻는 아버지의 잔인함에 캐서린은 다시 한 번 놀라게 된다. 그녀는 그러한 아버지에게 자존심과 확고한 의지를 잃지 않고 당당하게 맞서지만, 그러면서도 그의 잔인함에 괴로워한다. 캐서린에게 물려주기로 한 재산을 5분의 1로 줄여놓은 "차가운" 슬로우퍼 박사의 새 유언장에 대해 그녀가 "아주 좋아요.

다만 좀 다르게 표현되었더라면 좋았을 거라는 생각이 들 뿐이에요"라고 담담히 말하는 데서도, 단 한 번도 회한 같은 감정을 나타내지 않는 슬로우퍼 박사의 냉혹함과 그것을 안타까워하는 캐서린의 태도는 대조를 이루며, 캐서린의 도덕적 우위를 재확인시킨다.

마지막으로 슬로우퍼 박사가 자신이 죽은 뒤에라도 모리스와는 결혼하지 않겠다는 약속을 요구했을 때 캐서린이 보여주는 완강한 거부의지는 이 작품에서 가장 인상적인 부분이다. 죽음을 앞에 둔 아버지에게 거짓으로 약속을 할 수도 있었을 것이다. 그러나 캐서린은 그러한 감상적인 가능성을 배제하고, "속이는 것이 옳은 일일 수는 없다"는 그녀의 단순하고 뚜렷한 원칙을 따른다.

> 그녀의 모든 감정은 그가 여러 해 전에 그녀에게 했던 식으로 또다시 그녀를 다루려 한다는 생각과 뒤섞였다. 그 때는 그것에 당했었지만 지금은 그녀의 모든 경험, 그녀가 얻은 모든 평정과 완강함이 저항했다. 젊었을 때 그토록 겸손했으니 이제는 그녀도 약간의 자존심을 가질만했다. **그의 요구나 그가 스스로 그런 요구를 마음대로 할 수 있다고 생각하는 것에는 그녀의 위엄을 해치는 무언가가 있는 것 같았다.** 불쌍한 캐서린의 위엄은 공격적인 것은 아니었다. 그것은 결코 당당하게 버티지 못했다. 그러나 누구든 충분히 밀어붙이면 그것을 발견할 수 있을 것이다. 그녀의 아버지는 아주 멀리까지 밀어붙였던 것이다.
> '약속할 수 없습니다.' 그녀는 짤막하게 되풀이했다.
> '너는 정말로 고집불통이구나.' 박사가 말했다.
> '아버지는 이해 못하실 거예요.'
> '그러면 설명해 보아라.'
> '설명할 수 없어요.' 캐서린이 말했다. '그리고 약속도 할 수 없어요.'
> '정말이지,' 그가 외쳤다. '네가 얼마나 고집이 센지 모르겠구나.' **그녀는**

자신이 고집이 세다는 것을 알고 있었다. 그리고 그것은 그녀에게 어떤 기쁨 같은 것을 가져다주었다. (206-07, 강조 필자)

캐서린은 워싱턴 스퀘어 사회의 위선적, 남성 중심적 규범과 그에 따라 남성이 여성의 "위엄을 해치는" 잔인하고 폭력적인 방식에 의해 평생 지울 수 없는 상처를 입었다. 그것에 대한 캐서린의 저항은 남자들의 그것처럼 폭력적이지도 않지만 반대로 감정적이거나 감상적이지도 않다. 모리스가 다시 돌아왔을 때 캐서린이 "잊을 수 없어요. 그리고 잊지 않아요. . . . 당신은 내게 너무나 잔인하게 대했어요. 나는 그것을 뼈저리게 느껴왔어요. 수년 동안이나 말예요. . . . 아니, 난 화가 난 게 아니에요. 분노는 그런 식으로 몇 년씩이나 계속되지는 않아요. 그러나 다른 것들이 있어요. 인상은 오래 가죠, 그것이 강렬한 것이었을 때는 말예요"라고 말하는 것은, 그녀가 고통을 덜기 위해 모리스나 슬로우퍼 박사가 남긴 "상처" — 원문의 "impressions"는 인상과 상처를 모두 뜻한다 — 를 잊으려하지 않았음을 말해준다. 오히려 그녀는 그들이 남긴 상처를 기억하면서 그것에 굴복하지 않으며 자신의 삶을 꾸려온 것이다.

그녀의 관점에서 보면, 그녀의 인생의 엄연한 사실은 모리스 타운전드는 그녀의 애정을 가지고 놀았으며 그녀의 아버지는 그 근원을 파괴해버렸다는 것이었다. 그 어느 것도 이 사실들을 바꾸어놓을 수는 없었다. 그것들은 그녀의 이름, 나이, 평범한 얼굴처럼 언제나 그곳에 있었다. 그 어느 것도 모리스가 그녀에게 한 잘못을 되돌려놓을 수 없었고, 그가 준 고통을 치료할 수 없었다. 그리고 그 어느 것도 그녀의 아버지에 대해 어린 시절처럼 느끼게 할 수 없었다. **그녀의 삶에는 무언가 죽어버린 것이 있었으며, 그녀의 의무는 그 빈 공간을 채우려 애쓰는 것이었다.** (203, 강조 필자)

캐서린의 저항은 슬로우퍼 박사나 모리스에 대한 개인적인 것을 넘어선다. 그녀가 그들과의 관계에서 깨달은 것은, 그들이 워싱턴 스퀘어의 규범을 등에 업고 그녀의 본성을 폭력적으로 무시했을 뿐만 아니라 그녀의 인간적 욕망을 희롱했다는 것이다. 그녀가 모리스가 떠난 후에도 아버지가 하라는 대로 보통 여자들처럼 결혼하여 살기를 거부하고 뉴욕의 유행의 움직임을 따라가지 않고 워싱턴 스퀘어에 머물러 사는 것은, 개인적 배신감보다 남성과 사회 전체에 대한 신뢰의 상실 때문이라고 하는 편이 더 적절하다. 그녀는 위선적이고 비정한 뉴욕 사회의 상업적, 남성 중심적 규범에 따르기를 거부하고, "속이는 것이 결코 옳은 일일 수는 없다"는 특유의 단순한 원칙을 고수하며 자신의 삶을 "채우려 애쓰는" 것이다.

앞서도 지적했듯이 제임스는 19세기 미국 사회에서 여성의 위치가 오히려 퇴보하는 상황의 원인을 자본주의 발전과 더불어 심화되는 남성과 여성의 영역 분리에서 찾았다. 미국의 경제적, 정치적 발전이 진전될수록 공적인 영역은 전적으로 남성의 차지가 되고 여성은 사적 영역, 특히 가정 안으로 활동범위가 제한되는 상황에서, 경제력을 비롯한 모든 사회적 권력을 장악하고 있는 남성에 대한 여성의 예속은 더욱 강화될 수밖에 없었던 것이다. 크게는 여성을 '가정의 천사'로 이상화하면서 남녀 사이의 극심한 불평등을 만들어낸 19세기 성 이데올로기의 틀 안에서, 캐서린 같은 여성의 참된 가치를 정당하게 수용하지 않는 1830년대 뉴욕 상업화의 물결 속에서, 남녀 간의 온전한 관계는 불가능하고 여성은 원하는 삶을 살 수도 없다. 『워싱턴 스퀘어』는 그러한 현실에 놓인 여성 인물 캐서린 슬로우퍼의 비극적 삶을 그리면서도 결말에서 섣부른 멜로드라마적 보상을 시도하지도 않고 사회 규범과의 애매한 타협을 내비치지도 않은 채, 다만 자신의 삶을 "채우는" 의무에 고집스럽게 충실한 캐서린의 쓸쓸하지만 위엄 있는 모습으로 끝맺는다.

| 인용문헌

헨리 제임스 『워싱턴 스퀘어』. 유명숙 옮김. 을유문화사, 2009.

Allen, Elizabeth. *A Woman's Place in the Novels of Henry James*. London: Macmillan, 1984.

Blackmur, R. P., ed. *The Art of the Novel: Critical Prefaces by Henry James*. New York: Charles Scribner's Sons, 1962.

Dupee, F. W. *Henry James*. New York: William Sloane, 1951.

_____, ed. *The Question of Henry James*. New York: Octagon, 1973.

Freedman, Jonathan. *The Cambridge Companion to Henry James*. Cambridge: CUP, 1998.

James, Henry. *Washington Square*. Ed. Brian Lee. Harmondsworth: Penguin, 1984.

_____. *Washington Square*. Oxford: OUP, 2010.

Leavis, F. R. *The Great Tradition*. 1948; London: Penguin, 1974.

Leavis, Q. D. *Collected Essays 2: The American Novel and Reflections on the European Novel*. Ed. G. Singh. Cambridge: CUP, 1985.

Matthiessen, F. O., and Kenneth B. Murdock, ed. *The Notebooks of Henry James*. New York: OUP, 1961.

Poirier, Richard. *The Comic Sense of Henry James: A Study of the Early Novels*. New York: Oxford UP, 1967.

Putt, S. Gorley. *The Fiction of Henry James*. Harmondsworth: Penguin, 1968.

Rowe, James Carlos. *The Theoretical Dimensions of Henry James*. Madison: U of Wisconsin P, 1984.

Shapira, Morris, ed. *Henry James: Selected Literary Criticism*. Cambridge: CUP, 1981.

Springer, Mary Doyle. *A Rhetoric of Literary Character: Some Women of Henry James*. Chicago: U of Chicago P, 1978.

Veeder, William. *Henry James: The Lessons of the Master*. Chicago: U of Chicago P, 1975.

19세기 미국문학에 나타난 미원주민의 재현 양상: 차일드, 쿠퍼, 세즈윅을 중심으로*

● ● ● 김진경

1. 재현의 정치학

페터리Judith Fetterley는 "문학은 정치적이다"라고 단언한다. 여러 다면적인 현실들 속에서 하나의 현실만을 선택하여 그것이 포괄적인 것임을 주장하고 집법되고 진수아니고 아는 눈막의 생산 과성에 성치성이 개입된다는 것이다(1978, xi). 이러한 시각은 곧 재현의 정치성에 대한 인식과 연결되어 있다. 관찰자/서술자의 의식을 구성하는 사회적, 정치적, 문화

---

* 본 논문은 『19세기 영어권문학』 제9권 1호에 실린 「차일드, 쿠퍼, 세즈윅의 소설에 나타난 미원주민 재현 양상」을 수정한 논문임.

적 담화들에 의해서 현실이 채색되고 굴절될 수밖에 없기에 재현은 정치성을 벗어날 수 없다는 인식은 탈구조주의, 탈식민주의, 신역사주의 등 다양한 현대 담론들의 기본 전제로 기능하면서 문학을 설명하는 새로운 시각을 제공해 왔다. 이러한 재현의 정치성은 재현 주체와 재현 대상 사이에 현실적인 갈등의 폭이 깊을수록, 그리고 힘의 불균형이 심할수록 강하게 작용한다. 그리고 미국문학에서 그러한 현상의 가장 큰 희생 집단은 바로 미원주민이라고 할 수 있다.

미국 개척의 역사는 곧 미원주민에 대한 식민화의 역사였으며, 궁극적으로는 그들의 삶의 터전으로부터 그들을 제거하는 과정의 역사였다. 그리고 미원주민에 대한 이러한 억압과 축출은 정치적, 역사적 차원에서 일어났을 뿐만 아니라 백인주류집단의 의식과 그들에 의한 문화적 재현 속에서도 지속적으로 재생산되었던 현상이었다. 왜냐하면 백인 이주민들은 원주민들에 대한 박해와 폭력으로 점철된 그들의 역사와 정치를 정당화할 근거로서 그에 알맞은 원주민들의 이미지를 만들어내어야 할 필요가 있었기 때문이었다. 커머로프John & Jean Camaroff들은 이러한 '재현'이 바로 식민화의 본질이라고 다음과 같이 단언한다. "식민화의 본질은 정치적 지배에 있는 것이 아니라 '타자들'을 그들이 선택하지 않은 조건으로 개념화하고 새기고 상호 작용하는 행위를 통하여 감금하고 변형시키는데 있고, 우리가 쓴 각본과 대본에 따라 그들을 나긋나긋한 객체와 침묵하는 주체로 만드는데 있으며, 그들을 '재현하는represent' 능력이 우리에게 있다고 가정하는데 있는데, 그 '재현하다'라는 능동적 동사는 정치학과 시학을 융합하고 있는 것이다"(5).

미원주민은 미국이라는 국가의 성립과 정체성, 사회와 문화, 그리고 문학의 형성에 지대한 영향을 끼쳐왔다. 그러나 역설적으로 그러한 영향은 백인들이 그들을 '재현'하면서, 백인의 역사와 이데올로기와 문학에서 통제 가능한 존재, 침묵하는 존재, 실체가 제거된 이미지로 만드는 과정 속에서 행사되었던 것이다. 이렇게 미국 사회 속에서 미원주민은 그들 자체로서가 아니라 백인들의 권력과 욕망과 시각에 의하여 고안invent된 이미지로 존재하여 왔다. 드리논Richard Drinnon은 이렇게 고안된 미원주민의 이미지를 "백인 정착민들의 속성이 아닌, 또한 어떠한 상황에서도 되어서는 안되는, 어두운 타자dark others what white settlers were not and must not under any circumstances become"를 투사한 것이라고 하였으며, 그렇기에 피어스Roy Pearce의 지적처럼 인디언에 대한 연구는 결국 그러한 이미지를 만들어낸 백인들에 대한 연구가 된다(Bellin 2에서 재인용).

이러한 재현의 정치학을 염두에 두고 본 연구에서는 미국문학에서 나타나는 미원주민의 재현 양상과 함께, 그러한 이미지를 고안해내는 과정에서 작용하고 있는 기제가 19세기 초반의 미국역사와 그 시대 문학의 사명 속에서 어떠한 의미를 가지는지를 살펴보려고 한다. 그리고 그러한 작업을 위하여 거의 같은 시기에 같은 문제의식을 가지고 쓰였던 차일드 Lydia Child의 『호보목Hobomok』(1824), 쿠퍼Fenimore Cooper의 『모히컨 족의 마지막 후예The Last of the Mohicans』(1826), 그리고 세즈윅Catharine Sedgwick 의 『호프 레슬리Hope Leslie』(1827) 세 작품을 텍스트로 택하였다.

2. 미원주민 재현의 유형과 역사

미대륙에 처음 이주한 유럽인들에게 미원주민들은 원조자이자 교역의 대상으로 우호적인 존재였고 따라서 이들은 '고귀한 야만인Noble Savage'으로서 그들의 필요와 욕망을 채워주는 낭만적인 존재로 이상화되었다. 이러한 이미지의 원형으로는 존 스미스가 묘사한 포카혼타스를 꼽을 수 있는데, 그녀를 통해 구현된바 자신의 높은 지위와 상관없이 희생적으로 백인 남성에게 헌신하는 여성 원주민의 이미지는 많은 민담과 문학과 영화를 통해서 현재까지 지속되고 있는 백인남성들의 욕망투사적인 이미지라고 할 수 있다(Hamilton 4).

그러나 백인과 원주민간의 빈번한 접촉과 더불어 여러 가지 갈등과 영토 분쟁까지 일어나게 되면서 원주민들에 대한 부정적인 이미지가 더욱 강화되게 된다. 특히 미대륙을 신이 허락하신 가나안 땅으로 인식한 이주청교도들은 미원주민들을 성서의 가나안 사람들처럼 패퇴되고 멸절되어야 할 이교도이자 사탄의 세력으로 간주하였고, 그럼으로써 그들에 대한 가혹한 폭력들을 정당화시킬 수 있었다. 로저 윌리엄스Roger Williams를 비롯한 진보적인 계열의 선교사들은 이들 원주민도 기독교로 개종이 가능하며 따라서 백인문명에 동화될 수 있음을 믿고 그들을 선교의 대상으로 삼기도 하였지만, 동화와 개종이 불가능하므로 투쟁하고 제거하여야 할 이교도로서 이들을 보는 시각이 보다 보편적인 것이었다. 이 당시 유행하던 포로수기captivity narrative의 대부분이 이러한 시각에서 미원주민을 그리고 있으며, "이교도들 사이에서 겪었던 잔인하고 비인간적인 대우 The Cruel and Inhumane Usage she underwent amongst the Heathens"라는 로랜슨 Mary Rowlandson 작품의 부제는 이러한 인식을 단적으로 보여주고 있다.

미국문학에 나타나는 미원주민의 이미지는 크게 보아 위와 같은 두 줄기로 나눌 수 있으며 시대와 상황과 작가에 따라 어느 한 쪽 측면이 강조되어 나타나고 있다고 할 수 있다.

해밀턴Wynette L. Hamilton은 이와 같은 맥락에서 미원주민을 다루고 있는 미국작가들을 두 유형으로 분류하여, 인디언들을 비문명화되고 비기독교적이고 잔혹한 종족으로 묘사한 "인종중심적 정복자들Ethnocentric Conquerors"과 백인들의 탐욕과 이익추구에 의해 파멸해가는 순수한 종족으로서 인디언을 묘사하고 백인들을 강력히 비난하는 "인종중심적 낭만주의자들Ethnocentric Romantics"로 나누고 있기도 하다(2).

그러나 미원주민에 대하여 적대적인 시각을 견지했던 작가들뿐만 아니라 미원주민을 폭력적으로 제거하고 있는 백인들을 비난하며 미원주민의 운명을 애탄하는 작가들조차도 이러한 현실에 대한 근원적인 인식보다는 감상적인 반응에 치우쳤는데, 이러한 현상을 오리언스G. Harrison Orians는 "사라지는 인디언에 대한 숭배The cult of vanishing indians"라고 이름 붙인다(Dippie 21). 여기서 '사라지다'라는 단어는 사라지게 만드는 주체로서의 백인이 가려지고 마치 인디언 스스로가 자발적으로 사라지거나 혹은 거역할 수 없는 어떤 사연적 현상이나 운명에 의해서 사라지게 되는 듯한 어감을 주고 있다. 또한 이들 작가들이 미원주민의 '사라짐'을 묘사할 때는 "태양빛 앞에서 눈이 녹듯이"라든지 "대양이 끊임없이 잠식하는 곳의 모래처럼" 등 자연적 소멸의 이미지가 동원되며, 내러티브 차원에서도 미원주민들은 주로 무언가에 대한 상실의 슬픔으로 죽는다거나 스스로 자연 속으로 사라지는 것으로 그려짐으로써 백인들의 파괴성은 감추어지고 있다(Dippie 13).

문학에 있어서 이러한 미원주민에 대한 감상적 태도는 19세기에 들어서면서 보다 우세하게 나타나기 시작하는데, 이러한 현상의 배경으로 우선 당대 낭만주의의 영향을 꼽아볼 수도 있지만 이와 함께 낭대 성치석 상황도 상당한 영향을 끼치고 있다. 즉, 19세기 초반의 미국사회는 독립 이후 여러 전쟁과 갈등의 시련을 겪은 후 국가로서의 틀이 잡히기 시작하는 때였으며, 이와 더불어 팽창주의 정책이 힘을 얻어 원주민들을 보다 서쪽으로 밀어내려는 백인들의 시도가 드세어지면서 1829년 앤드류 잭슨

Andrew Jackson의 체로키족 강제이주조치라는 비윤리적인 파국을 향하여 치닫고 있던 시기였다. 이렇게 1820년대는 미원주민을 동화시키려는 정책으로부터 국가에서 분리해내고 제거하려는 정책으로 전환하던 중대한 변화의 시기이기에 미원주민 문제에 대한 관심은 높아지고 있었고 사회 전반에서 미원주민 정책에 대한 합의가 탐색되고 있었던 것이다.

실지로 19세기 초반의 문단, 특히 미원주민과의 갈등이 고조되던 1820년대 경은 미국소설에서 미원주민이 주요 소재로 등장했던 첫 시대이며, 통계적으로 1824년에서 1834년 사이에 출판된 40여권의 소설이 인디언을 다루고 있을 정도로(Dippie 21) 유례없는 인디언 주제의 유행이 일었던 시기였다(Karcher 102). 그리고 이들이 그리는 미원주민이 사악한 악마와 같은 존재이건 혹은 문명에 의해 희생되는 순수한 존재이건 간에 이들이 새로이 성립되고 있는 국가에서 배제될 수밖에 없는 존재로서 간주되고 있다는 점에서는 공통점을 가지고 있었던 것이다. 특히 미원주민에 대한 긍정적인 시각을 견지하면서도 궁극적으로 "사라지는 인디언"의 이미지를 부각시키는 작가들은 미원주민을 부정적으로 그리고 있는 작가들에 비하여 보다 발전적인 시각을 보여주고 있다고 할 수 있으나, 그럼에도 불구하고 궁극적으로 '사라지는 인디언'의 이상화함으로써 인디언의 '사라짐'의 원인을 덮고 백인 문화의 죄의식에 면죄부를 주고 있다고 할 수 있는 것이다.

3. 사랑하는 인디언, 사라지는 인디언 ―호보목, 쿠퍼, 세즈윅

차일드의『호보목Hobomok』(1824), 쿠퍼의『모히컨 족의 마지막 후예The Last of the Mohicans』(1826), 그리고 세즈윅의『호프 레슬리Hope Leslie』(1827)

는 1820년대에 짧은 시차를 두고 발표된 역사소설들로서, 위에서 언급한 것처럼 정치 사회적으로 미국이 원주민 정책에서 극명한 갈등을 보이면서 이러한 갈등에 대하여 문단이 활발한 반응을 보였던 시기에 씌어졌다. 이들 작품들은 공통적으로 미원주민을 주요인물로 등장시켜 당대에 주요 쟁점이었던 원주민 문제를 탐색하면서 미국 건국의 이데올로기와 미국의 정체성을 점검하고 있다.

이들 세 작가는 동시대를 살았을 뿐만 아니라 구체적으로 서로 교류하며 그 작품 활동에서도 영향을 주고받았다. 쿠퍼는 세즈윅의 작품 『뉴잉글랜드 이야기A Tale of New-England』의 사실주의를 찬양하는 비평을 게재하기도 하였고(Damon-Bach xxiv), 차일드는 세즈윅에게 그녀의 작품 『영예의 관The Coronal』을 헌정하였으며, 세즈윅과 쿠퍼는 개인적으로 친분이 있었고 세즈윅과 차일드는 노예폐지운동에 대하여 서로 의견을 달리하여 갈등을 겪기도 하였다(Damon-Bach 290). 더욱이 세즈윅의 『호프 레슬리』는 쿠퍼의 『모히칸족의 마지막 후예』를 염두에 두고 쓰였고(Damon-Bach 11), 차일드는 그녀의 작품 『호보목』의 도입부에서 가상의 저자를 통해 "나의 가장 허황된 희망, 가장 허황된 소망에서조차 월터 스콧 경이나 쿠퍼 씨에 의해 도달된 그 자랑스러운 정상이 보이기만 하는 곳까지라도 내가 갈 수 있다고 생각하지는 않는다(3)"라면서 겸손하지만 명확하게 『호보목』에서의 자신의 작업이 쿠퍼와 같은 영역에서 이루어지는 것임을 밝히고 있기도 하나.

차일드가 『호보목』에서 언급하고 있고 세즈윅이 『호프 레슬리』에서 의식하고 있는 쿠퍼의 작업은 그 장르에 있어서 역사소설이며 그 소재에 있어서 미원주민이었으며 궁극적 목표는 국민문학의 확립이었다. 그리고 『모히컨 족의 마지막 후예』, 『호보목』과 『호프 레슬리』는 공통적으로 시간적으로는 역사적 과거, 공간적으로는 백인 문화와 원주민 문화가 마주치는 변경, 그리고 플롯은 원주민과 백인의 상호작용과 갈등을 다루면서 특히 타인종간의 사랑을 그리고 있으며, 이렇게 역사 속의 미원주민을 백인과의 상호작용 속에서 다룸으로써 당대 사회가 겪고 있는 미원주민과의 갈등을 둘러싼 국가 정체성의 문제를 점검하고 있는 것이다.

미원주민의 모습을 미국문학에 가장 뚜렷하게 남겨놓은 작가는 단연 쿠퍼라고 할 수 있다. 그러나 이야기꾼으로서의 쿠퍼의 재능에 대하여는 모두가 인정하는 반면, 쿠퍼가 그려낸 미원주민의 모습에 대하여는 여러 비평가들이 그 비사실성을 비판하여 왔다. 그 비판의 주조는 쿠퍼의 원주민들이 사실과 현실에 근거하고 있기보다는 이상화되었고 지나치게 미화되었다는 것으로서(Keiser 104-06), 예컨대 캐스Lewis Cass는 쿠퍼의 인디언이 동부인들이 가진 인디언에 대한 순진한 믿음을 보여주고 있다고 비난하고 쿠퍼가 실지로 변경지역을 여행해본 적이 있었더라면 실지로 미국의 숲속에서 발견되는 원주민들은 사납고 간교한 전사들이라는 것을 알 수 있었으리라고 말하기도 하였다(Maddox 45-46). 이러한 비판에 대한 쿠퍼의 반응이 흥미로운데, 그는 자신의 인물들을 아름다운 이상으로 제시할 수 있는 것이 작가의 특권이자 특히 로맨스 장르의 특권임을 역설하며 그의 원주민이 사실적 형상화가 아니라 로맨스의 차원을 거쳐 신화의 지경까지 이상화된 이미지임을 주장하고 있다. 즉 쿠퍼는 자신의 미원주민 묘사가 사실성이 아닌 예술성에 근거한 것임을 주장함으로써 사실성 논쟁을 무력화시키고 있는 것이다. 그러나 사실성의 차원을 부정하며 쿠퍼가 주장한 예술성은 과연 현실과 어떠한 관련을 맺고 있으며, 그 시학은 과연 정치학과 절연되어 있는 것인가에 대한 점검은 미국문화에서의 원주민 재현문제를 이해하는데 필수적인 과제라고 할 수 있다.

쿠퍼의 인물형상화에 대한 비판적 평가들은 특히 그의 원주민 형상화에 집중되어 왔다. 그의 원주민 인물들은 긍정적 속성만을 가진 착한 인디언과 부정적 속성만을 가진 나쁜 인디언으로 분류될 수 있을 만큼 단면적으로 그려지고 있기 때문이다. 『모히컨 족의 마지막 후예』에서 단면적인 인물 형상화의 대표적인 예는 착한 인디언 언커스에서 찾아볼 수 있다. 그는 주인공이라 할 수 있을 정도로 작품 속에서 중요한 역할을 하고 있지만 그의 내면세계나 심적인 갈등은 거의 드러나지 않는다. 이처럼 내면세계에 대한 접근 없이 강건하고 잘 조화된 외모(47-48)와 갈등 없는 일련의 행동들로 이루어진 엉카스의 재현은 그를 살아있는 인간으로서가 아니라 추상적이고 이상화된 개체로 탈인간화함으로써 오히려 미원주민에 대한 인간적 공감의 여지를 축소시키고 그 문제를 추상화와 삼상화하는 기제로 작용할 위험성이 있는 것이다.

쿠퍼의 인물형상화는 오히려 악한 인디언 마구아에서 입체감과 함께 현실적 토대를 획득한다. 비록 마구아는 악마와 같은 존재로 형상화되었지만 그가 악마처럼 타락한 것은 백인 때문이다. 즉 백인들이 준 술이 그를 망쳤고, 또한 채찍질을 죽음보다 더 수치스럽게 여기는 원주민의 문화를 이해하지 못한 헤이워드 대령이 그에게 채찍질을 함으로써 물리적일 뿐만 아니라 문화적인 폭력을 가했기 때문에 마구아는 수치와 절망 속에서 그토록 타락하게 된 것이다. 더욱이 마구아가 휴론족의 추장으로 행복하게 지냈던 시절과 백인들이 들어와서 술을 마시게 하고 그들을 영토에서 사냥감처럼 쫓아내버렸던 이야기를 할 때 쿠퍼는 궁극적으로 백인들이 나쁜 인디언을 만들어낸 책임이 있음을 고발하고 있다.

마구아가 타락하게 된 것이 백인과의 접촉 때문이라고 설정한 것은 미원주민 문제에 대한 쿠퍼의 현실적인 생각을 드러내는 것이다. 쿠퍼는 동화정책이 미원주민 문제를 해결하는 방안이라고 생각하지 않았으며 타문화, 타인종과의 접촉은 오히려 인간을 타락시키는 것이며 인디언들도 백인과 접촉함으로써 타락하고 악한 인디언으로 변한다고 보았다(Blackmore 43). 따라서 타문화, 타인종간의 접촉의 결과인 혼혈은 쿠퍼에게 부정적인 것으로 간주된다. 그래서 원주민 내에서도 가장 순수 인종인 들라웨어 종족이 가장 도덕적으로 뛰어난 것으로 간주되며, 백인 주인공 호크아이는 "다른 피 한 방울 섞이지 않은 순수한 백인인 나, who am a white man without a cross"라는 말을 반복함으로써 혼혈에 대한 부정적 인식을 간접적으로 드러내고 있는 것이다.

혼혈에 대한 쿠퍼의 부정적 인식은 작품 속에서 일관성 있게 드러나면서 원주민의 부족 간 혼혈만큼이나 백인의 경우 영국과 스코트랜드 같은 타 국가 사이의 혼혈도 부정적인 것으로 그려지고 있는데(Blakemore 43-47) 이러한 쿠퍼의 태도는 미원주민 언카스와 백인 아가씨 코라와의 감정적 교류를 처리하는 부분에서 흥미로운 양상을 보여준다. 언카스와 코라간의 호감은 이야기를 이끌어가는 추동력이 되고 있으면서도 드러내어 표현되지 않고 매우 미묘하고 조심스럽게 암시되다가 결국 이들 모두의 죽음으로 결말을 맺는다. 그리고 이들 둘은 따로 장례식이 치러지고, 내세에서조차 맺어지지 않을 것이 암시된다(367). 더욱이 코라는 비록 백인으로 보이기는 하지만 어머니가 서인도제도 출신의 노예였다는 것이 작품의 중간에 밝혀짐으로써 원주민 남자와 백인 여성간의 사랑에 대해 백인 독자가 가질 수 있는 거부감을 완화시키는 장치가 미리 마련되어 있기도 하다.

이러한 혼혈에 대한 쿠퍼의 부정적 인식은 기본적으로는 각 부족, 각 종족의 독특함과 고유함을 인정하고 존중하는 정신과 연결되어 있다. 즉,

미원주민은 미원주민대로 또 백인은 백인대로 종족마다 각자가 부여받은 재능gift에 따라 살아야 한다는 쿠퍼의 생각은 곧 미원주민의 고유한 생활 방식을 존중해야 한다는 주장으로 현실화될 수 있는 것이다. 그러나 당대 상황 속에서 혼혈을 경계하고 순수혈통을 옹호하면서 미원주민 동화정책 의 부정적인 측면을 강조하는 쿠퍼의 관점이 정작 현실 속에서는 궁극적 으로 원주민들에게는 순수함을 유지하도록 강요하면서 결국 경제와 사회 와 문화 등 여러 차원에서 고립시키고 도태시키는 기제로 작용할 수 있는 가능성이 있는 것이다.

실지로 『모히컨 족의 마지막 후예』의 세계에서 미원주민을 위한 자리 는 마련되지 않고 백인은 그에 대한 책임이 없다. 착한 인디언 언카스를 나쁜 인디언 마구아가 죽이고, 마구아는 백인 호크아이의 총에 죽게 함으 로써, 착한 인디언의 죽음은 인디언끼리의 싸움의 결과이자 나쁜 인디언 의 책임이며 나쁜 인디언의 죽음은 백인의 정의 구현자 역할의 결과로 정 당화된다. 결국 '모히컨 족의 마지막 후예'는 언카스가 아닌 칭가치국이 며, 후사도 없이 상실감에 애도하며 '사라지는 인디언' 늙은 칭가치국의 모습이 바로 쿠퍼가 상정하는 미원주민의 운명인 것이다. 이처럼 쿠퍼는 미원주민을 이상화하여 국가적 신화의 차원으로 끌어올리는 과정을 통해 오히려 당대미국의 정치적 현실의 차원에서 그들의 현실성을 제거하여 버린다. 그리고 궁극적으로 '사라지는 인디언'의 신화와 백인중심의 미국 이라는 현실이 『모히컨 족의 마지막 후예』와 그의 작품 세계를 통해서 구 현되고 있다고 할 수 있을 것이다.

『호보목』과 『호프 레슬리』는 『모히컨 족의 마지막 후예』보다 시대를 조금 더 거슬러 올라가 17세기 정착 초기를 배경으로 한 역사소설이자 가정 로맨스이다. 차일드와 세즈윅은 17세기 건국기의 공적 역사인 청교도적 역사관에 묻혀 있었던 사적인 가정생활을 그리고 있지만, 그러나 이들의 가정은 사회의 다양한 담론들이 들어와 힘을 겨루고 영향력을 미치는 공간이며, 당대의 종교적, 사회적, 인종적 성적 갈등이 가족 내의 역학으로 변환되어 작용하고 있는 영역이다(Romero 391). 예컨대『호보목』의 코넌트 가정은 메리의 아버지와 어머니가 결혼하는 과정에서 영국국교도인 어머니 집안과 청교도인 아버지의 갈등 때문에 어머니가 집과 절연하는 아픔을 겪었으며, 이제 여주인공 메리는 영국국교도 애인 찰스 브라운을 아버지가 받아들이지 않고 찰스 또한 아버지의 종교적 강요를 받아들이지 않음으로 해서 인생의 역정을 겪게 되는 것이다. 한편『호프 레슬리』에서도 여주인공 호프의 어머니와 에버럴의 아버지는 종교적 문제로 집안이 결혼을 허락하지 않아 각각 사랑 없는 결혼을 하여 살아왔던 것으로 설정되어 있다. 또한『호보목』과『호프 레슬리』에 나타난 가족의 모습은 공통적으로 이러한 종교적 갈등 이외에도 계급과 인종적 문제들이 교차하면서 가족 구성원들의 삶을 모양짓고 있는 것으로 그려지고 있다.

자연을 배경으로 한『모히컨 족의 마지막 후예』와 가정을 배경으로 한『호보목』과『호프 레슬리』가 보이는 또 다른 차이점은 쿠퍼의 작품이 남성인물들의 결정과 행위에 의해서 그 플롯이 진행되며 여성 인물인 코라와 앨리스는 그러한 남성들에게 도움을 받고 보호를 받는 수동적인 인물들로 그려지고 있는데 반해, 이들 작품에서는 여성들이 주체적으로 결정과 행위를 해나가고 있다는 점이다. 배스케즈Mark Vasquez는『호보목』과 관련하여 "여성의 대화는 플롯을 진전시키는 반면 남성의 대화는 단지 주제를 재진술할 뿐이다"라고 지적하고 있는데(4) 메리뿐만 아니라 호프 레슬리와 인디언 여성 매가위스카는 모두 이야기의 중심이 되면서 사건을 주도해나가고 있다. 이 두 작품은 공히 그 제목을 작품 중 인물의 이름에서 따 왔는데,『호보목』에서는 제목에 비해 인디언 호보목의 역할이 미약하고 오히려 여주인공 메리 코넌트의 이야기가 부각되어 있어 그 중심인물들이 공통적으로 백인 여성들이라고 할 수 있는 것이다. 또한 이들의 정신적 여정에는 각각 호보목과 매가위스카라는 인디언과의 접촉이 중요한 역할을 한다. 결론적으로 이 두 작품은 공통적으로 백인 여성주인공을 중심으로 하여 그들의 결혼과 인생을 그리면서, 당대에 주요한 쟁점이 되었던 미원주민의 문제를 다루고 있다고 할 수 있다.

　『모히컨 족의 마지막 후예』가 그 결말에 나쁜 인디언의 수장 마구아와 좋은 인디언의 마지막 후예 언카스, 그리고 혼혈여성 코라를 모두 제거하고 오직 미원주민의 사라짐을 애도하는 칭카치국의 모습만을 남긴 것에 비하면『호보목』은 미원수민 분제를 다루는데 있어서 상낭히 전향적이다. 백인이면서 사회적 신분도 높은 메리와 호보목의 결혼이 이루어지고 그들의 결혼 생활이 그려지며, 더욱이 당대에 큰 충격을 줄 수 있는 바 혼혈 자손이 생겨난 것은 상당히 전복적인 일로서 받아들여질 수 있기 때문이다. 특히 메리와 그녀의 아들 리틀 호보목, 그리고 그들에 대한 편견없이 그들과 교류하는 친구 샐리와 그녀의 딸이 즐거운 시간을 함께 보내는 장면(137)은 인종간의 화합을 원리로 하는 미국의 미래의 청사진이라고 할 수도 있을 것이다. 그러나 차일드는 이러한 장면으로 작품의 결말을 맺지 않는다. 메리와 호보목의 결혼생활은 죽은 줄 알았던 찰스가 다시 돌아오면서 여지없이 깨어지며, 호보목은 또 다른 '사라지는 인디언'이 되며 메리는 찰스와 행복한 결합을 하게 되는 것이다. 그리고 이러한 백인중심주의적인 사고는 작품의 초반부터 끊임없이 표출되고 있음을 되돌아 볼 수 있다.

　매독스Lucy Maddox가 적절하게 지적하고 있는 것처럼 차일드는 혼혈

결혼에 대한 독자들의 거부감을 기대를 저버리지 않으면서 이 혼혈간의 결혼관계를 그리기 위하여 노력하고 있다(153). 이것은 쿠퍼가 코라와 언카스의 관계를 조심스럽게 다루면서 코라가 사실은 혼혈이라는 설정까지 해놓고 있는 것과 같은 의도라고 할 수 있다. 먼저 호보목은 미원주민의 이미지가 최대한으로 제거된 채로 재현된다. 그는 자신의 부족 내에서 추장이라고 소개되고 있지만 그가 추장으로서 어떠한 역할을 하는 모습은 보이지 않으며 백인들과 함께 기거하며 백인들을 돕고 산다. 즉, 차일드는 호보목을 탈인디언화시킴으로써 가능한 한 백인처럼 재현하고 있는 것이다. 샐리는 "나는 늘 그가 내가 아는 가장 훌륭한 인디언이라고 생각했었어. 게다가 지난 삼년 동안 그는 너무 많이 변해서 이제는 거의 영국 사람처럼 보인다니까. 결국, 이 결혼은 미리 점지된 것이야"(137)라는 말을 통해서 메리의 남편으로서 적합한 자질은 최상의 인디언이 아니라 "거의 영국인처럼 보일만한" 동화의 모습임을 강조하고 있다(Maddox 153). 호보목의 동화의 양상은 메리와의 결혼생활을 통해서 강화되면서 메리가 원주민화되는 것이 아니라 호보목이 유럽화되는 것으로 그려진다.

또한 차일드는 메리가 호보목과의 결혼을 결심할 당시의 상태를 묘사함에 있어서, 그것이 호보목에 대한 메리의 사랑이나 성적 욕망에 의한 것이 아님을 지속적으로 강조하고 있다. 메리가 호보복과 결혼하는 것은 우선적으로 자신이 속한 백인사회와 아버지에 대한 메리의 반감에 기초하고 있다. 특히 메리는 추운 겨울 어머니의 무덤에서 결혼을 결심할 때 혼돈과 무감각과 마비의 상태를 보이며, 그들의 결혼장면은 "자신의 전리품에 환희하는 검은 추장"(123) 호보목과 "말없이 비참하게 . . . 다른 세상에서 온 것처럼 창백하게 꼼짝 않는"(123) 메리의 모습을 통해 원주민과의 애정도피가 아니라 원주민에 의한 유괴처럼 그려지고 있다. 호보목은 그녀의 상태가 마치 술 취한 사람의 상태와 같다는 것을 알고 그녀가 정신을 차리고 결혼 결정을 취소할까봐 서둘러 결혼식을 진행하고, 메리는 그 경황 중 결혼서약에서도 "나는 살아있는 누구보다도 이 남자를 사랑한다"(125) 면서 그녀의 마음이 찰스를 떠나지 않았음을 드러낸다. 한편 메리에 대한 호보목의 감정도 사랑이라기보다는 숭배와 유사한 것으로 그려진다. 호보목은 초기에 "인디언도 사랑을 할 수 있답니다Indian can love"(86)라고 간접적으로 메리에게 이야기한 적이 있지만, 작가는 호보목이 메리에게 품는 감정이 사랑보다는 신성한 존재에 대한 "공경tender reverence"(135)과도 같은 것이라는 것을 강조하고 있다.

메리와 호보목의 관계는 이러한 인종적 한계를 가진 것이기에, 위에서 언급했던바 메리와 리틀 호보목, 샐리와 그녀의 어린 딸이 보여주었던 인종 간의 화합과 조화의 비진은 백인 남성 칠스의 재등장으로 쉽게 깨어지고 만다. 차일드는 메리와 찰스의 결합을 "견딜만한 것보다는 약간 더 나은 삶life something more than endurable"(136)이었던 메리와 호보목의 결혼생활을 대치하는 보다 완전한 상태로 그리고 있으며, 그것을 위해 희생되고 사라져야 하는 호보목의 모습을 낭만적인 감상주의의 정조로 묘사한다.

"메리를 위해서 백인들의 증오와, 나의 부족들의 경멸과 나의 적들의 모욕을 참았다. 이제 나는 낯선 사람들 사이에 묻힐 것이고, 누구도 이 무명의 추장 때문에 두려움에 떨지 않을 것이다"(140)이라고 말하며 떠나는 자신의 가속에 대한 당당한 권리를 포기하고 황망히 황야로 떠나는 호보목의 마지막 모습은 바로 자신의 영토를 백인들에게 내주고 낯선 곳으로 쫓겨가야했던 미원주민들의 운명의 환유로서 쿠퍼의 경우와 마찬가지로 차일드에게 있어서도 미국이라는 사회의 미래에 미원주민의 자리는 없음을 보여준다. 더욱이 남겨진 그의 아들이 더 이상 아버지의 존재를 기억하지 못하고 완전히 백인사회에 동화되었음을 담담하게 서술하는 마지막 장면에서는 원주민이 원주민임을 그칠 때만이 사회에서 자리를 얻을 수 있음을 드러낸다. 즉, 호보목의 경우와 같은 "거의 영국인같은" 정도의 동화가 아니라 리틀 호보목처럼 완전한 영국인이 되었을 경우에만 백인 사회는 그를 받아들일 수 있는 것이다.

쿠퍼에서처럼 차일드 역시 고귀한 야만인 호보목의 마지막 모습은 사라지는 인디언의 모습이다. 그럼에도 불구하고『호보목』은『모히컨 족의 마지막 후예』에 비하여 미원주민들에 대한 보다 진보적인 안목을 보여주며, 그것은 여성인물들을 통해서 제시되고 있다. 메리의 어머니, 샐리, 메리가 보여주는 화해와 포용의 비전은 편협한 도그마에 빠져 있는 남성인물들의 한계를 감싸며 보다 열린 사회를 지향한다. 그들에게 호보목이 대표하는 바 미원주민은 보다 다양한 관계의 가능성을 가진 집단으로 나타나고 있으며, 메리는 비록 많은 한계를 가지고 있지만 호보목과의 결혼이라는 경험을 통하여, 그리고 샐리는 그러한 메리와 호보목의 가정과의 편견 없는 교류를 통하여 그 가능성을 실현해 보고 있는 것이다.

세즈윅의 작품『호프 레슬리』에서는 매력적인 미원주민 여성 매가위스카와 완벽한 백인 남자로 그려지는 에버럴 사이의 감정적인 교류가 그려진다. 실지로『호프 레슬리』의 탁월한 성과는 자신의 부족의 고유한 전통에 대한 뚜렷한 의식을 가지고 있는 주체적인 미원주민 매가위스카의 인물형상화에 있다고 할 수 있다. 그녀는 부족의 추장이면서도 백인사회에 동화되는 호보목과 달리 "오랜 동안 백인들하고 함께 살았으면서도, 자신의 고유한 원주민 옷을 입고 살며, 그녀 부족사람들이 하는 모든 것에 아주 익숙한"(38) 정도로 자신의 정체성을 지니고 있다. 호보목 역시 상상력을 자극하는 이야기솜씨로 메리와 교류를 시작했지만, 피쿼드 전쟁에 대한 매가위스카의 이야기는 보다 적극적인 의미에서 백인들의 역사에 대한 대안적 역사의 제시의 기능을 한다. 즉, 그녀가 원주민 관점에서 본 피쿼드 전쟁을 이야기하는 것은 단지 백인이 원하는 이야기만을 해주는 미원주민의 모습이 아니라, 백인들의 허구를 폭로하는 힘을 가진 주체적인 원주민의 모습을 보여주고 있는 것이다.

이렇게 매가위스카는 고결하면서 자주적이고 주체성을 가진 인물로 묘사되며 에버릴을 매혹시키지만, 그와 매가위스카의 관계는 마치 코라와 언카스의 관계처럼, 그리고 호보목과 메리의 관계처럼 급작스럽게 외적인 상황과 폭력으로 인해서 더 이상 발전하지 못한다. 에버릴을 납치한 매가위스카의 아버지가 그를 죽이려고 할 때 끼어들어 팔을 절단당하고 마는 매가위스카의 운명은 포카혼타스의 전설을 떠올리게 만들면서, 기처Carolyn Karcher의 지적처럼 그녀를 잠재적 배우자에서 불구의 누이로 변화시키며 그녀를 비여성화시키고 인종간의 결혼의 가능성을 배제시키고 있는 것이다(Karcher 1992, xxiv). 하인 디그비는 에버렐과의 관계에서 매가위스카의 자리를 호프가 대신함으로써 "모든 것이 응당 되어야 할대로 되었고, 도련님 어머니가 살아계셨다면 원하셨을 것대로, 그리고 아버님과 모든 세상이 원하는 대로 된 것"(224)이라고 말한다. 디그비의 말대로라면 결국 인종간의 결혼이 아닌 백인들끼리의 결혼이야말로 부모뿐만 아니라 모든 세상이 원하는 것이며 또한 응당 그렇게 되어야 할 자연스러운 귀결인 것이다.

매가위스카와 에버렐의 결합을 완성시키지 않는 세즈윅의 관점은 유일하게 깨어지지 않고 지속되는 미원주민 남성 오네코와 백인 여성 페이스 간의 결혼생활을 묘사할 때도 드러난다. 우선 페이스는 "응석받이에 . . .

제멋대로에다가 숫기 없는"(29) 아이로 묘사되며, 오네코 또한 "과거에 대해서 전혀 생각하지 않고 미래에 대해서 전혀 신경 쓰지 않는"(34) 단순한 인물로서 페이스는 언니 호프, 오네코는 누나 매가위스카에 비해 훨씬 그 인물의 품격이 낮게 그려져 있다. 그들의 결혼관계 또한 성숙한 사랑의 결과가 아닌 유아기적인 집착의 모습이 강조되며, 호프와 매가위스카가 점차로 자신의 사회에서 주도적인 역할을 담당하는 것에 비해서 페이스와 오네코는 공적 사회에서의 기능을 잃고 고립된 삶을 살아간다.

이처럼 꽃이 피기도 전에 꺾여버리는 매가위스카와 에버럴의 관계와 자기중심적이고 고립적인 페이스와 오네코의 결혼 관계를 통해 혼혈결혼에 대한 작가의 유보적인 관점이 드러나고 있다면, 여성들끼리의 관계, 즉 호프 레슬리와 매가위스카의 관계는 이러한 혼혈 결혼의 금기를 건드리지 않으면서도 편협한 가부장제와 그것이 강요하는 당대 사회의 억압에 능동적으로 대항하는 연대를 형성한다. 페터리가 지적하는 것처럼 세즈윅은 호프와 매가위스카의 관계를 비유적인 자매의 관계로 세심하게 설정하고 있다. 그들의 최초의 만남은 그들의 어머니가 각각 묻혀있는 묘지에서 일어나고, 윈스롭은 그들의 상징적 청교도 아버지이며 이들은 각자의 형제인 페이스와 오네코의 결혼으로 법률상으로도 자매가 된다 (Fetterley 1998, 505). 이외에도 그녀들은 모두 어머니를 잃은 것에 대하여 애도하고 있으며, 둘 다 플렛처 가문에 입양되었으며, 둘 다 에버럴을 좋아하는데(Stadler 42), 그러한 감정은 질투와 경쟁이 아니라 배려와 이해로 그들의 관계를 승화시킨다.

『호보목』의 경우는 남성, 이성, 문명이 주는 억압에 대하여 미원주민과 여성의 상상력, 감성, 자연, 포용, 중재의 능력이 연대하고 있지만, 궁극적으로 그러한 연대가 호보목과 메리라는 이성, 이종족 간의 결혼이라는 형태로 현실화됨으로써 백인중심 규범의 사회에서 영속되지 못하였다. 그러나 『호프 레슬리』에서는 그것이 호프와 매가위스카라는 여성들끼리의 연대로 나타나면서 상당히 진보적인 성과를 이룩한다. 이들은 넬레마의 재판에서처럼 사회가 정의를 행사하지 않을 때 그러한 결정에 승복하지 않고 적극적으로 중재와 행동에 나선다. 『호보목』에서 억압과 투쟁과 갈등의 남성세계에 대하여 미원주민 호보목의 상상력과 여성의 중재와 화해와 포용의 능력이 강조되었던 것처럼, 『호프 레슬리』에서도 매가위스카와 호프는 갈등을 중재하고 화해를 가져오려는 노력을 하는 인물들로서 중재자로서의 여성의 역할을 담당하고 있다. 이에 대하여 캐스티글리아Christopher Castiglia는 『호프 레슬리』에서 남성의 세계가 '정의'를 원리로 하는 구약의 세계라면 여성의 세계는 사랑을 원리로 하는 신약의 세계라고 지적한 바 있다(173).

그러나 매가위스카와 함께 나누는 우정과 연대에도 불구하고 백인 여주인공 호프는 미원주민에 대한 인식에서 한계를 보인다. 비록 그녀가 미원주민이 백인들과 본질적으로 같다는 평등에 대한 인식을 일관되게 보여주었고, 매가위스카와는 동일시의 상태까지 가지만, 막상 미원주민 오네코와 살고 있는 동생 페이스를 대하면서 "구역질나는 느낌sickening feeling"(227)을 느낀다. 이러한 호프의 모습은 메리가 호보목의 내면적인 고결함을 알면서도 주위의 이목을 생각할 때는 그와 결혼한 것에 대하여 수치감을 가지게 되는 것과 같이, 미원주민에 대한 사회의 편견이 진보적인 이들 여주인공에게도 내면화되어 있어 극복되기 어려운 것임을 보여준다.

그렇기에 세즈윅의 미국사회에도 매가위스카라는 인물에 걸맞은 자리는 없으며, 매가위스카는 백인사회에 남으라고 부탁하는 에버럴과 호프를 뒤로하고 "인디언과 백인이 섞여서 하나가 될 수 없는 것은 낮과 밤이 그렇게 될 수 없는 것과 같다The Indian and the white man can no more mingle, and become one, than day and night"(330)고 말하며 백인 사회를 떠나는 사라지는 인디언이 되는 것이다. 매가위스카의 마지막 모습은 호보목을 상기시켜주며, 그들이 떠나는 곳이 미대륙의 어떤 구체적인 지명이 있는 곳이 아니라 이름 없는 막연한 영역이라는 것은 사실상 미국사회에서 그들이 자리 잡을 수 있는 곳은 없으며 그들이 실질적으로 죽은 것과 다름 없음을 나타낸다(Stadler 52). 결국 매가위스카나 호보목은 백인에 우호적이고 협조적이었으며 고결한 인품을 가지고 있었고 백인에 대한 희생적인 애정을 품고 있었으나 그들의 사랑은 완성되지 못하고 백인사회로부터 소외되고 마는 것이다.

4. 사라진 인디언이 남긴 것

이제까지 미원주민 문제를 중심으로 살펴본 쿠퍼와 차일드와 세즈윅의 세 작품은 시간을 거슬러 올라가 건국 과정의 시대를 배경으로 하여 가장 미국적인 소재라고 추천되던 미원주민들을 다루면서 당대의 국가 구성과 이념의 문제를 점검하면서 국가문학의 지경을 개척하고 있다. 이세 작품은 공통적으로 미원주민에게 많은 공감을 보이고 있으며 백인과 원주민, 혹은 백인으로 보였던 혼혈과 원주민의 사랑이 작품의 중심축을 이루면서 이러한 혼혈관계에 대한 작가들의 태도를 드러내주고 있는데, 여기에는 당대 사회가 가지고 있던 혼혈관계에 대한 거부감, 그리고 그 뒤에 숨어있는 미원주민에 대한 차별적 인식이 반영되어 있다고 하겠다.

언카스와 코라, 호보목과 메리, 매가위스카와 에버렐의 관계는 모두 사랑이라고 말하기에는 너무 미약하게 그려져 있으며, 그들의 결합은 여러 가지 방법으로 방지되거나 깨지거나 혹은 부정적인 측면이 강조된다. 그리고 이들의 결합은 외부적인 폭력이나 사건에 의해서 굴절이 되며, 이 원주민들은 백인에 대한 사랑의 감정의 결과로 엉카스의 죽음, 호보목의 유랑, 그리고 매가위스카의 불구와 같은 혹독한 대가와 희생을 치르게 된다. 결론적으로 이 작품들에서 마지막에 남는 미원주민의 이미지는 '사라지는 인디언'으로서 미원주민은 백인과 공존할 수 없이 미국의 미래에 합당한 자리를 부여받지 못하고 소외되고 배제되고 축출된다. 그러나 이러한 공통점에도 불구하고 이들 세 작품 사이에는 또한 의미 있는 차이점이 존재한다. 쿠퍼의 세계가 미국의 자연이라는 배경과 로맨스라는 장르를 통해 신화적 차원으로 이동하고 있다면 차일드와 세즈윅의 역사는 가정의 영역으로 이동하고 있는 차이를 보인다. 그리고 이러한 이동은 그들이 다루고 있는 미원주민 등장인물에 대해서도 마찬가시로 석용된다.

쿠퍼는 많은 비판을 받을 만큼 미원주민을 이상화하였으나 오히려 그러한 형상화가 미원주민의 문제를 현실적 차원에서 신화적 차원으로 이동시키며 원주민의 사라짐을 어떠한 섭리와도 같이 그려내고 있음으로서 원주민들에 대한 백인들의 죄의식에 면죄부를 주는 기능을 하고 있다. 또한 동화정책에 대한 거부감과 동화에 뒤따라올 수밖에 없는 혼혈에 대한 강한 거부감을 엉카스와 코라의 이루어지지 않는 사랑을 통해서 드러냄으로써 결국 그의 세계에서는 순수함을 지키는 미원주민의 고립과 사라김이 신피피되고 있나.

쿠퍼의 이러한 점에 비교한다면 차일드와 세즈윅은 원주민문제에 있어서 보다 진보적이었다고 할 수 있다. 실지로 차일드는 그녀의 한 편지에서 종족별 특수함을 존중하는 조화와 어울림의 정책을 지지하고 있음을 다음과 같이 밝히고 있다.

인종들 간에 육체적으로뿐만 아니라 영적으로도 차이가 있다는 것은 의심할 바가 없다. 그러나 그 차이는 나무와 광물 사이의 차이가 아니라 같은 숲의 나무간의 차이와 같은 것이다. 우리의 것들이 그들의 것과 섞이도록 해보자 그러면 그 결과는 열등해짐이 없는 다양함이라는 것을 알게 될 것이다. 그것들은 다른 선율의 피리들일 것이며 그래서 더 멋진 화음을 만들어낼 것이다. (Karcher 185)

또한 차일드와 세즈윅은 공통적으로 이러한 갈등하고 분열된 국가에 화해와 중재 그리고 정의를 가져올 수 있는 힘으로 여성들의 역할을 기대하면서 가정이라는 영역 속에서 미원주민과 여성과 남성의 역학 관계가 어떻게 중재와 정의와 용서를 가지고 오는가를 구체적으로 그려냄으로써 예술적 형상화에도 성공하고 있다. 더욱이 세즈윅은 독립적이고 지적인 여성원주민 매가위스카를 형상화하고, 그녀와 백인 여성 호프 레슬리의 연대관계를 통하여 당대의 미원주민 문제에 대한 보다 전향적인 관점을 피력하고 있다.

그러나 쿠퍼보다 오히려 더욱 현실적이고 진보적인 관점을 견지했던 이들 여성작가들은 당대에 누렸던 대중적 인기에도 불구하고 결국 주요 담화로 자리 잡지 못하고 쿠퍼의 신화적 미원주민 재현이 국민문학의 정전으로 자리 잡게 된 것은 바로 쿠퍼의 이상화되면서 현실적인 맥락을 가지지 않는 미원주민 재현이 미국사회가 필요로 했던 이데올로기를 제공했기 때문이라고 할 수 있을 것이다.

미대륙의 사회와 문화, 역사와 문학에서 권력자였던 백인들은 현실적 차원에서 뿐만 아니라 모든 담화에서도 그들이 원하는 방식으로 미원주민이라는 타자를 개념화하였고 그 재현 속에서 미원주민은 고귀한 야만인 혹은 악마와 같이 잔혹한 인디언, 그리고 그 어느 경우에 있어서도 사라지는 인디언의 모습으로 귀결되게 된다. 엉카스와 호보목과 매가위스카는 고결한 인디언이면서도 그 고결함 때문에 결국은 사라지는 인디언으로 재현됨으로써 백인독자들에게 감정적인 카타르시스와 현실문제로부터의 회피의 출구를 제공하는 기능을 하였다고 할 수 있다. 그럼에도 불구하고 그러한 결말을 향하는 과정에서 이 세 작가들은 각기 다른 문제의식과 다른 전망을 제시하였고, 그러한 차이가 바로 국가의 정체성을 점검하는 미국의 국가 문학으로서 미원주민의 형상화에 있어서 화해와 포용의 가능성의 차이로 변환되고 있는 것이다.

인용문헌

Baym, Nina. *Woman's Fiction: A Guide to Novels by and about Women in America 1820-1870*. Ithaca: Cornell UP, 1978.

Bellin, Joshua. *The Demon of the Continent: Indians and the Shaping of American Literature*. Philadelphia: U of Pennsylvania Press, 2001.

Berkhofer, Robert. *The White Man's Indian: Images of the American Indian from Columbus to the Present*. New York: Vintage, 1979.

Blackmore, Steven. "Without a Cross: The Cultural Significance of the Sublime and Beautiful in Cooper's *The Last of the Mohicans*." *Nineteenth-Century Literature*. vol.52, no. 1: 27-57.

Camaroff, John & Jean. *Of Revelation and Revolution*. vol. 1. Chicago: U of Chicago P, 1991.

Carr, Helen. *Inventing the American Primitive*. New York: New York UP, 1996.

Castiglia, Chrostopher. *Bound and Determined*. Chicago: U of Chicago P, 1996.

Cooper, Fenimore. *The Last of the Mohicans*. New York: Bantam Books, 1981.

Child, Lydia Maria. *Hobomok and Other Writings on Indians*. Ed. Carolyn Karcher. New Bruinswick: Rutgers UP, 1986.

Damon-Bach, Lucinda. *Catharine Maria Sedgwick: Chronological Bibliography of the Works of Catharine Maria Sedgwick*. Boston: Northestern UP, 2003.

Dippie, Brian. *The Vanishing American*. Lawrence: UP of Kansas, 1982.

Fetterley, Judith. *The Resisting Reader*. Bloomington: Indiana UP, 1978.

_____. "My Sister! My Sister!: The Rhetoric of Catharine Sedgwick's Hope Leslie." *American Literature*. vol.70, i.3: 491-516.

Hamilton, Wynette. "The Correlation between Societal Attitudes and Those of American Authors in the Depiction of American Indians, 1607-1860." *American Indian Quarterly*. vol.1, no.1: 1-26.

Jennings, Francis. *The Invasion of America*. New York: Norton, 1976.

Karcher, Carolyn. *The First Woman in the Republic*. Durham: Duke UP, 1994.

_____. "Introduction to Hobomok and Other Writings on Indians" in *Hobomok and Other Writings on Indians*. New Brunswick: Rutgers UP, 1992.

Keiser, Albert. *The Indian in American Literature*. New York: Oxford UP, 1933.

Krupat, Arnold. *Ethnocriticism: Ethnography, History, Literature*. Berkeley: U of California P, 1992.

Maddox, Lucy. *Removals: Nineteenth-Century American Literature and the Politics of American Indian Affairs*. New York: Oxford UP, 1991.

Milder, Robert. "The Last of the Mohicans and the New World Fall." *American Literature*. vol52. no.3: 407-31.

Myres, Sandra. *Westering Women and the Frontier Experience*. Albuquerque: U of New Mexico P, 1982.

Romero, Lora. "Vanishing Americans: Gender, Empire, and New Historicism." *American Literature*. vol. 63, no. 3: 385-404.

Sedgwick, Catherine. *Hope Leslie: Or, Early Times in the Massachusetts*. New Brunswick: Rutgers UP, 1990.

Stadler, Gustavus. "Magawisca's Body of Knowledge: Nation-Building in Hope Leslie." *The Yale Journal of Criticism*. vol. 12, no. 1: 41-56.

Vasquez, Mark. "Your Sister Cannot Speak to You and Understand You as I Do." *ATQ*. vol.13, i.3: 173-86.

산업화, 자연 훼손, 생태적 사유의 태동: 소로우의 『월든』을 중심으로*

●●● 강규한

로버트 풀튼Robert Fulton의 허드슨 강 실험 성공 이후 1820년대에 이미 수 백 척의 증기선들이 오하이오 강과 미시시피 강에 운행되면서 서부로의 대규모 이동을 가속화시키고 있었다. 또한 증기기관을 이용한 방저 및 방지 공업과 서탄과 철광 자원에 기반한 듯 천강공업이 급속히 반전해가면서 통조림 공장, 제화 공장 등 생활에 필요한 물품을 생산하는 다양한 공장들이 속속 생겨나기 시작하였다.

넓은 땅을 향한 서부로의 이동과 공업의 발전으로 제조업 종사 인구와 도시의 수가 비약적으로 증가하였다. 1820년에서 1840년에 농업 종사

* 이 글은 『미국학』 32.2 (2009)에 실렸던 것을 수정한 것임.

인구가 79% 증가한 반면, 제조업 종사 인구는 127% 증가하였으며, 1820
년에 8천명 이상의 도시에 사는 인구가 전체 인구의 1/20에 불과하였으나
1840년에는 1/12로 증가하였고 특히 2만 명 이상의 대도시에 사는 인구가
전체 인구의 1/9을 넘었다(Schlesinger 9).

버지니아 출신도 애덤즈Adams 가문도 아닌 앤드류 잭슨Andrew Jackson
의 대통령 당선은 광활한 서부로 빠르게 팽창하고 있는 미국의 변화가 동
부중심의 기존 정치질서로는 포용될 수 없었음을 단적으로 드러내며, 바
야흐로 농업중심 전원주의로부터 상공업 중심의 자본주의체제로의 이행
이 거스를 수 없는 미국 역사의 진행 방향임을 상징적으로 보여준다. 이
러한 유례없는 변화는 어떤 면에서, 정치적·종교적 억압뿐 아니라 "대규
모 제조업자"(301)를 중심으로 전개되는 구대륙의 산업화 과정에서 벗어나
대지와 조화롭게 어우러지려는 끄레브꽤르J. Hector St. John de Crevecoeur
식의 건국 당시 미국의 전원적 이상과 정면으로 상치되는 것처럼 보인다.
그러나 다른 한편, 전원적 이상에도 불구하고 산업의 발전과 진보로 진행
되었던 미국의 변화는 이상을 꿈꾸면서도 항상 현실의 요구에 가장 직접
적·적극적으로 대응했던 미국의 역사 전개과정이 낳은 필연적 귀결로
이해될 소지도 적지 않다.

애초의 전원적 이상에도 불구하고 그것이 계속 변질·배반되는 미국
역사의 아이러니는 미국 건국의 대들보를 닦고 실제로 8년간 초기 미국
의 대통령직을 수행한 토마스 제퍼슨Thomas Jefferson에서부터 시사된다.
해밀튼Alexander Hamilton과의 논쟁이 환기시키듯이, 건국 당시의 제퍼슨은
미국이 계속 "전원의 공화국"(Marx 228)으로 남아 있을 수 있다면, 유럽에
서 자행되는 권력투쟁, 전쟁, 억압 등으로부터 자유로울 수 있다고 믿으
며 전원적 이상에 대한 강한 신념을 유지했다. 그러나 미국을 이끌어가는

지도자로서 현실 정치에 깊이 관여하게 됨에 따라 산업화에 의한 경제발전이라는 현실적인 측면도 비중 있게 고려하기 시작한다. 그리하여 1816년의 한 서한에서는 미국이 지속적인 경제발전을 이룩하지 못하면 유럽의 속국으로 전락하거나 원시시대로 퇴보할 수밖에 없을 것이라고 전망하기에 이른다("A Letter to Benjamin Austin").

제퍼슨-매디슨James Madison-먼로James Monre-애덤즈John Quincy Adams 시대에서 잭슨 시대로의 전이가 건국 시조의 이상주의 대신 문명과 진보에 대한 믿음이 공식적인 시대 분위기를 주도해가기 시작하는 변화의 기점이었다면, 남북전쟁은 이러한 변화의 방향을 돌이킬 수 없는 것으로 고착시키고 그 변화를 가속화시킨 결정적인 계기가 되었다. 남북전쟁의 결과, 북부의 공업과 도시 중심 체제가 남부의 농업과 대농장 기반 체제에 대해 승리를 거둠으로써 싱공업 중심의 발전과 진보가 미국 전역에 걸쳐 가속화되었다.

남북전쟁 이후 펼쳐진 미국의 산업화는 영국이나 유럽의 어떠한 경우에서도 유례를 찾아볼 수 없을 정도로 획기적인 것이었다(Baym 1223). 남북전쟁으로 서부 이동의 통로였던 미시시피 강이 봉쇄되자 동부와 서부를 잇는 철도가 각광을 받기 시작하여, 1869년 최초의 대륙횡단 철도가 건설된 이래로 1885년까지 4개의 대륙횡단 철도가 완공되었다. 석탄, 철, 석유 등의 풍부한 천연자원과 이를 안전하고 빠르게 수송할 수 있는 철도의 개발이 산업화를 촉신시켰지만, 이민을 통한 풍부한 노동력의 유입 역시 급속한 산업화의 배경이 되었다. 남북전쟁 이후 제1차 세계대전까지 약 2,500만 명의 이민자가 미국으로 들어와 1870년에 3,850만 명이던 미국의 인구가 1910년 920만 명, 1920년 1,230만 명으로 증가했다는 통계수치(Baym 1224)는 미국이 얼마나 빠른 속도로 커져갔는지를 구체적으로 보여준다.

급속한 산업화와 도시화가 이루어지던 남북전쟁 이후의 미국은 표면적으로는 경제적 발전과 번영을 누리는 듯하였으나, 그 이면에는 빈곤과 부패 그리고 계층 간의 갈등이 내재해 있는, 이른바 '도금의 시대the Gilded Age'[1]를 겪고 있었다(이보형 165-66). 이 시대는 고상한 취미와 교양의 시대, 말하자면 제퍼슨으로 대변되는 '황금시대'와는 전적으로 다른 시대였다. 이 시대는 진보와 발전을 지향하지만 실제로는 무자비한 이기주의가 활개 치던, 겉만 번지르르 한 모조품의 시기였으며, 끊임없이 성장하는 부유한 세계에 대한 꿈을 실현하기 위해 천연자원의 착취를 조금도 개의치 않았던 탐욕의 시기이기도 했다. 즉, 이 시대의 미국은 무한히 거대하고 부유하게 성장하는 세계를 꿈꾸었지만, 이러한 물질적 성공의 꿈을 실현하려는 이기주의의 기승으로 극심한 빈부의 격차가 노정되었을 뿐 아니라, 무엇보다도 무자비한 자연의 파괴가 자행되었다.

목축을 위해 방대한 숲이 초원으로 변모되었고, 철로 가설을 가로막는 숲은 여지없이 제거되었을 뿐 아니라, 철로에 필요한 침목을 위해 지속적인 벌목이 이어졌으며, 기차가 닿는 어느 곳이라도 연료 등의 생활필수품 자원으로 제공될 수 있도록 울창한 숲들이 대규모로 벌목되었다. 1620년대 백인의 신대륙 정착부터 철제품이 도입되는 1870년대에 이르기까지 집, 가구, 배, 철도의 침목은 물론, 사소한 생활용품도 모두 목재로 만들어졌기 때문에 목재 공급을 위해 숲의 파괴가 급속하게 대규모로 이루어졌다. 매사추세츠 주의 경우, 1880년대에 이르면 총 면적의 약 40%만이 숲으로 남아 있게 되고, 1840년대에 이미 메인 주, 뉴욕 주로부터 목재를 수입하기 시작했다는 기록(Worster 67-69)은 얼마나 빠른 속도로 대규모 파괴가 진행되었는지를 실증한다.

이처럼 산업화의 열기가 불가피하게 자연의 훼손과 파괴를 초래하게 됨에 따라 진보와 발전이 오히려 자연과 긴밀히 연결될 수밖에 없는 인간의 온전한 삶을 위협한다고 역설하는 비판적 관점이 시대의 저변에 형성되어가기 시작하였다. 무분별한 벌목이 자연에 미치는 영향을 세밀히 관찰함으로써 자연 생태계를 훼손하는 인간 문명의 파괴적 폐해를 설득력 있게 제시한 마쉬George Perkins Marsh의 『인간과 자연Man and Nature』은 이러한 입장을 대변하는 대표적인 저작이라고 할 수 있다. 마쉬는 인간 문명의 필요에 의해 강 연안의 나무를 무작위로 벌목했을 때 가뭄, 홍수, 침식, 불순한 기후 등의 폐해를 피할 수 없으며, 따라서 자연 생태계를 보존하기 위해 숲을 원시림 상태로 유지할 필요성을 역설한다. 이러한 주장은 숲뿐 아니라 미국 토양 전체를 가능한 한 많이 원시 상태로 보존하자는 제안으로 이어진다(269-80).

　『인간과 자연』의 첫 장은 로마 몰락을 숲의 파괴와 연결시키며 인간 문명이 자연에 끼치는 악영향에 대해 논의한다. 자연에 대한 인간의 악영향은 이후 구체적인 자연의 영역, 즉 식물과 동물(2장), 숲(3장), 물(4장), 모래(5장)로 이어지며 자세하게 진술된다. 물론 『인간과 자연』에서 개진된 논의가 자연에 대한 인간문명의 폐해에 대한 고발로 그치는 것은 아니다. 대규모 벌목으로 이미 벌어진 폐해에 대해 나무심기, 배수 및 관개 시설, 댐 건설, 관련된 공공정책 등 다양한 대안이 검토되기도 한다. 특히 마지막 장에서는 수에즈나 파나마 운하의 환경적 영향을 검토하며, 자연의 힘을 이용해 산을 푸르게 하고 사막에 물이 흐르게 할 가능성이 제시된다. 특히 마지막 대목에서는 인간의 과학기술에 의해 대지의 구조와 궤도가 바뀔 수 있다는 낙관적 전망이 강조된다(464-65).

　이러한 마쉬의 논의에서 주목하게 되는 것은 대지를 위기에 처하게 만든 것이 인간이면서도 이것을 위기에서 구할 수 있는 역할 역시 인간에게 부여되어 있다는 인간중심적인 관점이다. 마쉬에게 있어 자연에 대한 인간의 지배를 포기한다는 것은 기아, 공포, 미신에 의해 지배되는 상태로 후퇴하는 것을 의미한다. 따라서 위기 극복을 위한 마쉬의 처방은 자연에 대한 인위적 통제로부터의 벗어남이 아니라 그것의 강화에 있게 된다(Lowenthal xxxiv).

마쉬의 논의를 일관하는 이러한 인간중심주의는 그의 입장에 내포된 근원적 한계를 암시한다. 마쉬의 저작은 자신의 실제 경험과 당대 농업과 임업에 대한 면밀한 관찰에 기반 해 인간 문명이 자연에 미치는 영향을 구체적으로 입증하고 있다는 점에서 후대 생태학 연구의 선구가 되고 있다(Oelschlaeger 107; Worster 268; Nash 104-05). 그러나 숲과 미국의 토양을 원시 상태로 보존하자는 자신의 주장이 무엇보다 그것의 '경제적인' 정당성 때문이라고 할 때, 그리고 무엇보다도, 자연을 관리하여 그 훼손을 복원시키는 일이 다른 모든 생물체보다 우월한 인간에게 특별히 부여된 의무이자 권리라고 강조할 때(Lowenthal xxxiii), 마쉬는 자신의 연구와 논의가 어디까지나 인간의 편의를 위해 개진된, 그런 의미에서 제한적인 의미의 생태학적 성과 이상일 수 없음을 스스로 확인해주는 셈이다.

자연 문제에 대해 인위적으로 접근하는 마쉬류의 인간중심적 처방과는 달리, 살아 있는 자연을 그 자체로 만나 그것의 면모를 '있는 그대로' 드러내려 한다는 점에서 소로우의 자연에 관한 글쓰기nature writing는 의미 있게 주목할 만하다. 이러한 소로우의 글쓰기는 그의 대표작 『월든』에 의해 효과적으로 대변될 수 있다. 『월든』은 월든 호수라는 구체적인 자연에 실제로 거주하며 나름의 원리와 질서로 움직이는 살아 있는 자연을 실체로 직접 만나 그것을 생생하게 기록하려는 노력의 산물이라고 할 수 있다.

『월든』에는 자연의 면모를 '있는 그대로' 드러내려는 세밀한 관찰과 묘사로 가득 차 있다. 월든 호수의 모양, 깊이, 색깔, 수온, 결빙, 수초 그리고 그 둘레에 서식하는 갖가지 식물과 동물에 대한 객관적이고 정밀한 묘사는 월든 호수의 면모를 우리 눈앞에 생생하게 부각시키기에 부족함이 없다. 이렇듯 자연이 살아 숨 쉬는 모습 그대로 생생하게 묘사될 수 있었던 것은 "방언과 지방어"에 불과한 인간의 언어에 고착되는 대신 "인간적 은유 없이 사물과 사건이 직접 말하는 언어"(75)를 찾아 나서는 지난한 탐색에 의해 가능했다고 할 수 있다. 소로우가 월든의 숲 속 생활을 시작하며 책을 읽는 시간보다 자연의 소리에 빠져들며 명상에 잠기는 시간을 더 많이 갖게 된 것도 제한적인 인간 언어에 매이는 대신 사물이 직접 발화하는 자연의 언어에 귀 기울였기 때문일 것이다. 이런 점에서 『월든』은 월든과 인근 풍경이 인간에게 불러일으키는 감흥의 인위적 기록이라기보다 월든이라는 구체적인 자연에 기거하며 인간 정신의 밖에 존재하는 살아 있는 자연을 만나 그것을 "중간 매개 없이 실체를 직접 표현하는 언어"(Oelschlaeger 156)로 담아내려는 시도로 이해될 수 있다.

인간적 개입 이전의 자연 자체에 대한 이러한 관심이야말로 소로우 글쓰기의 생태적 특성을 보여주는 핵심요소일 수 있지만, 브랜치Michael Branch가 분석하고 있듯이, 이러한 요소는 윌리엄 바트램William Bartram, 알렉산더 윌슨Alexander Wilson, 존 제임스 오더본John James Audubon 등 18세기 말에서 19세기 초에 이르는 소로우 이전의 초기 낭만주의 작가에서도 발견될 수 있다("Indexing American Possibilities" 282-302; "Before Nature Writing" 91-107). 미국 원시림의 아름다움 그리고 이렇게 아름다운 비인간 자연과 유대관계를 맺으려는 욕망을 표현하는 이들 초기 낭만주의 작가들의 자연 산문 텍스트를 관류하는 핵심 특성 중의 하나가 바로 자연 자체에 대한 적극적인 관심과 자세한 관찰일 것이다. 이런 점에서 브랜치의 지적처럼, 자연이 텍스트의 전면으로 포진하기 시작하는 생태사상의 발흥이 소로우 이전의 시대로 거슬러 올라갈 수 있을지 모른다.

그러나 자연에 대한 관심과 묘사만으로 생태학적 사유가 가능할 수 있을지 의문이다. 실제로, 작품 내에 자연을 생생하게 담아내는 일 그 자체는 소로우 이전의 작가들에서도 충분히 발견될 수 있으며, 자연에 대한 자세한 묘사만으로 소로우의 생태적 의의가 온전히 확보되는 것은 아닐 수 있다. 소로우의 자연에 대한 관심은 그 자체로서보다 "자신이 놓은 덫"에 걸려 "삶의 본질적 사실들"(61-62)을 망각하게 만드는 당대 사회에 대한 그의 비판과 저항에 연결될 때 더 큰 의미를 함축할 수 있다.

당대 사회가 진보와 향상을 이룬다고는 하지만 그것은 걷잡을 수 없이 비대해지기만 하는 외부적 · 피상적 성장일 뿐, 실제로는 "사치와 무모한 낭비로 파산지경에 이르렀다"(62)는 것이 소로우의 분석이다. 삶을 영위하는 데 필요한 "진정한 필수품"(6)은 아주 적은 양으로도 충분함에도 불구하고 그것을 벗어나는 "사치와 무모한 낭비"로 당시 뉴잉글랜드 사람들 대부분이 "걱정과 근심"(7)의 "고행"(2)을 자청하고 있다는 것이다. 즉, 유산으로 물려받은 농장, 농토, 집, 가축, 농기구의 저당 잡힌 빚을 갚아 자신의 소유로 만들려는 "부질없는 근심과 필요 이상의 고된 노동으로"(3) 저당이 풀리기도 전에 몸과 마음이 먼저 피폐하게 되어 "삶의 아름다운 열매"를 딸 수 없게 되고 만다는 것이다.

따라서 기본적인 삶을 영위하는데 필요한 "진정한 필수품" 이상의 편의를 도모하려는 "사치품들"은 "삶의 본질적 사실들"을 만나는데 불필요할 뿐 아니라 커다란 방해가 되기도 한다. 호사와 기호를 만족시키는 "사치품"과의 교환을 위해 자신이 직접 먹을 양 이상의 농작물을 경작하게 되면 스스로 하는 삽질만으로 부족하게 되어 소를 외양간에 가두고 그것의 힘을 농사에 이용하지 않을 수 없게 된다. 자연 상태에서는 스스로 자신의 먹이를 찾았을 소를 외양간에 가두는 순간, 그에게 먹이를 제공해야할 의무가 생기게 된다. 말하자면, 농사에 이용하기 위해 소를 외양간에 가두게 되자마자 소의 여물을 만들기 위해 건초를 마련해야 하는 고된 작업에 묶이게 되는 셈이다. 결국, 외면적으로는 사람이 소의 고삐를 잡고있지만, "가축이 사람보다 더 자유롭고 . . . 사람이 가축의 주인이 아니라가축이 사람의 주인인 셈"(38)이라고 할 수 있다.

사람이 가축에 묶이는 "고행"을 자초했던 것은 자신에게 필요한 "필수품" 이상의 작물을 경작하여 "사치품"으로 "교환거래"하려 했기 때문이었다. 자족적 필요를 넘어서는 대규모 농업의 폐해를 실감나게 보여주는 인근 플린트 농장에 관한 다음 내목은 "교환거래와 관련되는 모든 것"이 피해갈 수 없는 "저주"(47)를 환기시킨다.

> 나는 그[플린트]의 노동을, 모든 것에 가격이 매겨져 있는 그의 농장을 높이 평가하지 않는다. 조금이라도 얻을 수 있다면, 그는 경치라도, 아니 그의 하느님이라도 시장에 내다 팔려 할 것이다. 사실 그는 하느님을 만나러 시장에 가는 셈이다. 그의 농장에는 공짜로 자라는 것은 아무 것도 없다. 그의 밭에서는 곡물이 아니라 돈이 자라나고, 그의 초원에서도 꽃이 아니라 돈이 피어나고, 그의 나무에서도 과일이 아니라 돈이 열린다. 그는 과일의 아름다움을 사랑하지 않으며, 그의 과일은 돈으로 교환 거래되고 나서야 익은 것이 된다. (132)

곡물, 꽃, 과일, 심지어 경치나 하느님 그 어느 것도 교환거래를 위해 시장으로 보내지는 한, 그것의 "가장 본질적인 특성들을 잃어"(Gilmore 111) 버리게 되는 "저주"에서 자유로울 수 없게 되는 셈이다.

산딸기가 장사꾼의 수레에 실려 시장으로 옮겨지는 순간, "그것의 진짜 맛 . . . 본질적 부분"(116-17)이 소실되고 마는 것도 "교환거래와 관련되는 모든 것들"에 "저주"가 개입될 수밖에 없는 과정의 일환이라고 할 때, 소로우가 "일체의 교환거래와 물물교환을 피하면서"(43) "자본도 없이"(14) 시작하는 새로운 "사업"은, 한 때 머릿속으로 상상했던, 산딸기를 따다가 "약간의 이익"(47)을 붙여 되파는 "사업"과는 달리, 산딸기의 진가가 음미될 수 있도록 "삶의 본질적 사실들"을 찾아 나서는 일이 될 것이다. 월든 숲 속에서 몸소 구현하는 이 "사업"을 통해 소로우는 얼마나 적은 "필수품"만으로도 얼마나 뜻 깊은 삶의 진면목이 경험될 수 있는지를 실천적으로 제시한다.

특히, 월든 숲 통나무집을 짓는데 소요된 총 경비 28달러 12.5센트의 여러 항목들을 상세하게 기록해 놓은 내역서(33)는 얼마나 적은 지출만으로도 실제로 거주할 집이 마련될 수 있을지를 구체적으로 보여준다. 이 집은 비전문가인 자신의 손으로 직접 만든 초라한 오두막이긴 하지만, 아니 바로 그렇게 때문에, 회반죽으로 외부와 철저힌 단절된 여느 집과는 달리 새벽의 여신이 옷자락을 끌며 기꺼이 방문할 수 있는 신비스러운 공간이 된다. "사치품"에 억매이지 않으려는 "자발적 가난"(9)에 의해서 대지의 기운과 교감하는 신비한 새벽의 경험이 가능하게 되는 셈이다.

이러한 새벽의 경험은 정신적인 새벽, 즉 문명의 폐해와 껍데기를 뚫고 자연으로부터 삶의 본질을 찾아 나서기 위한 각성의 중요성에 대한 인식(60-61)으로 이어진다. 산업 문명과 시장경제 체제의 진척으로 비본질적 "걱정과 근심"이 실체를 대체하기 시작한 당대 사회의 한복판에서 "삶의 본질적 사실들"을 직면하려는 소로우의 뜻 깊은 모험은 바로 이러한 인식의 소산이다. "삶의 본질적 사실들"을 만나기 위한 월든 숲의 실험을 통해 소로우는 문명을 떠나 숲 속에 기거하며 자연을 세밀하게 관찰할 뿐 아니라, 인간과 교감하는 살아 있는 자연을 경험한다. 소로우의 숲 속 생활은 인간 사회와는 절연된 "고독"(87)의 시간이었지만, 우리에게 무한히 지속되는 건강과 활기를 가져다 줄 뿐 아니라, 우리가 슬플 때는 함께 한숨짓고, 눈물 흘리고, 상복을 입는 순수하고 자애로운 자연과 동행하는 "공감"의 시간이기도 하였다(93).

숲 속 생활 내내 자연과의 공감과 교류가 지속·확대됨에 따라 소로우는 마침내 "나 자신의 일부가 바로 잎사귀, 그리고 그것을 키우는 부식토가 아니겠는가?"(63)라고 반문하며 대지와의 일체감을 확인하게 된다. 또한, 자신의 어깨에 내려앉은 참새가 어떠한 훈장보다도 더 영광스럽다는(184) 천명은 자아를 내세워 성공을 달성하려는 세속적 욕망의 포기 선언이나 다름없다(신문수 177). 인간과 자연이라는 인위적 이분법 대신, 자연의 품안에서 잎사귀 그리고 부식토와 하나가 되고, 인간이 만든 훈장보다 자연 속의 참새에 더 큰 친밀감을 느끼는 이러한 지점은 편협한 인간중심주의를 버림으로써 "본질적" 생명원리에 다가가는 "포기의 미학"(Buell 143)을 효과적으로 대변하고 있다. 뷰얼이 지적하고 있듯이, 『월든』에서 자아를 지칭하는 "I"의 사용이 점차 줄어든다는2 점은 이 텍스트가 자아주장과 인간중심으로부터 그것들의 "포기"를 거치며 생태중심 자연관으로 확대되고 있음을 실증적으로 보여준다. 인간중심적 자아를 "포기"함으로써, "삶의 본질적 사실들"을 망각하게 하는 문명의 껍데기에서 벗어나 대자연의 품에서 대지와의 일체감을 확인하게 되는 이러한 과정이야말로 『월든』에서 이루어진 가장 값진 성취 중의 하나임에 틀림없다.

『월든』이 편협한 자아의 경계에서 벗어나 대자연의 품 안에서 "우리를 건강하고, 평온하고, 만족스럽게 해줄 묘약"(93)을 발견하는 뜻 깊은 비전에 도달하고 있는 것은 사실이라고 해도, 이러한 과정이 인간과 자연 사이의 어쩔 수 없는 괴리를 인정하고 일방적으로 자연에 '귀의'하여 유유자적하게 자연을 음미하는 수동적인 경험으로 그치는 것은 아니다. 그것은 인간과 자연 간의 차이를 인정하고 그 차이에 안주하는 안락한 경험이라기보다는 당대사회에 미만한 정신적 동면상태로부터 깨어나 "본질적 사실들"을 찾아 나서는 적극적인 탐색의 궤적으로 이해될 소지가 훨씬 더 크다.

소로우가 숲으로 간 것은 전통적인 전원문학의 관례처럼, 복잡하고 믿을 수 없는 인간세상으로부터 단순하지만 믿을 수 있는 자연을 향해 '도피'하고 싶었기 때문은 아니었다.

> 내가 숲으로 간 것은 의도적으로 살고 싶었기 때문이었다. . . . 나는 깊게 살기를, 삶의 모든 골수를 빨아 마시기를, 강인하고 스파르타 사람처럼 살아, 삶이 아닌 것은 모두 때려눕히고, 폭넓게 바짝 잘라내기를 원했다. . . . (61)

소로우는 삶의 어려움으로부터 도망가기 위해서가 아니라, "삶이 아닌 것은 모두 때려눕히고" "삶의 골수를 빨아 마시기" 위해, 즉 "삶의 본질적 사실들"을 직면하기 위해 월든 숲으로 들어갔던 것이다. 따라서 이제부터 소로우가 월든에서 시작하려는 것은 부대낌 없는 한적한 곳으로의 은거라기보다, 별도의 "자본"은 필요치 않지만 강인한 용기가 필수적으로 요청되는 "의도적인" "사업"(14) 또는 "실험"(57)이라고 할 수 있다.

당시의 대부분 사람들은 문명의 바다에서 추측항해법으로 불명료하게 살아가고 있기 때문에 언제 좌초할지 모르는 위기가 지속되고 있다는 것이 소로우의 지적이다. 따라서 위기에서 벗어나는 길은 필수적인 것이 외의 부수적인 쓸모없는 것들, 말하자면 "삶이 아닌 것"들을 제거하고 "단순화시켜"(62) 예측가능성과 명료성을 높이는 방법밖에 없다. 복잡하게 널려있는 문명의 세목들을 "단순화시켜" "삶의 본질적 사실들"에 대한 깨달음으로 진입하기 위해서는 동면을 깨우는 새벽의 정기, 즉 "도덕적 각성"(61)이 요청되었다. 이처럼 숲의 모험을 위해 "도덕적 각성"이 필요했던 것은 발전과 성장을 지향하며 거침없이 비대해졌지만 겉만 번지르르 할 뿐 "삶의 본질적 사실들"은 점점 더 멀어져갔던 당대 미국 사회의 산업화와 관련이 깊다.

『월든』에서 "문명 발전의 최근 산물"(23)로 제시되는 것이 바로 철도이다. 자신이 살던 매사추세츠 주의 어디에서도 기차 기적 소리가 들리지 않는 곳이 남아 있지 않았다는 소로우의 관측(77)이 뒷받침하듯이, 철도는 이미 방방곡곡으로 뻗쳐져 있어서 그 위를 달리는 기차 소리를 월든 숲 속까지 전달한다. 책 속의 인간 언어에 몰두하기보다는 자연의 언어인 숲 속의 소리를 들으며 빠져 들어간 소로우의 명상에 새 소리와 함께 기차 소리가 끼어들게 된다. 처음에는 기차 소리가 새의 소리로 연결되다가 이내, "발굽으로 대지를 뒤흔들고, 콧구멍에서 불과 연기를 내뿜는" 철마, 그리고 "증기 구름을 깃발처럼 휘날리는" 새로운 신으로 비유된다(78). 새로운 신화로서의 기차의 이미지는 "[기차를] 시속 30마일로 달리는 것이 꼭 필요한 일이라고 생각하며 그것에 대해 추호도 의아해 하지 않는"(62) 당대의 주류적 믿음을 표현하고 있는 셈이다.

당대의 주도적 담론이 제시하듯이, 추운 겨울 들판을 밤새 달리고도 지치는 일이 없이 끊임없이 사람과 물건을 나르는 기차야말로 새로운 시대를 이끌어가는 신화적 존재일 수 있겠지만, 소로우는 기차가 "지치지 않은 채 끊임없이 지속되는 것만큼이나 영웅적이고 당당하다면 얼마나 좋을까?"(79)라고 반문하여 기차가 진정한 의미의 영웅이 될 수 있을지에 대해 의문을 제기한다. 소로우에 따르면 기관차가 내뿜는 증기와 농부의 이마에 맺히는 땀방울은 겉으로 보기에는 유사하지만, 본질적인 작동원리에 있어서 차이가 난다. 소로우가 농부의 경우처럼, 기관차에도 "대자연이 동반되었으면" 하는 아쉬움을 표하는(78-79) 것도 이러한 맥락에서이다.

일정한 길을 달린 이후에는 어김없이 쉬어야하는 여느 말과는 달리, 불 뿜는 말로서의 기관차는 기관사가 쉬지 않는 한, 멈추는 일이 없이 눈이 오나 비가 오나 낮이나 밤이나 끊임없이 달린다. 지치는 일 없이 영원히 지속될 것 같은 이러한 엄청난 힘이야말로 기차에 내재한 막강한 위력이지만, 텍스트에서 주목되고 있는 것은 이러한 위력이 자연의 원리에 부합하지 않는 메커니즘의 소산이라는 점이다. 주지하다시피,『월든』은 봄에서 시작하여 여름, 가을, 겨울을 거쳐 다시 봄을 맞이하며 결말을 맺는 계절적 순환 구조, 그리고 겨울잠에서 막 깨어난 뱀(28)에서부터 수십 년 식탁에 갇혀 있다가 재생한 곤충(222-23)에 이르기까지 수많은 생명의 탄생 - 성장 - 죽음 - 재생의 과정을 다루는 생명의 순환 구조 등 자연의 순환 원리에 기반하고 있는 텍스트이다. 이처럼 자연의 순환 메커니즘이『월든』텍스트 전체를 지배하는 핵심원리인 반면, 석탄을 부어주는 한, 어떠한 변화도 없이 끊임없이 작동하는 기관차의 메커니즘은 순환적으로 작동하는 자연의 원리에 정면으로 배치되는 인위적 작동원리를 단적으로 대변하는 셈이다.

끊임없이 지속되는 기관차의 반복운동에서 산출되는 막대한 위력은 당연히 세상에 엄청난 변화를 불러일으키게 마련이지만, 이 변화가 자연의 원리에 역행하는 인위적 작동원리에서 발원한다는 점에서 자연의 순리에 부합하는 조화로운 결과를 맺을 가능성은 그 만큼 희박 하게 될 것이다. 계곡을 메우고 언덕을 깎아 평평하게 만든 다음 그 위에 철로를 올려놓을 침목sleepers을 깔지만, 침목은 마치 몽유병에 걸린 사람처럼 수시로 제자리를 박차고 일어나 기차의 운행을 막게 된다. 침목을 처음 놓을 때나 올라온 침목을 제자리로 돌려보내야 할 때마다 수많은 인부들의 손길이 필요하게 된다. 따라서 "우리가 철로 위를 달리는 것이 아니라 철로가 우리 위를 달리는 것"(62)이라고 할 수 있다. 즉 기차는 침목 위를 달릴 뿐 아니라 그 아래의 수많은 '잠자는 사람들sleepers' 위를 달리고 있는 셈이다.

수많은 사람들의 희생으로 건설된 철도는 막강한 운반력을 가능케 함으로써 대규모 벌목의 토대를 마련하게 된다. 철의 사용 이전까지 연료를 위해서든 가구를 위해서든 나무가 인간생활의 주된 에너지원이었지만, 인근 지역의 에너지원으로만 사용되었다면 벌목 자체는 커다란 문제가 되지 않았을 것이다. 문제는 기차를 통해 대규모 운반이 가능해져 그 지역만이 아니라 철도가 닿는 어떤 지역을 위해서라도 벌목이 자행되기 시작했다는 점이다. 결국 "악마 같은 철마"(129) 때문에 빽빽한 숲들이 점점 사라지게 되었던 것이다.

이처럼 철도는 무한히 거대하고 부유하게 성장하는 세계를 꿈꾸었지만, 실제로는 극심한 빈부의 격차가 노정되었을 뿐 아니라, 무엇보다도 무사비한 자연 파괴가 자행되었던 당대의 핵심적 시대상을 압축적으로 제시하고 있다. 철도와 기관차의 인위적 원리가 막강한 위력을 동반하며 자연의 순리를 역행하는 상황에서, 즉 자연의 질서를 송두리째 뒤집어 놓을 수 있을 막대한 힘이 우리의 손에 쥐어져 있는 상황에서 어떠한 도덕적 각성과 절제가 요청되는지를 탐색하는 과정은 『월든』에서 이룩된 또 다른 성취라고 할 수 있다.

「보다 높은 법칙Higher Laws」 장에서 논의되는 사냥의 문제는 이러한 맥락에서 다시 검토될 만하다.[3] 소로우는 인류가 수렵단계를 거쳐 현재의 문명단계에 이르렀듯이 한 개인으로 볼 때도 사냥꾼이었던 젊은 시절 이후에는 '보다 높은 법칙'에 의한 성숙을 이루어 사냥의 단계에서 벗어나야 한다고 주장하고 있다. 사냥은 젊은 시절 자연으로 입문하도록 도와주는 효과적인 매체지만, 더 높은 삶의 발아를 지닌 사람이라면 시간이 지날수록 사냥꾼 - 낚시꾼에서 시인 - 자연주의자로 발전하게 마련이라는 것이다. '보다 높은' 단계로 성숙하기 위해서는 다른 생명체를 살해하려는 '저급한' 본능이 억제되어야 한다. 따라서 사냥에 의한 생명 약탈은 자신 내부의 동물성을 억제, 정화하지 못한 천박스러운 행위에 불과하게 된다.

그러나 자연의 원리가 온전히 작동되는 황야에서는 사냥이 그 자연의 원리에 부합하는 자연스러운 행위이며, 따라서 사냥꾼은 자연을 해치는 침입자가 아니라 바로 "자연의 일부"(141)일 수 있음이 시사되고 있다. 자연에서 이루어지는 사냥이 자연을 알아 가는 자연과의 교감 행위라고 한다면 이를 실천하는 사냥꾼은 그 자신이 '자연의 일부'로 이해될 소지가 크다. 사냥 행위를 사냥하고-사냥당하는 개체의 관점에서 파악한다면 한 개체가 다른 개체의 생명을 빼앗는 살상행위에 불과하게 되겠지만, 생태계 전체의 입장에서 조망한다면 '먹이 사슬'의 일부를 이루는 자연의 원리에 입각한 행위로 이해될 소지가 충분하다.

『월든』에서 묘사된 사냥은 이처럼 생명을 약탈하는 미성숙한 행위라는 측면과 함께 자연과의 교감을 가능하게 하는 자연친화적인 행위라는 또 다른 측면도 동시에 지니고 있다. 그러나『월든』에서 월든 숲 인근까지 침입하여 자연의 '소리'를 압도하기 시작하는 기차의 '소리'는 황야까지

도달하여 결국은 그것을 송두리째 파괴하고 말 산업화와 과학기술의 인위적 위력을 상징적으로 경고하고 있다. 이렇듯 막강한 산업화와 과학기술이 황야에 투입될 때, 먹고 먹히는 관계망으로서의 생태계의 원리는 심각히 교란될 수 있다. 즉 사냥을 통한 동물의 살해가 기본적으로는 먹이사슬에 입각한 자연의 행위일 수 있어도, 전적으로 인위적일 수밖에 없는 산업화와 과학기술의 막강한 위력으로 무장해 있는 경우 이러한 막대한 힘을 바탕으로 자신의 욕망이 시키는 대로 다른 비인간 존재들의 생명을 빼앗는다는 것은 생태계의 균형을 심각하게 훼손하는 일이 될 것임에 틀림없다. 결국 사냥이 자연 원리의 일환일 수 있는 황야에서와는 달리 황야를 파괴하고 말 막대한 문명의 위협이 코앞까지 다가와 있는 상황에서 자신의 욕망대로 여타 생명체를 살해하는 행위는 생명 원리로 작동되는 자연 체계의 파괴로 귀결될 가능성이 크다.

따라서 "우드척을 잡아 날것으로 먹고 싶은 충동"(140)을 억제하는 소로우의 '인위적인' 노력은 반자연적인 행위라기보다는 대자연의 원리에 다가가기 위한 귀중한 실천적 미덕으로 이해될 수 있다. 이처럼 기차의 굉음과 함께, 개인의 충동이 자연의 질서와 어우러질 수 있었던 시대가 가버렸을 때 소로우가 할 수 있었던 것은 자신의 본능nature이 자연nature에 부합될 수 없음을 알고 "억제되기 힘든 . . . 본능"(148)을 지난한 '절제'의 기율로 다스리며 대자연의 원리에 다가가는 일이었다.

자연의 질서를 송두리째 엎어 놓을 수 있을 막대한 힘이 우리의 손에 쥐어져 있는 상황에서는 절제와 각성의 지난한 노력을 통해서만 인간중심주의에서 벗어나 대자연의 품으로 접근해가는 일이 가능하게 될 것이라는 소로우의 진단은 발전과 진보의 신화에 입각해 무한히 비대해지면서도 실제로는 무자비한 이기주의와 탐욕이 지배하고 있었던 당대 미국 사회를 향한 비전 제시의 측면이 크다. 『월든』은 소로우 자신이 2년 2개월 동안 월든 숲속에서 보냈던 경험을 소개하며, 월든 숲 속의 이러한 실험이 스스로 놓은 덫에 걸린 채 "태어나자마자 무덤을 파며" 살아가는 당시 뉴잉글랜드 사람들의 정신적 마비 상태가 계속 되어야만 하는지, 개선될 여지는 없는지에 대한 문제제기의 소산이었음을 밝히는 대목으로 시작한다(2). 사실, 어두운 밤이 지난 후 새벽의 빛을 맞이할 수 있고, 추운 겨울 후에 따뜻한 봄의 활기를 향유할 수 있듯이, 동면에 빠져 있는 당대 미국인들의 마비된 의식이 각성상태로 재생될 수 있을 것인가의 문제제기야말로 『월든』 텍스트 전체를 견인하는 가장 강력한 원동력이라고 할 수 있다. 이런 점에서, 『월든』의 마지막이 오랜 기간 나무 식탁 안에 감금되어 있다가 어느 날 "아름다운 날개 있는 생명체"로 "부활"한 애벌레 이야기로 맺어지고 있는 것은(222–23) 의미심장하다. 살아있는 푸른 나무에서 태어났으나 생명이 거세된 식탁이 되면서 마른 나무에 오래 묻혀 있었지만 마침내 나비가 되어 "완벽한 여름 생활"을 향유하게 된 애벌레처럼, 당대 미국에 미만해 있는 "건조한 사회생활"의 어두운 동면상태로부터 생명력이 약동하는 각성의 새벽으로 활기차게 날아오를 낙관적 비전이 『월든』 텍스트의 최종적 전망으로 제시되고 있는 셈이다.

이러한 맥락에서, 소로우가 자연의 순환 원리를 거역하는 당대 인간 중심적 문명의 "무지와 오류"(3)를 지적하며 "삶의 본질적 사실들"을 직면하기 위해 월든 숲에서 본격적인 거주를 시작한 날이 7월 4일이라는 점은 대단히 시사적이다. 월든 숲 생활의 시작과 미국 건국의 일치는 자신들을 옭죄는 구세계의 역사와 전통으로부터 벗어나 자신들의 꿈을 마음껏 펼칠 수 있는 새로운 땅, 새로운 시대를 이룩하려 했던 건국 시조들의 이상이 소로우로 이어지고 있음을 보여준다. 소로우의 월든 실험은 애초의 전원적 이상을 저버리고 피상적 팽창과 발전으로 비대해져 갈 뿐인 당대의 미국을 향해 애초의 건국의 이상을 환기시키는 동시에 그것이 외면적 팽창으로 접어든 미국사회에 어떻게 재구성될 수 있을지를 실천적으로 제시하려는 야심찬 기획이었다고 할 수 있다.

잭슨시대와 도금의 시대를 거치며 미국은 급속한 산업화를 통해 걷잡을 수 없이 비대해져갔지만, 그리고 이후로도 지속적인 발전을 통해 세계 최대의 강대국으로 발돋움하게 되었지만, 이러한 물질적 팽창이 프리머스(Plymouth)에 최초로 도착하여 황야에서 자신들의 이상을 일구어나갔던 순례시조 그리고 구세계와의 고리를 끊고 자신들의 꿈을 펼치기 위해 '독립'을 선언 했던 건국시조들을 추동했던 미국적 정신까지 절멸시킨 것은 아니있다. 편협한 인간중심의 마비상태에서 대자연의 원리에 대한 각성으로 이어지는 『월든』 텍스트는 당대의 물질적 팽창에도 불구하고, 문명 내의 오래된 관행 대신 새로운 땅에서 새로운 가능성을 발견하려는 미국의 정신이 여전히 건재하고 있음을 실증적으로 보여준다.

문명의 폐해와 껍데기로부터 벗어나 몸소 자연에 기거하며 온전한 삶을 추구하는 소로우의 생태학적 사유와 실천은 당대에 급속도로 진행되었던 산업화 그리고 그것과 더불어 진행되기 시작한 자연 훼손 과정에 대한 미국 정신의 강력한 대응으로 이해될 수 있다. 이후 발전과 진보의 신화가 계속 작동하여 미국은 지상 최대의 산업문명국가의 반열에 오르게 되었지만 작금의 산업문명과 환경의 문제를 운위하는 여느 논의에서도 소로우가 의제에서 배제되는 경우를 상정하기 쉽지 않다는 점은 그간의 문명적 발전과 진보에도 불구하고 소로우의 근원적 문제제기가 여전히 유효할 수 있음을 보여준다. 또한 소로우처럼 인근의 자연에 기거하며 복합적이고 심오한 자연의 질서를 발견하는 존 버러즈John Burroughs 등 동시대의 자연친화 작가들은 물론, 존 뮤어John Muir, 애니 딜러드Annie Dillard, 에드워드 애비Edward Abbey, 웬델 베리Wendell Berry, 배리 로페즈Barry Lopez 등의 후대 작가들에게 지대한 영향을 끼치며 미국 '자연기nature writing' 문학 전통의 발원지가 되었던 것이 바로『월든』으로 대표되는 소로우의 자연주제 산문이었을 뿐 아니라, 예술, 교육, 철학, 심지어 과학 등 다양한 분야의 수많은 생태적·환경적 논의가 소로우를 "논의의 기준점"(Buell 23)으로 삼고 있다는 점은 소로우의 생태학적 사유와 실천이 물질적 번영과 발전으로 진행되었던 미국 역사의 진전 방향에 대한 미국 정신의 강력한 대응으로 이해될 수 있음을 다시 한 번 확인시켜 준다.

---

[1] 남북전쟁 이후부터 19세기 말에 해당되는 시기를 '도금의 시대'로 명명한 것은 마크 트웨인이다. Mark Twain and Charles Dudley Warner. *The Gilded Age: A Tale of To-Day.* New York: The Bobbs-Merrill Company, 1873-1874(1972). 참조

[2] 『월든』의 1장과 2장에 "I"는 페이지 당 평균 6.6회 등장하지만, 3, 4, 5, 6, 7, 8장에서는 페이지 당 평균 5.5회 등장하고, 9, 10, 11, 12, 13장에서는 평균 5.2회, 14, 15, 16, 17, 18장에서는 평균 3.6회 등장한다(Buell 122).

[3] 졸고 「『월든』 다시 읽기: 문학생태학 시론」 참조

인용문헌

신문수. 「소로우의 『월든』에 나타난 생태주의적 사유」. 『영어영문학』 48.1 (2002): 169-190.

이보형 편. 『미국 역사의 재발견』. 서울: 소나무, 1991.

졸고 「『월든』 다시 읽기: 문학생태학의 새로운 모형」. 『영어영문학』 49.3 (2003): 565-582.

Baym, Nina, ed. *The Norton Anthology of American Literature*. New York: W, W. Norton & Company, 1979, 2003.

Branch, Michael P. "Indexing American Possibilities: the Natural History Writing of Bartram, Wilson, and Audubon." *The Ecocriticism Reader: Landmarks in Literary Ecology*. Eds. Cheryll Glotfelty and Harold Fromm. Athens: The U of Georgia P, 1996. 282-302.

_____. "Before Nature Writing: Discourses of Colonial American Natural History." *Beyond Nature Writing: Expanding the Boundaries of Ecocriticism*. Ed. Karla Armbruster and Kathleen R. Wallace. Charlottesville: UP of Virginia, 2001. 91-107.

Buell, Lawrene. *The Environmental Imagination: Thoreau, Nature Writing, and the Formation of American Culture*. Cambridge: The Belknap Press of Harvard UP, 1995.

Burroughs, John. *Birds and Poets*. New York: Kessinger Publishing, 2004.

Coupe, Lawrence and Jonathan Bate, eds. *The Green Studies Reader: From Romanticism to Ecocriticism*. New York: Routledge, 2000.

Crevecoeur, St. Jean de. *Letters from an American Farmer*. New York: The New American Library, 1963.

Evernden, Neil. "Beyond Ecology: Self, Place, and the Pathetic Fallacy." *The Ecocriticism Reader: Landmarks in Literary Ecology*. Eds. Cheryll Glotfelty and Harold Fromm. Athens: The U of Georgia P, 1996. 92-104.

Gilmore, Michael T. "*Walden* and the 'Curse of Trade.'" *Henry David Thoreau's* Walden. ed Harold Bloom. New York: Chelsea House Publishers, 1987: 101-116.

Glotfelty, Cheryll and Harold Fromm, eds. *The Ecocriticism Reader: Landmarks in Literary*

Ecology. Athens: The U of Georgia P, 1996.

Jefferson, Thomas. *Notes on The State of Virginia*. New York: W. W. Norton & Company, 1972.

_____. "A Letter to Benjamin Austin" (1816 January 9). http://yamaguchy.netfirms.com /7897401/jefferson/austin.html

Lowenthal, David. "Introduction to *Man and Nature*." George Perkins Marsh. Seattle: U of Washington P, 1864, 1965: xv-xxxviii.

Marsh, George Perkins. *Man and Nature*. Seattle: U of Washington P, 1864, 1965.

Marx, Leo. *The Machine in the Garden: Technology and the Pastoral Ideal in America*. New York: Oxford UP, 1964.

Nash, Roderick. *Wilderness and the American Mind*. 1967; New Haven: Yale UP, 1982.

Oelschlaeger, Max. *The Idea of Wilderness: From Prehistory to the Age of Ecology*. New Haven: Yale UP, 1991.

Schlesinger, Arthur M. *The Age of Jackson*. Boston: Little, Brown and Company, 1945.

Thoreau, Henry D. *Walden and Resistance to Civil Government*. 1854; New York: W. W. Norton & Company, 1992, 1966.

_____. *The Writings of Henry D. Thoreau: Journal*. Ed. John C. Broderick et al. Princeton: Princeton UP, 1981.

Twain, Mark and Charles Dudley Warner. *The Gilded Age: A Tale of To-Day*. New York: The Bobbs-Merrill Company, 1873-1874, 1972.

Worster, Donald. *Nature's Economy: A History of Ecological Ideas*. Cambridge: Cambridge UP, 1985.

에드워드 벨라미의 『뒤를 돌아보며』: 두려움이 낳은 유토피아

● ● ● 권진아

19세기 후반에서 20세기 초반은 중세와는 다른 근대적/과학적 시공간 개념의 인식, 신세계의 발견과 정복, 종교개혁, 인쇄술의 발전 등 유토피아 장르의 태동을 가능하게 한 근대적 변화들의 벡터가 정점에 달하면서 유토피아라는 세속적 낙원의 이상이 서구의 집단의식 속에서 신이 죽은 빈자리를 채우며 시대정신의 핵심에 자리한 시기다. 신앙의 빈자리를 이성과 합리에 대한 계몽주의적 믿음이 채우고, 산업혁명으로 가속화된 기술의 발전이 끝없는 진보에 대한 근대적 낙관을 든든하게 뒷받침해 주었으며, 이에 더해 진화론과 유물론의 등장은 인간의 진보와 완성 가능성을 종교적, 윤리적 차원에서가 아니라 과학적, 사회 이론적 차원에서 옹호했다. 진화론과 유물론은 발전을 윤리적 이론이 아니라 사실의 관찰에서 추출된 역사적 현실로 바라봄으로써 유토피아적 인문주의에 강력하고 현실적인 배경을 제공해주었고, 따라서 이성적이고 합리적인 통제와 질서의 구축에 대한 계몽주의적 믿음과 과학적 기술에 근거해 새로운 사회를 건설할 수 있다면 인간의 자유와 행복, 인류의 개선도 이루어질 수 있다는 믿음이 굳게 자리 잡게 되었다.

이러한 시대적 변화 속에서 관념으로서의 유토피아, 혹은 유토피아주의가 서사의 형태로 재현된 유토피아 픽션 또한 장르 역사상 최고로 강력한 힘을 발휘했다. 공간성에서 시간성으로 강조점을 옮긴 이 시기 유토피아 픽션은 무질서하고 비합리적인 현실과 공간적으로 격리되어 있으며 탐험을 통해 발견되는 르네상스 유토피아와는 달리, 중단 없는 진보로 인식되는 역사의 과정 속에서 필연적으로 도달하게 될 미래의 이상사회의 청사진을 진지하게 제시했다. 토머스 모어Thomas More나 프랜시스 베이컨Francis Bacon 등 르네상스 유토피아 작가들의 유토피아들이 실제로 인류 사회의 개혁을 추동하는 청사진이라기보다 혼돈과 무질서, 광기로 인식되는 현실을 비판하는 은유로서 기능했다면, 이 시기 유토피아는 현재를 비판하는 장소일 뿐만 아니라 발전의 실제 지향점으로 상정되었고, 현실에 직접적으로 영향을 끼쳤다.

하지만 실제로 영미문학사를 살펴보면 이상과 진보의 기치를 높이 들고 어떠한 아이러니나 풍자도 내포하지 않은 채 미래의 유토피아를 현재의 사회악에 대한 처방전으로 제시한 유토피아 픽션의 전성기는 그리 길지 않았다. 모어나 베이컨의 르네상스 유토피아를 제외하면 디스토피아나 안티유토피아로 경도되지 않은 순수한 형태의 유토피아주의가 서사와 결합하여 의미 있는 사회적, 문학적 영향력을 발휘한 시기는 19세기 말, 20세기 초의 잠깐 동안의 기간에 불과했다. 유토피아주의에 잠재되어 있던 내적 모순과 균열이 20세기 역사 속에서 실제로 드러나면서 장밋빛 미래를 낙관하던 시대정신과 더불어 유토피아 픽션의 짧은 전성기도 종말을 맞이한 것이다.

20세기 초의 역사적 경험을 통해 이미 위험한 가능성들을 내포하는 의미로 변용된 유토피아라는 단어를 어떠한 아이러니도 없이 진심을 담아 쓸 수 있었던 이 시기 유토피아 픽션들은 현재의 시각에서 볼 때 순진하다는 인상을 떨칠 수가 없는 게 사실이다. 이 시기의 많은 유토피아 픽션이 대중들의 기억에서 사라진 것 자체가 그 비전의 시대적 한계를 증명하는 증거이다. 하지만 다른 한편으로 이 시기 유토피아 픽션들은 그 순진한 희망 아래 자신들이 주창하는 비전과 충돌하거나 심지어 상반되는 충동들을 숨기고 있어 당대의 또 다른 측면을 알려주는 흥미로운 텍스트로 자리매김한다. 이리한 다층적 면모는 18세기 후반에 들어와 상브 중의 절대 군주로 군림하며 완성되거나 경직된 형태로 존재하던 기존의 온갖 장르들을 "소설화 novelization"(Bakhtin 52)[1]시킨 신생장르 소설과 유토피아 서사가 만나면서 생겨난 장르적 변용을 통해 드러난다. 이 시기 유토피아 픽션은 탐험의 시대의 산물인 여행자 서사를 이야기 틀로 삼고 유토피아 투어를 통해 정치이론을 전달하는 데 주로 강조점을 두던 고전 유토피아 서사의 틀에서 획기적으로 벗어나지 않으면서도 인물이나 사건 같은 소설적 요소들을 강화함으로써 독자들에게 강한 호소력을 발휘했는데, 이 유토피아 서사의 소설적 변형이 단순히 대중의 접근성을 높이는, 즉 복잡하고 어려운 정치이론을 쉽게 넘어가게 만드는 당의 역할을 하는 데 그치지 않고 다층적 의미를 담아내었던 것이다. 이 시기의 대표적 유토피아 픽션인 에드워드 벨라미 Edward Bellamy의 『뒤를 돌아보며 2000-1887 *Looking Backward 2000-1887*』(1888)[2]는 고전적 유토피아 투어 장치를 통해 제시되는 유토피아의 비전과 소설적 서사가 암시하는 심층심리의 간극이 잘 드러난 흥미로운 텍스트이다.

19세기 말 보스턴 귀족집안의 청년 줄리언 웨스트가 백 년이 넘는 세월 동안 긴 잠에 빠졌다가 모든 것을 중앙에서 통제하는 국가주의 유토피아로 변한 2000년의 보스턴에서 깨어나 미래사회의 우월성을 받아들이게 되는 이야기를 담은 『뒤를 돌아보며』는 유토피아 장르 역사상 전무후무한 사회적, 정치적 영향력을 발휘한 작품이다. 출간 당시 이 작품은 대중적 인기와 사회적 영향력 모두를 단번에 성취하며 "벨라미 효과Bellamy Effect" 라는 용어가 생길 정도로 굉장한 파장을 불러일으켰다. 해리엇 비처 스토Harriet Beecher Stowe의 『톰 아저씨의 오두막Uncle Tom's Cabin』(1852) 이후 두 번째로 백만 부 이상이 팔린 19세기 최고의 베스트셀러로 등극한 이 소설은 출판된 지 일이년 사이에 전 세계 주요 언어로 번역되었고, 동서양을 막론하여 세계 각국에서 읽혔을 뿐 아니라, 유토피아 픽션의 붐을 일으켰다. 『뒤를 돌아보며』가 출판되기 이전 11년간 영미에서 출간된 유토피아 픽션의 숫자는 약 80편에 불과했지만, 벨라미 이후 11년 동안은 무려 그 세배가 넘는 수의 작품들이 쏟아져 나왔으며, 이는 실제 정치적인 움직임으로까지 이어졌다. 작품 속의 비전을 현실에 구현하고자 하는 유토피아 공동체 설립운동이 벌어지면서 미국에서만 해도 2년 동안 150개가 넘는 벨라미 클럽이 세워진 것이다. 이 작품이 당대인에게 미친 영향력이 얼마나 대단했었는지는 1935년 찰스 비어드Charles Beard, 존 듀이John Dewey, 에드워드 윅스Edward Weeks가 각각 작성한 '지난 50년 간 가장 영향력이 컸던 25편의 작품'의 리스트에 칼 마르크스Karl Marx의 『자본론Das Kapital』과 『뒤를 돌아보며』가 나란히 1, 2위에 올라 있다는 사실에서도 여실히 증명된다. 1898년 6월 벨라미가 사망했을 때 『어메리칸 패비언American Fabian』에 실린 부고는, 딱딱한 정치이론만이 아니라 문학과의 혼종 담론으로서 유토

피아 픽션이 지닌 대중적 호소력과 파급력을 단적으로 보여준다.[3]

> 일생동안 에드워드 벨라미처럼 동시대 사람들의 사회적 믿음에 거대한 영
> 향력을 행사한 사람이 과연 있을까? 사망 당시 마르크스에 대한 대중들의
> 인지도는 그다지 높지 않았다. 진보적 투쟁에 있어서의 영향력은 최고였지
> 만, 그가 대중들을 만난 것은 자신의 목소리가 아니라 해석자들을 통해서
> 였다. 하지만 벨라미는 소박하게 직접 말했다. 그는 상상력으로 미래사회
> 의 구조를 품었고 예술로 그 착상을 그렸으며, 그 그림은 너무도 간결하고
> 힘차서 가장 평범한 사람들도 이해하고 음미할 수 있었다. 경제적 민주주
> 의에 근거하여 더 공정한 사회질서를 이루고자 투쟁하는 사람들이 있는 곳
> 이라면 어디서든지 간에, 벨라미는 이상국가의 선지자로 인정받았다.
> (Bellamy, *Edward Bellamy* 19)

기사에서 말하고 있듯이, 『뒤를 돌아보며』가 가진 굉장한 대중적 파
급력은 당대 대중들의 욕망과 부합한 유토피아 비전 때문만이 아니라, 그
비전을 전달하는 서사양식에도 기인한 바 크다. 실제로 『뒤를 돌아보며』
는 르네상스 유토피아 픽션의 클리쉐인 신세계 탐험, 모험, 난파 등의 장
치에서 벗어나 줄리언 웨스트와 미래사회의 숙녀 이디스 리트 사이의 로
맨스를 서사의 추동력으로 사용하여 이야기적 재미를 구축함으로써 당대
독자들에게 소설 못지않은 호응을 받았다.

다만 이러한 유토피아 소설들의 힘이가 미래에 대한 구체적인 이론적
청사진과 현재의 사회악에 대한 처방이라는 '진짜' 내용에 대중들을 끌어
들이기 위한 달콤한 미끼 혹은 딱딱한 사회이론을 넘어가게 하려고 덧씌
운 당의糖衣에 불과하다는 일부 평자들의 가차 없는 비판에 동의하지는 않
는다 해도, 이러한 요소들이 일상이 존재하지 않는 유토피아에서 덧입혀
져 있을 뿐이라는 프레드릭 제임슨Fredric Jameson의 지적이 가진 타당성

에는 동의하지 않을 수 없다(188). 사실 벨라미의 대대적인 성공 이후 유
토피아 픽션의 또 하나의 장르관습으로 굳어진 로맨스 플롯은 남녀관계
속에서 근대성의 본질과 근대인이 직면한 변화의 성격을 탐구한 여타 당
대 소설과는 관심사를 근본적으로 달리하고 있기 때문이다.

결국 본질적으로 『뒤를 돌아보며』에서도 플롯을 지탱하는 가장 큰 줄
기는 전형적인 소설에서처럼 인간적 성장이나 시간에 따른 변화, 일련의
사건들이 아니라, 상상력의 힘으로 구축된 미지의 세계의 법칙과 형태가
순전히 담론을 통해 천천히 펼쳐지는 데 있다. 말하자면 이러한 플롯은
통시적이라기보다는 공시적이고, 시간적이라기보다는 둘러싼 세계를 묘
사하는 공간적 담론의 특성을 지닌다. 사실 1887년에 최면술에 걸려 잠들
었다가 2000년의 유토피아 세계에 깨어난 주인공 줄리언 웨스트가 겪는
가장 극적인 사건이라고 해봤자, 낯선 미래의 세계를 방황하다가 극도의
공황상태에 빠져들어 이디스 리트의 도움을 받는다거나 급작스레 그녀와
사랑에 빠지는 다분히 멜로드라마틱한 과정이 고작이다. 실제로 작품의
대부분을 차지하고 있는 내용은 1887년에 팽배했던 사회적 문제들이 2000
년에 어떤 식으로 해결되었으며 그 결과 이 사회가 얼마나 완벽한가를 상
찬하는 끝없는 토론이기 때문이다.

줄리언을 죽음과도 같은 깊은 가사상태에서 깨운 장본인인 리트 박사
는 2000년의 사회상에 대해 해박한 지식을 갖춘 지식인으로서, 마찬가지
로 훌륭한 교육을 받은 부르주아 지식인인 줄리언에게 2000년대의 사회
상을 풀어 설명해 주는 체제의 전도사 역할을 한다. 그는 미래세계의 충
실한 여행 안내자이지만, 2000년의 보스턴 사회와 그 속에서 살아가는 사
람들 속으로 줄리언을 직접 데리고 들어가 보여주는 것이 아니라 이 세계
가 근거하고 있는 원칙과 규율을 오로지 '언어로 묘사'함으로써 그 역할을

수행한다. 『뒤를 돌아보며』는 21세기의 유토피아 보스턴에서 실제로 살아가는 사람들의 구체적인 모습을 보여주기를 교묘하게 회피하며, 유토피아의 대변자이자 가이드인 리트 가족만 남긴다. 이들 가족을 제외하고 작품 속에서 줄리언이 잠깐 동안이나마 실제로 접하는 미래의 보스턴 사람들은 가게의 점원과 공공식당의 웨이터뿐이다. 혼란에 빠져 두 시간여 동안 보스턴 거리를 방황하는 사이에도 줄리언은 어떤 사람도 만나지 않는다. 심지어 일요일에조차 실제 교회에 가서 사람들 사이에 앉아 설교를 듣는 것이 아니라 미래의 발전된 기술을 보여준다는 미명하에 집안에서 방송을 통해 바튼 목사의 설교를 듣는 식으로 넘어간다. 이는 『뒤를 돌아보며』의 주된 관심사가 그들이 상찬해마지 않는 유토피아의 행복을 구체적 인간들의 삶 속에서 생생하게 보여주는 소설적 측면에 있는 것이 아니라, 작품의 대부분을 차지하는 도론을 통해 독자를 실득하려는 데 있음을 잘 보여준다. 주인공이 각계각층의 여러 사람들을 만나면서 그 다양한 인간관계들과 그 속에서 일어나는 일련의 사건들을 통해 점차 사회적 인간으로의 정체성을 형성하며 성장하고 그 과정 속에서 그 사회의 본질을 드러내는 소설과는 차별되는 형식인 것이다.

이렇듯이 분명 『뒤를 돌아보며』가 인물과 상황을 활용하는 방식은 일반적인 소설과는 다르다. 하지만 그렇다고 해서 느닷없이 이 미래세계에 난파한 여행자 줄리언 웨스트가 독자들에게 유토피아를 보여주는 "카메라"로서의 기능적 역할만 수행하는 것은 아니며, 사건들 또한 유토피아의 비전과 동떨어져 무의미하게 존재하지는 않는다. 줄리언 웨스트의 경우도 그렇지만, 이 작품에서 흥미로운 의미들은 텍스트가 주목하고 있는 지점보다 건너뛰거나 생략한 지점들 속에 자리한다. 유토피아 픽션의 대부분을 차지하는 고전적 장치인 유토피아 가이드와 여행자 사이의 대화들을 예로 들어보자. 리트 박사가 안내하는 2000년 보스턴의 유토피아 투어는 1887년 당시 남자들이 식사 후 시거 룸으로 들어가 정치와 사회에 대한 공론을 나누던 관습을 그대로 따르며 유토피아의 생산과 분배, 사회, 정치체제 등에 대한 길고 긴 대화로 제시된다.[4] 하지만 결정적으로 당대나 후대의 독자들이 가장 궁금해 할 법한 질문들에 이르면 리트 박사는 각종 핑계로 대화를 중단하고 그 주제에 대한 논의를 마쳐버리곤 한다. 예를 들어, 다음 장면에서 줄리언은 임금 배분 문제에 대해 토론을 하던 중 대다수의 유토피아가 해결해야 할 핵심적인 과제 중 하나인 인간의 본성과 욕망의 문제에 대해 질문을 던지지만 리트 박사는 교묘하게 이를 회피한다.

> "아니 그렇다면, 어떻게 월급날마다 혁명이 일어나는 것을 방지합니까?" 내가 물었다. "무슨 천재적인 철학자가 육체노동인지 두뇌작업인지, 손으로 하는 건지 목소리로 하는 건지, 귀로 하는 건지 눈으로 하는 건지를 막론하고 온갖 종류의 서비스에 대해 정확하고 상대적인 가치를 만족스럽게 계산할 만한 새로운 체제를 고안이라도 한 건가요? 아니면 인간 본성 자체가 변화해서, 자기 이득만 챙기는 게 아니라 '만인이 이웃의 것을 보살피게' 된 것입니까? 이런 일들 중 하나가 반드시 일어났을 겁니다. 그래야 해명이 됩니다."
> "하지만 둘 중 그 어느 쪽도 아닙니다." 집 주인은 너털웃음을 터뜨리며 대답했다. "그리고 자, 웨스트 씨." 그가 덧붙여 말했다. "당신은 내 손님일 뿐 아니라 환자이기도 하다는 사실을 기억하셔야 합니다. 그러니 더 이상 대화를 나누기 전에 수면을 처방하도록 허락해 주시죠. 벌써 세 시가 넘었군요."
> "아주 현명한 처방이라고 믿어 의심치 않습니다." 내가 말했다. "그 처방이 가능하길 바랄 뿐이죠." (76)

벨라미는 유토피아 혼종서사의 특성을 기막히게 활용하여 까다로운 질문과 들려줄 수 없는 대답을 유토피아 서사에 긴장감을 부여하는 플롯의 일부로 만든다. 줄리언이 던진 질문에 대한 대답을 리트 박사가 다음 날의 토론거리로 미루게 함으로써 이를 일종의 '클리프행어cliffhanger'로 삼아 계속해서 서사를 읽어 내려가는 추동력으로 이용하는 것이다.

이런 장면들에서 리트 박사가 끝내 대답하지 않는 핵심적 질문들은 『뒤를 돌아보며』의 비전을 복음을 전파하는 종교적 설교와도 유사하게 만든다. 이는 이 작품 속에 존재하는 두 개의 시점, 즉 미래의 2000년과 현재의 1887년이라는 두 역사적 시점이 통시적 연관관계가 전혀 없기 때문이다. 벨라미의 2000년은 역사소설이나 대하소설이 그리듯이 1887년에서부터 역사의 움직임을 통해 단계적으로 현실화된 2000년이 아니라, 죽음과 같은 '잠' 속에서 마치 연금술사의 마술처럼 기적적으로 현현한 2000년이다. 이 두 시점은 단속적이며, 비연속적이며, 시간적 논리적 인과관계를 무시하고, 오로지 '겹쳐질' 뿐이나. 그리고 이 두 개의 농떨어진 시간 사이에는 과정으로서의 역사가 없다.

> 그러나 내게는 시간의 흐름에 대한 감각이 전혀 없었다는 것을 기억하라. 내가 의식하는 한, 거의 모든 것이 철저하게 변해버린 이 거리를 내가 걸었던 것은 겨우 어제, 겨우 몇 시간 전이었을 뿐이었다. 내 마음 속 옛 도시의 이미지는 너무나 생생하고 강해서 실제 존재하는 도시의 인상에 양보하려 들지 않고 싸우고 있었다. 그래서 한 순간엔 하나가, 다음 순간엔 다른 하나가 더 비현실적으로 보였다, 눈에 보이는 모든 것이 이런 식으로 흐려졌다. 마치 합성사진 속의 얼굴들처럼. (79)

판타지와 현실의 두 시점이 맺는 "합성사진"과 같은 관계는 기독교의 묵시록과 현실 역사가 갖는 관계와 유사하다(원래 유토피아 자체가 본질적으로 역사의 종언점, 즉 시간의 흐름과 변화가 사라진 공간에서 존재하는 '재림 왕국The Second Kingdom'의 세속적 비전을 포함하고 있다). 묵시록의 순간은 현실 역사 속에 항상 겹쳐져 편재하며 기독교인들의 욕망에 판타지를 부과하고, 그들의 시간과 공간에 질서를 주어 의미를, 종지부를 부여한다. 그런데 천년왕국의 재림과 묵시록의 현현은 오로지 역사가 끝나는 지점에서 이루어질 수밖에 없으며, 천년왕국 그 자체의 이미지를 동결한 유토피아로의 여행에도 역사나 역사를 움직이는 주체가 존재할 수 없다. 따라서 이러한 비전은 과학이 아니라 믿음의 문제가 된다. 따라서 근본적으로 종교에 저항감을 갖고 있는 마르크스주의 이론가들이 이러한 시간성을 유토피아 자체에 내재한 본질적 특성으로 보고 정치적으로 보수적이며 퇴행적이라고 비판하는 것은 당연한 일이다.

> 예를 들어 마르크스주의적 관점에서 보면, 유토피아 이론의 주된 약점은, 역사적 발전이 경제적, 사회적, 그리고 정치적 세력들의 갈등을 수반하는 과정이라는 사실을 고려하지 않은 채 정적이며 종종 주관적인 이상을 사회에 부과하려는 것을 목표로 삼는 경향이다. 진보는 '과정'이지, 일거에 성취할 수 있는 유한한 목표가 아니기 때문이다—그리고 유토피아적 비전이 구체적인 시간에 존재하는 한 사회에 대한 유효한 비판을 제공할 수 있다 하더라도, 그 정적인 본질은 불가피하게 그 비판을 망각의 운명으로 몰아넣는다. 최초의 충동이 아무리 급진적이었다 해도, 유토피아의 꿈은 역사의 흐름에 의해 계속해서 추월당하게 되는 것이다. (Ferns 5)

유토피아에 대한 마르크스주의자들의 이러한 비판은 『뒤를 돌아보며』의 경우 더욱 의미심장하게 작품의 본질을 짚는 데가 있다. 바로 벨라미가 건드린 당대의 역사적 집단적 판타지가 내포하고 있는 철저한 계급성, 내지는 '보편성'의 탈을 쓰고 있는 주체의 정체를 파악할 수 있는 시각을 제공하기 때문이다. 특히 주목해야 할 것은, 벨라미의 유토피아가 '잠'을 자면서 건너뛰고 지우려고 하는 역사가 정말로 다름 아닌 '경제적, 정치적, 역사적 세력들의 갈등'으로서의 역사 그 자체라는 사실이다. 개혁주의자들의 성서라는 대중적인 이미지와는 달리, 『뒤를 돌아보며』의 심층에 자리하고 있는 것은 오히려 현실 역사에 대한 강렬한 두려움으로 인한 도피주의이다.

줄리언이 미래로 오기 전, 1887년의 현실을 설명하는 도입부는 이런 점에서 몹시 의미심장하다. 유한계급으로서 당대의 최고 특혜계층이었던 줄리언을 강박적으로 사로잡고 있는 것은 다가온 결혼이라는 개인적 지복에 어두운 그림자를 드리우는 노동자 파업이라는 계급갈등이다. 노동자와 노동운동, 파업과 혁명은 『뒤를 돌아보며』가 강박적으로 집착하고 회귀하면서도, 기묘하게 지우고 묵살하는 소재다. 1887년 당대의 사회상을 설명하는 1장에는 "두려움"이라는 단어가 반복적으로 등장한다. 그리고 그 두려움은 급격하게 의식화되고 있으나 구체적인 개혁의 수단을 아직 깨닫지 못한 노동계급이 무정부주의와 손잡고 폭력적으로 돌변하여 사회 질서를 망가뜨릴지도 모른다는 불안감으로 압축된다. 1887년 당시 "노동자들의 갈망은 당연한 이유들로 성취가 불가능한 것이었으나, 그들이 사회를 서글픈 난장판으로 만들어놓을 때까지 그 사실을 깨닫지 못할까 봐 두려워할 여지는 상존하고 있었"(43)기 때문이다. 당시의 노동 문제를 사람들이 끌고 가는 "마차"에 비유한 유명한 장면에서 벨라미가 말하고 있듯, 줄리언을 포함한 기득권층이 가장 두려워하는 사태는 노동자의 피땀에 의존해 수많은 사람들을 싣고 험한 길을 아슬아슬하게 달리던 마차가 "한순간 뒤집어지면서 모두가 공히 자기 자리를 잃어버리게"(40) 되는 상황, 즉 혁명의 발생이다.

대중의 불안한 긴장을 가장 현저하게 드러내 보여주는 것은 무엇보다도 자칭 무정부주의자들이라고 하는 소수 집단의 주장이 일으키는 경계심이었다. 이들은 폭력의 위협으로 미국 국민을 협박해 자기네 사상을 수용하게 만들겠다고 하고 있었다. 그러나 현 정치체제를 유지하기 위해 자국 국민의 절반이 일으킨 반란을 방금 진압한 강대국이 두려움 때문에 새로운 사회 체제를 수용할 리 만무하다.

부유층의 일원으로서 기존 체제에서 커다란 기득권을 갖고 있었던 나는 당연히 우리 계급이 느끼는 두려움을 공유하고 있었다. 지금 글로 쓰고 있는 시대의 노동자들에 대해 내가 가졌던 구체적인 불만은, 파업 때문에 내 결혼이라는 지복이 연기되고 있었다는 이유로 당연히 그들에 대한 감정에 특별한 적대감을 더하게 됐다. (44)

이 두려움이야말로 벨라미의 유토피아를 추동해낸 근본적 정서이며, 이 계급적 두려움을 가장 잘 표상하는 장치는 줄리언의 불면증이다. 특히 이 불안감은 그가 잠을 청하는 수면실의 묘사에서 선명하게 드러난다. 줄리언은 "자신과 마찬가지로 마차 꼭대기에 앉아서 가는"(41) 계층에 속한 완벽한 숙녀, 에디스 바트렛과의 결혼을 준비하며 자신이 살고 있는 집을 팔려고 내놓는데, 식사도 주로 클럽에서 해결하는 그가 이 집에서 유일하게 아쉬운 애착을 가진 부분은 지하에 특별히 지어진 수면실이다. 소설의 전반부에서 가장 인상적인 부분으로 제시되는 이 수면실의 모습은 포우 Edgar Allen Poe의 로맨스나 고딕 소설에나 등장할 법한, 기이하게 과장된 공포의 현현으로 묘사되고 있다.

이 집을 떠나게 되면 대단히 아쉬울 거라 여겨지는 특별한 점이 하나 있었는데, 그건 내가 집의 토대 밑에 지은 수면실이었다. 결코 멈추지 않는 밤의 잡음 때문에, 위층 침실을 써야 했다면 난 도시에서는 아예 잠을 이루지 못했을 것이다. 하지만 이 지하실로는 지상 세계의 웅얼거림이 전혀 뚫고 들어오지 못했다. 들어가서 문을 닫으면, 무덤과 같은 침묵이 나를 에워쌌다. 지하 토양의 축축한 습기를 막기 위해서 벽은 물이 닿으면 경화되는 시멘트로 만들고 아주 두껍게 지었으며, 마루도 마찬가지 보호책을 썼다. 폭력과 불길에 대비한 이 방을 귀중품을 보관할 수 있는 금고로 사용할 수 있도록 하려고, 나는 용접 밀폐한 석판으로 천정을 올렸으며 바깥문은 석고를 두껍게 바른 강철로 만들었다. 집 꼭대기에 있는 풍차와 연결된 작은 파이프가 내부 공기를 신선하게 유지시켰다. (46)

그는 멈추는 법이 없는 도시의 잡음 때문에 잠을 이루지 못한다. 이 잡음에서 벗어나기 위해 그는 지하에 석고를 바른 방화문을 달고 밀폐된 석판으로 천정을 대고 방수 시멘트를 사용해 벽을 만들어 "폭력과 불길"을 동시에 막을 수 있게 한, 흡사 핵공습에 대비한 방공호를 연상시키는 수면실을 만든다. 바깥 세계에서 대재앙이 일어나도 견딜 수 있을 것처럼 지어진, 당대에 어울리지 않는 이 수면실은 임박한 혁명 혹은 무정부주의의 악몽에 대한 그의 두려움이 얼마나 큰지, 그리고 거기서 도피하고자 하는 욕망이 얼마나 강렬한지를 잘 보여준다. 그를 잠들지 못하게 하는 도시의 잡음은 1, 2장에서 구구절절 설명한 노동자들의 소요에 대한 표상에 다름 아니기 때문이다. 문을 닫고 들어가면 "무덤과 같은 침묵"에 에워싸이는 이 밀폐된 방으로도 모자라, "죽음"이라는 부작용이 의심되는 최면술에까지 의지해야 하는 그의 불면증은, 계급으로 분열된 사회의 소요에 대한 당대 부르주아지의 깊은 불안감을 섬뜩하게 드러내준다

톰 H. 타워스Tom H. Towers에 따르면 줄리언의 불면증은 "사회적 심리적 동요의 총체성을 포괄적으로 상징"한다(56). 밀레니엄의 미래 사회에 대한 표면적인 낙관주의 아래에는 당대 사회에 대한 무시무시한 절망과 불안감이 깔려 있다. 그리고 이 불안감은 이 세기말의 시대, 대서양 양안을 장악하고 있던 자본주의 체제의 주인공인 중산층의 집단적 불안을 표

상한다. 매튜 뷰몽Matthew Beaumont은 유토피아주의는 하나의 역사적 시대가 쇠퇴하고 또 다른 역사가 상승기를 타고 있다는 인식이 널리 깔려 있을 때, 과도기의 현재가 재현의 문제를 초래함으로써 일어난다고 설명한다. 그에 따르면, 19세기 말은 대공황을 계기로 지배계급의 자신감이 흔들리고 있기는 하지만 완전히 산산조각나지는 않은 시기로서 일종의 "주관적인 불안감"이 팽배한 시기다(20). 그리고 이 불안감이야말로 19세기 말 우후죽순처럼 생산된 유토피아 픽션들에 내재된 '진짜' 추동력이다.

> 후기 빅토리아 시대에, 유토피아주의는 공적 문화의 비관주의에 대한 반응으로 등장한 단순한 반문화적 낙관주의가 아니다. 그것은 사회적 변화를 나타내는 무수한 징조들에도 불구하고 미래는 예측할 수 없으며 현재는 해석될 수 없다는 사실의 증후다. 그것은 예기(豫期)라는 특징을 지닌 신흥 문화의 소산으로서, '불안'이라는 지배적 문화에 부분적으로 의존하는 희망과 두려움의 불안한 복합체다. (Beaumont 21-22)

『뒤를 돌아보며』에서도 1887년 당대를 규정하는 두드러진 특징은 바로 무언가 임박해 있다는 "예기"이다. 줄리언은 "생각 있는 사람들의 공통적인 의견은, 사회가 거대한 격변을 초래할 수도 있는 결정적인 시기에 다가가고 있다는 것"(44)이었다고 떠나온 과거의 시대분위기를 술회한다. 그리고 이 불안감의 중심에는 사회적 무질서를 초래하는 노동계급에 대한 불만이 자리한다. 말로는 노동자 계급 자체에 대한 "연민"을 느끼고 있다고 몇 번이나 강조한 온건한 지식인 줄리언이 1887년의 마지막 잠을 앞두고 드러내는 속내에는 이러한 불만이 노골적으로 담겨 있다. 새로운 파업으로 인해 신혼집의 완공이 무기한 연기되었다는 소식에, 그는 노동자계급에 대해 섬뜩한 살의를 드러낸다.

칼리귤라는 자기가 댕강 잘라버릴 수 있게 로마인들의 목이 하나 밖에 없으면 좋겠다고 말했다는데, 이 편지를 읽던 순간 나 역시 한순간 미국의 노동계급에 대해 같은 바람을 가질 수밖에 없었다. (48)

세기말과 유토피아주의의 관계를 역사주의적으로 고찰한 뷰몽은 19세기의 마지막 삼십년 동안 대서양 양안에서 "사회주의적인 대안이 결정적 부재, 즉 일어나지 않은 사건이지만 그럼에도 불구하고 상황을 결정짓는 요소로 기능했다"고 지적한다(21). 그리고 이 불안감이 현실화되어 나올 수 있는 최악의 악몽은, 남북전쟁의 기억이 채 사라지기도 전에 또 한 번 프롤레타리아 혁명으로 피비린내 나는 내전을 겪게 되는 것이다. 미래의 유토피아 사회를 완전한 자기 것으로 받아들이기 직전 줄리언은 과거의 보스턴으로 돌아가는 꿈을 꾸는데, 그 꿈속에서 19세기의 보스턴의 소요가 단순한 잡음의 차원이 아니라 칼과 창이 부딪는 전쟁터에 비유되고 있다는 것은 대단히 의미심장하다. 그리고 이 악몽의 귀환을 계기로 19세기의 불안과 끝내 화해하지 못하는 줄리언은 미래의 유토피아를 온전히 자신의 현실로 받아들이게 된다.

사방에서 들려오는 바퀴들과 망치들의 울부짖으며 덜컹거리는 소리는 평화로운 산업의 콧노래가 아니라 적군들이 휘두르는 칼이 철컹거리며 부딪는 소리였다. 이 많은 공장이며 가게들은 모두 각자의 기치를 올리고 있는 요새였다. 포수들은 주위의 공장과 가게에서 훈련받았고, 공병들은 아래에서 그들을 전복하려고 분주하게 일하고 있었다. (221)

이렇게 살펴볼 때, 『뒤를 돌아보며』는 무엇보다 눈앞에 현실로 다가온 계급투쟁과 갈등의 역사, 나아가 피비린내 나는 혁명의 불안을 지우고 뛰어넘고자 하는 부르주아 유한계급의 '꿈'을 표상하는 서사다. 2000년 유토피아 보스턴 최고의 소설가인 베리언의 작품을 읽은 줄리언의 소감처럼, 『뒤를 돌아보며』에서도 정말로 중요한 건 실제로 책에 있는 내용이 아니라 "생략된 내용"(133)일지 모른다. 벨라미의 합성사진에 드러나는 두 시점 사이를 채우는 것은 폭력과 갈등으로 점철될 수밖에 없는 근대 역사를 회피하고 싶다는 강렬한 충동이지만, 아이러니하게도 역사를 회피하고자 하는 이 강렬한 충동이야말로 심오하게 역사적인 것이다.

　『뒤를 돌아보며』는 이렇게 한편으로는 잔인한 불평등을 공격하지만, 한편으로는 평화로운 사회진화의 가능성을 파괴하려고 위협하는 공산주의의 유령을 쫓아내는 역할을 한다. 사회 보편의 동질성을 꿈꾸고 노동자들의 비참한 현실에 대한 연민을 토로하지만, 그 동질성의 실체는 바로 프롤레타리아 계급의 기적적인 부재를 꿈꾸는 부르주아 계급의 판타지이다. 사회를 어지럽히는 시끄러운 잡음의 주체인 미국의 노동계급이 모두 사라졌으면 좋겠다는 꿈을 품고 잠든 줄리언이 다시 눈을 뜬 세상은 바로 이러한 꿈이 기적적으로 실현된 유토피아다. 프롤레타리아 혁명에 대한 두려움이 얼마나 줄리언의 의식을 사로잡고 있었는지는, 그가 깨어난 뒤 리트 박사에게 던지는 첫 번째 질문에서 간명하게 드러난다. 낯선 미래의 세계에 깨어나서 줄리언이 처음으로 묻는 것은 가족이나 지인들의 안부도, 그들의 자손들에 대한 관심도 아닌, 이 사회가 노동문제를 어떻게 해결했는지에 대한 질문이다. 그는 당시의 노동문제가 "19세기의 스핑크스의 수수께끼"(61)처럼 도저히 풀 수 없는 난제로서, "내가 잠들던 당시 그 스핑크스가 사회를 잡아먹어버리기 일보직전"(61)이었다고 말한다. 2000년의 사회체제에 대한 리트 박사의 강의는, 인간의 본성이 바뀌지 않고서는 해결될 수 없다고 생각한 난제를 이 미래 세계가 체제의 변화를 통해 정말로 해결해냈다고 줄리언을 끊임없이 설득하는 과정에 다름 아니다.

이 낯선 현실을 줄리언이 수용하고 적응하는 과정은 상대적으로 수월하다. 왜냐하면 노동계급과 혁명의 불안이 사라졌다는 사실과 체제의 변화에 대한 사변적인 설명들을 제외하면 20세기의 생활양식 자체에서 줄리언이 불편을 겪을 일은 거의 없기 때문이다. 2000년의 보스턴이 줄리언의 잠재적 욕망을 완벽하게 실현한 판타지가 되는 중요한 이유는, 이 세계에 내재한 법칙 자체가 이상적이라서가 아니라 바로 이 사회까지 개혁이 진행되는 불편한 이행과정을 완벽하게 '건너뛰었기' 때문이다. 노동계급과 계급 혁명의 불안이 사라졌을 뿐, 2000년의 보스턴의 삶이 19세기 부르주아 중산층의 문화와 거의 다르지 않다는 사실은 그 판타지의 성격을 잘 보여준다. 제임슨은 "모든 유토피아들이 구체적인 계급의 입장에서 생겨날 뿐 아니라, 그들의 근본적인 주제화 과정은 . . . 또한 구체적인 계급적-역사적 입장이나 시각을 반영하게 된다"(47)는 것을 이해하는 것이 중요하다고 역설하는데, 벨라미의 유토피아야말로 작가의 상상력 부족이 아닌가 싶을 정도로 19세기 "인텔리겐챠" 혹은 부르주아 중산층의 생활상을 고스란히 담고 있다. 포도주와 시가에 대한 식견이 뛰어난 리트 박사와 소설 읽기를 좋아하는 그의 부인, 그리고 고전 음악과 훌륭한 무슬린 천에 대한 품격 높은 취향을 지닌 이디스까지, 리트 박사의 삶은 1887년의 거실을 그대로 옮겨놓은 거나 다를 바 없다.5 기득권을 포기하고 싶지 않고 자신의 삶에 반속하는 19세기 유한계층이 꿈꾸는 벨라미의 유토피아는, 결국 똑같은 삶을 누리되 "불결함, 야만성, 그리고 무지로부터의 자유"에 더해 본질적으로 "죄의식으로부터의 자유"를 제공하는 사회인 것이다(Ferns 83).6

이 죄의식으로부터의 자유는 궁극적으로 모든 사람들이 그들이 누리는 안락한 특권을 누릴 수 있도록 하는 데서 온다. 따라서 동질성은 곧

평등의 다른 이름이 된다. 이 동질적인 세계에서 개성은 기껏해야 쇼핑을 할 때의 개인적 취향에서나 드러날 수 있을 뿐이다. 이 동질성의 행복은 바로 여가와 쇼핑과 문화의 향유와 정치체제에 대한 담소라는 생활양식으로 드러나는데, 이는 후기 빅토리아 중산층의 전형적인 생활양식이다. 크리스 펀즈Chris Ferms가 지적하듯이, 『뒤를 돌아보며』가 보여주는 사회는 결과적으로 "계급 없는 사회에 대한 중산층의 판타지"로서, 이는 "사회 전체의 변화에 의해 창출된 것이 아니라, 하류계급들을 중산층으로 흡수하여 없앰으로써 이룩된 것으로, 그 중산층의 가치가 유토피아의 가치가 된" 곳이다(83).

이런 시각에서 보면 리트 박사가 묘사하는 국가주의적 사회주의 체제의 원리와 노동의 문제가 실제 체험으로 드러나거나 존재하지 않는다는 사실은 더더욱 흥미롭게 다가온다. J 줄리언과 리트 박사의 담론과 실제 주인공의 경험 사이에는 상당한 괴리가 있다. 예를 들어, "노동 문제라는 것은 아예 알려져 있지도 않은"(61) 미래의 보스턴 사회에는 노동자는 보이지 않지만 노동의 "결과물"은 존재한다. 유토피아의 묘사에서 두드러지는 것은 힘든 인간의 노동을 연상시키는 모든 것을 감추려는 충동이다. 즉, 이 작품 속에서 공장이나 공공식당 같은 생산의 현장은 체험으로 묘사되거나 현장으로 등장하지 않고, 모든 서사적 경험은 소비와 연관되어 있다. 이 유토피아의 세계에서 노동자나 노동 자체는 사라진 것은 아니라 재현되지 않을 뿐이다. 게다가 "평범한 노동자"와 지식인 계급의 차이도 여전히 존재한다. "직업을 선택할 여지가 전혀 없을 정도로 멍청한 사람이라면 그냥 평범한 노동자로 남아야 합니다. 하지만 이런 경우는 흔치 않지요"(73-74)라는 리트 박사의 말에 남아 있는 희미한 경멸의 흔적이나, 이제껏 살아온 세계와는 너무도 다른 미래사회에서 자신은 그저 "평범한 노동자" 밖에 되지 못할 것이라고 토로하는 줄리언에게 리트 박사가 대학에서 역사 강의를 하면 된다고 말해주며 안심시키는 장면(138)은, 만인의 평등과 노동가치의 평등을 주장하는 이 유토피아에서도 지식인과 무지한 자, 화이트컬러와 육체노동자의 차이가 완전히 지워지지 않았음을 의미심장하게 폭로한다. 그리고 이처럼 재현되지 않은 차이에 대한 궁금증은, 벨라미의 유토피아에 드러난 남녀평등의 문제에서도 똑같이 적용된다. 리트 박사가 설명하는 이 세계의 체제에 따르면 2000년의 보스턴에서 남자와 여자의 차이는 완전히 해소되고 없다. 그러나 산업군의 당당한 한 일원으로 자유롭고 독립적인 여성이라고 소개되는 이디스 리트는 늘 집안에서 부모님 곁을 지키며 꽃꽂이를 하거나, 줄리언에게 음악과 소설 같은 문화적 체험을 안내하거나, 쇼핑을 하는 등, 후기 빅토리아 인들의 이상적 여성형인 '집안의 전사' 그 자체로 그려진다. 말해지는 것과 묘사되는 것 사이에 드러나는 이러한 간극은, 정치이론만이 아니라 문학과의 혼종담론인 유토피아 픽션만이 드러낼 수 있는 흥미로운 심층심리이다.

완전한 동질성과 효율성의 세계를 갈망하는 벨라미의 부르주아 유토피아는, 소설이라는 서사적 형식과 마찬가지로 '모든 견고한 것이 허공으로 녹아 사라지고 있던' 근대의 경험에 질서를 부과하고자 하는 근대적 욕망에서 나온다. 그리고 벨라미의 국가주의적 사회주의는, 효율적인 사회 개혁을 통해 국부를 증가시켜 개인에게 배분하는 부의 양을 절대적으로 늘리겠다는, 근본적으로 자본주의적인 기획에서 나온다. 이는 자본주의를 포기하지 않으면서 노동계급의 문제를 해결해보고 싶어 하는 당대의 판타지적 해결책이었다. 무질서와 차이에 대한 당대 부르주아의 두려움은 효율성과 동질성을 그 어떤 가치보다 중요한 것으로 상정한다. 하지만 이러한 동질성이 결코 진정한 의미에서 보편적인 것이 될 수 없으며,

그 자체로 특정 계급의 이익에 봉사한다는 (아직까지는 활성화되지 않고 잠재적으로 깔려 있는) 인식은 훗날 유토피아의 묘사에서 공정한 재현의 문제―혹은 디스토피아로 화하는 새로운 억압의 씨앗―를 제기하게 된다. 과연 벨라미의 유토피아에서 노동과 노동계급은 사라졌는가? 아니면 사라진 것처럼 재현되었을 뿐인가? 젠더와 계급을 비롯한 무수한 '차이'들은 국부의 양을 늘려 전반적인 삶의 질을 향상시킴으로써 달성되는 전체주의적 부르주아 유토피아에서 어떻게 흡수되고 수용된 것인가?

벨라미는 기술의 발전에 대한 순수하고 낙관적인 믿음에 기반하여 미래의 유토피아 세계를 효율성과 동질성이 지배하는 세계로 그려내고, 줄리언의 19세기 보스턴을 위협하던 노동문제와 계급갈등을 지운 후, 보이지 않는 노동 대신 중산층이 바라는 편리한 소비와 문화의 향유를 가능하게 해주는 각종 기술의 산물들로 여유로운 일상의 영역 곳곳을 채웠다. 노동이 시각적, 청각적 소음으로 일상생활 속에 스며들어 늘 자신의 존재를 불길하게 상기시키는 산업혁명 시대의 보스턴과는 달리, 산업혁명 이후의 유토피아 보스턴 사회에는 '굴뚝'과 그것이 상징하는 '노동'의 현장은 눈에 보이지 않는다. 하지만 소설적 서사가 도입된 텍스트는 이렇게 낙관적 미래를 소리 높여 외치는 개혁주의 서사의 심층에 자리하는 것이 아이러니하게도 경제적, 정치적, 역사적 세력들이 갈등하는 장으로서의 역사 그 자체를 뛰어넘고자 하는 두려움과 도피주의라는 것을 드러내며, 『뒤를 돌아보며』의 유토피아를 추동하는 것이 죄의식과 불편 없이 중산층의 삶과 문화를 그대로 향유하기를 갈망하는 유한계급의 판타지임을 역설한다. 『뒤를 돌아보며』는 가치중립적 기술에 대한 낙관적 믿음이 가능했던 짧은 역사적 한순간의 산물로, 유토피아적 욕망의 기저에 자리한 심층심리를 보여주는 흥미로운 역사적 텍스트이다.

¹ 바흐찐은 이미 완성되었거나 이미 경직된 상태로 들어온 다른 문학장르들과는 달리 근대와 함께 태어나 근대와 함께 성장한 유일한 장르인 소설이 모든 가능성이 열려 있는 현재와 접촉하는 영역으로 다른 장르들을 포섭하고 끌어들이며 소설화시킨다고 주장하는데, 이는 이 시기 유토피아 픽션의 소설적 변용에 대해서도 유용한 통찰을 제공해준다.

² 이하 작품에서 인용하는 경우는 괄호 안에 페이지 수만 명기.

³ 출판 당시의 폭발적인 반응들에 대해서는 Darby Lewes, 27; Krishan Kumar, 133-136 참조.

⁴ 정치와 사회, 경제, 교육 등 공공의 문제에 대한 토론은 항상 리트 박사와 줄리언 사이에서만 이루어지며, 리트 부인과 이디스 리트는 토론에 전혀 참여하지 않는다. 두 사람이 토론을 벌이기 전 여자들이 방에서 물러나는 다음과 같은 '장면'들("That evening I sat up for some time after the ladies had retired, talking with Doctor Leete," 48; "When, in the course of the evening the ladies retired," 60; "we sat up talking for several hours after the ladies left us," 104: "We had made an appointment to meet the ladies at the dining hall for dinner, after which, having some engagement, they left us sitting at the table there, discussing our wine and cigars with a multitude of other matters," 166)은 이 세계가 마침내 남녀평등을 이루었다고 강조하는 리트 박사의 '말'과는 달리, 공공영역에 대한 토론은 남자들만의 것으로 간주하는 19세기적 사고방식을 부지불식간에 그대로 반영한다.

⁵ 중산층의 가치에 의문을 제기하지 않는 것은 이 당시 쏟아져 나온 여성작가들의 유토피아 소설들도 마찬가지였다. 다비 루이스Darby Lewes는 이 시기 여성작가들의 유토피아 소설들이 여성에 대한 억압에 저항하면서도 순결한 가정의 천사로 여성을 이상화하는 빅토리아조의 중산층적 가치는 버리지 못하고 있다고 말한다(6-7).

⁶ 1980년도 이탈리아어 번역판 서문에서 편집자 트레베스는, 가난한 사람들의 입장에 선 이 책이 이렇게 베스트셀러가 된 이유는 굉장히 훌륭한 사회주의 선전이면서도 상류층을 도발하지 않기 때문이라고 설명한다(Bowman 330).

| 인용문헌

Bakhtin, M. M. "Epic and Novel: Toward a Methodology for the Study of Novel" in *Essentials of the Theory of Fiction*, eds. Michael Hoffman and Patrick Murphy. Durham and London: Duke UP, 1988.

Beaumont, Matthew. *Utopia Ltd.: Ideologies of Social Dreaming in England 1870-1900*. Boston: Brill, 2005.

Bellamy, Edward, *Edward Bellamy Speaks Again!* Kansas City: Peerages, 1937.

_____. *Looking Backward 2000-1887*. Harmondsworth: Penguin, 1986.

Bowman, Sylvia E. *Edward Bellamy Abroad: An American Prophet's Influence*. New York: Twayne, 1962.

Ferns, Chris. *Narrating Utopia: Ideology, Gender, Form in Utopian Literature*. Liverpool; Liverpool UP, 1999.

Jameson, Frederic. *Archaeologies of the Future: The Desire Called Utopia and Other Science Fictions*. London and New York: Verso, 2005.

Kumar, Krishan. *Utopia and Anti-Utopia in Modern Times*. Oxford: Basil Blackwell, 1987.

Lewes, Darby. *Dream Revisionaries: Gender and Genre in Women's Utopian Fiction, 1870-1920*. Tuscaloosa and London: U of Alabama P, 1995.

Towers, Tom H. "The Insomnia of Julian West," *American Literature* 47.1 (1975): 52-63.

케이트 쇼우팬의 『깨어남』에 나타난 가정성 이데올로기*

● ● ● 노동욱

". . . 남자는 무수한 선택지를 가진 반면, 운명이 여자에
게는 일생의 자산을 도출해야 하는 단 하나의 사건만을
허락한다는 사실을 알고 난 후 여자가 어찌 행복할 수
있겠어요?"

이디스 워튼, 『블라이드데일 로맨스』

---

* 이 논문은 21세기영어영문학회의 『영어영문학21』 27권 1호(2014년 3월)에 실렸던 논
문 "Domestic Ideology in Kate Chopin's *The Awakening*"을 번역 · 보완한 것임.

1. 들어가며

제인 탐킨스Jane Tompkins는 미국 문학의 정전을 결정하고 해석하는 비평적 시각이 남성 지배의 학문적 전통에 지배되고 있다고 진단한다. 특히 밀러Perry Miller, 매시슨F. O. Matthiessen, 레빈Harry Levin, 체이스Richard Chase, 루이스R. W. B. Lewis, 윈터스Yvor Winters, 스미스Henry Nash Smith 등이 세워 놓은 전통 때문에 여성 소설 전통의 가치가 인식되지 못하고 있다고 주장한 바 있다(Tompkins 123).[1] 이러한 학문적 전통 아래서 여성 소설은 지속적으로 배제되어 왔다. 탐킨스가 회고하듯, 20세기 중반 여성 운동이 막 싹트던 무렵, 케이트 쇼우팬Kate Chopin의 『깨어남The Awakening』은 샬럿 퍼킨스 길먼Charlotte Perkins Gilman의 「누런 벽지"The Yellow Paper"」 등의 텍스트와 함께 새로이 명성을 얻기 시작하며, 여성 중심의 대응정전 counter- canon으로서 대학 교과 과정에 포함된다.

이와 같이 『깨어남』은 20세기 중반 여성 운동과 함께 부상하였는데, 페미니즘 문학비평에 의해 재평가를 받기 전까지는 '잊혀진 소설'이었을 뿐만 아니라, 출간 당시에는 많은 비판을 받았다. 『깨어남』에 대한 비판은 주로 이 소설이 중심 소재로 삼고 있는 여성의 불륜, 성적 욕망, 열정, 대담하고 노골적인 성적 행위의 묘사에 집중되었는데, 이는 당대의 독자가 기대하는 여성 소설의 일반적인 규준에서 크게 벗어난 것이었다. 특히 퍼시벌 폴라드 Percival Pollard는 이와 관련하여, 에드나는 욕망을 느끼고 그것에 순응하는 인물로서, "그녀가 갈망하는 것은 로버트도 아로뱅도 아닌 오로지 남성이다."라고 말하며 이 소설이야말로 완전히 잊혀야 한다고 주장한 바 있다 (181). 또한 『시카고 타임스 헤럴드Chicago Times-Herald』의 익명의 평론가는 쇼우팬이 "이미 지나치게 많은 사람이 종사하고 있는 호색 소설 분야"에 뛰어들었다는 말로 그녀의 소설의 '부적절성'을 지적했다(Culley 166 재인용).

페미니즘 초기에 『깨어남』이 재발견되어 페미니즘 문학 텍스트로서 가장 많은 주목을 받은 것은 우연이 아니다. 살펴본 바와 같이, 이 소설은 당대에 용납되기에는 지나칠 정도의 대담하고 노골적인 성적 행위를 묘사하고 있다는 점에서 많은 비판을 받은 바 있지만, 역설적으로 당대 금기시되던 여성의 억눌린 성적 욕망과 열정을 솔직하게 다루고 있다는 점에서 매우 선구적인 시도라 할 수 있기 때문이다. 뿐만 아니라 이 소설은 여성의 자립 의지와 자아 추구 등, 당대 남성의 전유물로 여겨지던 주제를 여성 소설의 주제 의식으로 부각시켰다는 점에서 선구적이라 할 수 있다. 그러나 이 논문은 『깨어남』의 선구적 업적을 인정하면서도, 동시에 에드나의 '깨어남'을 단순히 '페미니즘적 성취'라거나, 혹은 '여성의 정신적 성숙'과 같은 추상적 어휘로 규정하는 것을 경계하고자 한다. 이는 텍스트의 의미 자체를 폄하하고자 하는 시도는 아니며, 당대 여성이 처한 상황에서 에드나의 깨어남이 갖는 의미를 온전히 이해하기 위함이다.[2]

19세기 중반 미국의 '여성 소설'을 분석한 베임은 다음과 같이 말한 바 있다.

> 많은 소설들이 다소의 차이는 있으나 모두 한 가지 이야기를 한다. 본질적으로 그것은 당연하든 부당하든 일생동안 살아가기 위해 의지할 버팀대가 없는 젊은 처녀가 이 세상을 스스로 헤쳐 나가야 할 필요성에 직면하는 이야기이다. 이 젊은 처녀는 마침내 여주인공이기 불릴 만한데, 그녀의 역할이 부누신 위업을 이뤄 스스로 해피엔딩의 땅에 자리 잡는 동화(fairy tales) 속의 인정받지 못하고 경시 당하는 젊은이의 역할과 유사하기 때문이다. (*Woman's* 11)

베임의 분석에 비추어 봤을 때 『깨어남』의 주인공 에드나는 19세기 미국 여성 소설 주인공의 전형과는 다른 면이 있는데, 이는 바로 에드나가 기혼 여성이라는 점이다. 대표적인 예로『깨어남』과 비슷한 시기에 미국에서 출간된 이디스 워튼Edith Wharton의 소설에는 베임의 분석에서처럼 뒷받침해 주는 것이 아무 것도 없는 젊은 처녀가 주인공으로 등장하여 이 세상을 스스로 헤쳐 나가야 할 운명에 처하는데, 그녀가 '행복'을 위해 택할 수 있는 거의 유일한 선택지는 바로 결혼이다. 특히 워튼의 소설『환락의 집House of Mirth』과『깨어남』은 비슷한 시기에 미국에서 출간되었다는 점, 28~9세의 비슷한 연령의 여성 인물이 주인공으로 등장한다는 점, 결혼과 관련한 여성 문제를 심도 있게 다룬다는 점에서 자주 비교의 대상이 되어 왔다.3 그러나 『환락의 집』의 여주인공인 릴리가 결혼 적령기의 미혼 여성으로서 배우자를 찾아가는 과정에서 타락한 사회의 병폐를 직면한다면,『깨어남』의 에드나는 기혼 여성으로서 결혼 생활을 해 나가는 과정에서 사회의 저항에 부딪힌다. 요컨대『깨어남』의 문제의식은『환락의 집』등 기존의 19세기 미국 로맨스 서사가 끝나는 지점에서 시작된다는 데 그 차이가 있다.

이 논문이 특히 이러한 차이점에 주목하는 이유는 첫째, 에드나가 기혼 여성이기 때문에 동시대의 다른 여성 소설들에서와는 달리『깨어남』을 통해서 당대 기혼 여성의 가정 문제를 살펴볼 수 있기 때문이다.『깨어남』은 당대 기혼 여성이 여성의 성별화된 역할을 수용하면서 드러나는 도덕적 권위 혹은 개인적 자율성에 대한 논의 및 성에 관한 기존의 가치 체계 내에서 규정된 여성의 역할과 그 의미에 대한 고찰을 담아낸다. 둘째, 많은 여성 소설의 여주인공들이 배우자를 찾아가는 과정에서 당대 사회의 결혼 제도 등 여성에게 불리한 사회 구조의 문제점을 인식하며 정신적 성장을 해나가는 반면, 에드나는 불합리한 결혼 제도나 사회 구조에 대한 문제의식은 물론이요, 결혼에 대한 진지한 성찰 없이 결혼 생활을 시작하고 유지해 가던 중 갑작스럽게 '에피퍼니epiphany'와도 같은 깨어남을 경험하는 것이기에 그 결과는 더욱 비극적일 수밖에 없다는 것이다. 『깨어남』에서 에드나가 남편인 레옹스와 결혼한 것은 순전히 "우연"이었다고 표현되며 그녀의 아이들 역시 "그녀가 무턱대고 떠맡은 책임"이라고 표현되는데(18-19),[4] 이러한 표현들을 통해 짐작해볼 수 있듯 그녀의 결혼과 출산은 그녀가 결혼에 수반되는 책임을 미처 생각해 볼 겨를도 없이 이루어진 것이었다. 에드나의 깨어남은 이미 그녀가 결혼이라는 사회 제도 속으로 깊숙이 걸어 들어와 한 남편의 '아내'이자 아이들의 '어머니'라는 사회적 이름이 부과된 후 일어나는 것이기에, 자신의 깨어남과 사회적 역할 사이의 갈등은 더욱 심할 수밖에 없다.

그러므로 이 논문에서는 존 러스킨John Ruskin과 존 스튜어트 밀John Stuart Mill의 가정 문제에 대한 주장을 토대로 『깨어남』에 나타난 당대 기혼 여성의 가정성의 문제와 이상적 여성상의 문제를 중점적으로 살펴볼 것이다. 가정성 문제에 대한 러스킨과 밀의 주장은 '진정한 여성성의 예찬the cult of the true womanhood' 및 '공화국의 어머니the republican mother' 등의 이데올로기가 작동하던 19세기 미국 사회의 이론적 원형이 된다는 점에서 검토해 볼 필요가 있다.[5] 19세기 미국 사회에서 '진정한 여성'이 있을 곳은 의심할 바 없이 "자기 집의 화롯가"─딸로서, 자매로서, 그리고 무엇보다도 아내와 어머니로서─였다(Welter 54). 따라서 가정성domesticity은 당대 미국에서 성행했던 여성 잡지들에서 가장 귀하게 여겨진 여성의 미덕이었다. 가정성의 개념은 아내로서, 어머니로서의 여성의 역할을 찬양하는 동시에 여성을 집 안에 가둬 두는 역할을 했다. 앞서 언급한 바와 같이 『깨어남』이 당대의 다른 여성 소설들과 차별되는 지점은 여성에게 가정이란 어떤 의미인지, 가정에서의 이상적 여성상은 과연 무엇이며 여성은 가정에서 어떠한 역할을 해야 하는지 등의 문제의식이 여주인공의 결혼 이후 에피퍼니와도 같이 찾아온다는 점이다. 『깨어남』의 미덕은 자신의 존재조건에 대한 여주인공의 깨어남의 과정 및 그 깨어남에 거슬러 작용하는 압력을 잘 그려낸 것이라 할 수 있는데(Chametzky 221), 이 논문은 이러한 점에 주목하여 에드나가 어떠한 방식으로 가정 속에서의 자신의 위치를 확인하는지, 뒤늦은 깨어남에서 기인한 그녀의 일탈이 어떠한 형태로 표출되는지를 살펴볼 것이다.

또한 이 논문은 에드나가 독자적인 가정을 구축하는 것의 의미와 그 한계를 살펴볼 것이다. 『깨어남』은 기존의 19세기 미국 로맨스 서사에서 이야기가 종결되는 지점으로부터 문제의식을 생성해 내는데, 『깨어남』에서 독자적인 가정 구축만으로 완성될 수 없는 여성의 문제를 '가정'의 울타리 내에서 살펴보는 것은 매우 중요하다. 쇼우팬은 당대 미국의 중류계층 여성에게 허용되었던 자선 활동과 같은 공적 영역에서의 여성의 역할의 한계를 인식하고, 에드나로 하여금 독자적으로 가정을 구현케 하는 '실험'을 수행한다. 이 논문에서는 당대의 사회 환경에서 가정이라는 공간을 독자적으로 구축해 냈음에도 불구하고, 독자적 가정 구축의 한계를 체감할 수밖에 없었던 에드나의 상황을 면밀히 살펴보고자 한다.

2. 에드나의 '깨어남'

『깨어남』에 나타난 가정성 이데올로기를 살펴보기 위해서는 먼저 당대 여성에게 가정이란 어떤 의미인지를 살펴볼 필요가 있다. 케이트 밀렛 Kate Millett은 『성 정치학Sexual Politics』에서 러스킨과 밀의 주장을 대조하면서, 그 중 '가정 문제Domestic Theme'에 한 장을 할애한다. 빅토리아 시대가 가장 선호했던 두 가지 주제인 '가정Home'과 '여성의 선량함Goodness of

Women'에 대해 논의할 때, 밀과 러스킨은 극명하게 대조를 이룬다. 먼저 러스킨은 가정을 '여성의 진정한 공간'이라고 강조하는데, 러스킨 식의 가정에 대한 '목가'에서 이상적인 여성상이란 '자기희생적' 여성이다. 반면 밀에게 가정이란 그가 '가정적 예속'이라고 부른 체제의 핵심이다. 밀에 따르면 여성은 폭정의 역사에서 최초이자 최후의, 그리고 가장 오래된 폭력의 지배를 받고 있기 때문에, 여성은 결혼 제도 내부의 종복從僕에 지나지 않는다. 즉 그는 결혼 제도의 역사를 매매 혹은 강제에 근거한 것으로 요약한다. 남편이 아내의 생사여탈권을 쥐고 있기 때문이다. 밀렛은 밀의 의견에 동조하며, 러스킨 식의 가정에 대한 지나친 이상화와 자기희생적 여성상을 혹평한다. 밀렛에 따르면 러스킨은 전통적인 성 역할을 그대로 유지하면서 남성에게 세계 전체를 주고, 여성에게는 살림과 박애 행위라는 부속 영역만을 지성해 수기 때문이다. 밀렛에 따르면 러스킨이 여성에게 허용하는 것이란 가정이라는 '작은 세상'으로 가는 것이며, 러스킨에게 '훌륭한 아내'란 옷을 짓고 요리법을 교환하면서, 하루 종일 정치와 돈, 기술에 대한 세속적 특권을 누리느라 바쁜 남편의 '약탈 행위'를 근소하게나마 보상해 주는 존재인 것이다.[6]

과연 가정이란 '여성의 진정한 공간'인가, 아니면 '가정적 예속'인가? 가정에서의 이상적 여성상은 과연 무엇이며, 여성은 가정에서 어떠한 역할을 해야 하는가? 에드나의 깨어남은 바로 이런 의문을 품는 지점에서 출발한다. 에드나와 함께 그랜드 아일에서 여름을 보내고 있는 많은 부인들, 특히 그들 중 라띠뇰 부인은 러스킨이 말하는 자기희생적 여성상을 이상적 여성상으로서 몸소 체현하고 있는 대표적 인물이라 할 수 있다.

그들은 아이들을 떠받들고 남편을 숭배했으며, 한 개인으로서 그들 자신을 지우고 구원의 천사로 거듭나 자기 몸에 날개가 돋게 하는 것을 신성한 특권으로 여겼다.

그들은 모두 자신의 역할에 만족했다. 특히 그들 중 한 명은 모든 여성스런 우아함과 매력을 온몸으로 보여주었다. . . . 그녀의 이름은 아델 라띠뇰이었다. (9)

라띠뇰 부인은 집 안에서 그 어느 때보다 아름다워 보이는 여성으로서, 라띠뇰 부인으로 대표되는 당대의 이상적 여성상은 한 개인으로서 자신을 지우고, 아내-어머니로서의 사회적 역할에 만족하는 것이었다. 라띠뇰 부인이 대표하는 '어머니-여성'은 당시 미국에서 강한 영향력을 행사하던 '진정한 여성상'의 이데올로기의 핵심으로 모성을 그 본질로 한다.7 이와 같이 쇼우팬은 라띠뇰 부인으로 대표되는 자기희생적 여성상을 풍자적으로 묘사함으로써, 가정적 여성이라는 이데올로기 자체를 여성들의 정체성에 대한 부적절한 정의로 간주한다.

레옹스와 결혼한 후, 여느 다른 주부들처럼 목가적인 가정에서 '평화롭게' 살아가던 에드나에게 어느 날 갑자기 결혼 생활이 '가정적 예속'이라는 압박감으로서 다가온다.

그녀 자신도 알 수 없는 의식에서 생겨난 듯한, 말로 형용할 수 없는 압박감에 사로잡힌 나머지 희미한 고통마저 느껴졌다. 그 감정은 영혼의 여름날을 가로질러 지나가는 그림자와도, 안개와도 같았다. 낯설고 생소한 감정이었다. (8)

이러한 압박감은 자연스럽게 에드나의 깨어남으로 이어진다. 물론 에드나가 느끼는 '가정적 예속'은 밀이 말하는 결혼과 관련된 법적 예속과 같은 물리적 예속이 아니다. 그녀는 "한 인간으로서 우주에서 차지하는 자신의 위치"를 깨닫기 시작했으며, 더불어 "한 개인으로서의 내면세계뿐 아니라 자신을 둘러싼 바깥세계와 어떤 관계인지"를 인식하기 시작했다(14). 에드나는 그동안 자신의 정체성이 아내 - 어머니라는 사회적 역할에만 한정되어 있었음을 깨닫게 된다. 에드나는 라띠뇰 부인에게 "본질적이지 않은 부분에 대해서는 포기할 수 있어요. . . . 하지만 나 자신을 포기하지는 않을 거예요. 더 확실하게 설명하기가 어렵네요. 최근에야 그런 걸 깨닫기 시작했거든요."라고 선언하며 그녀와 논쟁을 벌이기도 한다(46). 즉, 에드나가 어렴풋하게나마 느끼는 '깨어남'의 실체는 여성의 주체성이 억압된 상황에서 부과된 가정적 의무, 가정성을 가장한 가부장제의 위계와 압력이라 할 수 있다.

그녀의 '깨어남'의 선언은 본격적인 행동으로 표출되는데, 그것은 가정 내에서의 여성의 의무에 대한 거부로 나타난다. 먼저 그녀는 매주 의례적으로 치러왔던 손님 집대 행사를 완선히 중단하고 답례로 손님들의 집을 차례로 방문하던 일도 그만둔다. 손님 접대 행사는 사실 에드나의 손님을 접대하는 것이라기보다 남편의 사업을 위한 것이었으며, 또한 에드나가 남편과 결혼한 후 6년 동안이나 줄곧 마치 '종교' 의식처럼 엄격하게 치러왔던 것이라는 점에서 그녀가 이를 거부하는 것은 큰 의미가 있다. 에드나는 이제 자신이 '하고 싶은 대로' 행동하고, '원하는 대로' 느끼기 시작한다. 그녀는 한 가정의 살림을 책임지는 주부의 역할을 훌륭하게 수행하기 위한 '헛된' 노력을 모조리 내팽개친 채, 자신의 마음이 내키는 대로 집을 나가고 늘어오는가 하면 일시적인 변덕에 자신을 온전히 내맡긴다. 이러한 맥락에서, 에드나는 남편에게 "결혼은 지구상에서 가장 통탄스러운 장면"이라고 말하며, 동생의 결혼식마저 불참할 것을 선언한다(63).

이와 같이 에드나의 깨어남은 자신의 정체성이 '나 자신'보다는 '아내-어머니'라는 사회적 역할에만 한정되어 있었음을 깨닫는 것인데, 동시에 그녀는 가정에서의 자신이 매우 수동적이고 의존적인 존재였음을 깨닫는다. 밀은 당대 여성들이 처한 현실에 대해 "현재와 같은 운명을 타고난 여성이, 더구나 그에 만족하고 있는 여성이 어떻게 자립의 가치를 깨달을 수 있겠는가? 여성은 자립적이지 못하다. 여성의 운명이란 다른 사람에게 필요한 모든 것을 받는 것이다"라고 말한 바 있다(204). 밀의 말처럼 에드나는 러스킨 식의 목가적 가정에 만족해 오던 자신이 사실은 남편으로부터 필요한 모든 것을 제공 받는 의존적인 존재였음을 깨닫는다. 이러한 맥락에서, 에드나가 누구의 도움도 없이 홀로 바다에서 수영을 해낸 경험은 매우 의미심장하다.

> 에드나는 여름 내내 수영하는 법을 배우려고 노력했다. . . . 물속에서 에드나는 손을 뻗어 주며 자신을 안심시켜 줄 사람이 근처에 아무도 없을 때 극심한 두려움에 빠졌다.
> 그러나 그날 밤 에드나는 갑자기 자신의 힘을 깨닫고 처음으로 혼자 당당하고 자신감 있게 걷기 시작한 아이, 조금은 비틀거리고, 발을 헛디디며, 몸을 지탱하기 위해 무언가를 움켜잡고 걸음마를 하는 아이 같았다. 너무도 기뻐서 소리를 지르고만 싶었다. 에드나는 물속으로 들어가 팔을 저으며 자신의 몸을 수면에 띄웠을 때 기쁨의 소리를 질렀다.
> 마치 어떤 중요한 의미를 지닌 힘이 에드나의 영혼에 퍼지는 듯, 환희의 감정이 에드나를 엄습했다. (27)

바다는 이 소설에서 줄곧 에드나에게 손짓하는 유혹이자 관능의 상징이며, 자유와 해방의 공간이다. 그녀는 해변에 나갈 때만큼은 그녀의 결혼반지를 빼내는데, 이는 그녀가 바다에서만큼은 가정의 속박으로부터 해방된 자유를 만끽할 수 있는 여지가 있음을 상징하는 듯하다. 여기서 에드나의 결혼반지는 상징적인 의미가 있다. 길먼은 『여성과 경제학

Women and Economics』에서 가정 내의 여성의 무가치한 지위를 다음과 같이 묘사한 바 있다.

> 삶을 마주하는 젊은 여성에게도 저 너머에 똑같은 세상이 있으며, 똑같은 인간의 에너지, 인간의 욕망과 야망이 내재해 있다. 그러나 그녀가 갖고자 하는 모든 것과 행하고자 하는 모든 것이 단 하나의 경로와 단 하나의 선택을 통해 이뤄진다. 재산, 권력, 사회적 지위, 명성, 이들뿐만 아니라 가정, 행복, 평판, 안락, 기쁨, 식량, 이 모든 것들이 *한 작은 금가락지*를 통해서만 얻어질 수 있다. (71, 강조는 필자의 것)

이와 같이 길먼은 남자의 것과 똑같은 세계가 여자에게도 존재함을 주장하며, 당대의 여성에게 주어진 결혼이라는 유일한 선택지를 "한 작은 금가락지"에 예속된 것으로 표현하고 있다. 이처럼 에드나의 결혼반지는 길먼이 말하는 "한 작은 금가락지"와 중첩되어, 에드나가 결혼반지를 빼낸 채 바다에서 수영을 하는 장면은 더욱 깊은 의미를 갖게 된다. 에드나는 바다에서 누구의 도움도 없이 수영을 할 수 있게 됨으로써, 처음으로 자신이 스스로 무언가를 해냈다는 성취감을 만끽한다. 이는 뒤늦게 배운 '걸음마'와도 같은 경험으로, 수영을 배우기 이전의 시간은 그녀에게 그저 "아기처럼 물속에서 첨벙거린 것"(27)에 불과한 시간이었다.

3. '비둘기집' ─에드나의 독자적 가정 구축

깨어남을 경험한 에드나는 남편이 뉴욕으로 장기 출장을 떠나고 시어머니가 아이들을 시댁으로 데리고 간 후 마침내 집에 혼자 남게 되자, 그녀에게서 아내-어머니라는 가정의 역할이 벗겨지고 "눈부신 평온함"(69)이 그녀를 찾아온다. 그녀는 집안을 둘러보면서 집과 새로운 관계로 대면할 수 있게 된다. 그동안 죽 보아 왔던 정원의 꽃들도 "새로운 지기new acquaintances"라는 표현처럼 새로운 모습으로 다가온다(69). 에드나는 자신으로부터 아내-어머니라는 가정의 역할을 완전히 분리시킨 채 자연의 세계에 몰입하게 되는 것이다.

급기야 에드나는 '남편의 집'으로부터 벗어나 '비둘기집pigeon-house'이라 이름 지은 조그마한 간이 집으로 이주하여 자신만의 독자적인 가정을 꾸리는데, 이는 자신의 개별성을 더욱 확고히 수립하려는 노력의 일환이다. 주목할 것은 에드나가 '가정성의 예속'에서 벗어나기 위해 선택하는 것이 바로 다시 '가정'—비록 독자적인 가정이기는 하지만—을 꾸리는 일이라는 사실이다. 이는 에드나와 같은 당대의 여성들에게 가정에서의 삶 이외에 택할 수 있는 선택지가 매우 제한적이라는 사실을 보여준다고 생각된다. 앞서 살펴본 바와 같이, 밀렛은 전통적인 성 역할은 남성에게 '세계 전체'를 주고, 여성에게는 살림과 박애 행위라는 '부속 영역'만을 지정해 주었다고 말한다. 한 공동체 내에서 남성과 여성의 영역 분리는 매우 오래된 관행이고, 명백히 표현되지는 않았지만 매우 확고하고 광범위한 사회적 제약에 의해 유지되어 왔다(Kerber 160). 즉 당대 남성/여성의 삶의 영역은 각각 공적/사적 영역으로 철저히 분리되어 있었는데, 이는 에드나의 경우도 예외는 아니다.

레옹스는 아내가 아이들한테 관심을 가지지 않는다고, 아이들을 상습적으로 방치한다고 아내를 책망했다. 아이들을 잘 돌보는 것이 어머니의 역할이 아니라면 도대체 누구의 역할이란 말인가? 레옹스 자신은 중개 업무에 매인 몸이다. 동시에 두 가지 역할을 할 수는 없다. 가족의 생계를 책임지기 위해 밖에서 열심히 일해야 하므로 집 안에 머물며 아이들이 잘 지내는 지를 확인할 수는 없지 않은가. 그는 단조롭고도 끈질긴 어조로 말했다. (7)

물론 당대 여성들이 공적 영역으로 진출하는 것이 완전히 불가능한 일은 아니었다. 특히 19세기 말 미국 사회에서 남성과 동등한 사회적 위치를 확보하여 자신들의 문화를 재정립하려 했던 중산 계층 여성들은 개별 인격체로서 자신들의 권익을 찾기 위해 힘겹게 투쟁했다. 일례로, 19세기 말 교육 받은 여성들에게 새로운 전문적 역할을 제공하기 위해 '정착촌 운동the Settlement House Movement'이 일었다. 많은 대학 출신 여성들은 러스킨과 모리스William Morris의 글에 고무되어 급격히 팽창하는 미국의 대도시 슬럼가에 있는 빈민들에게 사회적·문화적·교육적 기회를 제공할 수 있는 정착촌을 지어야 한다는 운동을 이끌어 갔다. 여성들이 성당, 사회사업, 도시계획 등과 같은 분야에 참여할 수 있는 기반을 마련해 준 이 운동은 '사회적 가정살림Social Housekeeping'이란 용어로 불렸는데, 이것은 가정적 여성이라는 이데올로기로 무장된 19세기 중엽의 미국 사회가 강요하는 여성 신화를 재확인해 주는 것이었다.[8]

즉 정착촌 운동은 "사회적 가정살림"이란 용어를 통해 짐작할 수 있듯, 당대 여성들이 참여했던 공적 영역이란 단지 사적 영역의 연장선상에 불과할 뿐이었음을 보여준다. 더욱이 러스킨의 글에 고무되어 촉발된 이 운동은 슬럼가의 빈민들을 내상으로 한 자선 활동의 성격을 띠고 있었는데, 밀렛은 러스킨이 주장하는 여성의 자선 활동에 담긴 함의에 대해 다음과 같이 날카롭게 지적한 바 있다.

러스킨의 영역 이론이 원칙으로 삼고 있는 것은 남성의 '의무'−이는 특권을 의미한다−가 '공적인 것'(전쟁, 돈, 정치, 학문)인 반면, 여성의 '의무'−

이는 책임을 의미한다—는 '사적인 것'(가사)이라는 점인데, 그가 여성에게 양보하는 유일한 영역은 자선 활동이다. 러스킨은 이러한 친절한 활동을 추구하는 여성으로 하여금, 자신의 영역을 넘어서는 극히 협소한 자유만을 허용하며, 특히 19세기의 개혁이라는 거대한 세계를 넘보지 못하도록 했다. . . . (104)

밀의 이해에 따르면, 여성이 가정 바깥으로 나갈 수 있는 유일한 기회라고 러스킨이 옹호했던 '자선 행위'는 단지 "무지하고 근시안적인 자비심"일 따름이다(204).

이러한 맥락에서 쇼우팬은 중류 계층 미국 여성에게 허용되었던 자선 활동과 같은 공적 영역에서의 정체성의 한계를 인식하고, 여성 자신의 존재 자체를 천착할 수 있는 방법론에 골몰한 듯하다(허정명 165). 그러므로 쇼우팬은 『깨어남』에서 에드나로 하여금 가정적 예속의 대안으로서 자선 활동과 같은 또 다른 역할을 수용하게 하기보다는, 에드나 자신만의 독자적인 가정 구축을 실험해 보도록 하고 있다고 생각된다. 앞서 살펴본 바와 같이 19세기 여성 소설의 전형적인 여주인공들이 자신의 사회적 정체성을 확립하기 위해 남편과 집을 함께 갖길 원했던 반면, 에드나는 자신만의 독자적인 집을 세움으로써 독자적인 정체성을 수립하려고 노력한다. 에드나는 남편의 그늘에서 벗어날 필요를 느끼고 다시 또 다른 누군가에게 자신을 속박시키지 않으리라 다짐하면서, 독자적인 가정 구축은 '자유'와 '독립'과도 같은 느낌을 주기 때문에 분명 만족할 것이라고 말한다.

'비둘기집'은 에드나를 즐겁게 했다. 친밀한 분위기도 그러했지만, 에드나 스스로도 그 집에 나름의 매력을 부여했기에, 그 집은 따뜻한 불빛과도 같은 매력을 반향했다. 에드나는 사회적 기준으로 볼 때 자신의 지위가 내려간 기분이 들었지만, 정신적 지위만큼은 드높아진 기분이었다. 의무로부터 벗어나기 위한 한걸음 한걸음이 한 개인으로서 에드나의 존재를 강하게 했으며 또한 확장시켰다. 에드나는 자신의 두 눈으로 세상을 바라보기 시작했다. 삶의 더 깊은 저변에 흐르는 흐름을 보고 이해하기 시작했다. 그녀의 영혼이 그녀를 초대했을 때, 그녀는 더 이상 '세상의 평판에 따라' 사는 데 만족하지 않았다. (89)

실제로 에드나가 '비둘기집'으로 이주한 후 가장 먼저 가지는 행사는 손님 접대인데, 그녀가 사업상 중요한 남편의 손님들을 의무적·관례적으로 접대하는 것을 거부한 상태에서, 자신이 직접 초대한 손님을 손수 접대하는 독자적인 행사를 치른다는 점에서 이는 중요한 의미를 지닌다. 반복해서 수행해 왔던 손님 접대는 이제 남편의 원활한 사회생활을 위한 수단으로서 행해지는 것이 아니라, 에드나가 좋아하는 모든 것이 총동원된 '자신의 행사'로 새롭게 의미 부여된다. 아로뱅이 이를 두고 "쿠데타the coup d'état"라고 부르는 이유가 여기에 있다(81).

그렇다면 에드나의 독자적인 가정 구축은 가정적 예속의 진정한 대안이 될 수 있는가? 에드나가 이주하는 간이 집의 이름이 '비둘기집'이라는 것은 에드나의 독자적인 가정 구축의 한계를 암시한다. 사실 이 소설에서는 처음부터 끝까지 줄곧 당대 여성의 삶의 처지를 새에 비유하는 상징이 뚜렷이 나타나는데,[9] 비둘기는 정해진 구역에 거주하며 그 한정된 테두리를 벗어나지 않는 새이다.[10] '쿠데타'에 비견되는 에드나의 실험적인 시도는 일견 혁신적으로 보이지만, 한편으로는 비둘기의 날갯짓과도 같이 그 한정된 테두리를 벗어나지 못하는 것 또한 사실이다. '비둘기집'에서 열린 파티에서 에드나가 높은 의자에 머리를 기대고 팔을 팔걸이에 올려놓았을 때, 그녀의 모습과 태도에서는 어떤 분위기가 풍겼는데, 그것은 바로 다스리는 자의 위치에 홀로 서서 아래를 내려다보는 "여왕"의 분위기였다 (84). 이는 물론 이전의 수동적이고 의존적이었던 에드나의 모습과 매우 대조된다. 그럼에도 불구하고 이내 그녀에게는 오래된 감정인 권태감과 무력감이 고개를 들고 밀려온다. 비록 그것이 자기 주도적인 파티이지만, 그녀는 여전히 가정적인 역할에서 충만감을 느끼며 살 수 없는 것이다.

또한 쇼우팬은 '비둘기집'을 통해 한 개인이 사회로부터, 인간적인 모든 상호관계로부터 벗어나 자유로이 혼자만의 일생을 보낼 수는 없는 것임을 보여준다. '비둘기집'에서도 그녀는 자신이 원하는 그림에만 몰두할 수는 없음을 깨닫는다. 여전히 소소한 집안일들을 돌봐야 하고, 사회적 교류도 외면할 수 없는 문제이기 때문이다. 흥미로운 것은 에드나가 몰두하는 그림 그리기의 자아 충족적인 성격인데, 결혼이 그녀에게 과도한 자기희생을 강요한다면, 그림 그리기는 그녀에게 과도한 자아 몰입을 강요한다. 그녀의 그림에의 몰입은 실체적이고 관습적인 인간관계의 포기를 야기하는데, 그녀가 '모델'도 없이 '인물화' 그리는 연습을 하는 장면은 이를 잘 드러내 보여준다. 라이즈 양의 격려—신성한 예술을 통해 에드나의 영혼에 해방감을 주려는—에 힘입어 시작된 에드나의 그림 그리기가 예상치 못한 결과를 낳는 것이다. 자아를 위해 자아 내부에서부터 자유로워지면서도, 동시에 타자와 의미 있는 관계맺음을 어떻게 해나갈 수 있을지, 『깨어남』이 던지는 이 질문에 대한 답은 이 소설 속에서 찾을 수 없다.

무엇보다 그녀는 '비둘기집'으로 이주한 후 의무와 구속으로부터 해방감을 느끼지만, 얼마 지나지 않아 시댁에 가서 한 주를 보낸 후 아이들과 헤어질 때는 쓰라리고 찢어질 듯한 마음으로 홀로 외로이 '비둘기집'으로 돌아온다. 그녀는 아이들을 위해서라면 죽을 수도 있다고 말하지만, 동시에 아이들 때문에 자신의 본질적인 자아 또한 포기할 수 없다. 종국에 에드나는 아이들에 대해 혼란스러운 모호한 감정을 느끼게 되는데, 에드나에게 아이들은 예외적인 특별한 존재였다가도, 에드나를 "압도하는 적대자들"(108)처럼 그녀 앞에 나타나기도 한다. 에드나는 아이들에 대한 생각과 그들에 대한 그녀의 역할의 불확실성 사이에서 방황한다. 쇼우팬은『깨어남』에서 당연한 듯 여겨지는 아이들에 대한 의무가 당시 여성을 통제하고 예속하는 수단으로서 이용됨을 보여주지만, 종국에는 그보다 더 인간적인 관습의 딜레마를 어떻게 헤쳐 나아가야 할지의 문제에서 길을 잃은 듯하다(Chametzky 221-22).『깨어남』을 여성 문제와 관련하여 특별한 소설로 만드는 힘은 역설적이게도 에드나가 이처럼 자신의 자아로부터 어머니로서의 부담을 쉽사리 떨쳐내지 못한다는 점이라 할 수 있다.

4. 나가며

앞서 살펴본 바와 같이, 밀렛은 러스킨 식의 가정에 대한 지나친 이상화와 자기희생적 여성상을 통렬히 비판한 바 있다. 물론 이러한 밀렛의 비판은 공감할만한 하지만 한편으로는 가정이 반드시 예속의 공간만이 아니라 피난처나 휴식처와 같은 공간이 되기도 하는 것 역시 사실이다. 특히『탐 아저씨의 오두막집*Uncle Tom's Cabin*』과 같은 19세기 미국의 감상주의 소설들에서 재현되는 가정은 육체적, 정신적, 경제적, 교육적 활동 등 모든 의미 있는 행동의 중심이며, 그 영향력이 점점 더 멀리 확대되어 가는 구심으로서 그려진다(Tompkins 145).[11]『깨어남』에서 에드나는 가정성의 예속을 깨닫게 되지만, 동시에 그녀가 그동안 가정으로부터 큰 물질적 · 정신적 안락을 누려왔음도 역시 거부할 수 없는 사실이다. 에드나의 깨어남이 반쪽인 이유가 바로 여기에 있다. 에드나가 가정성의 예속을 깨닫게 되는 것은 당대의 여성으로서 중요한 의미를 지니고 있지만, 자신이 그동안 가정에서 어떠한 안락을 누리고 살아왔는지를 돌아보는 '깨어남'은 일어나지 않기 때문이다. 또한 다른 여성들의 예속을 살피는 확장적 계기를 가지지 못하고, '깨어남'이 개인의 영역에만 머무르는 한계를 지닌다. 이러한 맥락에서 쇼월터는 "유아적인 에드나 폰텔리어는 사회 영역에는 결코 눈뜨지 못하고, 자기 주변의 뮬래토나 흑인 여성들의 노동이 자신의 자아도취적인 생존을 가능케 하고 있음을 보지 못한다."고 날카롭게 비판한 바 있다("Death" 145). 또한 그녀는 '자유'와 '독립'이라는 추상적 실체에 매달려 그에 수반되는 '책임'에 대해서는 깨닫지 못한다. 그녀는 자기만의 생각에 골몰히 빠져 주위에서 일어나는 일들에 관심이 없으며, 거리, 아이들, 과일 장수, 눈 밑에서 자라고 있는 꽃들은 적대적이 된 바깥 세계의 일부분이 될 뿐이다(89). 이와 같은 맥락에서 이 논문은 서론에서 밝힌 바 있듯, 에드나의 '깨어남'을 단순히 '페미니즘적 성취'라거나 '여성의 정신적 성숙'과 같은 추상적 어휘로 규정하는 것을 경계한다.

에드나가 먼 바다를 향해 헤엄쳐 나아가는 『깨어남』의 결말에 대해 그동안 수많은 논란이 있어왔다. 예컨대, 시릴 아나봉Cyrille Arnavon은 에드나의 자살이 충분히 정당화되지 못함을 지적하며, 이를 이 소설의 결점으로 이해한다. 아나봉은 이와 관련하여, "에드나의 '로맨틱'한 자살에 대한 정당성이 불충분해 보이는데, 이는 이 멋진 소설의 중대한 약점이다."라고 말한 바 있다(185). 쇼월터는 엘리엇George Eliot이나 워튼 소설의 여주인공처럼, 에드나 또한 '자기 자신'이 되고자 하는 여성에게는 자리를 내어주지 않는 세계를 향해 눈을 뜨게 되고, 맞서 싸우기보다는 죽음을 선택한다고 말한다("Feminist" 133). 죠지 M. 스팽글러George M. Spangler는 매우 인상적인 성취를 보이던 에드나가, 열정적 삶을 향해 깨어났던 그녀가 갑작스레 죽음을 택하는 결말을 근본적으로 "도피적"인 결말이라고 비판한다(208-09).

그러나 이 논문은 이 소설의 결말이 투쟁을 포기한 자살이나, 도피적인 결말이라고 단정 짓지도 않고, 이 소설의 중대한 약점이라고 판단하지도 않는다. 사실 이 소설의 결말은 에드나의 죽음을 암시할 뿐, 그녀의 죽음이 실제로 명확히 드러나지는 않는다. 에드나가 먼 바다를 향해 헤엄쳐 나아가는 것은 곧 '한계에 대한 실험', 즉 가정적 예속이나 사회적 관습에 대항한 자신의 저항이 과연 어디에까지 미칠 수 있을지를 가늠해 보는 실험을 상징하는 것이라 생각된다. 에드나 자신이 걸음마를 떼듯 배웠던 수영을 통해 자신의 한계를 실험한다는 것은 중요한 의미가 있다. 이는 바로 여성들 중 어느 누구도 차마 가볼 용기를 내지 못한 거리까지 멀리 헤엄쳐 가고 싶은 마음의 표현이자 실행인 것이다. 에드나는 먼 바다를 향해 헤엄쳐 나아가다가 그 한계를 *깨닫고* 다시 육지로 돌아올 수도 있다. 그러나 그녀의 돌아옴은 실패가 아닐 것이다. 한계를 깨닫고 돌아온 그녀는 비로소 또 다른 차원의 '깨어남'을 경험할 수 있는 준비가 되어 있을 것이기 때문이다. 이러한 맥락에서, 『깨어남』은 '한계에 대한 실험'이자 '실험의 한계'에 관한 소설이라 할 수 있을 것이다. 먼 바다를 향한 에드나의 헤엄침이 어디에까지 다다를 수 있을지, 어느 한계점에서 그녀가 돌아올게 될지, 아니면 그 한계를 무시하고 계속 나아가다 결국 죽음을 맞이할지, 쇼우팬은 『깨어남』을 통해 사회적 관습에 대항한 에드나라는 한 개인이 어떠한 결말을 맞게 될지 독자로 하여금 생각해 볼 여지를 남겨주는 듯하다. 이러한 맥락에서, 이 소설의 결말은 에드나의 자살이라는 '끝맺음'이 아닌, '열린' 채로 남겨져 있는 것이라 생각된다.

에드나는 그동안 가부장제 사회 속에서 아내-어머니로서 살아가며, 그 일상성에 함몰된 인물이었다. 그녀는 열두 살 이후로 그저 "습관"대로 살아왔다고 회고한다(17). 그녀는 그동안 남편의 욕망에 순종하거나 복종한다는 느낌조차 없이, 단순히 걷고 움직이고 앉고 서는 것처럼 "사람들에게 주어져 온 다람쥐 쳇바퀴 같은 일상"(30)을 아무 생각 없이 반복했을 뿐이다. 다시 말해 그녀의 삶의 진정한 문제는 그녀가 남편에게 순종하거나 복종하는 삶을 살아왔다는 사실이 아니라, 순종하거나 복종하는 삶을 살아왔다는 문제의식조차 없이 관습적인 삶을 살아왔다는 데 있다. 이러한 맥락에서 그녀의 저항적인 '깨어남'은 중요한 의미를 지니는 것이다. 앞서 언급한 바와 같이, 『깨어남』은 특히 여성의 문란한 성적 이미지와 불륜이라는 소재가 강조되면서 도덕적 지탄을 받아야 했는데, 사실 이 소설은 남녀 관계에 초점이 맞춰져 있기보다는, 한 개인의 '순응'하는 삶, '망각'하는 삶에 문제 제기를 하며 개인의 자아와 아울러 개인과 사회의 관계를 깊이 있게 탐구한 소설이다.

공지영의 『무소의 뿔처럼 혼자서 가라』에서 작가는 가부장제 사회에서의 여성의 삶을 다음과 같이 여주인공 혜완이 줄넘기를 하는 것에 비유하고 있는데, 이는 쇼우팬의 문제의식과 공명한다―"때가 좀 묻은 흰 운동화를 신은 그녀의 발이 지상을 벗어나려는 듯 가볍게 뛰어올랐다. 하지만 그 발은 이내 중력에 끌리듯 다시 지상으로 돌아왔고 그녀의 발이 지상과 허공을 오가는 사이사이로 마치 운명의 채찍처럼 줄넘기 줄이 파삭한 모래땅을 찰싹, 찰싹 때렸다"(145). 이는 여성이 아무리 가부장제 사회 바깥으로 뛰어오르려 애써도, 이내 중력에 이끌리듯 다시 지상으로 내려올 수밖에 없으며, 이러한 뛰어오름과 내려옴이 지루하게 수없이 반복되는 과정에서 가혹한 운명의 채찍과도 같은 위협이 여성에게 항존하고 있음을 효과적으로 묘사하는 비유인 듯하다.

에드나 또한 가부장제 사회 속에서 여성으로서의 '순응'하는 삶, '망각'

하는 삶이라는 지루한 일상성으로부터 탈피하고자 끊임없이 시도하는데, 결국 먼 바다를 향한 에드나의 헤엄침은 이처럼 여성에게 한정된 '줄넘기선' 바깥으로 벗어나서 무한의 세계로 향하고자 하는 한 여성의 시도인 것이다. 에드나는 외친다―"아! 그래도 깨어나는 것이, 아무리 그것이 고통스럽더라도 망상 속에서 허우적대며 사는 것보다는 나아요"(105).

---

[1] 탐킨스가 언급하고 있는 일단의 미국 남성 비평가들이 확립한 비평적 전통이 어떻게 여성 소설을 배제했는지에 대한 답은 니나 베임(Nina Baym)의 논문에서 찾아볼 수 있다. 베임은 「위기의 남성의 멜로드라마: 미국 소설의 이론이 어떻게 여성 작가를 배제하는가」("Melodramas of Beset Manhood: How Theories of American Fiction Exclude Women Authors")라는 논문에서 미국 문학의 '정전'에 포함시킬 가치가 있는 문학 작품의 특징이 무엇인지에 대한 미국 남성 비평가들의 이론이 대단히 성 편향적이라고 주장한다. 베임에 따르면, 이는 그들이 "가장 우수한" 작품을 논하기보다 "가장 미국적인" 작품을 논했기 때문인데, 여기서 미국적 경험의 본질은 선천적으로 "남성적"(male)이라는 것을 의미했기에 여성에 대한 이야기들이 미국 문화의 정수를 담을 수 없다고 여겨졌다("Melodramas" 217, 222). 미국 남성 비평가들은 미국 문화의 중심적 신화를 황야의 자연 세계와 사회의 제약―둘 다 여성성의 코드로 자리 매김한―에 대항한 (남성적인) 개인의 투쟁이라고 정의 내렸으며, 그들에 따르면 '최상의' 미국 문학은 바로 이 신화의 전형적인 예시가 되어야 한다. 베임은 바로 이러한 비평적 전통 때문에 여성에 의해서, 그리고 여성에 대해서 쓰인 수석이 '차사이' 미국 문학의 기준에 부합하지 못했다고 결론 내린다.

[2] The Awakening의 번역으로는 『각성』이 많이 쓰였는데, 정소영에 따르면 '각성'은 의식적이거나 정신적 깨달음의 의미가 더 강한 듯하여 성적·심리적 욕망의 깨어남이 초점이 되는 에드나의 경우와 맞지 떨어지지 않는다(148). 정소영은 이어서 '깨어남'이 의식적인 깨달음이 아니기 때문에 에드나의 성취라면 성취를 폄하한다고 생각될 수도 있겠지만 의식의 지평에 분명히 들어오는 체험이 한정되기 때문에 에드나의 깨어남은 오히려 그보다 더 나아가는 것이라고 지적한다(148). 쇼우팬의 『깨어남』은 국내에서 두 차례에 걸쳐 번역본이

출간된 바 있다. 2002년에 이소영 역의『이브가 깨어날 때』(열림원)가, 2010년에 이지선 역의『이 명박한 세상을 여자가 느껴 깨칠 때, 각성』(문파랑)이 출간되었다. 흥미로운 것은 이 두 번역본의 경우 각각 전자는 선정적인 제목으로서 에드나의 성적ㆍ육체적 깨어남을 강조하며, 후자는 의식적이거나 정신적 깨달음의 의미를 강조하는 듯하다. 이러한 제목들은 각각 에드나의 깨어남의 의미를 축소 또는 과장하여 독자로 하여금 텍스트의 의미에 대한 온전한 이해를 방해할 여지가 있다. 이 논문에서는 에드나의 깨어남을 성적ㆍ심리적 욕망의 깨어남이라는 의미로 파악하고, The Awakening을『깨어남』으로 번역한다.

[3] 일레인 쇼월터(Elaine Showalter)는『환락의 집』과『깨어남』을 19세기 말 미국 여성 문학에 시기적절하게 출현했던 장르인 "30세 여성의 소설"로 분류하며, 이러한 소설들은 여성의 성숙의 문제를 제기한다고 말한 바 있다("Death" 133).

[4] 이하『깨어남』의 인용은 본문에 면수만 표기함.

[5] 19세기 미국 남성은 물질주의적인 사회에서 교량이나 철도 등을 건설하느라 장시간을 일해야 했다. 이러한 사회적 배경 속에서 그들의 선조들의 종교적 가치는 실질적으로 경시되었는데, 그들은 종교적 가치를 비롯한 모든 가치들을 집에 남겨 두었다는 생각에 양심의 가책을 달랠 수 있었다. 19세기의 여성 잡지들, 선물 카탈로그 및 종교 문헌들이 권장하는 '진정한 여성성'의 숭배가 바로 가정에 남겨 둔 가치였다. 바바라 웰터(Barbara Welter)의 표현을 빌리면, 19세기 미국 여성은 그 연약한 흰 손으로 미합중국이라는 성전의 기둥을 지탱해야 하는 두려운 의무와 엄숙한 책임을 졌던 것이다(44). 여성 스스로가 자신을 평가하고 남편, 이웃, 그리고 사회로부터 평가를 받았던 기준인 '진정한 여성성'이라는 개념의 속성은 경건한 신앙, 순결, 복종, 그리고 가정에의 헌신이라는 네 가지 주요 덕목으로 분류될 수 있다.

한편, '공화국의 어머니' 개념은 고전적인 스파르타 어머니의 공식을 활용하여 국가를 위해 자신을 희생할 각오를 지닌 아들들을 길러 내는 어머니의 역할이었다. 따라서 공화국의 모범적인 여성은 '어머니'였다. 남북전쟁 이전의 남부에서 백인들의 민주주의 체제가 노예제라는 경제적 기반 위에 이룩되었듯, 평등 사회는 그들의 노력을 봉사―아들과 남편을 공화국의 미덕 있는 시민으로 양육하고 훈육할―에 기울인 '여성'이라는 계급의 지속적인 겸양적 처신의 기반 위에 성립되었다(Kerber 159). 린다 커버(Linda Kerber)에 따르면, '공화국의 어머니'는 매우 중요한―혁명적이라고도 할 수 있는―개념인데, 그것이 대부분의 여성들이 살아왔던 여성의 영역을 변화시켰고, 시민 문화에의 여성의 참여의 확대를 정당화했기 때문이다(160). 그러나 루스 블록(Ruth Bloch)이 적절히 지적하고 있듯, 여성이 그들을 제약하는 가정적인 역할을 수행함으로써 칭송 받는 '공화국의 어머니'라는 타협적인 개념은 결코 반동적인 것이 아니다(164). 이상 '진정한 여성성'과 '공화국의 어머니' 개념에 대해서는 Welter 43-44면, Kerber 144-59면, Bloch 164면을 참고함. 웰터와 커버의 논문 및 블록의 논평은 루시 매덕스 편, 김성곤 외 역의『미국학의 이론과 실제』(서울대학교출판부, 1999)에 번역되어 실려 있음.

⁶ 이상 러스킨과 밀의 주장에 대해서는 Millett 98-108면을 참고함.

⁷ 독신 여성이나 동성애적 경향이 나타나기 시작하던 세기 전환기에 '위기'에 빠진 가족 제도를 지키기 위해 강화되었던 이 이데올로기는 미국의 발전을 위해 수행해야 할 어머니의 임무와 합쳐져서 더욱 공고화되었다(정소영 155-56).

⁸ 이상 '정착촌 운동'에 대해서는 허정명 163-64면을 참고함.

⁹ 『깨어남』은 첫 장에서부터 새장 안의 앵무새를 조명하는데, 이는 당대 여성의 처지를 나타내는 상징물로 생각된다. 버나드 쇼(George Bernard Shaw)는 당시 여성의 억압적인 현실에 대하여 언급하면서, 여성을 "새장에 갇힌 앵무새"로 비유하고, "여성의 여성성, 즉 한 여성이 남편, 아이들, 사회, 법에 대한, 그리고 자신을 제외한 모든 사람들에 대한 여성으로서의 의무를 거부하지 않는 한, 그녀는 결코 스스로를 해방시킬 수 없다"고 역설한 바 있다(박경운 7 재인용). 『깨어남』의 첫 장에 나타난 새장 안의 앵무새는 이러한 쇼의 말을 연상시킨다.

¹⁰ 'dove'가 야생비둘기로서 사냥새인 반면, 'pigeon'은 집비둘기의 원종이다. 에드나의 집이 'pigeon-house'라는 점은 에드나가 겪는 제한된 삶을 더욱 극대화시키는 효과가 있다.

¹¹ 탐킨스의 다시 읽기에 따르면, 『탐 아저씨의 오두막집』의 정치적 전복성은 인종 관계나 노예제에 대한 부분이 이니라 남성이 주변으로 물러난 모계 사회에 내한 비전에서 찾아 볼 수 있다. 이 새로운 모계 사회는 가정에 한정되거나 현실을 도피하는 것이 아니라 여성이 모든 현실 활동의 중심을 차지하는 사회이다.

인용문헌

공지영. 『무소의 뿔처럼 혼자서 가라』. 서울: 오픈하우스, 2011.

매덕스, 루시 편. 『미국학의 이론과 실제』. 김성곤 외 옮김. 서울: 서울대학교출판부, 1999.

박경운. 「『환락의 집』에 나타난 유한계층 사회의 문화적 폭력성」. 『현대영미소설』 11.2 (2004): 1-13.

정소영. 「성차와 영문학 비평: 케이트 쇼팬의 『깨어남』 읽기」. 『안과밖』 20 (2006): 144-166.

허정명. 「집짓기와 여성 정체성: 아담스(Jane Addams)와 쇼팽(Kate Chopin)의 경우」. 『신영어영문학회』 30.2 (2005): 163-185.

Arnavon, Cyrille. "An American *Madame Bovary.*" *The Awakening: an Authoritative Text, Biographical and Historical Contexts, Criticism.* Ed. Margo Culley. 2nd ed. NY: W.W. Norton, 1994. 184-188.

Baym, Nina. *Woman's Fiction: A Guide to Novels by and about Women in America, 1820-70.* Urbana: U of Illinois P, 1993.

_____. "Melodramas of Beset Manhood: How Theories of American Fiction Exclude Women Authors." *Locating American Studies: The Evolution of a Discipline.* Ed. Lucy Maddox. Baltimore: Johns Hopkins UP, 1999. 215-231.

Bloch, Ruth. "Commentary." *Locating American Studies: The Evolution of a Discipline.* Ed. Lucy Maddox. Baltimore: Johns Hopkins UP, 1999. 162-165.

Chametzky, Jules. "Edna and the "Woman Question."" *The Awakening: an Authoritative Text, Biographical and Historical Contexts, Criticism.* Ed. Margo Culley. 2nd ed. NY: W.W. Norton, 1994. 221-222.

Chopin, Kate. *The Awakening. The Awakening: an Authoritative Text, Biographical and Historical Contexts, Criticism.* Ed. Margo Culley. 2nd ed. NY: W.W. Norton, 1994. 1-112.

Culley, Margo, ed. *The Awakening: An Authoritative Text, Biographical and Historical Contexts, Criticism.* NY: W.W. Norton, 1994.

Hawthorne, Nathaniel. *Blithedale Romance*. Oxford: Oxford UP, 2009.

Spangler, George M. "The Ending of the Novel." *The Awakening: an Authoritative Text, Biographical and Historical Contexts, Criticism*. Ed. Margo Culley. 2nd ed. NY: W.W. Norton, 1994. 208-211.

Gilman, Charlotte Perkins. *Women and Economics*. Ed. Carl Degler. NY: Harper and Row, 1966.

Kerber, Linda. "The Republican Mother: Women and the Enlightenment — An American Perspective." *Locating American Studies: The Evolution of a Discipline*. Ed. Lucy Maddox. Baltimore: Johns Hopkins UP, 1999. 144-161.

Mill, John Stuart. "The Subjection of Women." *On Liberty ; with the Subjection of Women; and Chapters on Socialism*. Ed. Stefan Collini. Cambridge: Cambridge UP, 1989. 117-217.

Millett, Kate. *Sexual Politics*. Urbana: U of Illinois P, 2000.

Pollard, Percival. "The Unlikely Awakening of a Married Woman." *The Awakening: an Authoritative Text, Biographical and Historical Contexts, Criticism*. Ed. Margo Culley. 2nd ed. NY: W.W. Norton, 1994. 179-181.

Showalter. Elaine. "The Death of the Lady (Novelist): Wharton's *House of Mirth*." *Representations* 9 (1985): 133-149.

_____. "Toward a Feminist Poetics." *The New Feminist Criticism: Essays on Women, Literature, and Theory*. Ed. Elaine Showalter. NY: Pantheon, 1985. 125-143.

Tompkins, Jane P. *Sensational Designs: The Cultural Work of American Fiction, 1790-1860*. NY: Oxford UP, 1986.

Welter, Barbara. "The Cult of True Womanhood: 1820-1860." *Locating American Studies: The Evolution of a Discipline*. Ed. Lucy Maddox. Baltimore: Johns Hopkins UP, 1999. 43-66.

읽기와 비평적 판단의 근거: 케이트 쇼우팬, 쌔러 오언 주엇, 윌라 캐서의 장편을 중심으로*

●●● 유희석

1. 머리말

"여보게 친구, 모든 이론은 회색이고,/ 푸른 것은 삶의 황금나무일세" ─괴테Johann Wolfgang von Goethe, 1749–1832의 『파우스트*Faust*』(1832)에 나오는 꽤나 유명한 구절이지만, 이것이 파우스트가 아닌 메피스토펠레스의 대사임을 감안하여 인용하는 경우는 드물다. 오히려 회색이라는 색조를 관념적 허상(=이론)으로 치부하면서 '푸른 것'의 생명력(=삶)을 예찬하기

---

* 이 논문은 『안과밖』 23호에 실린 「비평적 판단의 근거에 관한 물음들」을 수정·보완한 것임을 밝혀둔다.

위해 이 문구를 들먹이는 일이 더 잦다. 그러나 메피스토펠레스의 이 멋들어진 경구를—한 순진한 의학도를 꼬드겨 감각적 쾌락의 구렁텅이로 유인하는—맥락으로(『파우스트』 1부 2008-2039행) 되돌리는 순간, 이론 = 회색, 푸른 것 = 삶의 황금나무라는 등식은 물론 거기서 끌어낸 이론과 삶의 이분법도 더 이상 자명해지지 않는다. 비평은 이런 이분법 및 등식의 한계를 전체에 대한 통찰로 극복하려는 언술행위라 하겠지만, 다른 한편 그 동력은—비교와 대조의 절차를 거쳐—개별 문맥으로 되돌아갈 때 생기는 '의심'에서 발생하기도 한다.

그렇다면 비평이 단순한 개인적 감상이나 인상의 테두리를 벗어나는 것도 삶과 이론의 분리에 대한 의심이 성찰로서 깊어지는 데서 가능해진다고 말할 수 있겠다. 그런 맥락에서도 판단을 성찰의 최우선 지향점으로 설정하는 비평일수록 의심을 좀 더 높은 차원의 판단으로 끌어올리는 작업은 필수적이다. 비평가 자신이 사회에서 내면화한 가치·이념·지식체계를 완전히 벗어나기 힘들다면 더욱이나 그러하다. 한 개인이 수행하는 그런 작업 앞에 얼마나 많은 난관이 놓여 있는가는 생물生物로서의 작품을 둘러싼 숱한 이견 자체가 말해주는 바 있다. 단적으로 비평의 알리바이와 생명력은—페미니즘, 해체주의, 탈식민주의, (탈)구조주의, 정신분석학적 비평 등, 비평가 자신이 내세우는 모든 비평 이념의 내적 논리까지도 하나의 문제로 설정하는—'읽기'에[1] 달려 있다. 이는 온전한 비평의 수행에 관한 한 제아무리 매력적인 이론과 개념도 구체적인 작품 읽기보다 선행할 수 없다는 뜻도 된다.

그렇다고 '더 많은 읽기'와 '더 자세한 읽기,' 나아가 텍스트를 그 문화적 생산현장으로 되밀어 설명하는 '두껍게 기술하기thick description' 자체를 비평이라고 말할 수는 없다. 이는 이른바 파워블로거들의 재빠른 서평을 모두 비평이라고 말할 수는 없는 것과 마찬가지다.[2] 죽비竹篦로서의 읽기와 주례主禮로서의 읽기 어느 한편에 치우치지 않으면서 나름의 엄밀한 학문적 근거를 확보해야만 비로소 비평이 '시장'으로부터 필요한 만큼의 독립성도 갖추고 건강성도 유지할 수 있으리라 본다. 오늘날 한국의 문화현장에서 문학비평의 위상은 왕년에 비해 무척이나 초라해졌는데, 주변을 살펴보면 비평의 위기는 과연 심각하다는 인상이다. 비평은 한편으로는 문학을 개별 기술적 지식활동의 산물로 격하하면서 진리 추구의 역사적 사명을 자임한 역사적 사회과학의 도전을, 다른 한편으로는 탈분과적 학문으로서의 체모를 갖추기 시작하면서 기존 인문학의 기반과 경계를 뒤흔드는 문화연구의 도전을 동시에 받아야 하는 난감한 처지에 놓여 있기 때문이다.[3] 일체의 상투화된 해석과 특정한 읽기의 처방을 내주는 이론들을 넘어서지 않고서는 비평이 새로운 두 지식운동의 문제제기에 적절히 대응할 수 없을 것 같다.

고백하건대 필자는 사회과학과 문화연구가 던지는 이 두 가지—사실은 하나인—도전에 대처할 채비를 아직 갖추지 못했다. 다만 이 글에서는 —작가의 당대는 물론 20세기 중반까지도 그 작품성을 온당하게 평가받지 못했다는 점에서 여전히 문제적인—19세기 후반 미국의 여성작가들, 특히 케이트 쇼우팬Kate Chopin, 1850~1904의 대표작으로 알려진 『깨어남 Awakening』(1899)을 주재료로 삼고 쌔러 오언 주엇Sara Orne Jewett, 1849~1909과 윌라 캐서Willa Sibert Cather, 1873~1947의 작품을 일종의 '양념'으로 활용하면서 앞서 언급한 비평의 학문적 근거 및 비평적 판단의 객관성이라는 난제와 깜냥대로 씨름해볼 생각이다. 세 작가 중에서도 쇼우팬의 『깨어남』은 19세기 미국소설의 정전논쟁에서도 거의 단골로 거론되는 사례라서 여성주의 및 정전주의 비평의 쟁점을 짚어보는 데 안성맞춤이다. 읽기의 주안점은 『깨어남』의 특히 결말이 딜레머의 형식으로 제시한 여성의 독립과 자유라는 논제에 맞춰지지만 주엇의 『전나무 지방The Country of the Pointed Firs』(1896)과 캐서의 『오, 개척자들!O Pioneers!』(1913)도 그런 논제를 이런저런 각도에서 살필 수 있는 하나의 참조점으로 거론할 것이다.[4]

2. '작품'과 여성주의의 도전

엄밀한 읽기의 훈련이 탁월한 문학적 성취, 즉 '고전'과의 대면에서 가장 잘 수행될 수 있다 하더라도 훌륭한 작품을 많이 꼼꼼하게 읽는다고 해서 반드시 능사는 아닐 듯하다. 게다가 (인)문학의 엄밀성은 기본적으로 자연과학의 객관성과는 성격을 달리한다. 문학 작품을 읽고 내리는 비평적 판단이라는 것은—주관적이면서도 주관성에 차원에만 머무는 것은 아닌—개인 고유의 실감을 떠나서는 성립하기 어려운 면조차 있는 것이다. 그런 실감은 해석행위에서 차라리 하나의 상수라고 해야 맞다. 어떤 면에서는 보수화된 독서 습관에 불과한 '취향'과도 구분되는 실감에 바탕을 두기 때문에 역설적으로 문학비평이 과학주의에 더 효과적으로 저항할 수 있다는 주장도 가능해진다. 어쨌든 독자가 익숙지 못한 문화와 관습을 담은 외국 문학작품의 경우 비교나 대조에 의한 가치 평가가 더 어려우리라는 점은 두말할 것 없다.

물론 외국문학이 아니어도 비평의 온당한 판단을 가로막는 장애물은 무수하다. 가령 독자의 성적 차이는 계급과 인종이라는 변수와 더불어 협동적 읽기를 (때로는) 치명적으로 방해하는 요인이다. 양성평등의 의식으로 무장하고 생물학적인 성sex과 사회적인 성gender을 구분하면서 텍스트를 읽는다 해도 그런 구분 자체를 해체해버리는—'해부학적 구조는 운명

anatomy is destiny'이라는 프로이트적 결정론을 뒤집는-기술주의 시대에서 문학비평의 객관성은 지난한 목표일 수밖에 없다. 섹스와 젠더의 복잡미묘한 관계를 그때그때의 역사적 현실에서 규명하는 작업도 만만치 않을뿐더러, 이성애를 제도적 폭력으로 규정하는 일부 급진 여성해방론자들의 담론을 내파하면서 성적 소수자의 권리를 비평으로 존중하는 것도 섬세한 고려가 요구되는 일이다.

사정이 이럴진대, 19세기 앵글로쌕슨계 미국 남성작가의 소설을 둘러싸고 (남녀) 학자들이 벌이는 논쟁의 양상이 복잡하고 착종된 것은 필연이라 할만하다. 여러 여성연구자들이 실증 자료로 제시한 바 있듯이, 19세기 초·중반까지 미국의 소설시장을 주도한 것은 감상주의로 분류되는 텍스트를 생산한 여성작가들이었다(Baym 1993). 호손, 포우, 멜빌 등 고전이라는 꼬리표기 따르는 남성직가들의 작품이 받은 독자들의 호응은-물론 작가마다 제각각이었지만-여성작가들이 누린 대중적 인기에 비하면 초라하기조차 했다. 이른바 문화해독력의 문제를 비롯한 첨예한 정전논쟁을 불러온 그런 극적인 차이에 대한 해명은 여러 각도에서 진행되고 있는데, 아무튼 독서대중의 사랑을 독차지하다시피 한 당대의 베스트셀러가 오늘날 어찌하여 극소수의 연구자 이외에는 거들떠보지 않는 자료로 전락했는가는 의문은 학술적으로 감당해야 할 과제다.

19세기 미국문학의 정전이 구축된 20세기 초중반에 (남성)비평가들이 ㄱ 사이의 원인에 대해 내놓는 답변은 간명하고도 단호했다. '여성작가의 작품이 남성작가의 작품보다 문학적으로 열등하기 때문이다'라는 것이다. 이 글에서 읽을 쇼우팬, 주엇, 캐서에는 가당치 않지만, 19세기 미국의 문화 현실이 여성들이 훌륭한 작품을 생산하는 데 결코 유리하지 않았음은 부정하기 어렵다. 여성 학자들이 남성의 경험세계에 배타적으로 가치를 부여한 문학주의·정전주의를 상대로 그토록 치열하게 인정투쟁을 벌여온 것도 무리는 아니라는 말이다.[5] 요컨대 19세기 미국문학의 정전이 특히 논란거리가 될 수밖에 없는 것은, 영국과의 문학(화)적 연속성이 오랫동안 상당 부분 지속된 뉴잉글랜드 지역에서 고등교육의 혜택을 누린―또는 멜빌처럼 그런 혜택을 공식적인 교육제도 바깥에서 발견하고 활용한―앵글로쌕슨 백인중산층 남자들의 문화적 특권과 정전의 역사적 형성이 맞물리기 때문이다.[6]

여성연구자들의 정전비판에서도 가장 끈질기게 제기되는 난제는 상대주의와 본질주의의 대립이다. 원론적으로 말해서 이 양자가 상대편의 부분적 설득력을 동력삼아 변증적으로 고양되지 않는 한 상대주의가 안고 있는 절대주의와 본질주의에 내재한 상대주의라는 역설은 극복할 수 없다. 고전이 다른 어떤 텍스트보다 내구성이 강한 예술적 가치를 구현한다는 논자들의 허실은 정전주의 비판으로써 상당 부분 솎아내진 인상이지만, 서구중심주의와 짝을 이루는 고전중심주의는 협업으로서의 비평이라는 발상을 작품을 두고 발전시키는 데 끈질기게 부정적으로 작용하고 있다. 그러다보니 상대주의의 문제와 정면으로 대결하는 일도 더 어려워진다. 고전이라는 것은 특정 문학권력의 '입김'이 만들어낸 한시적인 성격의 사회적 구성물에 지나지 않는다든가 작품의 올바른 평가라는 것도 그 자체가 특권인 문화적 해독능력에 좌우된다는 식의 '상식'에 안주하거나 아예 대안 정전의 구축에 골몰하는 일이 잦다.

'자세히 읽기'만으로는 이런 식의 논리에 적절히 대응할 수 없다. 문화전쟁으로 표현되는 정전논쟁은 특정한 작가나 작품에 대한 비평적 재평가에만 국한되지 않는, 거시적으로 보면 68혁명에서 촉발된 지식운동의 패러다임 변동에 가까운 현상이기 때문이다. 그런 변동에 대응하기 위해서는 기성체제의 기득권으로 굳어진 일체의 관성적 사고로부터 탈피하려는 지적 분투가 요구되는 것은 당연하다. 문학비평의 경우 단순한 사료적 가치가 아닌 '작품성'의 높낮이를 정확히 판별하고 읽어내는 실제 비평의 '실제'도 비판적으로 검토할 필요도 있으려니와, 특정한 세계관을 전제하는 비평관의 근거에 대해서도 해체적 사유가 필수적이다. 그러자면 남성독자는 남성독자대로, 또 여성독자는 여성독자대로 '남성적' 또는 '여성적'이라고 규정되어온 통념과 거리를 두지 않을 수 없다. 그것은 어떤 체계적인 개념화를 지향하는 철학적 분석과는 질적으로 다른—바로 그런 의미에서 리비스가 역설한 '반철학적인'—사유를 수행하는 작업이기도 하다(Joyce 24-44). 그런 사유라면 "〈여성적〉인 것으로 규정되어온 것들에서 〈여성적〉이라는 이데올로기적 형용사를 떼어내는 이론적·실천적 작업"으로 이어지리라 본다(김영희 281). 남성적인 활동과 성향을 여성들에게도 개방해야 하고 그 역도 마찬가지라면 과연 뭘 기준으로 '여성적 것'과 '남성적 것'을 구분할 것인가를—기술과학의 시대에 그 양자, 더 나아가 성적 소수자들과 어떤 방식으로 관계 맺어야 온전한 것인가를—묻는 일이 절실해지기 때문이다.

19세기 미국의 고전적인 작품에서 표면화되는 '남성적인 것'과 '여성적인 것'은 그런 쌍방향 개방이 얼마나 어려운가를 보여준다. 가령 남북전쟁 이전과 이후 백인남성작가, 즉 쿠퍼에서 트웨인에 이르는 고전적 작가들의 텍스트에 '정상적인' 남녀의 성애 묘사가 거의 없다시피 하다는 것은 잘 알려진 사실이다. 하기는 "소설, 더 널리는 문학이 작품 속에서 반드시 이성애든 동성애든 성적인 욕망을 충족시키고 성적 관계를 성사시켜야 할 의무가 있단 말인가?"(윤조원 296) 소설가들이 '뚜쟁이'가 아닌 한 그런 의무는 물론 없다. 하지만 남녀 또는 동성 관계의 충족과 성사에 대한 회의는—또는 그 반대로서의 초연은—그것대로 문제 삼아야 하지 않을까. 성적 존재로서의 인간들이 맺는 관계에 대한 작가와 독자의 시선은 사회 전체의 체온과 맥박에 대한 관심으로 이어질 수 있으니 말이다.

19세기 미국의 남성 작가들이 "무르익고 성숙한 여성을 소설에서 배제하면서 정절 아니면 음탕이라는 괴물들, 성에 대한 두려움 내지는 거부의 상징으로서의 여성을 재현한다"는 피들러의 주장도 일단 그런 관심의 소산으로 평가할 수 있겠다(Fiedler 236). 이들 작가가 남녀의 열정적 만남을 제대로 그리지 못했다는 점은 일반 독자도 충분히 실감할 수 있다고 본다. 물론 이때 의심해야 할 것은 여성이 음탕과 정절의 낯익은 이분법으로 분할될 때 나오는 상투성이다. 당대 남성작가들이 상정한 여성(성)에 대한 이 같은 가정에 근거하여 피들러는 『주홍글자』를 이런 구도로 본다.

> 만약 『주홍글자』가 한편으로는 괴테 식으로 악마주의를 구원의 도구로 정당화하는 경향이 있다면, 다른 한편으로는 열정의 위험을 매우 미국적인 방식으로 강조하고 있다. 플롯의 관점에서 보면 헤스터가 목사를 꾀어 도피시킬 수도 있었던 반면에 칠링워스는 그를 회개와 참회 쪽으로 몰고간다는 것은 확실하다. 그러나 이는 호손의 모든 애매함에도 불구하고 영원한 여성성이 **우리를** 은총으로 이끌지 않고 단지 광기와 저주만을 기약할 뿐임을 의미한다. 딤즈데일을 이끄는 것은—욕보여진 남편에게서 구현된바—영원한 악마성이다. (Fiedler 236)

해석의 취지야 어떻든 광기와 저주로서의 여성성 및 구원과 해방의 여성성이 뿌리 깊은 가부장제 이데올로기에서 비롯된 것임은 분명하며, 호손조차 거기서 충분히 탈피하지는 못했다고 판단된다. 그런 이분법적 이데올로기는 주엇과 쇼우팬, 캐서 등이 각기 개성적인 방식으로 해체한바, 피들러의 논법에 대해 여성비평가들이 어떻게 대응할지는 충분히 짐작할 만하다. 피들러의 바로 위 대목을 거론하면서 니나 베임은 이렇게 반박한다.

> 수사적인 '우리'라는 표현으로 피들러는 모든 독자가 남성이며, 소설은 남성
> 끼리의, 남성에 대한 소통행위라고 가정한다. 헤스터를 이런저런 신화 내지
> 는 이미지로 규정함으로써 그는 소설을 한 인간으로서의 헤스터와 전혀 무
> 관한 것으로 만든다. 작품에 그토록 남성적 특성을 부여함으로써 피들러는
> 작품이 여성에게 다가갈 수 없게 만들고, 호손이 취급한 문제와 관련하여 그
> 성을 남성으로 제한한다. 호손이 다룬 여러 쟁점 가운데 결코 적지 않은 부
> 분이 한 여성의 이야기를 인간적인 견지에서 언급한 것이었다. (Fiedler 236)

「곤경에 처한 남성이 펼치는 멜로드라마」에서 제기된 쟁점들은 지금도
해소되었다고 보기 힘들다. 그러기는커녕 호손과 관련해서도 그 비판은
더 밀고나갈 여지가 있기까지 하다. 베임은 피들러의 남성주의와는 변별
되는 호손의 면모를 사주었지만, '우리'를 무의식적으로 남성으로 상정하
는 성차별주의에서 정전작가들이 과연 얼마나 탈피했는가는 의문을 '우
리'는 쉽사리 해소해서는 안 된다고 믿는다. 그렇다면 베임의 문제의식을
공유할수록 쇼우팬의 『깨어남』같은 문제작을 정전주의 비판의 일환으로
여성비평가들이 얼마나 정확하게 평가하고 있는가도 물어봄직하다.[7]
　하지만 여기서 논의를 정전논쟁으로 넓힐 수는 없다. 다만 정전이 사
회적으로 구성된다는 상식도 상식적으로만 받아들여서는 읽기로서의 비
평에 대한 성찰이 깊어지기 어렵다는 사실은 짚어둠직하다. 정전의 사회
적 구성이라는 상식에 주목할수록 그런 구성도 임의적이거나 편의적인
것만은 아니라는 점 역시 분명해지며, 그에 따라 비평적 판단의 어려움도
가중되기 때문이다. 물론 이때도 핵심적인 의문은 **누가 어떤 읽기**로써 그
텍스트에 교과서적 지위를 부여했는가 하는 것이다. 이런 의문은 정전의

사회적 구성을 논하는 데 본질주의와 상대주의라는 해묵은 철학적 난제는 물론이고, 성차, 계급, 인종 등 극도로 복잡한 상호작용적인 요인들을 동시에 고려해야 한다는 점도 재차 일깨워준다.

3. 『깨어남』의 결말이 제기하는 물음들

앞서 약술했다시피 19세기 미국문학의 '중흥'을 이룩한 주역들인 남성 작가들의 예술적 한계가 첨예하게 드러나는 대목 가운데 하나가 성녀와 탕녀라는 도식이다. 그런 한계가 전전戰前 여성작가에게도 반복되는 만큼 그것을 어느 선까지 남성중심주의로 규정할 것인가도 간단하지 않다. 극도로 다양한 형태로 남녀의 의식과 무의식 모두에 침투되면서 계급주의 및 인종주의와 결탁하고 그 과정에서 전혀 새로운 변종으로까지 진화하는 허위의식이 성차별주의인 만큼 그에 대한 비판적 분석도 면밀하고 조심스러워야 한다는 것이다. 물론 남녀 모두에게 결국은 족쇄로 작용하는 성녀와 탕녀의 이분법을 본격적으로 해체한 주역은 여성작가들 자신이다. 하지만 거듭 음미해볼 점은, 그런 해체 과정에서 여성작가들이 남성 정전 작가들과 어깨를 나란히 할 수 있는 작품을 써냈고, 그 시점은 대체로 남북전쟁 이후로 잡는 것이 타당하다는 사실이다. 본고에서 논하는 주엇과 윌라 캐서, 주엇도 그 중에 포함된다는 것은 두말할 나위 없다. 그중에서 쇼우팬의 『깨어남』만큼 그런 구도를 파격적으로 깬 — 그 대가로 반세기 가량 망각을 강요당한[8] — 사례도 드물고 비평적 논쟁의 소지도 다분한 터라 심도 있게 논해볼 만한 주제라 하겠다.

『깨어남』을 흔히 미국판 『보바리 부인』으로 언급하는 논자들이 적지 않지만, 『깨어남』이 보바리 부인의 '일탈'과 비슷한 궤적을 그리면서도 이른

바 보바리슴으로 요약할 수 없는 여성 특유의 근대적 질곡을 예각적으로 드러내는 작품임을 설득력 있게 논하는 평문은 드물지 않은가 싶다. 당대의 도덕주의적 비난에 대한 쇼우팬의 재치 넘치는 반응도[9] 성차별주의를 견제하는 유연하면서도 명민한 작가의 감수성을 예시하는바, 『깨어남』이 특히 남북전쟁 이전의 감상주의 여성문학과 다른 차원의 성취라고 판단할 수 있는 근거 중 하나는 성녀와 탕녀의 도식을 해체한 주인공 에드나 폰텔리어의 자연스러우면서도 생생한 형상화에 있다.

하지만 이 글의 주안점이 그 도식의 해체 자체는 아니다. 문제는 에드나가 탕녀와 성녀의 굴레를 벗어던지는—"우리가 세상 사람들 앞에서 걸치는 옷 같은 것으로 가정하는 그 허구적 자아that fictitious self which we assume like a garment with which to appear before the world"(Chopin 55)에서 탈피하는—과정을 어떻게 읽어내느냐. 이는 마치 선험적인 것처럼 독자의 사유지평을 제한하는 화석화된 기존 비평 언어에서 우리 자신이 어떻게 탈피하는가와도 직결되는 사안이다. 그런 언어에는 정신분석의 주형이 주조한 번쇄한 개념들인 '애도'라든가 '우울'도 당연히 포함된다. 뿐만 아니라 언제든 근대주의 이데올로기로 변질될 수 있는 해방과 자유, 욕망, 타자라는 말도 우리가 발 딛고 선 현실에서 헐고 다시 지어야 하는 개념이다. 『깨어남』을 읽을 때 해체 복원적 작업이 필요하다는 사실은 선행 비평에서도 확인되는 바 있다.

> 이렇게 볼 때 『각성』에 있어서 '타자'의 해방은 남성의 '타자'뿐만 아니라 작품에서 작가가 '침묵'의 상태로 제시하고 있는 다른 인종과 계급에 속한 또 다른 '타자'들의 목소리와 관련해서도 평가되어야 한다. 다시 말해서 에드나의 해방이라는 이슈는 성적 '타자'인 자신이 추구하는 자아 회복의 측면과 더불어 인종적·계급적 '타자'와의 관계에서 함께 논의되어야만 좀 더

진실에 가까워질 수 있다고 생각한다. 이런 모든 점을 고려할 때 에드나는 성숙한 페미니스트의 자세와는 거리를 보이고 있으며, 그녀 스스로가 '타자의 해방'이 가지는 본래의 의미를 손상하고 있다고 할 수 있다. (정미경 18)

여주인공의 해방은 "인종적·계급적 '타자'와의 관계에서 함께 논의되어야만 좀 더 진실에 가까워질 수 있다"는 정미경의 주장에 이의를 제기하기 어렵다. 하지만 논자가 강조하는 '타자의 해방'은 해소되지 않는 또 다른 문제를 남기는 것 같은데, 에드나를 '성숙한 페미니스트'라는 기준으로 재단하는 것이 과연 옳은가는 의문도 든다. 또한 'awakening'을 '각성'으로 번역하는 것이 정미경 자신의 작품 비판과 얼마나 어울릴 수 있는지도 따져봐야 할 터다.[10] "타자의 해방이 가지는 본래의 의미"라는 것도 다분히 작품읽기를 앞서는 규범적 기준이라는 의구심이 든다. 그렇다면 과연 어느 정도나 타자를 지향해야 '자아의 회복'은 물론 "또 다른 타자의 목소리" 복원에도 성공할 수 있을 것인가? 이런 물음과 연관하여 일단 확인할 것은, 『깨어남』이 인종적·계급적 타자를 스치듯 재현할 수밖에 없었던 것이 백인여성 작가로 갖는 쇼우팬만의 한계는 아니리라는 점이다. 사실 『깨어남』에서 인종적 소수자는 침묵을 '침묵'으로써 깨뜨리는 방식으로 자신의 존재를 언표한다고 말할 수 있는 여지도 있다. 탁월한 이야기꾼의 솜씨를 유감없이 보여주는 쇼우팬의 단편집 『바이유의 사람들 Bayou Folk』(1894)이나 『아카디의 밤 A Night in Acadie』(1897)까지를 염두에 두면 남부 크레올 사회에서 계급과 인종, 성의 경계가 남녀의 사랑이라는 매개를 거치면 얼마나 더 복잡해질 수 있는가를 거듭 실감할 수 있다. 그럼에도 애드나의 '깨어남'이 '각성'에 미달한다면 그 점을 복합적으로 따져보는 노력이 필요하다. 에드나가 깨어나는 과정에서 증폭되는 자유와 해방의 욕구라는 것이 중산층 백인 근대여성임으로 해서 좌절되는 맥락을 짚어가면서 그런 욕구에 스민 근대적 허위의식을 털어내는 작업이 요구되는 것이다. 가령 여주인공의 자유와 해방의 욕망이 상반된 '기분mood' 사이에서 흔들리는 추가 궁극적으로 어떤 방향을 향하게 되는가?

> 에드나는 까닭 모르게 정말 행복한 날이 있었다. 자신의 모든 존재가 남부의 어떤 완벽한 하루의 햇빛, 색깔, 냄새, 풍요로운 온기와 하나가 된 것 같았을 때, 그녀는 살아 숨쉬어 행복했다. 그런 때면 그녀는 홀로 이상하고 낯선 장소를 찾아 떠돌았다. 그녀는 꿈꾸기에 적절한 환하고 졸린 듯한 많은 모퉁이를 찾아냈다. 몽상하고 혼자 있어 방해받지 않는 것이 좋았다.
> 까닭을 알 수 없이 불행한 날이 있었다. 기쁘거나 슬프거나 살거나 죽거나 하는 것이 무가치하게 보이는 때였다. 삶이 기괴한 아수라장같이 보이고 인간은 필연적인 파멸을 향하며 맹목적으로 기어가는 벌레들처럼 보이는 때였다. 그런 날에는 에드나는 그림을 그릴 수 없었고, 맥박을 뛰게 하고 피를 따스하게 돌게 하는 몽상들을 엮어낼 수도 없었다. (56)

성적 일탈의 방식으로 전개되는, 환희와 절망을 오락가락하는 에드나의 궤적에서 로버트와의 만남은 하나의 획을 긋는 전환점이다. 하지만 그 전환점은 규범적 남녀관계의 틀로는 온전히 해명하기 어려운 성질이다. 작품 자체가 제시한 만큼의 남녀관계에 주의를 기울이면서 에드나가 의식·무의식적으로 내면화한―급진적 개인주의에 위험스럽게 근접하는― '욕망'의 심추을 읽어내는 작업이 따라가 해명이 기능한 시간이라는 것이다. 그러자면 로버트가 크레올 사회의 관습을 깨고나올 정도로 충분히 강한 남성이 아님도 비판적으로 헤아려봐야 하겠고, 또 그와의 좌절된 만남이 에드나의 '삶에 방향성을 부여하는 결정적 사건에 해당한다는 점도 주목해야 한다. 여주인공의 '깨어남'에 적극적인 의미를 부여하면서 삶의 경이감을 강조하는 경우라도 『깨어남』이 연애소설의 형식을 띠고 실제로 연애감정이 에드나의 행보에도 중요하게 작용한다는ㅡ특정 독자에게는 통속적으로 읽힐 가능성이 다분한ㅡ사실을 과소평가해서는 곤란하다.

물론 "성sex이 에드나가 감행하는 모험의 핵심이 아니"라는 주장은 좀 더 섬세하게 분별해야 할 문제다(Gentry 23). 로버트와의 낭만적인 만남이나 아로뱅과의 좀 더 성적인 조우가 에드나의 깨어남에 돌이킬 수 없이 영향을 미친 것이 분명하다 해도 일깨워진 그녀의 의식과 욕망은 크레올 사회의 풍속에 묶인 남성과의 성적인 관계로만 되돌릴 수 없다는 사실이 뒤로 갈수록 좀 더 확실하게 부각되기 때문이다.[11] 아니, 그 성적인 관계는 에드나의 실존적 깨어남을 위한 일종의 예비 단계라고 해야 정확할 듯하다. 출구의 실마리가 보이지 않는 에드나의 방황을 예각적이면서도 시적으로 드러낸 결말은 확실히ㅡ단순히 연애감정의 좌절에 기인하는 것만으로는 설명할 수 없는ㅡ어떤 결단의 서사적 결과라는 느낌마저 자아내는 것이다. 실제로 에드나의 최후를 기술하는 작품의 어조는 똘스또이와 플로베르가 각기 안나 까레니나나 보바리 부인의 말로가 재현되는 상황과는 사뭇 다르다. 두 남성작가도 어떤 면에서는 19세기 어느 작가 못지않은 여성적 감수성을 발휘하기도 했지만, 최소한 에드나의 행적에 공감을 싣는 강도로 말하자면 (어떤 면에서 당연하달 수 있겠지만) 쇼우팬을 당할 수는 없다고 해야 맞다. 비평적 논란도 그 죽음, 좀 더 정확하게 말한다면 미필적 고의에 의한 자살이라고 해야 할 에드나 폰텔리어의 '모험'을 기술하는 작품의 어조가 사뭇 미묘한 시적 뉘앙스를 띤다는 데서 증폭된다.

하늘 아래 알몸으로 선다는 것이 얼마나 이상하고 멋지게 보였던가! 얼마나 달콤한가! 에드나는 전에는 결코 알지 못한 친숙한 세계에서 눈 뜬 어떤 갓 태어난 생명체처럼 느꼈다.

거품 이는 작은 파도가 그녀의 하얀 두 발을 감아 올라왔고, 발목 주변에 뱀 같이 똬리를 틀었다. 에드나는 걸어 나갔다. 물은 서늘했으나 계속 걸었다. 물은 깊었으나 그녀는 자신의 하얀 육체를 띄어 길고 넓게 손을 뻗쳐 헤엄쳐 나갔다. 몸뚱이를 부드럽게 꼭 감싸는 바다의 감촉은 육감적이었다.

에드나는 계속 나아갔다. 그녀는 멀리 헤엄쳐 나간 밤을 기억하고, 해변으로 돌아갈 수 없을지도 모른다는 두려움이 자신을 사로잡았던 공포를 떠올렸다. 이제 그녀는 뒤돌아보지 않았고, 어렸을 때 시작도 끝이 없다고 믿으며 가로질러 간 푸른 초원을 생각하면서 계속 헤엄쳐 갔다.

그녀의 팔과 다리는 점차 힘이 빠졌다.

그녀는 레옹스와 아이들을 생각했다. 그들은 그녀 삶의 일부였다. 그러나 그들은 그녀의 육체와 영혼을 소유할 수 있다고 생각해서는 안됐다. 만일 라이즈 양이 알았다면 얼마나 웃어댔을까, 아마 비웃을 수도 있었다! "자기가 예술가라니! 허세예요, 부인! 예술가는 감행하고 맞서는 영혼이 있어야만 하는 거예요."

피로감이 에드나를 압도하고 있었다.

"안녕, 당신을 사랑하기에." 로버트는 알지 못했다. 그는 이해하지 못했다. 그는 결코 이해할 수 없었을 것이다. 아마 의사 만딜레이를 만났더라면 그는 이해할 수 있었을지 모른다. 그러나 너무 늦었다. 해변이 저 멀리 있었고 힘은 빠져 있었다.

에드나는 멀리 쳐다보았고, 한순간 이전의 공포가 불꽃처럼 일었다가 다시 사그라 들었다. 그녀는 아버지와 언니 마가렛의 목소리를 들었다. 플라타나스에 묶인 늙은 개가 짖는 소리를 들었다. 현관을 가로질러 가는 기병 장교의 군화 박차가 쩌렁거렸다. 벌들이 붕붕거리고 패랭이꽃 사향 내새가 하늘을 채웠다.

아무리 아름답고 시적으로 마무리된다 하더라도 이런 결말에는 착잡하다는 표현을 더해야 할 듯하다. 여성독자의 경우 여주인공의 자기소멸의 과정에서 모종의 승리를 끌어내고픈 충동은 상대적으로 강하게 느낄 공산이

크다. 실제로 기존 비평을 검토해보아도 이 결말에서 에드나에 대한 단순한 공감을 넘어서 죽음을 통해 새로운 상징적 탄생 또는 여성성 자체의 승리를 부각하는 논자들이 적지 않으며, 그중에는 문학사적으로 19세기 미국 감상주의 여성문학의 창조적 계승을 읽어내는 예도 있다(Showalter 1991).

일단 결말에서 새로운 상징적 탄생이나 여성성의 승리를 역설하는 읽기에 대해서는 공감하기 어렵다. 작품의 여러 착잡한 쟁점을 너무 단순하게 한군데로 모는 해석이라는 점에서도 그렇지만 더 근본적으로는 여성 독자가 자신의 여성주의적 심리를 작품에 투사하는 문제가 있기 때문이다. 반면에 『깨어남』, 더 나아가 쇼우팬의 문학에서 현대 여성문학의 탄생을 읽어내는 여성주의 해석이 정전 파괴를 일삼는 급진적 비평행태와는 다른 차원의 생각거리를 던지는 것도 사실이다. 아무튼 필자로서는 에드나의 '최후'를 읽는 데서 성차가 감感의 차이를 낳는다는 점도 아울러 주목함직하다. 그렇다면 남부 크레올 사회의 가부장 이데올로기에 직간접적으로 오염된 세 유형의 남성들, 즉 폰텔리어, 로버트, 아로뱅 을 거치면서 '인형의 집'에서 뛰쳐나오는 여주인공의─그 이전에 이미 켄터키주의 농장주이자 '대령'으로서의 아버지가 체현하는 완고한 '부권'에 길들여진 이력이 있는─궤적이 제기하는 쟁점들을 좀 더 살펴보자.

어떤 경우든 그녀의 궤적이 관성으로 굳어진 '모성'과 '여성성'에 정면으로 도전하면서 근대 여성이 깨어나는 과정을 전형적으로 보여준다는 점은 부정하기 어렵다. 여성작가의 고뇌가 짙게 배어 있기도 한 그 과정을 남성독자가 과연 얼마나 공감하며 따라갈 수 있을지 의문이 생길 법도 하다. 여기서 다시 '작품을 누가 어떻게 읽고 평가하는가'는 문제가 제기된다. 예컨대 아랍권 여성독자가 이런 결말을 대한다면 어떤 반응을 보일까? 이에 대해서도 필자는 추측밖에는 따로 내놓을 해답이 없다. 다만 차도르와 부르카가 상징하는 성차별이 골수에 사무친 (아랍) 독자라면 자유와 해방의 이념에 익숙한 서구여성과도 또 다른 반응을 보일 법하다.12 따라서 이때도 상대주의와는 구분되는 상대성을−이를테면 남녀가 유별有別할 수 있음을−인정하면서도 통약通約 불가의 '여성성'에 무게를 두는 논법에 대해서는 비판적인 거리를 두어야 할 것이다. 그렇게 통약불가 운운하는 논법은 남성작가가 쓴 작품에 대한 여성독자의 접근을 차단하는 데 악용될 공산이 크다.

아무튼 『깨어남』에 대한 쇼우팬 당대 (남성)독자들의−'죄의 결과는 곧 사망'이라는 식의−반응은 가당치 않다. 또한 자살이냐 아니냐는 식의 '윤리적 시각'으로만 접근할 일도 아니라고 본다. 사회적·도덕적 인습이라는 막다른 벽에 봉착한 여주인공이 생명의 근원인 바다로 나아가는 장면을 "감행히고 맞서는 영혼"의 결단으로 해석할 수 있는 여지를 남겨두는 한 작품의 결말은 여성성의 승리라기보다는 '삶'의 가능성에 관한 하나의 선택을 역설적으로 표현한 것으로 볼 수조차 있다. 해너 포스터Hannah Webster Foster, 1778~1840가 『요부The Coquette』(1797)에서 그려낸, 자신을 파멸로 이끈 남성들에게 면죄부를 주고 도덕주의의 화석화된 상징으로 전락하는 일라이자가 에드나로서 부활하는 데 무려 백년이나 걸린 미국 여성문학의 고투도 헤아려봄직하다는 것이다.

『깨어남』의 특이한 성취는 당대 크레올 사회가−사회의 가치관에 대해 의문을 세기하는 것 자체가 존재의 모험을 요구하는 당대에−'자연스런 것'으로 상정하는 가정과 모성, 여성성 등을 한 개인이 비타협적으로 끝까지 직시할 때 어떤 일이 벌어지는가를 섬세하게 묘파했다는 데 있다. 이렇게 보면 "관습적 성차gender에 대한 에드나의 절대적 거부가 여성주의적 승리와 아무리 공명하고 있다 하더라도 그건(에드나의 자살로 표상되는 결말은—인용자) 책장을 일단 덮으면 곧장 절망의 막다른 골목에 봉착할 수 있는 일종의 문학적 낭만주의의 부류"에 불과하다는 주장에도[13] 완전히 동의할 수 없다. 자기소멸을 향한 에드나의 충동은 선정주의 내지는 감상주의 소설의 언어와는 전혀 다른 시적 재현으로 표출되는바, 감각적 쾌락에 몸을 맡긴 그녀의 응시가 풀어지고 발끝이 중력을 거슬러 땅에서 들리는 결말의 순간만은 작가로서도 어쩔 수 없었을 듯하다.

그러나 우리의 발끝까지 덩달아 들리기 전에 『전나무 지방』과 『오, 개척자들!』에서 재현되는 자연과 그 자연 속에서 자기 고유의 삶을 일궈간 여성인물들을 떠올려 본다면 어떨까? 그런 떠올림의 과정에서 에드나의 행로를 시야에서 놓지 않으면서도 그런 행로보다는 한결 개방적인 삶의 체험적 지평을 상상할 수 있다면? "감행하고 맞서는 영혼"의 결단으로 상찬만 하기에는 에드나의 '탈주'가 공동체와의 어떤 살아 있는 긴장을 깨면서 감행된다는 느낌을 주기 때문에 물음은 더욱 절실해진다. 그렇다면 허무주의에의 투신도 아니고 그렇다고 삶의 적극적 비전으로 단언하기에도 어딘가 석연하지 않은 이 결말에 우리는 어떻게 의미를 부여해야 하는가? 이 결말이 주는 불편함은 제거하지 않으면서도 좀 더 넓은 지평에서 에드나의 모험을 반성적으로 사유할 수 있는 길은 없는 것인가?

4. 비교와 대조로서의 비평적 판단

『깨어남』의 결말 자체는 아무리 자세히 읽어도 이런 물음들에 만족스럽게 답해주지는 않는 것 같다. 결말이 여주인공의 '삶'의 고뇌를 표출했다 해도 그건 출구가 없는 벽 앞에서의 고뇌라는 실감이 (미시적으로 살펴볼수록) 더 강해지기 때문이다. 그렇다면 에드나의 운명적 행로와 유사한 사건을 그리는 과정에서 독자로 하여금 그런 사건을 상대화할 수 있는 길도 생각하게 하는 동시대 여성작가의 작품을 함께 읽어보는 일은 단순한 방편에 그치지 않을 듯하다. 머리말에서 언급한 주엇의『전나무 지방』과 윌라 캐서의『오, 개척자들!』을『깨어남』과 간략히 잇대어 살펴보면서 에드나 폰텔리아의 행로를 다시 추적해보자.

『전나무 지방』과『오, 개척자들!』을 읽는 독자라면 누구나 작품의 배경인 지역의 '지역색local color'에 강한 인상을 받을 것이다. 물론 이때의 지역색이란 '중앙'과 대립하는 개념이라기보다는 특정 인간이 거하는 특정 자연공간 특유의 사회문화적인 분위기에 가깝다. 지역색이 보편성을 띤다는 말도 바로 그런 뜻, 즉 어디나 존재하는 그 지역만의 살림살이 전반의 기운氣運을 가리킨다. 따라서 뉴잉글랜드 메인 주 해안마을인 던넷 랜딩Dunnet Landing의 자연풍광과 그곳의 나앙한 생활상을 손에 잡힐 듯이 그려낸『전나무 지방』의 지역색은 북유럽에서 건너와 네브라스카 주 고원高原지대의 마을인 하노버Hanover에 정착한 사람들의 개척 과정을 담은『오, 개척자들!』의 지역색과 전혀 다르다.

아무튼 미국 북동부와 중서부의 특정 지역에 뿌리박은 토박이작가의 솜씨가 발휘된 두 작품의 여성주인공들을『깨어남』의 에드나와 비교할 때 두드러지게 부각되는 점은 역시 에드나를 둘러싼 지역의 문화적 환경이다. 다시 말해 가정의 굴레를 박차고 나온 여주인공의 (성적) 자유분방함도−19세기 프랑스 부르주아의 계급적 문화와 친연성이 강한−남부 뉴올리언즈의 크레올 상류사회 같은 곳에서나 가능한 성질이라는 사실이다. 또한 개인의 성적 개성이 구현되는 양상도 해당 지역의 사회적·문화적 공동체의 성격에 따라서 전혀 달라질 수 있다는 상식도 동시에 실감된다. 이때 공동체의 가능성을 확대하기도 하고 제한하기도 하는 '자연'은 남/여성성의 발현에 또 하나의 결정적 변수가 된다. 예컨대 네브라스카 주의 대지와 메인 주의 바다는 그 자체로 인간과 무관하지만 그런 환경이 없이는 '문화'는커녕 생존조차 불가능하다. 그런 자연은 인간의 성격을 조형하는 힘으로 존재한다. 에드나가 깨어나는 현장인 일종의 리조트 공간과 같은 그랜드 아일Grand Isle이 풍기는 동화적 인공성과는 사뭇 다른 질감의 자연이다. 『전나무 지방』에서 던넷 랜딩을 보듬는 바다가 인간세계의 희로애락과 무연無緣할 수 없는 것으로 그려지듯이 『오, 개척자들!』에서도 하노버에 문명적 질서를 부여한 대초원 역시 자활自活의 노동 속에서 형성되는 인간적 유대의 원천으로 재현된다. 그 같은 바다와 대초원이 아니었던들 두 작품에서 각기 다뤄지는 인간사의 일상적인 비극인 죽음도 그토록 깊은 울림을 갖기는 힘들었을 것이다.

물론 『깨어남』의 결말에 투사된 급진적 개인주의와 현대적 감성에 관한 한 확실히 주엇과 캐서는 (비록 각기 다른 의미이기는 하지만) 19세기에 가까운 작가라는 점을 부인하기 힘들 것이다. 그중 주엇의 작품에는 여성공동체에 대한 전근대적 향수鄕愁라는 비판적 혐의도 걸 논자가 있을지 모른다. '여성성'을 남성주의적 세계에 대항하는 일종의 전투적 이념으로 이어주는 도화선의 폭발력에 관한 한 주엇과 캐서 모두 쇼우팬을 따라갈 수 없다는 판정을 내릴 수도 있을 듯하다. 그러나 『전나무 지방』과 『오, 개척자들!』에도 여성의 독자적 운명과 사랑이라는 이름으로 분출되는 개인과 사회의 독특한 긴장이 없는 것은 아니다. 아니, 좀 더 엄밀하게 말한다면 주엇과 캐서 모두 에드나의 '도박'과 같은 사랑의 모험을 다루면서도 그 모험이 공동체 전체의 맥락에서 갖는 의미까지를 짚어준다는 점에서 『깨어남』에서 독자가 느낄 법한 모종의 '결핍'을 성찰하게 하는 면이 있다. 가령 전자의 조애너 에피소드 및 후자의 에이밀과 마리 에피소드는 에드나의 모험이 현대적 여성이 감행할 수 있는 하나의―그것도 매우 제한된 성격의―'자기실현' 과정임을 확인해주는 바 있다.

『전나무 지방』 13-15장에 걸쳐 서술되는 조애너 에피소드부터 살펴보자. 이 에피소드는 그 자체로 한 여성의 '실연'으로 인한 자발적 고립의 문제를 다루고 있는 것처럼 보인다. 실연으로 초래된 사회에 대한―'낭만적 자기소외'라고 해도 해도 좋을― 절대적 거부가 초점인 듯이 읽힐 소지가 있다는 것이다. 약혼자에 배신당한 자신이 '용서받을 수 없는 죄 unpardonable sin'를 지었다고 하면서 스스로를 조개무지 섬Shell-heap Island에 가두고 그곳에서 여생을 마친 조애너는 일면 19세기 가정 이데올로기의 희생자로 느껴지기도 한다. 하지만 공감적 화자의 개입은 조애너 에피소드가 그렇게만 해석될 여지를 차단하는 서사적 효과를 낳는다. 아니, 조애너의 비극이 개인과 사회라는 이분법 자체를 문제시하고 있다는 느낌마저 주는데, 글 쓰는 여성으로서의 '나'의 애정 어린 시선을 통해 조애너의 고립의 맥락을 이해하고 수용했던 던넷 공동체의 수용력과 단 한 번의 사랑에 모든 것을 걸었던 한 여성의 견인적 삶이 부각된다는 것이다. 따라서 던넷 사회와 단절하고 예사롭게 일생을 마친 그녀의 삶 자체는 바로 그와 유사한 고립과 고독을 통과한 에드나의 예사롭지 않은 일상과 분명히 다른 종류의 비감悲感을 독자에게 안겨준다(Jewett 55-72).[14]

그런데 이 대목에서도 잊지 말아야 할 것은, 조애너의 고립조차도 그녀 못지않은 상실과 슬픔의 과거를 안고 있기도 한 던넷 랜딩 사람들의 부조扶助하는 삶의 일부라는 사실이다. 외지인으로서의 화자인 '나'에게 비친 '가련한 조애너'의 모습은 공동체의 일부로 해석된다.[15] 조개무지 섬을 방문하여 자신의 눈으로 조애너의 삶의 흔적을 더듬어보는 화자의 시선은 확실히 『깨어남』에는 결핍된 서사적 요소에 해당한다. 조애너의 비극적

일상을 담담하게 상상해보면서도 돌아가야 할 자신의 길을 의식하는 - 주엇의 분신으로서의 - 화자는 단순히 서사에 질서를 부여하는 동인動因으로만 기능하는 것이 아니다. 비록 한시적으로 체류하는 뜨내기 여행객이지만 그런 화자 역시 공감의 상상력을 나누는 던넷 공동체의 일원으로 제시되어 있다는 점이 결정적이다. 타지인으로서 던넷 공동체의 일부로 스며들어가는 순간에 에드나의 신경증적 번민을 포용하는 사회적 개인들이 강력한 위안의 힘으로서『전나무 지방』에 존재하고 있음이 실감되는 것이다.

이러한『전나무 지방』의 에피소드도 분명히 근대적 개인으로서의 여성이 마주한 질곡을 다루고 있다는 점에서『깨어남』과 충분히 비교해볼 만하다. 하지만 에드나의 행적 및 그녀와 로버트의 불발된 사랑에 관한 한 좀더 적실하게 비교 가능한 구도는『오, 개척자들!』에서 발견된다.『오, 개척자들!』의 주무대인 하노버에서 정신적 이방인이랄 수 있는 에이밀과 마리의 관계가 바로 그렇다. 두 남녀의 미묘한 끌고 당김은 마리의 잘못된 결혼에 의해 그 긴장이 증폭되는 형국이지만, 이들의 '불륜'을 개척사회에서 벌어지는 단순한 풍기문란 정도로 해석할 수 없는 성질이다. 각기 다른 방식으로 생명력을 발산하는 마리와 에이밀의 성적 긴장이 단순히 개척사회의 연애풍속을 사실적으로 재현한 데만 있는 것도 아니다. 한때 야반도주로써 '낭만적 사랑'을 감행한 과거가 있는 마리가 그런 사랑을 되풀이하지 않기 위해 애쓰면서도 바로 애쓰고 있다는 바로 그 사실을 에이밀에게 납득시키려는 노력도 - 하지만 그녀 자신은 여전히 처녀시절의 감성을 간직하고 있는 인물이기도 하다 - 그 자체로 인간적 성숙의 일단을 짐작하게 한다. 그런가 하면『깨어남』의 로버트처럼 사랑의 끌림을 피하기 위해 멕시코로 '도피'했지만 끝내 그런 끌림을 거부하지 않은 에이밀의 연심도 통속적인 불륜드라마의 경계를 넘어서 있는 것이다. 물론 이들의 관계는 마리의 남편인 프랭크의 우발적인 폭력으로 비극적으로 막을 내린다.

하지만 『오, 개척자들!』에는 또 다른 성격의 '사랑'이 주제음으로서 변주되는바, 그 주제음은 마리·에이밀의 비극적 사건을 보듬어주는 역할을 한다. 즉 하노버의 자연에 뿌리박고 문명적 삶을 일구는 개척자로서의 여주인공 알렉싼드라와 그런 자연을 등지고 도시에서 새로운 삶의 가능성을 모색하는 칼 린스트럼의 간단치 않은 관계가 에이밀과 마리의 비련을 다독여주는 일종의 상보적相補的 플롯으로 부각된다는 것이다. 알렉싼드라와 칼 린스트럼, 마리와 에이밀이라는 두 쌍의 관계가 하나의 플롯으로 합일되는 과정을 사려 깊게 따라 읽은 독자라면 결말에 가서야 어렵사리 맺어지는 알렉싼드라와 칼 린스트럼의 인연이 에이밀과 마리의 불발된 사랑을 성찰할 수 있는-그런 사랑의 단순한 단죄나 낭만화와는 거리가 먼 치원의-공간을 열어놓는다는 점도 주목히리리 본다. 요컨대 『전나무 지방』은 사회로부터의 고립감과 사랑하는 이와의 사별이 주조음을 이루는 작품이지만 그런 주조음이 오히려 던넷 랜딩이라는 공동체 사람들의 어떤 공감적 통합력을 불러일으키는 역할을 하듯이, 『오, 개척자들!』역시 개척지사회와 겉도는 낭만적 열정의 비극을 부각시키면서도 우정과 아슬아슬하게 접점을 이룬 사랑의 성숙 과정을 통해 가까스로 하노버사회의 질서로 편입해 들어간 남녀 주인공의 미래를 삶의 또 다른 지평으로 제시함으로써 독자에게도 한결 너른 감성적 성찰의 여지를 남겨놓는다.[16]

『선나무 지방』과 『오, 개석사늘!』을 『깨어남』과 이렇게 겹쳐 읽으면 한 가지 사실을 좀 더 분명히 확인할 수 있다. 즉, 앞의 두 작품은 에드나 폰텔리어의 모험이 안고 있는 고립주의와는 차원이 다른 어떤 여성적 세계의 가능성을 부각시킨다는 것이다. 바로 그 점이 여성문학으로서 두 작품의 품격을 높이고 해방적 상상력을 자극하는 결정적 요인임이 분명하다. 하지만 그 점을 충분히 숙지한다 해도 주엇과 캐서의 그러한 면모는 『깨어남』이 현대여성 독자들에게 던지는 의미를 가볍게 만들지는 못하는 것 같다. 에드나 개인이 아닌 그런 개인의 정신적 위기를 직시한 작품으로서의 『깨어남』의 의미를 말이다. 다 같이 훌륭한 작가라 하더라도 필자는 공동체와 개인의 긴장을 그리는 문제에 관한 한 세 작가의 성취를 더 엄밀하게 살펴봐야 한다는 입장이지만, 어떤 경우든 『깨어남』의 결말 자체는 '여류女流작가'라는 말에 내포된 인습적 의미를 해체하는 독특한 상상력의 산물임을 부정할 수 없다는 것이다. 다만, 주엇과 캐서의 텍스트가 에드나의 미적 감각주의가 현실에서 들리는—작가가 주인공의 시적 자기소멸 외에는 방생放生의 길을 찾지 못하고 손놓아버린—순간을 반성적으로 되돌리게 하는 면이 있음을 강조할 따름이다. 실제로 『전나무 지방』과 『오, 개척자들!』에 등장하는 다채로운 여성들의 삶의 생각해보면 에드나의 모험도 넓은 의미에서 미국 남부 크레올 상류사회의 불건강성을 드러내는 하나의 국지적인 사건에 불과하다는 해석도 충분히 가능하며, 여주인공의 최후를 두고 여성주의의 승리 운운하는 언사들은 자가당착의 한 사례라고 비판해도 크게 지나칠 것이 없다고 본다.

물론 에드나의 '깨어남'을 중심에 놓고 본다면 주엇과 캐서의 작품 역시 '자기만의 방'에 자족하지 않는 여성의 주체적 각성을 첨예한 '남성주의적 현실'이라는 맥락에서 첨예하게 극화하는 단계까지는 이르지 못했다는 의문도 제기할 수 있다.[17] 에드나의 행로를 그 같은 각성과 무관한 것으로 해석할 수 없기에 그러한 의문은 필연적이다. 물론 의문은 그것만이 아니다. 자기소멸의 길을 선택하는 여주인공의 행로가 각성과 미묘하게 맞닿은 깨어남을 함축하고 있는 한 쇼우팬의 작품도 주엇 및 캐서의 작품과 상호보완적인 '문제'로 볼 필요가 더 강해지는 것은 아닐까? 여성문학의 성숙이라는 관점에서 보면 세 여성작가의 작품은 유일무이한 독자성을 지녔으면서도 서로 주고받는 의미의 관계망으로 들어가야 비로소 깨어남과 각성의 미묘한 차이가 온전히 드러날 수 있는 것은 아닐까? 만약 그렇다면 에드나 폰텔리어의 모험을 해석하는 과정에서도 비평적 판단은 작가 쇼우팬을 감각적 쾌락에서 몸을 충분히 빼지 못한 관념주의자로 정의하는 선까지 나아갈 수는 없지 않을까?

여기서 이 물음들에 대한 어떤 정답 같은 것을 모색할 생각은 없다. 성차에 대한 성찰에서도 허위의식으로서의 보편주의에 저항하는 개별자에 대한 개별성과 그 차이를 인식하는 일이 필수적임을 확인하는 선에서 그쳐야 할 듯하다. 물론 그 같은 인식이 전체에 대한 감각을 약화시키는 방향으로 치달아서는 이론과 삶의 경계를 넘나들며 이어주는 비평의 독자적인 수행이 어려워진다. 비평의 이념 자체도 해체 대상으로 삼는 학구라면 이론과 삶의 긴장은 너무도 당연하지 않겠는가. 전체에 대한 감각을 잃지 않고 개별자의 개별성을 파악하는 읽기는—전체로써 개별을 장악하지 않고 개별로써 전체를 쪼개지 않는 지적 훈련은—누구에게나 어려울 것이다. 아무튼 '깨어남'과 '각성'의 경계가 결코 투명하지 않은 에드나의 시적 소멸 과정에서도 그 점은 얼마간 확인되지 않았나 싶은데, 지금까지 논한 이 세 여성 작가의 작품은 각기 다른 방식으로 19세기 말 미국 여성문학의 만만치 않은 저력을 과시하는 사례라 하겠다.

5. 비평의 통약 가능성을 향하여

글의 서두에서 "비평의 알리바이와 생명력은—비평가 자신이 주관적으로 내면화한 비평적 이념까지를 문제 삼는—'읽기'"에 있다고 썼지만 그 같은 자기반성적 성찰은 사실 인문학의 기본에 해당하는 것이다. 그 점을 필자도 명심하면서 한 가지 강조하고 싶은 사실은, 영문학 연구와 한국문학 평론이 엄연히 성격이 다른 분야이기는 해도 읽기에 관한 한 차이를 강조할 일은 아니라는 것이다. 아무튼 영문학 비평에 비한다면 비평의 역사가 일천하고 외국의 이론가들에 줏대 없이 휘둘리는 일이 잦은 한국의 평단 풍토에서 비평의 학문적 근거를 읽기로써 탐색하는 공부는 더 치열해져야 한다. 극소수 독자에게나 통용되는 전문적인 담론에 탐닉하는 비평가들의 득세로 인해 그나마 얼마 되지 않는 양식 있는 비평이 주변으로 밀려나고 있는 것이 우리 평단의 전반적인 실정이지 않은가. 오늘날 비평이 당면한 위기는 단순한 이론적인 성찰이나 반성의 부족이 아니라 비평 자체가 안고 있는 수많은 난점들의 성격을 '작품읽기'로서 파악하지 못하는 데서 연유한다고 해야 맞다.

이런 상황일수록 80년대적 '버텨읽기'를 견지할 필요도 있겠다(강내희 130-60). 하지만 한국문학에 개입하는 외국문학도들에게도 정작 중요한 것은 외국의 고전적 텍스트를 엄밀한 읽기로 소화하는 공부다. 제도권 학계라는 태생적 한계가 있는 비평이 일상 언어에 좀 더 깊이 뿌리박는 갱신도 그런 공부의 일부임은 물론이다. 그런 맥락에서도 '비평'이란 장르도 원래가 특정한 분과학문의 전유물이 아니었음을 기억함직하다. 오히려 인문학은 말할 것도 없이 자연과학과 사회과학이 하나의 학문으로서 성립하기 위한 본질적인 덕목에 가까운 것이었다. 따라서 문학작품 읽기는 비판적 사유능력의 다름 아닌 '비평'의 지평과 비교하면 한결 제한된 담론행위지만 그런 사유능력이 최고도로 발휘되지 않고서는 온전한 실행이 어렵다는 점에서는 모든 담론행위의 '꽃'이라 해도 과언이 아니다. 물론 그러한 문학비평에서도 여전히 어려운 일은 '작품을 작품 자체'로 읽는 일이다. 하지만 작품 그 자체로 읽는다는 말도 오해의 소지가 없지 않은 표현이다. 그것은 비교와 대조로써 작품 자체라는 것을 상대화하는 읽기의 연마를[18] 전제하는 비평의 과정이기 때문이다.

이 글에서『깨어남』의 독자성을 존중하면서도 그 결말이 퍼뜨리는 '아우라'의 기운만은『전나무 지방』과『오 개척자들!』을 통해 한정하려고 한 것도 그런 연마의 일환이라고 믿는다. 인습적인 성차 관념을 깨고 "세상 사람들 앞에서 입는 옷 같은 것으로 가정하는 그 허구적 자아"를 발가벗기는 데까지 나아간 에드나의 여정은 확실히 근대적 개인의식의 한 첨단을 보여주는 유혹적인 모험이다. 그러나 '삶'을 위해 소멸의 길을 택하는 한 인간의 고독한 모험이 갖는 역설에 끌릴수록 개인과 사회 및 개인과 자연의 분리를 의심하면서 그 모험을 전체의 맥락으로 되돌려 성찰하는 노력이 요구된다. 어느 정도의 상대화를 수반하는 이런 시이 비교와 대조 및 되돌림에 대한 반응도 독자마다 물론 제각각일 것이다. 이 글에서 드러낸, 물음을 빙자한 판단의 흔들림과 망설임이 말해주듯이 한 사람이 구현하는 비평의 객관성은 제한적일 수밖에 없다. 게다가 이 글의 필자가 남성임으로 해서 발생하는 읽기의 성차적 여백도 필연적이리라 본다.

그러나 독자 한 명이 추구하는 비평의 객관성에 한계가 엄연한 반면 성차에서 비롯된 여백으로 인해 또 다른 읽기의 가능성도 커진다면, 상대성을 인정하고 진리의 절대성에 헌신하는 바로 그 여백의 가능성이야말로 엘리스먼이 구정하는데 '박사적 사회과학' 같은 새노운 익문식 노신에 대응하는 문학비평의 지평을 기약하는 것이기도 하다. 그렇다면 독자와 작가, 작가와 비평가의 통약을 기약하는 첫걸음은 읽기의 차이를 확인하는 데서 시작하는 셈이며, 그 첫걸음이 기약하는 읽기의 협동 작업은 비평의 학문 근거를 세우는 초석이라고 말할 수 있을 것이다.

¹ 이런 '읽기'일수록 비평의 언어를 일상의 언어에서 분리하지 않을 터인데, 그렇게 분리하지 않는다면 다음과 같은 단서도 환기함직하다. 즉 "감수성의 자유로운 발현과 비평적 판단의 엄밀함을 하나로 결합하는 훈련이 문학공부의 핵심인 한, 견(見)으로서의 읽기도 활자매체를 넘어서 여타 예술영역으로 열려있을 수밖에 없다는" 것이다(유희석 224).

² Cf: "It really makes no sense to take up books one after another, as publishers throw them on the market, and describe and evaluate them with the aid of at most fifty conventional standards. But that is just what the average critics does. In his sociological contingency he is a journalist, in his getup an eternist"(Musil 43).

³ 그런 맥락에서 분과학문체제를 넘어서 지식의 통합을 주창하는 논의들이 안팎에서 활발한 상황에 한국의 영문학계가 어떤 대응을 하고 있는가도 물어볼 만하다. 영미의 영문과 내부에서부터 문학이라는 범주의 이데올로기적 성격에 대한 해체작업이 진행된 지 오래라 표면적으로 보면 그 같은 추세에 한국의 영문학자들도 적절하게 부응하고 있는 듯하다. 그러나 정작 속을 들여다보면, 그런 해체작업의 유효한 점을 받아들이면서도 문화연구의 평등주의적 담론행위와 적절한 거리를 두는 비평적 읽기가 얼마나 되는가는 의문이다. 서양의 이론가들과 철학자들의 개념어를 직수입하여 작품을 재단하는 풍토는 여전하지 않은가 싶다.

⁴ 이 글에서 선택한 텍스트는 각각 다음과 같다. Kate Chopin, *The Awakening,* ed. Marco Culley (Norton, 1994); Willa Cather, *O Pioneers!* ed. Sharon O'Brien (Norton, 2008); Sara Orne Jewett, *The Country of the Pointed Firs and Other Stories* (Norton, 1982). 유감스럽게도 이 가운데 한국어 번역으로 읽을 수 있는 작품은 쇼우팬의 소설뿐인데, 이소영의 번역으로 『이브가 깨어날 때』(열림원 2002)라는 제목으로 출간되었다. 본문의 작품 인용은 번역본을 참조하여 약간의 수정을 가했다.

⁵ 그렇다고 전복과 지배담론의 균열이라는 주조(鑄造) 개념을 텍스트에 기계적으로 적용하는 읽기가 정당화되는 것은 아니다. 그런 읽기는 불평등한 역사현실은 물론 작품까지도 단순화하고 왜곡하기 십상이다. 그런 식의 읽기는 18세기 후반과 19세기 초반 여성소설을 평가하는 방식에서 특히 성행하는 것으로 보인다. 여기서 자세한 논증은 못하지만 국내에서도 '전복적 독법'을 무비판적으로 수입하는 경우도 왕왕 눈에 띈다. 가령 손정희 261-280.

⁶ 무엇이 특정 텍스트를 정전으로 만드는가는—그로써 상대적으로 '문학의 공화국'에서 비민주적인 독점을 누리는가는—사안의 성격상 한두 마디로 정리될 수 없다. 비평의 객관성과 연관하여 문학을 전문적으로 연구하는 학자들이 정전을 둘러싸고 벌이는 논쟁 자체가 사안이 그렇게 정리될 수 없다는 것을 말해주는 바 있다. 어쨌든 정전해체주의자들 중에는 정전의 이데올로기 자체를 해체하는 작업에 매진하는 경우도 있고, 당대에는 잊혀 졌거나 외면된 내지는 소실되었다고 여겨진 작품을 새로 발굴하여 가치를 부여하는 논자도 있다. 여성주의(=페미니즘)를 기치로 내건 학자들은 특히 후자에 집중하는 경향인데, 이 역시 비

평의 학문적 근거를 묻는 작업에서 간과할 수 없는 지적 도전임은 두말 할 것 없다.

⁷ 이 물음은 다음 절에서 받겠지만, 남성 정전비평가들이-라이오넬 트릴링, 마리우스 뷸리, 리처드 체이스 등이-그 같은 선취의 경지를 어느 정도나 알아보았는가도 개별 비평을 두고 판단할 문제. 여성주의 비평가들이 주엇을 온갖 화려한 언사로써 되살리기 한참 전인 1920년대에 이론과 삶을 아우르는 탁월한 비평을 남긴 F.O.매티슨도 있지 않은가. 그런 뜻에서 20세기 미국 비평계를 주름잡은 남성비평가들의 특정한 비평적 평가방식을 문제 삼은 여성주의 비평의 공헌에 대해서도 까탈을 부릴 줄도 알아야 한다. 19세기 미국 소설사를 비판적으로 검토하는 연구자들, 가령 나나 베임, 제인 톰킨즈, 폴 로터 등의 인식에도-발굴된 여성작가들의 작품에 대해 소위 주례사 비평을 남발하는-문제가 있기 때문이다. 이들 가운데 로터가 가장 관념적이면서 급진적이랄 수 있지만 나나 베임과 공명하는 여성연구자들의 비평은 단지 정전의 비판적 재해석이나 고전적 여성 문학의 새로 읽기에 국한되지 않는다. 이들이 진정으로 의문시하는 것은 19세기 미국소설의 원형(原形)을 구성한 비평의 패러다임 자체다. 예컨대 '미국의 아담'(R.W.B. 루이스) '처녀지'(헨리 내쉬 스미스) '전원과 기계'(레오 맑스) '어둠의 힘'(해리 레빈)처럼 미국역사에 대한 이념적 설명모델을 전제함으로써 특정한 방향으로 읽기를 유도한 비평담론이 어떤 방식으로 여성작가들이 재현한 여성 세계를 주변화하고 지워버리는가를 드러내면서 대안 정전의 모색으로까지 나아간 것이다.

⁸ 『깨어남』의 출간 이후 지금까지 비평계의 반응을 간명하게 정리한 글로는 특히, Bernard Koloski 161-173.

⁹ 독자의 열화와 같은 비난에 맞서 1899년 7월『북 뉴스』에 발표한 쇼우팬의 '철회'는 이러했다. "일군의 사람들을 다룰 재량이 내게 주어진 터라, 그들을 함께 모아놓으면 무슨 일이 벌어질까를 지켜보는 것도 (나 자신에게) 재미있을 것으로 생각했다. 나는 폰텔리어 부인이 그런 소동을 일으키고 그녀가 (소설에서-인용자) 그랬던 것처럼 그녀 자신의 신세를 망치게 되리라고는 꿈에도 생각하지 못했다. 그런 일이 일어날 줄 조금이라도 눈치챘더라면 나는 에드나 폰텔리어를 그 무리에서 제외시켰을 것이다. 그러나 그녀가 무슨 일을 꾸미는가를 알았을 땐 이미 일이 절반 넘어 진행된 상태였다. 너무 늦었던 것이다." "Having a group of people at my disposal, I thought it might be entertaining (to myself) to throw them together and see what would happen. I never dreamed of Mrs. Pontellier making such a mess of things and working out her own damnation as she did. If I had had the slightest intimation of such a thing I would have excluded her from the company. But when I found out what she was up to, the play was half over and it was too late." 노튼판 텍스트 178면.

¹⁰ 앞서 소개한 것처럼 The Awkening은 '이브가 깨어날 때'로 번역된 바 있는데, 에드나를 '이브'와 견준 것이 얼마나 적절한 것인지는 의문이다. 작품 제목의 번역에 관한 한 국내 여성학자들 '깨어남'보다 '각성'을 채택하는 경우가 적어도 현재까지는 더 많은 듯하다. 에드나의 행보에-그리고 그런 행보를 그리는 작가의 태도에-관한 한 제목인 'awakening'은 여성의 어떤 의식적 투쟁을 전제하는 각성과는 거리가 있다고 보는 것이 온당할 듯하다.

그렇기 때문에 어떤 확실한 해방의 비전에 집착하는 여성주의의 관점에서는 미흡하다는 비판도 나오지만, 필자로서는 그 깨어남이 의식적 투쟁의 지평으로 열려 있을 수 있는 가능성을 담고 있다는 점에서 오히려 여성해방의 본뜻에 가까워지는 일면조차 있음을 지적하고 싶다. 이하 작품 인용문은 모두 필자의 번역이다.

[11] 이 문제에 관한 한 소설가 쇼우팬의 미진함도 짚어둠직하다. 작가는 에드나의 정서적 진폭을 핍진하게 그려내면서도 로버트의 미화(美化)를 완전히 떨치지는 못한 것으로 판단된다. 쇼우팬은 그로 하여금 '사랑하기에 당신을 떠난다'는 투의 쪽지를 쓰고 사라지게 하지만, 에드나와 로버트와의 관계는 후자도 세월이 가면 에드나의 남편과 똑같아지리라는 것을 분명하게 드러낸 36장에서 이미 끝난 것이다(특히 101-103면). 로버트가 떠나는 이유를 앞뒤 문맥을 통해 헤아려보면 에드나가 아로밴과 같은 남자와 어울려 '품위'를 손상시켰다는 사실도 적잖게 작용했다고 봐야 한다. 그 점을 에드나의 죽음과 좀 더 긴밀하게 연결하지 않은 것은 작가가 냉정하게 '상황'을 정리하지 못한 반증이 된다는 것이다.

[12] 다른 한편 아랍세계의 진보적 여성이 서구 페미니즘과 만날 가능성은 커지리라는 점도 충분히 예측할 만하다. 헨리 제임스의 『워싱턴 스퀘어』에서 여주인공 캐서린 슬로퍼의 승리를 읽어내는 나피지의 관점이 바로 그러한 사례 가운데 하나인데, 그녀가 『깨어남』의 결말을 어떻게 해석할지도 미루어 짐작함직하다(Nafisi 2003).

[13] 이런 식의 해석에 공감하는 논자도 여럿 있는 듯하다. 가령 에드나 폰텔리아와 케이트 쵸핀을 구분하면서 후자는 전자가 감행한 가부장주의로부터의 그 같은 무모한 탈피를 지지하지 않았을 거라는 추측을 덧붙인 라모스도 그 중 하나다(Ramos 161).

[14] 죠애너 에피소드에 대해서는 다음과 같은 평가도 아울러 참조할 만하다. "죠애너의 이야기에서 〈홀로〉와 〈같이〉 즉 고독과 공동체의 의미를 새롭게 발견하는 것은 외지에서 온 화자의 (그리고 독자의-인용자) 몫으로 남겨진다. 마을에서 섬을 바라보면 화자가 죠애너의 섬에 가서 죠애너의 눈으로 섬과 마을을 새롭게 바라보면서 깨닫게 되는 것은 마을에 살면서도 죠애너와 같은 사적인 자유와 자발적인 은거를 허용하고 존중했던 마을사람들과 섬에 홀로 살면서도 지나가는 배에서 들리는 젊은이들의 웃음소리를 사랑했을 죠애너의 존재이며, 인간이 고독의 섬과 공동체의 열망을 같이 공유하는 복합적인 존재라는 사실이다"(이경란 412).

[15] 이때 조애너의 삶이 감상(感傷)의 영역 너머에서 재현된다는 사실도 염두에 두어야 하거니와, 재현하는 주체인 화자 역시 죠애너의 비극과 성찰적 거리를 둘 줄 아는 인물임도 확인할 필요가 있을 것이다.

[16] 그렇게 열려 있다고 말할 수 있는 근거 가운데 하나가 알렉싼드라에게 들려주는 칼린스트럼의 다음과 같은-단순한 전원주의로의 회귀를 뜻하지 않는-체험적 고백이 아닐까 싶다. "Freedom so often means that one is n't needed anywhere. Here you are individual, you have a background of your own, you would be missed. But off there in the cities there are thousands of rolling stones like me. We are all alike; we have no ties, they scarcely

know where to bury him. Our landlady and the delicatessen man are our mourners, and we leave nothing behind us but a frock-coat and a fiddle, or an easel, or a typewriter, or whatever tool we got by our living. . . . We sit in restaurants and concert halls and look about at the hundreds of our own kind and shudder."(56면) 물론 이런 고백은 에이밀이 편협하고 갑갑한 개척지마을을 벗어나 새로운 '도시적' 자유를 향해 비상하기를 바랐던 알렉싼드라의 (좌절된) 염원과 대조를 이룬다.

[17] 다른 한편 에드나의 '깨어남'에 대한 윌라 캐서의 논평은 그 점을 숙고하는 데 좋은 참고가 된다. 여성작가로서 캐서 비평의 특이한 점은 에드나의 궤적을 근대 여성의 어떤 신경증적 현상으로 파악한다는 데 있다. 이성과 감성의—그녀가 딱히 그런 표현을 쓴 건 아니지만—분열을 전제하는 발상이다. 그렇다고 그녀가 쇼우팬의 성취까지 부정하는 것은 아니지만 보바리 부인의 신경증 증세를 동반하는 에드나의 낭만적 모험과 일정한 거리를 두는 발상임도 분명하다. 아무튼 캐서의 해석에서도 중요한 것은 그 유효한 비판을 취하면서 『깨어남』의 결말이 함축하는 바를 단순화하지 않는 읽기다. 그럴 때 자기파멸로 치닫는 여주인공의 낭만적 모험에 대한 공감보다는 "어떤 더 나은 대의를 위해 그녀의(쇼우팬의— 인용자) 유연한 무지갯빛 문체를 써"줄 것을 당부한 캐서의 비판에 대해서도 반론은 얼마든지 가능하겠지만, 작품의 결말을 다면적으로 성찰하는 데 중요한 참조가 된다는 점에 인색할 일은 아니라고 본다. 작품의 제목을 왜 '각성'이 아니라 중립적인 '깨어남'으로밖에 번역할 수 없는가가 캐서의 비평에서 해명되는 바도 있기 때문이다. 해당 원문은 다음과 같다. "Every idealist abuses his nerves, and every sentimentalist brutally abuses them. And in the end, the nerves get even. Nobody ever cheats them, really. Then "the awakening" comes. Sometimes it comes in the form of arsenic, as it came to "Emma Bovary." sometimes it is carbonic acid taken covertly in the police station, a goal to which unbalanced idealism not infrequently leads. "Edna Pontellier" fanciful and romantic to the last, chose the sea on a summer night and went down with the sound of her first lover's spurs in her ears, and the scent of pinks about her. And next time I hope that Miss Chopin will devote that flexible iridescent style of her to a better cause." 『피츠버그 리더』지(*Pittsburg Leader*)에 1889년 7월 8일자로 실린 캐서의 서평인데, 1994년 노튼판 텍스트에는 빠져 있다.

[18] 한 개별 작가에 대한 긴밀한 연구는 전체에 대한 심식을 기르는 데 반드시 필요하지만, 자칫 그런 연구가 빠질 수 있는 함정에 대한 다음과 같은 경고도 『깨어남』의 결말을 이해하는 데 새겨들어도 좋을 것이다. "한 개별 작가만에 대한 전문적 연구는—아무리 능숙하게 추구된다 하더라도—바로 그 구조상 왜곡을 낳을 수밖에 없는데, 즉 실제로는 인위적으로 고립시킨 것에 불과한 것을 전체로 투사하는 총체성의 환각을 낳을 수밖에 없는 것이다. 현대의 작가들이 이런 종류의 고립화를 촉발시킨다는 것, 즉 마치 하나의 '세계'에 귀의하듯이 비평가들이 자기네 작품에 철두철미 '귀의'하도록 촉발한다는 것은 그런 비평을 할 구실이 되기보다는 그 자체로 연구해볼 만한 흥미로운 현상이다"(제임슨 367).

인용문헌

김영희. 「페미니즘과 학문의 객관성」. 『현대 학문의 성격』. 서울: 민음사, 2000.

강내희. 「영문학 연구와 버텨읽기」. 『외국문학』 1987년 봄. 130-160.

손정희. 「『여성 퀵소티즘』에 나타나는 공적 담론과 사적 욕망의 충돌」. 『영어영문학』 53권 2호. (2007년 여름): 261-280.

이경란. 「새러 오언 쥬엇의 『전나무의 지방』 – 여성과 공동체」. 『영어영문학』 50권 2호 (2004년 여름): 391-421.

유희석. 「소설과 소설의 영화화: 워싱턴 스퀘어와 두 각생영화를 중심으로」. 『인문논총』 54집 (2005년 12월): 163-196.

윤조원 「미국의 성장기(成長期): 『나의 안토니아』가 재현하는 이질성과 다양성」, 『안과밖』 19호 (2005년 하반기): 279-305.

정미경 「『각성』에 나타난 '타자' 해방의 문제」. 『안과밖』. (1999년 하반기, 7호): 233-255.

제임슨, 제임슨. 여홍상 · 김영희 옮김. 『맑스주의와 형식: 20세기의 변증법적 문학 이론』. 파주: 창비, 2014.

Baym, Nina. *Woman's Fiction: A Guide to Novels by and about Women in America 1820-70*. Urbana: U. of Illinois Press, 1993.

_____. "Melodramas of Beset Manhood: How Theories of American Fiction Excluded Women Authors." *Feminism and American Literary History*. New Brunswick: Rutgers UP, 1992.

Cather, Willa. *O Pioneers!* ed. Sharon O'Brien. New York: Norton, 2008.

Chopin, Kate. *The Awakening*. ed. Marco Culley. New York: Norton, 1994.

Gentry, Deborah S. *The Art of Dying: Suicide in the Works of Kate Chopin and Sylvia Plath*. Peter Lang Publishing. Inc., 2006.

Fiedler, Leslie A. *Love and Death in the American Novel*. New York: Stein and Day, 1982.

Jewett, Sara Orne. *The Country of the Pointed Firs and Other Stories*. New York: Norton, 1982.

Joyce, Chris. "The Idea of 'Anti-Philosophy' in the Work of F.R. Leavis." *The Cambridge*

Quarterly 38.1(2009): 24-44.

Koloski, Bernard. "*The Awakening*: The first 100 years." *The Cambridge Companion to Kate Chopin*. Ed. Janet Beer. Cambridge: Cambridge UP, 2008. 161-173.

Musil, Robert. *Precision and Soul*. Trans. Burton Pike and David S. Luft. Chicago: U. of Chicago P., 1994.

Nafisi, Azar, *Reading Lolita in Tehran: A Memoir in Books*. New Yrok: Random House, 2003.

Ramos, Peter. "Unbearable Realism: Freedom, Ethics and Identity in *The Awakening*." *College Literature* 37.4(2010): 21-36.

Showalter, Elaine. *Sister's Choice: Tradition and Change in American Women's Writings*. Oxford: Clarendon Press, 1991.

Streater, Kathleen. "Adèle Ratignolle: Kate Chopin's Feminist at Home in *The Awakening*." *The Midwest Quarterly* 43.3(2007): 52-68.

블랙 페미니즘과
토니 모리슨의 정체성의 정치학*

● ● ● 김선옥

1. 들어가며

토니 모리슨Toni Morrison은 1970년에 발표한 첫 소설『가장 푸른 눈The Bluest Eye』으로부터『빌러비드Beloved』와『솔로몬의 노래Song of Solomon』를 포함한 대부분의 주요 작품에서 백인 지배 문화 속에서 외면된 미국 흑인의 역사와 문화적 전통을 탐색하고 이를 통해 흑인 공동체와 개인의 정체성 문제를 진단하는 데 주된 관심을 기울였다. 그녀의 작품들은 과거

---

* 이 글은 2005년에 쓰인 필자의 박사논문을 수정 보완하고 그 핵심적 논지를 간략하게 요약한 것이다.

역사를 배경으로 하든, 20세기 현대를 배경으로 하든, 미국 흑인을 구성하는 데 가장 큰 영향을 끼친 노예제와 인종차별의 역사를 직간접적으로 다룬다. 최근 미국에서 일어난 대다수의 인종 관련 사건들이 보여주듯, 미국 노예제와 인종차별의 역사는 흑백 인종갈등을 여전히 진행중인, 미국사회의 가장 고질적인 사회적 문제로 만들었다. 이런 배경에서 모리슨의 대부분의 작품들은 흑백 사이의 직접적인 갈등이나 대립을 다루기보다는 백인의 경제적, 문화적 지배하에 놓여 있는 흑인 공동체와 개인의 정체성 문제에 주목함으로써 흑인 개인과 공동체의 온전한 생존을 모색한다.

모리슨은 게일 캘드웰Gail Caldwell과의 인터뷰에서 자신을 "흑인 여성 소설가"로 명명해주기를 요구함으로써(243) 스스로 인종적, 성적, 문화적 정체성을 지닌 작가임을 분명히 한다. 그녀는 여기서 자신이 흑인이자 여성으로서 두 집단에 속해 있지 않은 작가들이 접근할 수 없는 감정과 인식의 범위에 도달할 수 있다고 언급한다. 사실, 흑인 여성으로서의 글쓰기는 미국 역사에서 흑인들만이 갖고 있는 노예제와 인종차별이라는 흑인 일반의 경험 외에도 인종주의와 가부장적 사회구조에서 몇 겹의 차별과 소외를 겪는 흑인 여성 고유의 경험을 반영하게 된다. 1977년에 블랙 페미니즘의 성명서라 할 만한 「블랙 페미니즘 비평을 위하여Toward a Black Feminist Criticism」를 발표한 바바라 스미스Barbara Smith에 따르면, 모리슨을 비롯하여 70년대 이후로 활동한 흑인 여성 작가들의 글쓰기는 흑인 여성의 삶을 인종적, 성적, 계급적 정치학이 교차하는 지점으로 보고 이 세 가지 범주가 긴밀하게 맞물려 나타나는 양상을 드러낸다(5). 모리슨은 누구보다 스미스의 진술에 부합하는 작가이며, 그녀의 글쓰기는 미국사회의 권력 구조에서 최하층에 놓여 있는 흑인 여성의 삶에 작용하는 인종적, 성적, 계급적 요인들을 예리하게 포착할 뿐만 아니라 백인 지배와 남성 지배하에 놓여 있는 흑인공동체와 그 구성원들의 삶을 흑인 여성의 시각에서 재구성한다.

2. 모리슨의 정체성 인식과 스피박의 '전략적 정체성'

여러 대표작들을 통해 보여준 모리슨의 관심사와 작품 성향에 비추어 볼 때, 여성의 삶을 규정짓는 문제들을 인식하는 데 있어 성 범주를 넘어 인종과 계급의 문제에 관심을 기울임으로써 페미니즘의 새로운 장을 연 블랙 페미니즘의 비평적 접근은 그녀의 작품을 이해하는 데 유용하다. 사실 영미와 프랑스의 부르주아 여성들을 중심으로 80년대 중반까지 활발한 이론적 논쟁을 벌여온 페미니즘은 인종과 계급, 혹은 민족적 상황에 따라 다르게 나타나는 여성 경험의 차이들을 무시하고 주로 성 문제에만 초점을 맞춰 진행되었다. 이렇게 백인 부르주아 여성 중심으로 이루어진 기존 페미니즘 이론의 한계를 극복하기 위해, 흑인 페미니스트들과 가야트리 스피박Gayatri Spivak으로 대표되는 제 3세계 출신 여성 이론가들은, 성과 계급과 인종 문제들을 동시에 다루면서 여성들 사이의 차이 문제를 이론화하는 방식을 모색했다. 흔히 이들의 이론적 작업은 탈식민주의 페미니즘으로 분류되는데, 이 중에서 블랙 페미니즘은 무엇보다 노예제의 인종차별이라는 특수한 역사적 경험과 이로 인해 파생된 미국 흑인 여성의 특수한 현실에 주목한다.

미국의 흑인 페미니스트들에 의해 주도된 블랙 페미니즘의 가장 핵심적인 논쟁은 백인 여성 중심의 서구 페미니즘 논쟁과 마찬가지로 정체성 문제에 관한 논의로 압축된다고 할 수 있다. 사실, 정체성 문제는 다양한 방향으로 진행된 페미니즘 이론에서 가장 첨예한 논쟁거리 중 하나였다. 특히 탈구조주의 논의 속에서, 안정되고 일관된 인본주의적 자아의 개념이 부정되고 정체성이 본질적으로 주어진 것이 아니라 사회적으로 구성된, 매우 불안정하고 다층적이며 불확정적이라는 사실이 밝혀진 이후, 많은 페미니스트 이론가들은 현존하는 억압적 현실을 변화시켜야 한다는 정치적 의제 앞에서 어려움에 봉착하게 되었다. 팸 모리스Pam Morris가 언급하듯, 의미 체계의 한가운데 자리 잡고 있는 가부장적 논리를 해체하거나 제한적이고 규정된 정체성으로부터 벗어나는 데 있어 탈구조주의 논의는 매우 유용하다. 그러나 정체성이 안정되고 일관된 것이 아니라 불안정하고 다층적인 것이라든가, 끊임없이 의미가 연기되는 진행 중인 정체성을 가정해야 한다면, 여성 해방을 위한 정치적 투쟁은 누구의 이름을 걸고 어떠한 방식으로 진행되어야 하는가에 대한 의문에 직면하게 된다(159).

특히 성적인 억압뿐만 아니라 인종적, 계급적 억압 하에 놓여 있는 미국 흑인 하층 여성들의 현실을 고려해본다면 이 문제는 그리 간단한 것이 아니다. 이들 대다수는 도시 빈민층을 형성하고 복합적이고 동시다발적인 억압에 시달리면서 끊임없이 자신들의 가치를 왜곡하고 폄하하는 문화적 이미지들에 둘러싸여 있다. 따라서 이러한 불리한 상황에 맞서 자신의 가치를 발견하고 이를 기초로 외부세계에 맞설 긍정적인 자아 정체성을 확립해야 하는 이들에게, 유동적이고 복합적인 정체성 개념이나 주체subject[1] 해체의 논의는 백인 중산층 엘리트들의 지적 유희로 여겨질 수 있다. 따라서 절박한 현실 앞에서 정치적 투쟁을 감행해야 하는 이들 흑인 여성들에게는 스피박이 언급한, 사회적 정치적 의미에서의 "전략적인 정체성strategic identity"을 가정할 필요가 있다.

스피박은 『다른 세계들 속에서In Other Worlds』라는 저서에서 "주도면밀하게 뚜렷한 정치적 관심"을 만족시키기 위해 구성된 정체성을 "전략적인" 것으로 규정한다(205). 이것은 흑인 여성들이나 제 3세계의 여성들이 복합적인 억압적 현실에 대응하기 위해서는 허구라 할지라도 이들의 집단적인 정치적 이익에 부합하는 "특정한 역사적 문화적 성性적 요구들에 맞게 자신을 기술하는 과정으로서의 개념상의 전략적인 정체성"(Morris 188)을 가정하는 것이다. 이것은 정체성의 허구적 속성을 인정한다는 점에 탈구조주의의 정체성 논의를 수용하는 것이다. 그러나 문화적 정치적 차원에서 소외되거나 억압된 집단의 정치적 이익에 부합하는 '안정되고 고정된' 정체성을 가정한다는 점에서 개인의 이익에 부합하는 '본질주의적' 정체성을 전략적으로 채택한 것이라 할 수 있다.

모리슨 역시 주요 소설을 통해 미국 흑인의 정체성 문제를 탐색함에 있어서 주체의 해체나 무한히 연기되는 복수의 정체성을 가정하지 않는다. 그녀는 개인의 정체성이 성, 인종, 계급과 같은 복잡한 사회적 층위를 토대로 구성되는 '진행 중'의 것임을 인정하면서도 인종주의와 가부장제에 대항하는 능동적 주체를 내세우는 데 있어서 정체성에 관한 본질주의적 입장을 전략적으로 받아들인다. 패트리샤 워Patricia Waugh는 지배적인 문화에 의해 주변화된 사람들에게 있어서, 내적 본질의 반영이 아닌, 사회적인 권력 관계를 통해 구성되는 것으로서의 정체성 개념은 탈구조주의 이전 이미 자아 개념의 주된 양상이었다고 언급한다(22). 모리슨은 워의 진술에 부합하는 작가로서 그녀의 작품에서 묘사되는 대부분의 주요 인물들은 불안정하고 다층적이며 진행 중인 정체성의 양상을 드러낸다. 그러나 『술라Sula』에서 암시되는 바와 같이, 공동체와 문화적 전통에서 벗어나 자기중심적이고 충동적인 개인주의적 욕망에 충실한 술라의 불안정한 정체성은 흑인 여성으로서의 죽음을 의미한다. 그녀와 달리 모리슨이 긍정적으로 그리는 인물들은 흑인 고유의 역사와 문화적 전통 속에서 자신을 긍정할 문화적 바탕을 마련하고 공동체와의 관계 속에서 백인 지배 문화와 권력에 대항하는 능동적인 정체성을 구성한다. 이런 점에서 모리슨은 스피박이 언급한 흑인 개인과 집단의 이익에 부합하는 '전략적인' 정체성을 가정하고 있음을 짐작할 수 있다.

3. 블랙 페미니즘의 비평적 논의들

모리슨의 정체성에 대한 입장은 대부분의 흑인 페미니스트 비평가들의 입장이기도 한데, 이들의 정체성 논쟁은 오랫동안 블랙 페미니즘의 주된 쟁점이었다. 흑인 페미니스트들 사이에서 제기되는 정체성 논쟁은 흑인 여성의 특수한 경험을 바탕으로 정체성의 정치학identity politics을 추구하는 초기의 비평적 논의에 대해 헤이젤 카비Hazel Carby와 호르텐스 스필러스Hortense Spillers와 같은 탈구조주의 흑인 페미니스트들이 '본질주의적'이라고 비판하는 데서 비롯되었다. 본질주의적 입장을 대표하는 초기 비평가인 스미스는 「흑인 페미니스트 비평을 향하여」에서 흑인 페미니스트 비평가들이 지켜야 할 몇 가지 원칙을 천명한다. 그것은 흑인 페미니스트의 접근 방식은 기본적으로 성적, 인종적 정치학의 상호 관련성에 대한 탐색에 중점을 두어야 하고, 여성이자 흑인으로서의 정체성 문제가 흑인 여성의 글쓰기에서 복잡하게 나타나는 문제라는 점을 인식해야 한다는 것이다. 그녀는 또한 흑인 여성 작가들이 공통된 경험과 고유한 흑인 여성 언어에 기초해서 독자적인 문학 전통을 확립했다는 가정 하에 이들의 작품을 다루어야 한다고 주장한다(3-17).

그러나 탈구조주의 비평가인 카비는 흑인 페미니즘 비평이 그동안 비평가로서의 흑인 여성과, 흑인 여성의 현실을 그리는 작가로서의 흑인 여성 사이에 공유되는 경험적 관계에만 초점을 맞추었고, 이렇듯 공통된 경험에 대한 의존은 본질주의적이고 비역사적인 입장이라고 비판했다. 그녀가 보기에 스미스 입장이 갖는 문제점은 무엇보다 본질적인 흑인 여성 경험과 이러한 경험이 구체화된 고유한 흑인 여성 언어가 존재한다고 단언한 점이다. 카비는 스미스의 비평적 접근을 "생물학적인" 것으로 비판하면서 흑인 여성의 공통 경험에 대한 의존은 블랙 페미니즘 비평을 "흑인 여성을 묘사하는 흑인 여성 작가를 연구하는 흑인 여성 비평가들"의 작업으로 한정시킨다고 비판한다(8-10).

이러한 카비의 주장에 대해 바바라 크리스천Barbara Christian은 현대 페미니스트 이론가들이 특정 이론에 주목함으로써 여성이 다양한 역사와 문화를 가진 인종과 계급적 배경으로 이루어져 있다는 사실에 주목하지 않는다고 비판한다(Homans 83). 사실 크리스천의 입장은 대부분의 흑인 페미니스트들의 입장이기도 한데, 이들은 대개 블랙 페미니즘의 이론적 근거로 추상적, 이론적 범주보다는 경험을 더 중요시한다. 앞서 언급한 스미스와 데보라 맥도웰Deborah McDowell 같은 초기 페미니스트들뿐만 아니라 조이스 앤 조이스Joyce and Joyce, 퍼트리샤 힐 콜린스Patricia Hill Collins 등은 흑인 여성의 역사적 경험에 기초한 고유한 이론 정립을 주장하면서 정체성의 정치학을 추구한다.[2] 사실 카비와 스필러스를 제외한 대부분의 흑인 페미니스트 비평가들은 정체성에 대한 본질주의적 입장과 인본주의적 문학 실천을 포기하기를 주저하는 경향이 있다.

이러한 입장은 백인 여성 학자들에 의해서도 제기되었는데, 마가렛 호만즈Margaret Homans는 그 대표라 할 수 있다. 그녀는 탈구조주의 진영에 속해 있는 대표적인 백인 페미니스트들인 도나 해러웨이Donna Haraway, 주디스 버틀러Judith Butler, 다이아나 퍼스Diana Fuss가 유색 인종 여성 작가들을 다루는 방식에서 드러내는 오류와 한계들을 지적하면서, 유색 인종 작가들과 비평가들에게서 나타나는 "정체성의 균열과 통합에 대한 갈구"라는 양면성에 관해 논의한다(75-86). 호만즈가 예로 드는 백인 페미니스트 비평가들의 기본적인 입장은, 버틀러의 언급대로 "정체성이란 거짓되고, 강제적인 단일성을 강요하는 범주"이고, 특히 이주와 혼혈을 반복하면서 혈연관계나 민족적 뿌리로부터 멀어진 유색 인종 여성들에게 있어서 본질적이고 안정된 정체성 탐구는 불가능하다는 것이다. 호만즈에 따르면, 이러한 "반정체성 탈구조주의" 입장을 취하는 백인 비평가들의 문제점은 유색 인종 여성들이 처해 있는 포스트모던한 상황만 강조하거나, 자신들의 이론적 입장을 적용하는 과정에서 실제 그들 작품에 분명하게 드러나는 양면성을 놓치고 있다는 점이다. 다시 말해, 그들은 유색 인종 여성들의 텍스트 표면에 드러나는 포스트모던한 특성 뒤에 생물학적, 문화적 유산을 찾아내려는 강렬한 욕구가 내재하고, 분열되고 불안정한 정체성 이면에 통합된 자아에 대한 열망이 짙게 드리워져 있음을 간과하고 있다는 것이다(87-92).[3]

노예제와 인종차별이 만들어낸 정체성의 혼란이나 상실은 "포스트모던적인 파편화"(Morris 177)의 한 예로 모리슨 역시 그러한 현상을 反정체성 입장을 수용하는 근거로 삼지 않는다. 오히려 그녀는 "세계가 현재 처해 있는 상황에서 흑인 여성들은 19세기, 그리고 그 이전 시기에 있었던 '포스트모던' 문제들 . . . 어떤 종류의 혼란과 상실을, 그리고 어떤 종류의 안정성을 재구성할 필요성을 논의해야 했다"고 주장한다(Morris 177 재인용). 모리슨에게 있어서도 정체성은 허구적인 것으로 폐기할 수 있는 개념이 결코 아니며, 오히려 그녀의 작품들은 흑인의 정체성과 역사의 상실,

그리고 그것들의 재구성에 강한 관심을 드러낸다. 그리고 이러한 시도는 결국 그녀가 속해 있는 인종 집단의 생존과 발전을 도모하기 위한 정치적 차원에서 이루어진다는 점에서 그녀의 정체성 인식은 전략적인 것임을 확인할 수 있다.

모리슨은 정체성에 관한 이러한 전략적인 인식을 토대로, 인종차별과 성차별적 환경에서 백인 여성이나 흑인 남성에 비해 더욱 보이지 않고 침묵을 강요당했으며, 그 문화적 재현의 부정적 성격이나 왜곡된 정도가 더욱 심하게 나타나는 흑인 여성 주체를 형상화하는 데 많은 관심을 기울인다. 역사적으로 능동적인 주체로 서 본 적이 없던 흑인 여성들이 다중적인 억압 속에서 어떻게 당당한 주체로 형성될 것인가의 문제는 모리슨뿐만 아니라 다른 흑인 여성작가들에게도 중요한 관심사이다. 그러나 모리슨은 누구보다 백인 남성, 백인 여성, 흑인 남성의 지배하에 놓인 다중적인 억압 층위들 속에서 새로 형성되어 가는 능동적인 흑인 여성 주체의 모습을 그 내부자의 시선으로 제시한다.

그런데 흑인 여성의 시각에서 정체성의 정치학을 추구하는 모리슨의 노력은 단지 흑인 여성들의 정체성 탐색으로만 그치지 않는다. 모리슨은 흑인 여성과 더불어 노예제도와 인종차별을 경험하면서 미국사회의 피지배자로 존재하면서도 가부장적 권력 관계를 통해 흑인 여성에 대해 지배적 위치에 있는 흑인 남성들의 이중의식을 비판하면서 이들의 정체성 문제에도 지대한 관심을 기울인다. 모리슨은 흑인 여성 작가로서 복합적인 억압 하에 놓인 흑인 여성 주체를 형상화하는 일에 많은 관심을 기울였지만, 흑인 여성을 흑인 남성으로부터 분리하거나 양자 관계를 적대적으로 파악하는 분리주의적이고 전투적인 페미니즘을 추구하지는 않는다. 모리슨의 작품 속에서 흑인 남성은 흑인 여성의 해방을 방해하는 적으로서보다는 노예제와 인종차별이라는 역사적 고통을 함께 한 동반자로 다루어지며, 그들에 대한 비판은 언제나 인종주의와 가부장제의 복잡한 맥락 속에 이루어진다. 따라서 흑인 남성에 대한 부정적인 묘사를 통해 흑인들의 결속을 방해한다는 일부 남성 비평가들의 비판과 달리, 모리슨은 흑인 남성에 대한 비판을 통해 흑인 여성을 포함하는 집단 전체의 발전적 미래를 전망한다. 이를 통해『솔로몬의 노래』의 밀크맨의 경우처럼 흑인 남성들이 가부장적 지배이데올로기와 남성중심적인 태도를 극복함으로써 긍정적인 흑인 남성 주체로 구성되는 과정을 보여준다.

4. 흑인 주체 구성과 흑인 공동체

앞에서 언급한 것처럼 모리슨 작품에 등장하는 주요 인물들은 인종, 성, 계급적 바탕 위에서 사회적으로 구성되는 주체의 모습으로 그려진다. 이들은 두 가지 유형, 즉 지배 이데올로기와 중층적 억압구조 하에서 지배 담론을 내면화함으로써 비극적으로 희생되는 수동적 주체와, 지배 이데올로기에 대한 저항을 통해 자신의 이익에 부합하는 긍정적인 정체성을 확립하는 능동적인 주체로 분류된다. 전자와 후자의 가장 대표적인 예로『가장 푸른 눈』의 피콜라와 클라우디아가 대비된다. 공동체 안에서 함께 성장한 두 인물이 상반된 유형으로 나뉘게 되는 주된 이유는 정체성 형성 과정에서 그들이 흑인 문화 공동체와 맺는 상반된 관계에서 비롯된다. 이들과 마찬가지로 모리슨의 주요 작품에서 능동적인 주체로 구성되는 인물들은 대체로 흑인 전통문화와 공동체 의식으로부터 백인 지배 가치에 저항할 자양분을 습득하는 반면, 수동적으로 희생되는 인물들은 공동체와 전통 문화로부터 소외됨으로써 백인 지배 가치를 내면화하게 된다. 클라우디아나 밀크맨처럼 긍정적인 주체로 구성되는 인물들뿐만 아니라 술라나 제랄딘처럼 흑인 공동체와 대립하는 것으로 보이는 인물들조차도 흑인 공동체를 떠나서는 생존이 불가능할 정도로 공동체와 밀접한 연관성을 갖는다. 흑인 공동체는 인종차별의 피해의식을 피콜라와 같은 내부 희생양을 통해 보상받으려는 부정적인 집단 심리가 내재하고, 술라와 같은 새로운 여성을 허용하지 못하는 억압적이고 폐쇄된 면모를 지닌 곳이기도 하지만, 궁극적으로는 역사적 문화적 공동체로서 흑인 개인의 긍정적인 정체성 형성에 자양분을 제공하는 역할을 한다. 개인적으로 흑인 공동체를 떠나 사는 것이 가능하더라도 미국 사회에서 흑인들은 피부색이 검다는 이유만으로 이미 흑인 집단에 속하게 되며, 따라서 개인의 정체성은 언제나 흑인이라는 집단의 정체성과 연관되어 나타난다.

이러한 흑인 공동체의 형성 배경에는 역사적이고 문화적인 여러 가지 요인들이 작용한다. 무엇보다 미국의 다른 소수인종이 경험하지 못한 혹독한 노예 경험의 역사가 유대의식이 강한 흑인 공동체 형성의 기반이 되었다. 노예 사냥꾼들에 의해 강제로 신대륙에 끌려온 미국 흑인의 선조들은 주로 남부의 대농장 체제에서 고된 육체노동에 동원되는 과정에서 현실의 가혹한 고통을 이겨내기 위한 방편으로 아프리카의 문화적 전통에 의지했다. 아프리카의 종교, 음악, 춤, 구전 전통은 노예로서 겪어야 했던 육체적 고통과 참혹한 현실을 이겨내는 방편으로 작용했다. 이들은 백인 소유수의 대농장 내에 따로 마련된 노예들의 집단 거주지에서 현실의 고통과 대응하면서 그들 고유의 문화적 전통을 형성할 수 있었고, 노예 해방 이후에는 백인들의 인종 분리 정책에 의해 자연스럽게 흑인들만으로 구성된 인종적, 문화적 공동체를 이루게 되었다.[4] 이렇게 흑인들의 집단적 노예제 경험이나 피부색으로 인해 이들이 미국 사회에서 겪는 온갖 차별과 불이익은 흑인 공동체를 다른 어떤 인종 집단보다 유대 관계가 강한 공동체로 만들었고, 백인 권력은 흑인 개인을 언제나 인종 집단의 일원으로 분류함으로써 이것을 강화시켰다.

흑인 공동체를 구성하게 된 배경에는 이러한 역사적, 사회적 요인들이 작용하지만 흑인들의 전통문화에 깃들어 있는 집단의식과 조상의 역할도 중요한 역할을 했다. 개인적 자아의 의미를 죽은 조상들을 포함하는 집단적인 인간관계 속에서 파악하는 흑인 문화에서 개인이 조상을 잃어버리거나 공동체라는 인간관계의 망을 벗어나는 것은 자신을 잃어버리는 것이 된다. 따라서 『솔로몬의 노래』에서 밀크맨이 긍정적인 흑인 주체로 형성되는 과정에서 강조되는 것처럼, 잃어버린 조상의 존재와 공동체의 가치를 확인하는 것은 자기 자신을 발견하는 데 있어 필수적인 것이 된다. 사실, 모리슨의 대부분의 작품에서 개인적 성장은 조상을 아우르는 공동체 내의 인간관계의 망에 달려 있으며, 조상과 공동체의 개념은 모리슨이 그녀의 소설 이해를 위해 가장 중요한 것으로 지목했던 사항이다("Rootedness" 331).

모리슨은 대부분의 소설에서 흑인 공동체를 개별 인물만큼이나 중요한 존재로 다루는데, 그녀가 창조하는 세계는 현대 도시를 배경으로 할 때조차 '동네'나 '마을'의 성격을 띤다. 모리슨은 로버트 스텝토Robert Stepto와의 인터뷰에서 자신이 창조하는 흑인 공동체를 60, 70년대 통용되던 더 넓은 범위의 흑인 공동체의 개념과 구분하기 위해 '동네neighborhood'라는 용어를 사용한다. 그녀는 이 동네야말로 구성원들을 보살피고 양육하며, 정신적 자양분을 제공하는 전통적인 흑인 공동체임을 강조한다(11). 모리슨은 이러한 흑인 공동체가 간직한 전통문화에서 유용한 가치들을 발굴해서 백인의 문화적 지배에 대항하고, 이로써 흑인 개인이 자신의 긍정적인 가치를 발견하고 흑인으로서의 삶에 의미를 부여함으로써 능동적인 주체로 구성될 수 있는 기반을 모색한다. 그러나 모리슨은 흑인 공동체가 백인 지배와 문화적 침탈로부터 흑인들의 정신세계를 지켜 줄 수 있는 자양분을 제공하는 반면, 개인의 자유를 억압하고 변화 발전을 거부하는 부정적인 측면도 갖는다고 본다. 그녀가 대부분의 소설에서 백인의 문화적 지배하에 놓인 소규모의 흑인 공동체를 중심 무대로 설정하면서, 흑인 주체의 정체성을 탐색하는 데 있어서 공동체와 개인의 갈등을 부각시키는 이유가 여기에 있다.

5. 주요 작품들에 나타난 정체성 문제

모리슨이 언급한 '마을 문학'이라는 용어에 걸맞게 『타르 베이비*Tar Baby*』와 『자비』를 제외한 대부분의 작품은 소규모의 흑인 공동체를 무대로 한 흑인들의 세계를 다룬다. 작품에 등장하는 소수의 백인들은 주로 인종주의나 흑백관계의 배경으로만 제시된다. 모리슨의 대표적인 초기 작품들 중에서 『가장 푸른 눈』과 『솔로몬의 노래』가 북부 이주 후 남부의 문화적 전통으로부터 단절된 이주민 2세대와 3세대가 겪게 되는 인종적 정체성의 위기를 다루고 있다면, 『술라』는 흑인 공동체의 가부장적 가치와 충돌하는 이주민 2세대의 새로운 자아 욕구와 성 정체성 문제를 인종 정체성과 관련해서 다룬다.

『가장 푸른 눈』은 인종주의와 가부장제 하에서 인종, 성, 계급적 억압이 교차하는 지점으로서의 흑인 여성의 경험을 전면에 내세우면서 집단 정체성 상실이라는 근본 위기에 놓인 흑인 공동체의 문제를 진단한다. 이와 동시에 두 흑인 소녀의 상반된 경험을 통해 모리슨의 정체성의 정치학을 구현한다. 피콜라는 자신의 피부색과 흑인 여성으로서의 가치를 끊임없이 부정하는 백인 남성 지배 이데올로기에 둘러싸인 환경에서 가족과 공동체로부터 자신의 존재를 긍정할 수 있는 자양분을 전혀 제공받지 못한다. 피콜라의 부모인 촐리와 폴린은 남부에서 북부 산업도시로 이주한 뒤 도시 빈민층으로 전락하는 과정에서 백인의 지배가치를 내면화함으로써 흑인으로서의 정체성뿐만 아니라 부모로서의 기본적인 도덕성마저 상실한다. 백인의 '이상적인' 하녀 위치에 만족하고 검은 피부의 딸을 외면하는 어머니와, 성폭력을 딸에 대한 사랑으로 오인하는 아버지, 그리고 검은 피부에 대한 자기혐오를 사회적 약자에게 투사하는 공동체의 자기부정 속에서 어린 피콜라는 자신의 검은 피부를 부정하는 백인 지배 이데올로기를 내면화한다. 아버지의 아기를 임신한 채로, 백인 소녀의 푸른 눈을 갈망하며 정신분열 상태로 거리를 떠도는 피콜라의 비극적 모습은 인종, 성, 계급적 억압의 교차 지점에 있는 흑인 하층민 여성에게 자신을 긍정하는 정체성 확립은 생존의 차원에서 요구되는 절박한 문제임을 보여준다.

앞에서 살펴본 것처럼 흑인 여성으로서 긍정적인 정체성을 확립한다는 것은 궁극적으로 '본질주의적' 정체성을 가정한다는 점에서 사회적으로 구성되는 주체나, '진행 중'에 있는 정체성에 대한 탈구조주의 논의와 상충된다. 그러나 정체성의 '허구'적 속성이나 지속적인 변화 가능성을 인정하면서도 자신의 이익에 부합하는 정체성을 구성하는 주체의 능동적 측면은 사회적 동물로서 인간 삶을 영위하는 데 있어서 가장 중요한 요소라 할 수 있다. 피콜라와 비슷한 나이의 클라우디아는 바로 능동적 주체로서 자신을 긍정하고, 자신의 이익에 부합하는 흑인문화의 대항 담론과 내면의 저항을 통해 백인 지배 이데올로기에 맞선다. 클라우디아의 이러한 능동적 주체 형성에는 흑인의 전통문화를 계승하고 공동체와의 유대를 이어가면서 자녀양육에 애정과 책임을 다하는 부모의 역할도 중요하게 작용한다. 두 소녀의 상반된 모습은 백인 남성 중심의 문화와 이데올로기 속에서 끊임없이 자신의 가치를 부정당하는 현실에 놓여 있는 미국 하층민 흑인 여성들에게 정체성 확립은 절박한 생존의 문제이자 능동적 주체로 구성되기 위한 필수 과정임을 보여준다.

『가장 푸른 눈』이 백인 지배이데올로기에 직면한 흑인 개인과 공동체의 인종적 정체성 탐색에 많은 비중을 두고 있다면, 『술라』는 성 정체성에 초점을 맞추어 흑인 공동체 안에서 이루어지는 흑인 여성의 새로운 자아 추구와 이로 인한 개인과 공동체의 갈등을 주로 다룬다. "백인도 남성도 아닌"(52) 흑인 여성으로서의 술라는 인종주의와 가부장제 하에서 흑인 여성에게 주어진 전통적인 역할을 거부하고 새로운 자아를 추구하는 과정에서 공동체와 적내적으로 내립함으로써 쓸쓸한 죽음을 맞이한다. 모리슨은 술라를 통해 새로운 정체성을 모색하는 흑인 여성 주체와 변화 발전을 거부하는 공동체 사이의 복잡한 갈등을 다루면서, 그녀의 자유로운 욕망 추구의 결과로 빚어진 단짝 친구와의 관계 단절이 양자에게 가져온 부정적인 결과를 탐색한다. 이를 통해, 흑인 여성의 새로운 자아 추구는 개인주의적인 방식으로가 아니라 인종적, 문화적 바탕 위에서 여성들 사이의 유대관계를 통해 이루어져야 함을 암시한다. 그것만이 백인도 남성도 아닌 흑인 여성이 몇 겹의 억압 속에서 자신의 이익에 부합하는 정체성을 확립하고 인종주의와 가부장제라는 억압적 힘에 적극적으로 대응할 수 있는 방법이기 때문이다.

『솔로몬의 노래』는 주로 흑인 여성의 경험을 다루는 이전의 두 작품과 달리, 경제적 풍요 속에 도시의 일상적 쾌락에 탐닉하던 중산층 흑인 남성이 여성들과 맺는 관계를 통해 긍정적인 흑인 주체로 구성되는 과정을 보여준다. 일부 여성 비평가들은 모리슨이『솔로몬의 노래』에서 조상의 뿌리를 찾아 흑인으로서의 정체성을 확립하고 신화를 완성하는 남성 주인공의 이야기를 중심에 놓으면서도, 여성 인물은 파일럿처럼 남성의 성장에 도움을 주는 조력자로 그리거나 하가르처럼 비극적 죽음을 맞이하는 것으로 결말지음으로써 페미니스트 시각에서 후퇴했다고 논평한다. 그러나『솔로몬의 노래』는 흑인 남성의 성장을 여성의 시각에서 다룬다는 점과, 여성 주인공인 파일럿의 비전이 남성우월주의와 중산층 개인주의에 갇혀 있던 밀크맨의 변화와 성장의 바탕이 된다는 점에서 모리슨의 페미니즘이 이 작품에서 후퇴했다고 보기 어렵다. 이 작품의 실질적인 주인공이라고도 할 수 있는 파일럿은 공동체의 가치를 외면하고 외부세계와 단절한 채 개인주의적 자아에만 몰입함으로써 쓸쓸하게 죽어가는 술라와 달리, 가부장적 규범과 질서로부터 벗어나 있으면서도, 흑인 공동체와의 유대관계 속에서 인간애에 바탕을 둔 자유롭고 독립적인 삶을 구현한다. 모리슨은 파일럿을 통해 밀크맨이 긍정적인 흑인 남성 주체로 구성되기 위해 반드시 거쳐야 하는 과정으로 흑인의 역사와 문화에 대한 올바른 이해와 흑인 공동체와의 유대 관계, 무엇보다 여성과의 올바른 관계 정립을 제시한다. 밀크맨이 중산층 남성으로서의 이기심과 오만을 버리고 여성과 타자를 수용하는 인간으로 변모하는 과정과 조상의 역사와 문화에 다가감으로써 인종적 정체성을 확립하는 과정이 동시에 진행된다는 사실은 이 점을 잘 보여준다.

모리슨의 창작 활동 초기에 속하는 이 세 작품 이외에 이질적인 시대와 장소를 배경으로 공동체와 흑인의 정체성 문제를 다루는 작품들은『타르 베이비』,『빌러비드Beloved』,『파라다이스Paradise』이다.『타르 베이비』는 주로 현대 흑인 여성의 자아 추구와 정체성 문제를 탐색하지만 '마을'

의 범위를 벗어나 미국, 유럽, 그리고 제 3세계를 아우르는 광범위한 배경을 토대로 점점 세계화되는 코즈모폴리탄 환경에서 흑인으로서의 정체성을 유지하면서도 타인종과 더불어 살아가는 방법을 모색한다. 『빌러비드』는 노예 출신 여성의 실제 경험을 토대로 과거 선조들이 노예제의 트라우마를 극복하고 온전한 인간으로서의 자아를 회복해가는 힘겨운 과정을 개인과 공동체의 관계 속에서 조명한다. 『파라다이스』는 노예 해방 직후부터 1970년대에 이르는 광범위한 시간적 배경을 토대로 백인 지배와 차별로부터 벗어나 흑인으로만 구성된 '파라다이스'를 건설한 이주 흑인들이 만든 배타적 공동체의 문제점들을 여성의 시각에서 조명한다.

6. 나가며

지금까지 이론적 논의들과 몇몇 대표적인 작품들을 통해 간략하게 살펴본 바와 같이, 모리슨의 자아와 정체성에 관한 인식은 탈구조주의적 시각을 반영하고 있지만, 미국 흑인의 정체성 확립에 대한 모리슨의 고찰은 인본주의적 정체성 개념을 전략적으로 채택하는 방식으로 이루어진다. 바바라 리그니Barbara Rigney가 언급한 것처럼 모리슨 작품에서 "모든 자아는 복합적이고 파편화되어 있지만 더 큰 집단의 일부"(66)로서 나타난다. 따라서 긍정적인 흑인 주체로서 개인의 정체성을 확립하는 일은 노예제와 인종차별의 고통스런 역사와 고유의 문화를 간직한 흑인 공동체 안에서 '목적의식적'으로 이루어져야 하는 정치적 과제로 제시된다. 그것만이 백인 중심의 사회구조와 지배 가치 속에서 흑인 개인과 집단이 미국 사회의 정치적, 사회적, 문화적 주체로서 온전한 삶을 구축할 수 있는 방법이기 때문이다.

¹ 주체(subject)는 안정되고 통합된 자아를 전제로 하는 인본주의적 개인을 대체하는 말로서 개인이 여러 사회적 요인들을 통해 구성되는 측면을 강조하는 용어이다. 개인의 성격, 행동방식, 혹은 능력을 포함해서 다른 사람과 구별되는 그 사람만의 고유한 특성을 자아(self)라고 할 때 인본주의가 개인의 의식에 기반한 안정되고 통합된 자아를 전제한다면 탈구조주의는 의식과 더불어 끊임없는 무의식의 도전을 받는 불안정하고 분열된 자아를 상정한다. 이 글의 특정 맥락에서 흑인 개인이 아닌 흑인 주체라는 용어를 사용하게 된 것은 모리슨 작품의 인물들이 부정적으로든 긍정적으로든 사회적 요건들 속에서 구성되는 측면을 강조하기 위함이다.

² 가령 조이스는 헨리 루이스 게이츠(Henry Louise Gates, Jr.)나 휴스턴 베이커(Houston Baker)와 같은 대표적인 흑인 문학 비평가들이 유럽 이론, 특히 해체 이론에 의존하는 것에 대해 강도 높게 비판하고, 크리스천처럼 경험적인 뿌리에 근거하는 흑인 이론을 확립할 것을 주장한다. 콜린스 역시 "아프리카계 미국 여성으로 산다는 것은 블랙 페미니스트 사고를 생산하기 위한 필수적인 선행 조건이라고" 단언할 만큼 블랙 페미니즘 비평의 선행 조건으로 흑인 여성의 특수한 경험을 강조한다(Homans 83).

³ 유색 인종 여성 작가들, 무엇보다 흑인 여성 작가들과 비평가들의 글에 나타나는 이러한 양면성 문제에 대해서는 김애주 170-71도 참고.

⁴ 흑인 공동체에 관한 더 자세한 사항은 Blassingame 105-148 참고.

인용문헌

김애주. 『토니 모리슨 연구』. 서울: 한국문화사, 1999.

태혜숙. 『탈식민주의 페미니즘』. 서울: 여이연, 2001.

Blassingame, John. *The Slave Community*. New York and Oxford: Oxford UP, 1979.

Caldwell, Gail. "Author Toni Morrison Discusses Her Latest Novel *Beloved*." *Conversations with Toni Morrison*, ed. Danille Taylor-Guthrie. Jackson: Mississippi UP, 1994.

Carby, Hazel V. *Reconstructing Womanhood*. New York: Oxford UP, 1987.

Christian, Barbara. *Black Feminist Criticism*. New York: Teachers College Press, 1997.

_____. "The Race for Theory." *The Black Feminist Reader*. eds. Joy James & T. Denean Sharpley-Whiting. Malden: Blackwell, 2000. 11-23.

Collins, Patricia Hill. "The Social Construction of Black Feminist Thought." *The Black Feminist Reader*. eds. Joy James & T. Denean Sharpley-Whiting. Malden: Blackwell, 2000. 183-207.

McDowell, Deborah E. "New Directions for Black Feminist Criticism." *The Critical Tradition*. ed. David H. Richter. Boston: Bedford Books, 1998.

Morris, Pam. *Literature and Feminism*. Cambridge: Blackwell, 1993.

Morrison, Toni. *The Bluest Eye*. New York: Alfred A. Knopf, 1970.

_____. *Sula*. New York: Alfred A. Knopf, 1973.

_____. *Song of Solomon*. New York: Alfred A. Knopf, 1977.

_____. *Tar Baby*. New York: Alfred A. Knopf, 1981.

_____. *Beloved*. New York: A Plume Book, 1987.

_____. *Paradise*. London: Vintage, 1997.

_____. "Rootedness: The Ancestor as Foundation." *Literature in the Modern World*. ed. Dennis Walder. London: Oxford UP, 1990. 339-45.

Homans, Margaret. "'Women of Color' Writers and Feminist Theory." *New Literary History* 25 (1994): 73-94.

Rigney, Barbara. "Hagar's Mirror: Self and Identity in Morrison's Fiction." *Toni Morrison*. ed. Linden Peach. London: Macmillan, 1998. 52-69.

Smith, Barbara. "Toward a Black Feminist Criticism." *Feminist Criticism and Social Change.* eds. Judith Newton & Deborah Rosenfelt. New York: Methuen, 1985. 3-18.

Spillers, Hortense. "A Hateful Passion, A Lost Love." *Feminist Studies* 9 (1983): 293-323.

Spivak, Gayatri Chakravorty. *In Other Worlds: Essays in Cultural Politics.* New York: Routledge, 1988.

Stepto, Robert. "Intimate Things in Place: A Conversation with Toni Morrison." *Conversations with Toni Morrison.* ed. Danille Taylor-Guthrie. Jackson: Mississippi UP, 1994. 10-29.

Waugh, Patricia. *Feminine Fictions: Revisiting the Postmodern.* New York: Routledge, 1989.

다문화주의와 맥신 홍 킹스턴의 『여인 무사』: '중국적'인 것, '미국적'인 것, 그리고 재현의 문제*

● ● ● 안은주

'다문화주의multiculturalism'란 국가 내에서 여러 다른 인종, 민족, 문화들이 공존하는 방법을 찾아가는, 다시 말해 사회 체계 내에서 '차이'라는 문제를 어떻게 자리매김해야 할 것인가를 풀어가는 해법이라 할 수 있다. 미국에서는 소수 인종 집단이 고유의 특징을 버리고 다수 집단에 동화되어야 함을 함축하는 '용광로melting pot'에서 다양한 문화가 마치 샐러드의 여러 재료들처럼 각자의 독특한 특징을 잃지 않은 채 전체로서 조화될 수 있다는 '샐러드 그릇salad bowl'으로 다문화적 모델이 발전해 왔으

* 이 글은 본인의 박사학위논문 「맥신 홍 킹스턴의 '중국'과 '미국' 재현: 다문화주의 극복을 위한 디아스포라 담론의 가능성」(서울대학교: 2006)을 수정 보완한 것임.

며, 이러한 다문화 실험들로 인해 미국은 21세기 글로벌 초국가주의 세계의 선진적 축소판으로 인식되어 왔다.

그런데 소수인종들의 문화와 다양성에 대한 '인정recognition'과 '포함 inclusion', 그리고 '관용tolerance'을 기치로 한 미국의 다문화주의는 다양한 인종과 문화를 가진 소수인종 공동체들로 하여금 자부심을 가지고 미국 사회의 구성원으로 살아갈 수 있도록 하는 성과가 있음에도 불구하고, 다른 한편 '다문화주의적 국가주의multicultural nationalism' 또는 '자유주의적 다문화주의liberal multiculturalism'로 불리며 비판을 받곤 한다. 다문화주의는 다양성에 대한 인정과 포함을 문화의 측면에 한정함으로써 사회의 위험 요소로서의 다양성을 관리하는 것이 목적인 기제이며, 백인 중심의 주류 사회 대 소수인들이 이루는 주변부라는 이분법적 구도를 고정시킴으로써 현 상태를 유지하는 기제라는 것이다.

다문화주의는 미국이라는 한 국가의 국가주의nationalism적 기획임에도 불구하고, 국가주의적인 면모에 대해서는 논의가 거의 이루어지지 않으며 일종의 보편주의로 상찬되는 경향이 있다. 그런 과정을 통해 다문화주의는 인종 차별을 낳는 사회적 역학은 문제시하지 않은 채, 중심부의 백인들이 주변부의 타자들에게 관용을 베푸는 나라, 즉 물질적 풍요의 면에서 뿐 아니라 도덕적 측면에서도 타자를 환대해주는 관용적인 국가로서의 미국이라는 새로운 국가 이미지를 구축한다. 그리하여 여전히 동일한 '우리'가 계속해서 '그들'을 만들어냄으로써 자기 증식을 하는 모델인 것이다. 또한 이러한 '포함' 모델은 추상적인 시민권 개념에 기초하면서 '시민'의 범주에 포함된 '인종화된racialized' 그룹들 사이에 반 이민 정서를 정당화한다(Moallem and Boal 243-63). 나아가 미국 내 다문화주의는 전지구화의 문화 논리로 확대 재생산되어 전지구화의 획일화, 단일화라는 본질을

다양성이라는 겉모습으로 은폐하는 이데올로기적 기제로 작용한다는 것이다.[1]

이 글은 이러한 다문화주의의 의의와 한계가 중국계 미국인 작가인 맥신 홍 킹스턴의 처녀작 『여인 무사: 귀신들 사이에서 보낸 소녀시절에 대한 회상록』에서 극화되는 양상을 살펴보려는 시도이다. 이 소설은 아시아계 미국문학으로서는 유례가 없을 정도로 독서대중의 폭넓은 인기를 누린 작품이다. 또한 다문화주의의 참고서라 불리며 미국문학 분야는 물론 페미니즘, 인종/민족 연구ethnic studies, 문화연구, 문화인류학 등 다양한 분야에서 필독서로 읽혀 왔다. 그 결과 이 작품은 미국 대학에서 가장 많이 가르치는 작품 중 하나가 되었으며, 이런 성과를 바탕으로 미국문학 정전에까지 올랐다. 클린턴 대통령이 감명 깊게 읽었다고 언급한 것에서도 알 수 있듯이 『여인 무사』는 다문화주의 미국의 이상을 대변하는 작품으로 인식되어 왔다.

이 글에서는 중국계 이민 2세 여성인 『여인 무사』의 화자가 세계를 '중국적'인 것과 '미국적'인 것으로 구획하면서 그려내는 마음속의 지도를 따라가면서, 두 곳으로부터 모두 거리를 느낄 수밖에 없는 디아스포라[2]적 주체가 두 문화 사이에서 새로운 문화를 창조하는 작업의 의의를 살펴보고, 그 기반 위에 '중국적인 것' 또는 '귀신'으로 정의되는 타자들과 자기 자신을, 구분하려는 의지와 동일시하려는 의지가 동시에 존재하는 화자의 모순적인 심리 상태가 미국 내 소수민족들의 존재론적 현실을 반영하는 바를 살펴보려 한다. 그리고 이러한 논의는 이 두 세계가 번역과 글쓰기를 통해 통합된다는 작가의 비전이 가지는 한계를 번역과 재현의 문제에 대한 고찰을 통해 밝히는 방향으로 향할 것이다. 이를 위해 킹스턴의 중국, 중국어, 그리고 중국문화에 대한 언급과 재현을 중심으로 중국계 미국인 작가에 의해 재현된 '중국'의 흔적들을 찾아보고, 이를 통해 '미국적'인 틀에 '중국적'인 것들이 담겨질 때 새로운 의미도 탄생하지만 동시에 사장되고 침묵되는 대상도 있음이 지적될 것이다. 그리고 그것이 다문화주의적 이상인 소수 인종의 '미국인으로 거듭남'의 과정에서 사장되는 이면임도 지적될 것이다.

이 작품은 모두 다섯 개의 장으로 이루어져 있다. 첫 장은 결혼 직후 남편이 돈을 벌기 위해 미국에 가 있는 동안 외간 남자와의 사이에서 아이를 임신하여 마을과 가족들에 의해 추방당하고 끝내 자살한 고모의 이야기를 다룬 「이름 없는 여인No Name Woman」이고, 둘째 장은 중국 고래의 화목란花木蘭 신화를 무협영화 풍으로 개작하여 화자의 본보기인 여성 혁명가로 그려낸 「백호White Tigers」, 셋째 장은 어머니가 광동 지방의 간호학교 교내에서 귀신을 물리친 이야기를 다룬 「무당Shaman」이다. 또한 미국에서 재혼하여 성공가도를 달리고 있는 의사 남편을 찾아 미국에 왔다가 남편에게도 버림받고 미국 생활에도 적응하지 못해 정신이상증세를 보이게 되는 월란 이모의 이야기인 「서방궁에서At the Western Palace」가 네 번째 장이며, 마지막으로 말없는 동급생 여자 아이를 괴롭힌 일과 가슴 속에 쌓아둔 이야기들을 어머니에게 쏟아낸 일, 그리고 흉노족에게 잡혀가 고향을 그리워하는 시편들을 쓰다가 결국 흉노족의 악기 선율에 맞춰 한족의 이야기를 담아낸 시편을 저술한 한나라 여류 시인 채염蔡琰의 이야기를 다룬 「오랑캐의 갈대 피리를 위한 노래Songs for the Barbarian Reed Pipe, 胡笳十八拍」가 있다. 각 장에서 화자 맥신은 이름 없는 고모, 화목란, 어머니, 월란 이모, 말없고 소극적인 학교 동급생, 그리고 채염 등 여러 여성 인물들을 통해, 자신이 미국 사회의 소수인종 여성으로서 길을 헤쳐 나가는 데 있어서 취하여 거울로 삼을 것과 떨쳐버려야 할 것들을 가늠한다.

이와 같은 대략의 줄거리에서도 짐작할 수 있듯이『여인 무사』는 중국계 이민 2세 소녀 화자가 성장하면서 겪는 성장통과 목소리 찾기, 즉 자아 찾기의 기록이다. 성장소설들이 보통 그러하듯이, 작품의 화자 맥신이 주체를 세워가는 과정 역시 주위의 여러 난관들을 헤쳐 나가는 지난한 투쟁의 과정으로 그려진다. 그녀가 마주치는 난관들이란, 여성을 무가치한 존재로 여기는 중국계 미국인 사회의 남녀차별적인 구습, 중국 전통의 집단주의 문화, 미국 주류사회와 단절된 채 중국식 사고방식을 고수하며 살아가는 이민자 부모, 중국계 아이들의 문화 차이를 이해하지 못하는 학교와 선생님, 가족의 보금자리를 허무는 도시정비사업 철거반, 인종차별적인 직장 상사, 소수인종을 침묵케 하는 백인 중심 사회 등이다. 이렇게 주인공 맥신은 남성 중심적인 중국계 이민자들의 공동체와 백인 중심의 미국 주류사회 양쪽으로부터 소외되고 타자화되는 소수인종 여성이다. 그녀는 이 두 세계에 저항하고 그 경계를 가로지르면서, 마음속의 지도를 나침반 삼아 자신의 정체성을 찾아간다.

　이 작품에서 '중국적'인 것과 '미국적'인 것은 이민 1세대인 어머니와 미국에서 태어나 자란 2세인 딸 간의 세대차이로 극화된다. 딸 맥신에게 있어 어머니는 구세계의 풍습을 강요하고, "생존에 꼭 필요한 것들을 충족하는 일"(necessity, 13)[3]에만 매달리며 살아와서 그 이상의 "여유나 자유 또는 방종"(extravagance, 13)을 이해하지 못하는 인물로 인식된다. 주인공 맥신은 어머니에게 차마말 수 없었던 이야기들을 신 폭눅으로 만늘어 마심내 쏟아내는데, 그 내용은 기독교의 신에게 기도했다는 등의 서구화된 자신의 사고방식이다. 이러한 세대 차는 맥신의 갈라진 혀가 상징하듯 2세에게 자아 분열의 고통을 안겨준다.

　이렇게 이민가족 내의 세대 차이를 주요 주제로 다루는 일련의 작품

경향이 이제까지 아시아계 미국문학의 주요 흐름 중 하나였다고 할 수 있다. 그리고 『여인 무사』는 이런 경향을 이끌어온 대표적인 작품이라 하겠다. 아시아계 미국인 가정 내의 세대 간 갈등과 그 극복을 이민 2세의 자아 찾기나 정체성 찾기로 귀결시키는 이러한 정체성의 정치학identity politics의 경향은 인종문제를 매우 사적인 문제로 한정하면서 미국사회에 적응하고 동화되어 그 일원이 되는 일이 온전히 이민자 또는 그 2세의 몫이라는 논리를 전제로 한다는 문제를 안고 있다. 이 구도 속에서 정상적이고 표준적인 세계로서의 '미국'은 어떤 절대적인 기준으로 저 멀리, 작품 내의 갈등관계 너머에 존재한다. 그리고 민족적/인종적 기원으로서의 '아시아적,' 또는 '중국적' 세계는 다문화적인 공존의 방법을 아직 터득하지 못한 배타적이고 전근대적인 단계로 비춰지며, 주인공은 온전한 미국인이 되기 위해 이 좁은 세계를 뚫고 진정 미국적인 넓은 세계로 나와야 하는 것으로 그려진다. 그 결과 주인공의 자아에 상처를 주는 것은 미국 내 인종차별이나 구조적인 소수인종 문제보다는 이민자 부모의 이해불가능하고 비정상적인 삶의 방식, 그리고 자식이나 미국 사회에 대한 몰이해이다. 미국에서 종종 코미디의 소재가 되곤 하는 이러한 이민자 부모에 대한 희화화나 풍자에서 이민 2세는 일종의 원주민 정보제공자native informant의 자세를 취함으로써 주류 담론으로 진입한다.

한편, 분열된 자아는 그 회복을 위해 이민 1세대 및 그들이 상징하는 아시아를 혐오스럽고 완전히 동일시할 수는 없지만 원초적으로 자신의 뿌리를 이루고 젖줄이 되어주기에 결코 완전히 부정할 수는 없는, 그래서 어떤 내적인 깨달음을 통해 끌어안아야 할 대상으로 본다. 『여인 무사』의 화자 역시 어머니와 이름 없는 고모 등 윗세대 여인들의 삶을 자신의 입장에서 다시 씀으로써 자기 속에 끌어안아, 자신이 미국사회에서 살아가는 데 필요한 힘을 얻고 분열된 자아를 치유하려 한다. 우리는 이 장에서 일견 너무나 완벽해 보이는 이 통합과 치유의 이면을 보고자 한다. 자기 속의 타자를 끌어안는 이러한 통합은, 매우 감동적임에도 불구하고 인식 및 재현의 주체와 그 대상이라는 이분법과 그 사이의 거리를 전제로 한다는 면에서 소위 타자적인 또는 주변적인 세계를 재현의 대상으로 물화시키는 문제를 안고 있다. 이민자들 및 그들이 이루는 세계는 스스로를 재현할 수는 없으며 미국화된 2세에 의해서만 재현 가능한 것으로 그려지는 것이다. 그리하여 이 작품은 이민 2세의 정체성 찾기의 지난함과 두 문화의 충돌 및 융합을 미학적으로 포착해내는 장점을 가졌음에도 불구하고, 구세계와 신세계를 본질적으로 분리하면서 구세계를 과거에 고착된 곳이자 자기재현이 불가능한 곳으로 한정시키는 미국 중심적 사고를 되풀이하는 한계를 보인다. 그리고 이 과정에서 '중국'이라는 이름의 소위 구세계는 '미국'과 대비되는 성향들이 투영된 또 하나의 스테레오타입이 된다.

사실, 미국에서 태어난 이민 2세인 킹스턴에게 '구세계,' 즉 '중국'은 직접 경험한 고향이 아니라 어머니의 기억에 기반을 둔 "이야기talk-story"[4]를 통해 간접적으로 경험한 공간이다. 또한 그것은 '중국'이라는 영토적 공간에만 한정된 것이 아니라, 샌프란시스코 인근의 작은 도시 스턱튼Stockton[5]에서의 가난한 어린 시절, 어머니의 이야기를 들으며 잠들어 꾸던 꿈이나 차이나타운 외관에서 본 냉화, 수위에 사는 중국계 이민자들의 삶 등과 구분할 수 없는 공간이기도 하다. 그래서 그가 형상화하는 '중국'은 유서 깊고 찬란한 전통 문화의 폭과 깊이를 갖춘 모습이라기보다는, 술이나 마약에 취해 거리를 서성이는 행려병자들, 미국 사회에 적응하지 못하고 미치거나 지능이 모자라게 된, 또는 그렇게 치부되는 중국계 미국인들 등 미국의 뒷골목 냄새를 풍기는 것들이다. 즉, 그 공간은 어머니의 이야기와 작가의 상상력의 소산인 중국 이야기이자, 동시에 자신이 과거에 경험한 척박하고 혼란스런 어린 시절도 의미한다. 시간적으로나 공간적으로나 머나먼 이 두 가지 '중국' 모두, 그로 하여금 미국 주류문화에 편안하게 동화하는 것을 불가능하게 만드는 괴로운 존재이면서 동시에 삶의 근본적인 질문을 던질 수밖에 없게 만드는, 그리고 그곳이 아니고서는 창작의 자양분을 얻을 수 없는 귀중한 공간이기도 하다.

> 중국계 미국인들, 그대들은 자신 속의 어떤 것들이 중국적인 것인지 알고자 할 때, 어린 시절, 가난, 광기, 한 가족, 당신이 나이를 먹을 때마다 그에 맞춰 이야기를 들려주는 어머니 등과 중국적인 것을 어떻게 구분하는가? 무엇이 중국 전통이고 무엇이 영화인가? (13)[6]

위 구절에서 알 수 있듯이, 킹스턴의 내면에는 '중국'이라는 영토 및 문화와 미국에서의 자신의 어린 시절 경험이 구분되지 않은 채 함께 녹아 있다. 이런 융합의 양상에 대해 프랭크 친Frank Chin과 같은 문화민족주의 진영 비평가들이나 중국 내의 민족주의 비평가들은 킹스턴이 중국 전통문화에 대해 무지하며 혼란스러워 하고 있음을 단적으로 보여주는 구절이라고 평가하는 반면(Chan 84-86; 衛景宜(Wei Jing Yi) 173-84), 중국계 미국인 페미니스트 비평가인 설-링 웡Sau-ling Wong은 이 구절을 '중국'이 실체 없음을, 그리하여 킹스턴에게 존재하는 것은 미국에서의 경험뿐이며, 이 작품은 '중국'이 아니라 '미국'에 대한 이야기임을 주장하는 근거로 제시한다.[7]

그러나 웡의 지적대로 킹스턴의 작품들에서 '중국'은 실체 없는 기표이기는 하나, 그것이 작가가 중국이라는 실제 정치체로부터 자유로우며 작품에 그려진 소위 '중국적'인 요소들이 사실은 미국의 문맥 안에 있음을 증명하는 것이라기보다는, 작가가 자신의 과거 경험을 재현하는 데 있어 주변적이고 타자화된 일체의 것들에 '중국'이라는 기표를 덮어씌우는 식으로 그것을 전용한다고 볼 수 있다. 그에게 고향이란 영어로 정확한 표기가 불가능하다는 언어적 의미에서도 비분절적inarticulate이고, 사회적으로 주변적이고 타자이기 때문에 유령처럼 모습을 제대로 드러내지 못한다는 사회적인 측면에서도 비분절적 공간이다. 작가는 이러한 비분절적인 일체의 것들을 '중국'이라는 기표로 나타낸다. 그리하여 작가가 말하는 '미국적인 틀' 또는 '미국인의 눈'에 담기거나 포착되어 새로 쓰이는 '중국'(Skenazy and Martine 18)에는 중국 설화나 문학작품들 외에도 어머니, 이름 없는 고모, 월란月蘭, Moon Orchid 이모, 말없는 소녀, 우둔한 중국계 총각, 갓 이민 온 촌스러운 남자들 등 사회의 주변적인 인물들도 포함된다.[8]

주변적인 것들이 총망라된 '중국'에 대해 화자는 향수와 혐오감을 동시에 갖는 양면적이고 모순된 태도를 보인다. 화자의 내면에 원초적인 과거에 대한 거리두기와 감싸 안기의 모순적인 메커니즘이 병존한다고 할 수 있다. 그는 끊임없이 '같음'과 '다름' 사이에서 고민할 수밖에 없는 이중적인 위치에 있다. 주류 사회에 동화하기를 갈망하나 인종적인 타자성 때문에 동화의 가능성에 대한 불안을 가질 수밖에 없는 중국계 미국인 이민 2세의 주체는 완벽한 미국인이라는 꿈에 비추어 자신이 그 이상적인 이미지와 같은지 다른지를 고민하고, 또 그 반대극인 광기, 가난, 부적응, 침묵 등 중국계 미국인들의 현실에 비추어 자신이 그들과 같은지 다른지를 고민한다. 그리하여 그는 "미국식 여성성"(American feminine, 18)을 몸에 익히고자 노력하고, 부모님의 세탁소 앞에서 하루 종일 서성이며 자신을 은근한 눈으로 바라보는 덩치 큰 저능아를 몸서리치게 혐오하고, 바로 자신의 모습이기도 한 말없고 심약한 중국계 여자 아이에게 말하는 법을 가르쳐준다며 폭력을 행사한다.

'중국적'인 것과 '미국적'인 것은 작품 전편에 걸쳐 계속 대비되면서 가치판단의 대상이 된다.

> 미국에서 태어난 첫 세대인 우리들은 이민 세대가 우리의 어린 시절 주위에 쌓아 놓은 보이지 않는 세계를 어떻게 견고한 미국에 맞출지를 알아내야 했다. (13)

위의 인용문에서 이민자인 부모 세대의 '중국적' 세계는 눈에 보이지 않는 무정형의 세계인 반면, 미국은 유형有形의 견고한 세계이다. '중국' 대 '미국'이라는 이분법은 곧 무형과 유형, 유령과 실체의 이분법을 의미한다. 이 대목에 대해 팔룸보-리우Palumbo-Liu는 맥신이 어머니의 이야기 중 자신의 미국 생활에 유용한 것을 발췌하는 과정을 묘사하는 "알아내기 figuring out"라는 표현에서 신화적인 "다른 세계other world"로 재구성된 중국과 현세적이고 "견고한" 미국 사이에 가차 없는 분리를 가하는 화자의 사고방식을 발견할 수 있다고 평가한다(Palumbo-Liu 1999, 403).

화자는 미국적이고 정상적인American normal인 사람이 되고자 한다. 이때 정상적인normal 것이란 표준인normative 것을 뜻한다. 한편, 그에 반하는 '중국적'인 세계는 침묵, 보이지 않음, 광기 등으로 정의된다. 또한 '중국'은 표준에서 벗어날 뿐 아니라 시간적으로도 공간적으로도 뒤처져 있거나 멀리 떨어져 있다. 그리고 그것은 현재 이곳에 어둡고 무거운 그림자를 드리운다. 작품의 세 번째 장인 「샤먼Shaman」 장에서 어머니가 중국에서 찍은 사진에 대해 화자는 다음과 같이 묘사한다.

내 어머니는 웃고 있지 않다. 중국인들은 사진 찍으면서 웃지 않는다. 그들의 얼굴은 외국 땅에 있는 친척들에게 명령한다. '돈을 보내라'고. 그리고 자손들에게 영원히 명령한다. "이 사진 앞에 음식을 차려 놓아라."하고. (58)

중국인의 사진은 웃지도 않고 권위를 내세우며 보는 이에게 명령을 한다. 시간적으로 과거인 조상들이 현재의 자손들에게 명령을 하고, 공간적으로 멀리 있는 저곳 중국의 친척들이 이곳 미국의 중국계 미국인들에게 명령을 한다. 화자에게 '중국'은 개인을 억압하는 집단주의 문화의 무게이자 현재를 옥죄며 그림자를 드리우는 과거의 무거운 짐으로 다가온다. 그래서 중국에서 온 우편물에서는 몇 천 년 된 동굴 속 박쥐 냄새가 난다(57).

킹스턴과 『여인 무사』의 화자는 자아를 찾기 위해 고향인 스턱튼 차이나타운을 떠난다. 그리고 그렇게 해서 담보된 거리는 그로 하여금 그 세계를 재현할 수 있게 해준다. 거리가 생겼기 때문에 역설적으로 그 세계를 돌아볼 수 있게 되었고 사랑할 수 있게 된 것이다. 하지만 그곳은 예전에는 그곳에 속했던 작가 자신에게도 이미 재현 불가능한 곳이 되었다. "번역이 잘 되었다"(It translated well. 186)고 하면서 작가는 자신의 글쓰기가 어떤 경지에 올랐으며 어머니의 세계와도 화해를 했다고 생각하지만, 어른이 된 작가는 여전히 고향으로 돌아갈 수가 없다. 고향에 가면 그는 여전히 아프다(100). 그는 이제 "미국식 성공을 숄처럼 어깨에 두르고"(53) 전 세계 어느 곳이든 떠돌 수 있는 자유를 얻었지만 역설적이게도 그 공간, 자신이 빠져 나온 그 작은 공간으로만은 되돌아갈 수 없는 것이다. 심지어 중국 대륙에도 가서, '본토에서는 끊긴 전통을 되살려낸 작가'로 칭송받을지언정(Skenazy and Martin 166) 미국의 그 작은 마을로는 돌아갈 수가 없다.

이제 작가는 매개를 통해 '중국'에 접근할 수밖에 없고, 또한 그것을 어떤 식으로든 다시 영어로 그리고 미국 이야기로 형상화해야만 한다. 시간적으로도 공간적으로도 머나먼 '중국'을 이렇게 문학적으로 재현하는 행위는, 작가의 입장에서 볼 때, 비분절적인inarticulate 것을 언어로 표현하려는articulate 시도이자, 과거를 현재로 번역해내려는 시도이기도 하다. 그런데 소수인종 문학에서는 분절과 비분절의 경계에 침묵과 발언이라는 계기뿐 아니라 이중 언어의 문제가 말려들어 온다는 점을 주목할 필요가 있다. 킹스턴과 같은 소수민족 작가들에게 있어서는 번역이 곧 재현이다. 영어가 아닌 소수 언어로 이루어진 대화나 그 문화를 영어로 옮겨 쓰기 때문이다. 또한 번역 일반 역시 번역자의 여과를 거쳐 타자를 재구성한다는 의미에서 일종의 재현 행위이다. 그것은 단순히 한 언어의 자구를 다른 언어의 자구에 일대일 대입하는 기술적인 과정이 아니라 원문을 다른 사회의 문맥 속에서 다시 쓰는 과정이기 때문이다.

작가의 인터뷰에서 발췌한 다음의 인용문에서도 알 수 있듯이, 킹스턴은 영어를 배우게 되면서 글쓰기를 시작했고, 중국어도 영어로, 영어도 영어로 쓸 수 있는 자유가 글쓰기의 원동력이 되었다고 한다.

> 하지만 나는 글쓰기를, 실제 글쓰기를 영어를 배우면서 시작했어요(Skenazy and Martin 122). . . . 나는 자유를 느꼈어요. 영어가 너무나 쉬웠기 때문이죠. 나는 생각했죠. 세상에, 들리는 모든 것을 받아 적을 수 있다니! 중국어를 받아 적을 수 있지 뭐예요. 중국어도 영어로 쓸 수 있고, 영어도 영어로 쓸 수 있는 거예요. 중국어만 할 수 있었을 때는 그런 능력이 없었는데 말이죠. 중국어로 말을 할 수 있어도, 글로 쓰는 것은 완전히 다른 문제거든요. 받아 적는 체계가 없지요. 한 번에 한 글자씩이에요. 그런데 갑자기, 영어 알파벳 26자를 가지고 뭐든지 쓸 수가 있으니까, 난 정말 최고의 만능 도구라도 가진 것 같았어요. 나를 자유롭게 표현할 수가 있었던 거죠. (207)

나는 중국어를 하며 일상을 살아가는 사람들의 말을 번역할 미국어를 찾으려고 노력하고 있었어요. 그들은 모험과 감정 표현 등 모든 것을 중국어로 영위하지요. 나는 그 모두를 우아한 미국 영어로 번역할 방법을 찾아야 했어요. (100)

위 대목들은 언어에 대한 그의 각별한 관심을 보여준다. 킹스턴은 영어를 배우게 되면서 가능해진, "영어도 영어로, 중국어도 영어로" 쓸 수 있는 자유가 자신의 글쓰기의 원동력이 되었다고 말한다. 표의문자인데다 여러 획의 복잡한 문자들로 이루어진 중국어보다는 알파벳 26자로 뭐든 쓸 수 있는 표음문자인 영어가 훨씬 쉬웠고 자신이 경험하는 두 세계를 동시에 표현하기에 알맞았다는 것이다. 그는 정규교육 과정인 유치원에 들어가기 전까지는 주로 가족들과 광동어를 사용하다가, 정규교육을 받게 되면서 영어를 배웠고, 그 이후로는 광동어보다는 영어의 영향을 더 많이 받으며 살아왔다. 그에게 중국어, 좀 더 정확하게 광동어는 어린 시절 가장 먼저 배운 제 1의 모국어지만 현재의 자신과는 거리가 있는 과거의 언어다. 킹스턴은 현재의 언어, 중심의 언어인 영어로 과거의 언어, 주변의 언어인 중국어를 담아내려 한다. 영어의 그물망에 건져진 중국어, 중국계 미국인 화자의 그물망에 건져진 중국 이야기가 킹스턴이 펼치는 언어의 향연을 구성한다(안은주 63-82).

킹스턴의 매력 중의 하나가 바로 이러한 언어유희다. 두 언어의 교차점에서 의미를 창출해내는 능력은 이 작품의 탁월한 면이다. 그가 '중국적'인 것을 껴안는 방식은 자기 식의 다시 쓰기, 즉 번역이나 재현을 통해서이다. 작가는 자신이 불연속적인 두 세계에 모두 걸쳐있다고 생각한다. 그 불연속성을 극복하려는 것이 글쓰기의 목적이며, 이를 위해서는 과거가 현재의 틀 또는 그물 안에 건져져야 한다. '중국'이 '미국'의 틀 안에,

중국어가 영어의 틀 안에 들어와야 한다. 이렇게 '미국'의 틀에 넣는, 또는 '미국'의 문맥에서 다시 쓰는 재현의 행위에 대해 비평가들은 상반된 견해를 내놓는다.

킹스턴과 오랜 기간 논쟁을 벌인 바 있는 프랭크 친은 이 작품이 '중국적'인 것들에 대해 어떻게 언급하고 있는지와 중국 설화를 어떻게 개작하는지에 초점을 맞추면서 원본에 대한 왜곡을 문제 삼는다. 미국 사회에서 소수인종 남성들이 겪는 사회적 거세와 여성화에 반대하는 그는, 킹스턴을 그러한 경향에 동조함으로써 중국계 남성들의 남성성에 상처를 입히는 작가라고 비판한다. 그는 『큰 아이이이이이이이이이!: 중국계 및 일본계 미국문학 선집The Big Aiiieeeee!: An Anthology of Chinese American and Japanese American Literature』의 서문에서 푸 만추Fu Manchu나 찰리 챈Charlie Chan의 작가와 마찬가지로 킹스턴 역시 백인의 자아 이미지에 있어 역겹고 부정적인 모든 것을 중국적인 것으로 치부하는 백인들의 상상력을 충족시킨다고 비판한다. 그는 회고록 장르 자체를 문제시하는데, 회고록은 기독교에서 유래한 것으로, 소수인종의 회고록은 백인들이 경멸스럽게 여기는 대상에서 백인들이 받아들여 주는 대상으로 글쓴이가 개종했음을 보여주는 수단일 뿐이라는 것이다(Chin 1–93). 친의 이러한 비판은 유색인에 대한 인종차별을 비판하는 과정에서 성의 문제를 간과함으로써 남성 중심주의를 더욱 강화하며 신성시하는 문제점이 있다.

친의 견해를 강하게 비판하는 대표적인 비평가로 설-링 윙을 들 수 있다. 윙은 민족/인종 공동체의 집단 역사를 궁극적인 참조틀로 상정하여 그것을 잣대로 자서전 집필자의 개인적, 구체적 경험을 억압해서는 안 된다고 주장한다. 그는 『여인 무사』에 나타난 가정법, 판단 유보, 모호성을 높이 사면서 작가가 그런 기법을 통해 기존의 여행 가이드 식의 아시아계 미국인 작가들의 회고록 또는 자서전 장르를 뒤집고 비판한다고 본다. 기존 회고록들이 중국문화를 일반화하여 보여줌으로써 서술적 권위를 자임하는 데 반해, 이 작품은 중국문화를 간접적으로 밖에 접할 수 없는 이민 2세의 중국문화에 대한 "이해를 향한 잠정적인 가늠a tentative groping toward understanding"(Wong 159)을 보여준다는 것이다. 그리고 아무리 잡종적이고 오류투성이에 우스꽝스럽기까지 하더라도 이렇게 중국문화와 미국문화를 자기 자신의 시각으로 이해하고, 자기 자신의 리얼리티를 표현하려는 이민 2세의 상상력의 과업이 얼마나 지난하고 시급한 문제인지를 간과해서는 안 된다고 웡은 주장한다. 문화의 생성과 역동성에 중점을 두는 웡은, 미국에 사는 중국계 미국인과 중국에 사는 중국인들의 문화는 서로 다르며, 이주와 정착의 과정에서 생성된 잡종적인 문화를 형상화하는 것이 킹스턴의 작업이라고 본다(Wong 146-67).

요약해보면 친은 킹스턴이 실제 중국 또는 중국인 공동체의 모습을 왜곡하여 야만적이고 부정적이며 이해 불가능한 것으로 그림으로써 백인 독자의 기대에 부응했다고 비판한다. 그의 이러한 비평은 작품의 독서가 가져오는 사회적 맥락의 효과 및 작품의 이면을 보여준다는 성과는 있으나, 그 과정에서 작가가 역설적으로 의도하는 복잡 미묘한 아이러니를 놓치곤 하며, 작품 말미의 통합의 비전에 대해서도 언급을 거의 하지 않는다. 한편 웡은 '중국'과의 거리와 번역의 필요성 자체를 드러내는 것만으로도 이민 2세가 서안 현실을 빕신하게 표현해낸 의의가 있다고 본다. 그리고 바로 그 자리가 주류 미국인과도 다르고 소위 순수한 중국 문화와도 다른 중국계 미국인 문화 특유의 자리라고 보는 것이다. 그러나 그는 작품 말미에서 이루어지는 통합의 선언을 별다른 문제의식 없이 받아들이며, 주인공의 자아 찾기라는 과업 이면에 자리한 또 다른 타자의 문제를 간과하는 경향을 보인다.

맥신에게 '중국'은 처음부터 상상의 구성물이다. 그런 면에서 프랭크 친 식의 본질주의적 비판은 무리한 요구라 할 수 있다. 그러나 반면에 이민 2세의 상상력의 과업이 중요함에도 불구하고, 상상의 구성물로서의 소위 '중국적'인 것들은 상상의 재료로서만 존재할 수 것인지 의문이다. 즉, 실체가 있는 것이 아니라 구성한 것이라는 설명만으로 작가가 그 기표를 어떻게 운용하는가 하는 문제가 간과될 수는 없다는 것이다. 그렇게 상상력으로 재구성된 '중국'은 미국에서의 현실과 대비되는 비분절적 공간으로 상정된다. 그리고 그것은 화자의 영어로 걸러질 때에만 의미를 갖게 된다. 고모의 이야기를 상상력으로 재구성하면서 맥신은 "고모의 삶이 자신의 삶으로 들어오지 않으면, 고모가 나에게 어떤 조상으로서의 도움도 줄 수 없다"(16)고 말한다. 그리하여 자신의 삶과 연관이 되지 않으면 고모는 의미가 없게 된다. 소위 '중국적'인 것들을 다루는 화자의 태도는 이 범위를 크게 벗어나지 않는 것으로 보인다.

물론 어린 시절의 화자가 중국적인 것과 미국적인 것을 정상과 비정상, 표준과 표준에서 벗어남, 보이지 않음과 탄탄함solidity 등 서로 만날 수 없는 세계로 상정하면서 분열된 자아의 속내를 표현한 데에는 분명 어른이 된 작가가 되돌아보는 아이러니의 측면이 있다. 어린 아이의 심리상태를 그린 아이러니를 간과해서는 안 된다는 것이다. 작가는 어린 시절 자아의 분열 상황을 현재의 눈으로 회상한다. 어릴 때는 그저 싫고 혐오스럽고 빠져나와야 할 늪처럼 느껴졌던 소위 '중국적'인 세계가, 드디어 그곳을 빠져나오고 보니 오히려 자신이 끌어안아야 할 세계이자 상상력의 자양분을 제공해주는 젖줄이더라는 회한 어린 회상을 하는 것이다.

그러나 과연 결국 작가는 어린 시절의 '중국 대 미국' 구도를 벗어났을까? 성인이 된 작가의 목소리는 이 질문에 정확하게 대답하지 않는다. 여인 무사 화목란의 무용담을 담은 「백호」 장의 마지막 부분에서 성인이 된 작가는 차이나타운을 벗어나 살아가는 현재의 자신의 모습을 이야기 한다. 그는 자신을 배반자로 보는 듯한 같은 지역 출신들이 사는 차이나 타운을 벗어나 여러 인종이 섞여 사는 진정한 미국 사회로 진출하게 되면 서 드디어 차이나타운이 지우는 무거운 짐을 덜 수 있게 되었다고 술회한 다. 자신은 차이나타운에서 여자 아이라는 이유로 쓸모없는 존재였지만, 이제 미국식 성공을 어깨에 솔처럼 두르고 가게 되었다. 그는 더 이상 부 끄러워하며 고향 거리를 걷지 않으며, 그곳은 여전히 오랜 속담과 이야기 들로 화자에게 짐을 지운다(53). 이런 부분을 보면 나이 든 작가에게도 역 시 차이나타운과 그곳이 상징하는 '중국' 문화는 무거운 짐이자 어두운 그 림자로 남아있는 듯하다. 이미니가 딸이 멀리 사는 길 인정하자 그는 그 제야 짐을 던 듯한 느낌을 받는다. 화자의 이러한 모습은 과거와 부모와 중국과 완전히 화해한 모습은 아니다.

그렇다면 작품 말미에 작가가 어머니와 자신이 같이 쓴 통합의 이야 기로 제시하는 채염이 머물렀던 황야는 과연 소위 제 3의 공간인가? 서기 175년에 중국의 저명한 학자의 딸로 태어난 여성 시인 채염은 스무 살 되 던 해 흉노족 족장에게 볼모로 잡혀 갔다. 그는 족장과의 사이에 아이 둘 을 낳고 전장에서 전장으로 끌려 다니는 세월을 보낸다. 아이들 역시 흉 노족으로 길러서 한속의 말을 알아듣지 못해 어머니가 중국어로 얘기할 때마다 우스꽝스럽다는 듯 웃을 뿐이다. 야만인인 흉노족들은 화살에 갈 대를 붙여 화살이 날 때 위협적인 소리를 내도록 해놓았고, 채염은 그 소 리가 그들의 유일한 음악일 것이라고 생각한다. 어느 날 밤 채염은 흉노 족들이 부는 고음의 갈대 피리 소리가 사막에 울려 퍼지는 것을 듣고 전혀 새로운 감흥에 젖는다.

> 잠시 후, 채염의 텐트에서 . . . 오랑캐들은 마치 아기에게 들려주는 듯한
> 여자의 노래 소리를 들었다. 고음의 낭랑한 그 노래 소리는 흉노족의 갈대
> 피리에도 잘 어울렸다. 채염은 중국과 그곳에 있는 자신의 가족에 대해 노
> 래했다. 그녀의 말은 중국어인 것 같았지만, 오랑캐들은 그 슬픔과 분노를
> 알아들을 수 있었다. 때때로 그들은 영원히 떠돈다는 의미의 흉노족 말이
> 들리는 것 같다고 생각했다. 그녀의 아이들은 이번에는 웃지 않았고, 결국
> 그녀가 텐트에서 나와 오랑캐들로 둘러싸인 모닥불 가에 앉자 함께 노래를
> 불렀다. . . . 채염은 흉노족의 땅을 떠날 때 자신의 노래를 가져왔고, 세
> 곡 중 우리에게 전해 내려온 한 곡이 「호가십팔박」이며, 그것은 중국인들
> 이 중국 악기로 부른 곡이다. 그것은 번역이 잘 되었다. (186)

채염의 「호가십팔박」은 자신의 불행을 한탄하고 한족이 사는 그녀의
고향인 중원中原, 즉 중심부 세계를 그리워하며 그곳으로 돌아가기를 갈망
하는 노래다. 킹스턴은 이 이야기를 떠나옴을 인정하고 떠나온 현재의 자
리에서 새로운 보금자리와 문화를 만드는 이야기로 다시 쓴다. 그리하여
킹스턴이 다시 쓴 「오랑캐의 갈대 피리를 위한 노래」는 오랑캐 문화를 받
아들여 두 문화의 경계를 가로질러 탄생한 노래다. 그렇다면 중국적인 것
과 미국적인 것은 채염이 앉은 모닥불 가에서 만났을까? 다시 말해 중국
적인 채염의 노래가 흉노족 오랑캐의 갈대피리 음률에 어울리고, 다시 중
국 악기에도 잘 어울리게 되었듯이 킹스턴의 이야기도 두 문화의 만남의
공간 속에서 잘 번역되었는가?
　킹스턴은 돌아가지 않음을 노래한다. 중국 중심의 중화사상의 지리적
분류법에 따르면 오랑캐 땅에 해당하는 미국에서 새로운 문화를 만들며
살아야 함을 노래한다. 그러나 그가 앞에서 누누이 이야기한 내용들은 미

국이 오랑캐, 즉 야만인의 땅이라는 것 보다는 중국이 야만스런 곳이라는 것이었다. 여러 대에 걸친 너무 많은 사람들이 좁은 집에 모여 살아서 근친상간의 위험이 상존하고, '원만함roundness'이라는 집단적인 가치를 내세워 개인을 억압하며, 닭 머리, 닭발, 모래주머니 등 이상한 것들까지 먹고, 온갖 미신이 횡행하며, 딸을 구더기보다도 못한 존재로 취급하는 야만적인 문화권의 사람들. 그들이 아직도 자신의 고향이 세상의 중심이라고 주장한들, 그들이 소수인종에 불과한 미국사회에서 그런 주장에 어떤 힘이 있을까? 그것은 그저 이민자들의 향수병에서 기인한 공허한 독백에 불과할 것이다. 그리고 그들의 그러한 주장은 미국인들의 귀에까지 전해지지도 않을 것이다. 전해진다 해도 미친 사람의 외마디 소리 정도로밖에 인식되지 않을 것이다. 그 외마디 소리에서 억압적인 권력의 그늘을 찾아내는 작가의 예민함이 빛을 발하면서, '중국'이라는 먼 땅과 혼란스러웠던 어린 시절을 해석하는 길을 찾으려던 작가의 의도는 어느새 미국을 오랑캐 땅으로 보는 이민자들의 편협하고 과거지향적인 태도를 문제 삼는 것으로 환치되어 버리고 만다.

비평가 성-메이 마Sheng-mei Ma는 아시아계 미국인 작가들의 제국주의적 기제를 조명하면서 그들의 작품과 그 상품화 과정 속에서 아시아라는 '타자Other'가 다시 한 번 왜곡되고 타자화된다고 주장한다. 그는 아시아계 미국 문학이 약진한 데에 세 가지 요소가 작용한다고 보는데, 이국적인 이야기alien stories, 아시아계 미국인 화자Asian American teller, 그리고 미국 시장American market이 그것이다. 작품 속 이야기가 주로 이민자들이 아닌 그들의 2세 또는 3세들에 의해 기술되면서, 그 사이 이민 1세대나 아시아는 침묵하는 타자가 되어버린다. 이 이국적인 이야기들은 아시아계 미국 텍스트들을 아주 상품성 있게 만드는 데 기여하는 반면, 이민자들은 빈칸,

부재, 그리고 자손들에 의해 탄생되기를 기다리는 목소리 없는 타자로 남겨진다. 아시아계 미국인 작가들은 자신을 아시아인들과 명확히 구분 짓는 한편 이민자들의 기억과 신화적인 아시아를 이용해 백인중심사회에서 자신이 설 자리를 획득한다. 그리하여 아시아로부터 거리를 두는 동시에 아시아를 품는 어찌 보면 모순되는 책략을 사용하는데, 이것은 자신의 일부이기도 한 타자를 형상화하는 문제와 연관이 있는 것이다(Ma 11-12).

킹스턴의 인물들이 보여주는 반 이민 정서나 궁극적 이상으로서의 '미국'의 강조 역시 이러한 심리적, 사회적 기제를 기반으로 한다고 할 수 있다. 그리고 그 기저에 이 글의 서두에서 언급한 미국 내 다문화주의의 한계가 자리하고 있다. 인종차별의 억압을 벗어나 미국인으로서의 정당한 권리를 획득하는 것은 물론 여전히 중대하고도 시급한 문제지만, 아시아계 미국문학이 한 발 더 나아가기 위해서는, 캔디스 추Kandice Chu의 지적대로 '미국인'이라는 주체에 대한 욕망을 넘어 미국인으로의 주체구성 과정에 대한 비판적 성찰 및 주류 담론에의 연루 가능성에 대한 자기 응시가 필요하다고 하겠다(Chuh 86-91, 110-29).[9] 이를 위해 디아스포라론이나 포스트콜로니얼리즘, 그리고 초국가주의가 제시하는 미국 국경 너머의 초국가적 문맥도 가능성으로 열어두어야 할 것이다. 아시아계 미국문학이 정체성의 정치학identity politics[10]을 중심으로 '중간적 존재'들이 '틈새 공간'에서 살아가는 일의 어려움을 강조하는 데 치중한 나머지, 그 '중간'의 양쪽을 이루는 '이쪽'과 '저쪽' 사이의 권력관계를 사장한 추상적인 위치 개념에 안주함으로써 스스로를 되돌아보는 자세가 없는 틈새 주장으로 결국 주류담론으로 편입되어 온 것은 아닌지 되물어야 할 필요가 있다.

¹ E. San Juan의 두 글 참조. 한편 팔룸보-리우는 911 사태 이후 기존의 다문화주의적 관용조차도 미국 내에서 사라질 위험에 처하고 있고 그리하여 미국 내 소수인종들의 인권에 심각한 위협이 상존하고 있음을 지적한다. 그는 아랍국가들 및 테러와의 전쟁을 냉전논리의 21세기 판이라 할 만한 문명충돌론으로 설명하는 이데올로기를 비판하고, 그런 상황을 국내적인 문제와 국제적인 문제가 교차하는 예로 든다. 그는 기존의 다문화주의와 차별화하되 이러한 새로운 상황에 대항할 담론으로 "비판적 다문화주의"(critical multiculturalism)를 제안한다(Palumbo-Liu, 2002 109-27).

² 디아스포라, 즉 이산이란 그리스어 'diaspeirein'(흩어지다)에서 기원하며, 이스라엘 땅에서 쫓겨나온 유대인들 및 노예 무역으로 인해 아프리카에서 미대륙으로 강제 이동해야 했던 미국 흑인들의 상황을, 그리고 더 최근에는 포스트콜로니얼리즘이나 초국가주의에서 국경을 뛰어넘는 개인들의 범세계적 이동이라는 현상을 가리키는 용어로 사용되어 왔다.

³ 작품 본문의 쪽수는 다음 텍스트에 준해 표기한다. Kingston, Maxine Hong. *The Woman Warrior: Memoirs of a Girlhood among Ghosts* (London: Picador, 1976)

⁴ "talk-story"는 "이야기" 또는 "이야기하기"로 번역되는데, 중국의 구전전통인 "講故事"(jianggushi)를 글자 그대로 영역한 것이기도 하고, 동시에 하와이 피진이기도 하다. 구전으로 전승되면서 이야기하는 사람이나 듣는 청중, 그리고 상황에 따라 끊임없이 변형되고 첨삭되는 이야기 형태를 이르는 용어다(Li, 2001 174).

⁵ 스턱튼은 킹스턴의 고향이다. 그는 인터뷰에서 이곳을 마약 복용자들, 부랑자들, 마약 판매책들과 범죄자들이 활보하는, 삶과 아름다움, 친밀함 등과는 거리가 먼 곳이라고 말한다. 그러나 그는 그곳이야말로 작가가 성장하기에 가장 좋은 곳이라고 말하는데, 세상의 문제들을 바로 눈앞에서 보며 성장하기 때문이다. 그는 어떻게 그곳에서 그저 생존하는 것 이상의 삶을 살아갈 길을 찾을 것인가, 어떻게 그곳에서 아름다움을 길어낼 것인가, 어떻게 그 모든 것을 이해할 것인가를 계속 고민하고 알아내야 하는 임무가 자신에게 주어져 있다고 말한다(Skenazy and Martin 114).

⁶ 『여인 무사』의 한국어 번역본으로는 서숙 옮김, 『여전사: 화목란』(서울: 황금가지, 1998)이 있다. 이 글의 『여인 무사』 인용문 번역은 필자의 번역임을 밝혀둔다.

⁷ 킹스턴 역시 「미국 비평가들의 문화적 오독」(Cultural Misreadings by American Reviewers)에서 이 작품의 '이국성'을 칭송하는 비평들에 대해 자신이 이 작품에서 그린 세계는 중국이 아니라 미국이라고 강조한 바 있다(Kingston, 1998 95-103).

⁸ 작품에서 이들에게 '중국적'(Chinese)이라는 형용사가 부여된다는 의미에서 그러하다.

⁹ Chuh, 2003: 86-91, 110-29 참조.

¹⁰ 정체성의 정치학이란 기존의 계급문제로 환원되지 않는 성, 인종, 지역 등의 차이에 따른 사회적 억압과 차별의 극복을 위한 운동 내지 정치를 말하며, 타자화되고 부정적으로

평가되어 온 자신을 재정의하고 당당한 새로운 정체성을 찾아가는 과정으로 구체화된다. 그러나 종종 개인의 해방의 차원에만 머물고 마는 한계를 노정하곤 한다. 한편 산 후안이나 팔룸보-리우가 제기하는 정체성의 정치학의 문제점은 인종차별의 문제를 내면적, 추상적, 개인적인 문제로 축소시킴으로써 사회, 정치적 맥락을 사장시킨다는 점이다. 그들은 또한 그러한 경향이 아시아계 미국문학의 전통장르처럼 되어 버린 회고록 방식이 내재적으로 가진 한계와도 연관이 있다고 본다. E. San Juan, "From Identity Politics to Transformative Critique: The Predicament of the Asian American Writer in Late Capitalism," *From Exile to Diaspora: Versions of the Filipino Experience in the United States.* Boulder, Colo.: Westview Press, 1998: 37-69 및 Palumbo-Liu, 1999: 395-416 참조.

참고문헌

안은주, "중국어, 영어, 중국계 미국어: M. H. 킹스턴의 언어와 번역." 『새한영어영
　　문학』 47.3: 63-82, 2005.

Chan, Jeffrey Paul. "The Mysterious West," *Critical Essays on Maxine Hong Kingston*. Ed.
　　Laura Skandera-Trombley. New York: G.K. Hall & Co., 1998. 84-6.

Chin, Frank. "Come All Ye Asian American Writers of the Real and the Fake." *The Big
　　Aiiieeeee!: An Anthology of Chinese American and Japanese American Literature*. Eds.
　　Frank Chin et al. New York: A Meridian Book, 1991. 1-93.

Chuh, Kandice. *Imagine Otherwise on Asian Americanist Critique*. Durham: Duke UP, 2003.

Kingston, Maxine Hong. *The Woman Warrior: Memoirs of a Girlhood among Ghosts*. London:
　　Picador, 1976.

_____. "Cultural Misreadings by American Reviewers," *Critical Essays on Maxine Hong
　　Kingston*. Ed. Laura Skandera-Trombley. New York: G.K. Hall & Co., 1998
　　95-103.

Li Huihui. *Representation of Code Switching in Asian American Women's Literature*. Ph. D.
　　Diss. Texas A&M U, 2001.

Ma, Sheng-mei. *Immigrant Subjectivities in Asian American and Asian Diaspora Literatures*.
　　Albany: State University of New York Press, 1998.

Moallem, Minoo and Iain A. Boal, "Multicultural Nationalism and the Politics of
　　Inauguration." *Between Woman and Nation*. Eds. Norma Alarcon, Caren Kaplan,
　　Minoo Moallem. Durham, NC: Duke UP, 1999. 243-63.

Palumbo-Liu, David. "Multiculturalism Now: Civilization, National Identity, and
　　Difference Before and After September 11th." *Boundary 2*. 29:2 (Summer 2002):
　　109-27.

_____. *Asian/American: Historical Crossings of a Racial Frontier*. Stanford: Stanford UP,
　　1999.

San Juan, E. "From Identity Politics to Transformative Critique: The Predicament of the
　　Asian American Writer in Late Capitalism." *From Exile to Diaspora: Versions of the*

Filipino Experience in the United States. Boulder, Colo.: Westview Press, 1998. 37-69.

_____. *Beyond Postcolonial Theory*. New York: St. Martin's Press, 1998.

Skenazy, Paul and Tera Martin eds., *Conversations with Maxine Hong Kingston*. Jackson: UP of Mississippi, 1998.

Taylor, Charles et al. *Multiculturalism: Examining the Politics of Recognition*. Princeton, NJ: Princeton University Press, 1994.

Wong, Sauling Cynthia. "Autobiography as Guided Chinatown Tour?: Maxine Hong Kingston's The Woman Warrior and the Chinese-American Autobiographical Controversy." *Critical Essays on Maxine Hong Kingston*. Ed. Laura Skandera-Trombley. New York: G.K. Hall & Co., 1998. 146-67.

衛景宜(Wei Jing Yi) <中國傳統文化在美國華人英語作品中的活語功能> ≪美國華裔文學研究≫ 程愛民(Cheng Ai Min) 主編 (北京: 北京大學出版社, 2003)

때리는 여자, 맞는 남자: 〈걸 파이트〉에 나타난 남성성 연구*

● ● ●　김수연

> 복싱은 남자들을 위한 것이고, 남자들에 관한 것이며, 남자들이다. 상실되었기에 더욱 쓰라린 남성성이란 잃어버린 종교의 찬양이다.
> ─조이스 캐롤 오츠, 『복싱에 관하여』(72)

캐린 쿠사마Karyn Kusama 감독의 데뷔작 〈걸 파이트Girlfight〉는 다이애나 구스만이라는 브룩클린의 문제아가 아마추어복싱을 통해 챔피언으로 거듭나는 과정을 그린다. 고등학교 졸업반인 다이애나는 항상 분노에 가

---

* 이 논문은 『영미문학연구』 24호에 실린 「때리는 여자, 맞는 남자: 〈걸 파이트〉에 나타난 남성성 연구」를 수정·보완한 것임.

득 찬 터프한 '소녀'로서 노름과 술로 연명하는 아버지, 얌전한 남동생 타이니와 살며 걸핏하면 학교친구들에게 주먹을 휘둘러 퇴학 직전에 놓여 있다. 어느 날 아버지의 강요로 복싱을 배우는 동생의 레슨비를 갖다 주러 체육관에 간 다이애나는 복싱에 흥미를 느끼게 되고, 여자는 안 된다는 트레이너 헥터를 끈질기게 설득해 훈련을 시작한다. 이어지는 이야기는 다소 뻔해 보이기도 한다. 고된 훈련, 레슨비조달의 어려움, 훈련 사실을 알게 된 아버지와의 갈등 등 몇 번의 고비를 넘기며 다이애나는 점차 단련된 복싱선수가 되어가고, 결국 뉴욕 아마추어복싱 혼성결승전에서 승리해 페더급 챔피언이 된다. 색다른 점이라면 그 결승전 상대가 바로 같은 체육관에서 우정과 사랑 사이의 줄다리기를 펼치던 에이드리안이며, 링 위에서 그를 때려눕혔음에도 불구하고 둘의 뜨거운 화해 키스로 영화가 끝을 맺는다는 점이다. 복싱영화 특유의 박력 넘치는 싸움장면, 근육질로 변해가는 몸과 더불어 정신적 성숙을 얻어가는 주인공의 성장기적 요소, 그리고 어설픈 십대들의 연애담까지, 〈걸 파이트〉는 다양한 장르영화의 관습을 답습하되 감상성과 상업성을 배제한 거칠고도 사실적인 인물·배경묘사와 촬영기법으로 그 해 선댄스 영화제 작품상과 감독상을 휩쓸었다. 이천 대 일의 경쟁률을 뚫고 다이애나 역에 선발된 연기무경험자 미셸 로드리게스의 신선하고 카리스마 넘치는 연기 역시 "여자 [말론] 브란도"(Rich 16; Tasker 87), "라틴계 여성 록키"(Casper 106)란 찬사를 받으며 〈걸 파이트〉가 "모든 〈록키〉 영화를 합친 것보다 더 나은"(Tolchin 185) 영화란 평에 공헌했다.

'독립영화'를 표방하는 〈걸 파이트〉의 성공은 2000년을 전후하여 미국을 중심으로 꽃핀 여성스포츠와 여성스포츠스타, 그리고 이 두 가지의 영화적 재현이라고 할 여성스포츠·액션 영화의 양산과 분리되어 생각할 수 없다. 1972년 미국 교육법 개정의 일환으로 어떤 교육 · 공공기관에서든지 스포츠 활동에 있어 성에 근거한 차별을 금지하는 "9조항"(Title IX)이 제정된 이래 여성의 스포츠참여는 아마추어와 프로를 불문하고 일상화되기 시작하였다. 그 결과 삼십 여년이 지난 2000년대 초반에 이르면 과거 "괴상한 것, 여신 혹은 괴물, 모든 사회규칙에 반하는 예외"로 치부되었던 여성스포츠선수는 이제 엄연히 "제도 속 존재"로 자리 잡는다(Heywood and Dworkin xvi). 경쟁심이나 강인한 체력, 불굴의 의지 같은 '남성적' 덕목을 추구하며 여성성/남성성이란 젠더 구별에 도전하는 여성스포츠인과 그들의 영화 속 묘사가 페미니즘 연구의 각별한 관심사가 되어온 것은 당연한 일이다. 여성스포츠를 바라보는 페미니즘의 시각은 본 논문의 지면 내에 정리될 수 없을 만큼 복잡 미묘하고 때로 자기모순적이기도 하다. 〈걸 파이트〉를 바라보는 찬양과 우려의 상반된 시선 역시 '남자 같은 여자' 스포츠인에 대한 극과 극의 반응을 드러내준다. 극찬하는 입장에서 다이애나의 성취는 인간의 본성이지만 여성에게만 금기시되었던 공격성의 용감한 발현이고, 그 발현이 가져다주는 해방감은 "아마존 페미니즘"(Caudwell 263), "육체적 페미니즘"(Casper 109)이라 불리며 추켜세워진다. 반면 다이애나를 2000년을 전후하여 쏟아진 일련의 폭력적 여주인공들-〈G. I. 제인〉(1997)부터 〈킬 빌〉(2003)까지-의 맥락에서 파악하는 평자는 이러한 초남성적hypermasculine 여성상이 포스트페미니즘[1]의 영향을 받은 피상적 여성해방의 도구에 지나지 않는다고 한다(Tasker 90). 그러나 다이애나의 남성성을 바라보는 이 두 가지 견해가 모두 만족스럽지 못한 까닭은 무엇일까. 여성도 '남성처럼' 폭력이 주는 해방감을 누려야한다는 전자의 주장이나, 초남성적 여전사들은 남성을 흉내 내는데 그친 포스트페미니즘 열풍의 희생자라는 후자의 주장 모두 '남성성'이란 개념의 깊이와 다양성을 간

과하고 있기 때문이 아닐까. 남성성에는 주디스 핼버스탬Judith Halberstam
이 구분하듯 (중산층 백인)남성=권력=억압이란 고리를 공고히 하는 지배
적 남성성과, 성적, 인종적, 계층적 소수가 함의하는 종속적 남성성'들'이
존재하는데(1998, 29), 〈걸 파이트〉의 기존비평은 지배적 남성성에만 초점
을 두어 '강하고 우월한 남성' 대 '연약하고 따라서 열등한 여성'이라는 이
분법을 강화시키고 있다.

　　본 글은 〈걸 파이트〉에서 다각도로 조명되고 있는 여성스포츠와 남성
성, 폭력과 젠더 이데올로기의 관계를 살펴봄으로써 위와 같은 '지배적 남
성성 대 열등한 여성성'이란 이분법에 강한 의문을 제기하려 한다. 나아가
지배적 남성성의 대안을 비록 복싱 경기에는 졌으나 더 가치 있는 존경과
사랑을 쟁취한 '루저loser' 남성과의 사랑에서 찾아보려 한다. '때리는 여자'
다이애나의 승리는 가족과 학교에서 버림받은 한 남미계소녀의 감동적 성
공일 뿐 아니라, 여성의 몸을 지속적으로 클로즈업하면서도 성 상품화하지
않는다는 점에서 획기적인 영화사적 성취이기도 하다. 그러나 이러한 의
의에도 불구하고 많은 여성 평자들이 통쾌해마지않는 "살과 뼈를 파고드
는 [복싱글러브] 가죽의 만족스러운 소리"(Capser 109)는 물리적 힘을 통한
여성해방에 의구심을 품게 한다. 남성의 전유물로 여겨지던 폭력을 여성
도 행사할 수 있게 되어 느끼게 되는 만족감은 그 동안 여성이 '여성스러
움'이란 미명하에 얼마나 짓눌려 왔는지를 반증하는 것이라 할 수도 있다.
그러나 "터프 걸"의 무비판적 숭배는 캐런 톨친Karen Tolchin의 지적대로 과
거 식민 지배를 받던 이들이 독립 후 식민주의자들의 압제를 흉내 내는 것
과 비슷하다. 이 같은 흉내 내기mimicry는 폭력의 주체만 남성에서 여성으
로 바뀌었을 뿐, 폭력이란 문제의 해결이나 여성해방과는 거리가 멀다(196).

　　이 글의 후반부에서는 '때리는 여자' 대신 '맞는 남자' 에이드리안을 통

해 남성/여성, 지배/피지배, 승자/패자의 이분법을 넘어 '패배했으나 열등하지 않은' 남성성을 지배적 남성성의 대안으로 제시하고자 한다. 영화 〈록키〉 시리즈 속 주인공의 연인 이름을 딴 에이드리안은 여자에게 얻어맞고, 챔피언도 못 되고, 결국 프로복서의 꿈마저 접고 자동차정비소로 돌아가게 된 '루저'처럼 보인다. 그러나 정정당당한 승부를 통해 다이애나의 존경을 얻고, 보호하는 남자/보호받는 여자의 관계가 아닌 존경과 평등에 기반을 둔 사랑도 얻고, 모멸감을 느끼기보다 인생의 지혜를 얻어 일상으로 회귀했다는 점에서 에이드리안의 패배는 승리와 성공만을 가치 있게 여기는 지배적 남성성을 반성적으로 사유하게 한다. 이러한 의미에서 그의 패배는 핼버스탬이 '퀴어한 실패'라고 부르는 인식론적 전환의 계기, 젠더 이분법에 내포되어 있는 옳고 그름, 우등과 열등의 이데올로기를 해체하는 세기를 세공하는 '이상하게queer' 의미 깊은 실패이다. 핼버스탬에 따르면 복싱 링은 남성성을 규정하는 가장 공개적인 경연장을 제공해왔다(1998, 272). 본 논문은, 〈걸 파이트〉의 복싱 링이 모두 승자가 될 수 없음에도 불구하고 경쟁과 승리만을 남자다운 것으로 찬양하는 현실의 '퀴어한' 변주임을 주장하려 한다. 이 영화의 가장 큰 성취는, 가장 남성적인 승자를 가리는 복싱 링을 '맞는 남자'라는 퀴어한 남성성을 탄생시키는 공간으로 재정의 하고 있는 것이다.

1. 때리는 여자와 폭력의 유혹

박수소리와 건반, 드럼을 섞은 빠른 템포의 배경음악과 함께, 카메라는 바쁘게 오가는 학생들을 헤치고 사물함에 기대어 서있는 헐렁한 군복 잠바 차림의 한 남미계소녀를 향해 줌인 해간다. 카메라가 소녀의 내리깐

눈과 긴 속눈썹으로 화면을 채우고 멈췄을 때, 소녀는 숙인 고개를 그대로 둔 채 갑자기 두 눈을 부릅뜨며 도끼눈으로 관객을 노려본다. 〈걸 파이트〉의 이 인상적인 첫 장면은 무방비상태였던 관객의 간담을 서늘하게 하여 영화에 몰입하게 할 뿐만 아니라, 이 영화가 다이애나라는 소녀의 분노를 어떠한 여과나 변명 없이 보여줄 것임을, 동시에 관객은 싫든 좋든 그 살기어린 시선의 올가미에 걸려들었음을 암시한다. 곧이어 이어지는 다이애나의 동급생 때려눕히기를 시작으로 설거지하다가 접시 바닥에 내던지기, 남동생을 이겼다고 그의 스파링파트너의 얼굴을 맨주먹으로 가격하기, 급기야 아버지를 바닥에 때려눕히고 목조르기 등, 폭력을 통한 다이애나의 분노표출은 관객에게 희열 또는 불편함을 준다. 이러한 양날의 칼과 같은 폭력의 유혹을 논하기에 앞서 〈걸 파이트〉의 모든 평자들이 이구동성으로 인정하는 것은 다이애나역이 창조하는 "공격성과 욕망, 파워"의 시선gaze을 숨기지 않는 "주체"로서의 유색여성상이다(Fojas 104). 과거 미국영화 속 남미여배우의 역할이 백인남성의 이국적 취향을 충족시키는 서부영화의 술집여자, 자기희생적 세뇨리타, 요부 이 세 가지에 국한되어 있었다면, 자신의 육체와 시선을 마음껏 드러내면서도 스스로를 성적 도구로 전락시키지 않는 다이애나는 미영화계에 전례 없는 새 여성상 "마초 라티나the Macho Latina"(Tolchin 184)를 창조하고 있다. 다이애나의 출현을 극찬하는 루비 리치Ruby Rich의 다음 글은 이 새 여성상이 비단 라틴계에만 국한된 것이 아니며, 영화 속 여성의 노출된 몸은 언제나 주체성 박탈과 성적 대상화라는 단죄를 받아왔음을 보여준다.

> 마침내 영화 속에서 여성의 몸을 쳐다보는데 섹스 이외의 다른 이유, 여성이 모멸감이나 무기력함으로부터 자유로운 자신의 형체를 뽐낼 방법이 생겼다. 창녀나 스트리퍼, 스트립 댄서나 사랑에 빠진 소녀가 아니면서도 거의 벗은 영화 속 여성 인물, 침실이나 해변 혹은 라스베이거스의 클럽 말고도 여성이 살을 드러내고 활보할 수 있는 곳이 생긴 것이다. (18)

영화 속 여주인공이란 위치가 원래 카메라의 남성적 시선에 갇힌 객체이기 쉬운데다² 다이애나의 경우는 복서 지망생으로서 시종일관 몸을 통해 심리상태와 정신적 성장을 표현해야 한다. 그럼에도 불구하고 성적으로 비춰지기보다 그저 꿋꿋한 젊은이로 보이는 다이애나의 존재감은 다른 액션 여주인공들과 비교해볼 때 더욱 확연해진다. 앞서 언급했듯 〈걸 파이트〉가 나온 시기는 "액션베이비 영화action babe cinema"(Lindner 5)라고 불리는 강인하면서도 '여성스러움'을 잃지 않는 여전사들의 전성시대였다. 〈G. I. 제인〉이나 〈킬 빌〉 시리즈 외에도 〈미녀삼총사〉(2000; 2003), 〈슈팅 라이크 베컴〉(2002), 〈와호장룡〉(2000)의 여주인공은 남성의 영역으로 여겨졌던 특수임무, 축구, 무술에 남성 못지않은 출중함을 보인다. 그러나 주인공을 맡은 카메론 디아즈, 키라 나이틀리, 장쯔이의 출중한 액션연기는 결코 그들의 섹시함이나 여성스러움에 방해되지 않으며 오히려 그러한 성적 매력을 더하는 장치로 쓰인다. 이들 액션의 특징이라면 와이어 등의 특수효과를 많이 사용해 과장되고 비현실적인 액션임을 강조하는 것이다. 또한 미녀삼총사들은 아예 '미모를 무기로' 상대의 방어를 허무는 경우가 많고, 축구연습 중인 키라 나이틀리의 노출된 복근, 하늘을 가르 며 검술을 펼치는 장쯔이의 훤히 비치는 하늘하늘한 옷이 계속 강조됨으 로써 이들은 주체적인 액션스타보다 액션 '베이비'에 머문다. 나아가 액션 베이비들이 남성 관객에게 거부감을 주거나 위협적인 존재로 비치지 않 도록 영화는 이들에게 항상 남자 '보스' 혹은 이성 로맨스 상대를 붙여준 다. 즉 미녀삼총사들은 정체를 알 수 없는 상사 찰리에게 명령을 받는 "찰리의 천사들"일 뿐이고, 여고생 축구선수인 줄스(키라 나이틀리)는 코 치 조를 짝사랑하며, 젠 유(장쯔이)의 도도하고도 무시무시한 검술 뒤에 는 어릴 적 자신을 납치한 사막의 남자(장첸)와 나눈 격정적인 사랑이 숨 어있다.

이에 반해 〈걸 파이트〉에는 현란한 격투장면도, 진한 애정신도, 섹시 한 여인으로 탈바꿈하는 여주인공의 극적 변신도 없다. 대개의 복싱영화 가 철저히 안무된 "댄스공연 같은 풋워크"(Ruby 17)를 뽐낸다면, 〈걸 파이 트〉의 변두리 체육관은 이제 막 아마추어복싱에 입문한 다이애나의 어설 픔과 혼란스러움에 초점을 맞춘다. 아마추어복싱의 "사실적 묘사"를 원했 다는 감독의 강조처럼 영화 속 복싱장면은 투박한 "다큐멘터리 같은 느낌" 을 주며(Baker 22), 다이애나가 받는 몇 달간의 훈련도 분노에 찬 소녀의 절 박한 자기도전일 뿐 액션베이비의 탄생과는 거리가 멀다. "십대 영화teen films"의 서사구조가 십대 부적응자misfit가 "스스로를 받아들이고 자신의 신 체를 관습적으로 바람직한desirable 형태로 변신시키는 것"(Tasker 87)을 포함 한다면, 학교의 문제아였던 소녀가 신체단련을 통해 챔피언도 되고 사랑도 얻는다는 다이애나의 이야기 역시 십대영화의 동화assimilation 전략을 답습 하는 면이 있다. 그러나 다이애나의 변신이 신체의 특정부위를 강조하는 몸매변화에 있다기보다 복싱의 기본기를 배우고 분노조절을 터득하는 별로 여성스럽지 않은 과정이라는 점, 에이드리안과의 관계 역시 운동선수로서 성관계를 자제하고 함께 복서의 꿈을 키우는 동료애에 기반하고 있다는 점에서 〈걸 파이트〉의 소녀 복서는 액션베이비보다 훨씬 현실적이며 성적 대상화로부터도 자유롭다. 다이애나역의 미셸 로드리게스가 신인으로서 할리우드 여배우의 화려한 퍼소나persona를 갖고 있지 않았고, 체격도 흔히 선망되는 가늘고 긴 모델형이 아니었다는 점도 관음증적 시선으로부터 자유로운 주체적 여성복서의 창조에 한 몫을 했을 것이다.

황당무계한 액션으로 관객의 노리개가 되기보다 도전적 눈빛 하나로 자신이 영화의 주인공임을 각인시키는 여주인공, 관객의 시선을 사로잡을 식스팩이나 '핫'한 스포츠패션 없이 내면의 깊이와 열정어린 몸짓으로 영화를 이끌어나가는 여주인공의 창조는 분명 〈걸 파이트〉의 큰 성취이다. 그러나 이 같은 성취에도 불구하고 나이애나가 택한 종목이 초남성적 스포츠인 복싱이라는 점, 나아가 〈걸 파이트〉가 가장 감상적인 영화하위 장르 중 하나인 복싱영화라는 점이 새로운 의문을 품게 한다. '주체적'인 새 여성상이 복싱영화 특유의 '폭력의 낭만화'와 결합될 때 여성의 주체성은 곧 지배적 남성성의 획득이라는 그릇된 젠더 이데올로기로 이어질 수 있기 때문이다. 이 글의 첫 부분에서 인용했듯 복싱은 "남자들" 그 자체이다. 상의를 탈의한 채로 싸우며 가슴을 공격할 수 있다는 점에서 복싱은 남성의 신체에 맞춰진 종목이며, 항상 "남성적이고 폭력적"인 것으로 당연시되기에 딱히 거친 운동을 하고 싶지 않으면서도 동시에 여성스럽게 보이기 싫은 남성이 취미로 선택하는 운동이기도 하다(de Garis 97). 오츠는 또한 복싱을 "상실되었기에 더 쓰라린, 남성성이란 사라진 종교의 찬양"이라고 부르며 원시적 남성성에 대한 향수를 표현한다. 이러한 향수의 문제점은 뒤로 한 채 〈걸 파이트〉의 평자들이 복싱에 대해 감상적 예찬을 바치고 있다는 점이 흥미롭다. 특히 리치는 복싱이 스포츠영화의 가장 인기 종목에 걸맞은 "마법 같은 신비함"을 갖고 있고, 승리를 향한 초월적 의지, 패배의 비극 같은 상반된 감정을 링 안에 ─ 그것도 아주 시각적으로 강렬하게 ─ 집약해놓았다는 점에서 단순한 스포츠의 한 종목을 넘어서는 온전한 하나의 "내러티브"라고 극찬한다(16).

리치를 비롯한 평자들의 찬사는 복싱영화가 어떻게 도시빈민계층의 꿈과 좌절, 도전과 패배, 만신창이가 된 몸으로 다시 일어서는 집념과 최후의 승리를 극적으로 버무려 영화사의 초창기부터 독보적 전통을 이루어 왔는지 잘 설명해주고 있다.[3] 그러나 인생의 부침을 상징적으로 보여준다는 링 안에서 벌어지는 일은 사실 무엇인가. 누구 하나가 쓰러져 일어서지 못할 때까지 맞고 때리고 싸우는 폭력행사이다. 가장 마초적인 남성성의 끔찍하면서도 감상적 재현인 복싱의 극적 효과는 최후의 승자가 되는 것보다 승자가 되기 전에 얼마나 많이 맞고도 버티는가에 달려 있다. 즉 눈두덩은 찢기고 부어 앞을 볼 수 없고 코는 부러져 비틀어졌으며 얼굴 곳곳에서 피를 흘리면서도 버텨내는 이를 진정한 남자고 챔피언이라 칭송함으로써, 링은 원시적이고 저속한 폭력의 분출을 궁극의 남자다움으로 미화한다. 이런 의미에서 리치가 복싱에 바치는 찬사의 표현들 ─ 복싱은 "종교서사시의 우아함"을 지녔고 "순수한 근육"과 "초월을 향한 유한한 인간의 꿈"을 바치고 등 ─ 은 복싱에 내재된 지배적 남성성의 미화에 일조하는 듯이 보인다. 감독인 쿠사마 역시 복싱이 함의한 젠더 이데올로기에 대한 비판 없이 복싱은 "그녀[다이애나]의 삶을 바꾸는 여정"이라며 복싱을 삶의 감상적 은유로 해석하는데 그치고 있다. 복싱에 종교적 성스러움까지 부여하는 리치가 "순수한pure"이란 단어를 즐겨 썼듯, 쿠사마 역시 미국문화에서 큰 영향력을 가지는 "피어나는 젊은 선수"의 이야기를 하기 위해서는 무엇보다 "순수pure"해야 함을 강조한다(Baker 23에서 재인용). 뉴욕대에서 영화를 전공한 데뷔감독인 쿠사마는 〈걸 파이트〉의 제작배경에 대해서도 상투적이지 않은 "색다른 종류의 스토리"에 관심이 있었을 뿐 그 어떤 "정치적 충동"도 없었다고 밝힌다(Baker 23에서 재인용).

그러나 많은 스포츠사회학자들이 지적하듯 스포츠는 그 유래부터 순수한 것이 아닐 뿐더러 시대의 흐름에 따라 변화하는 정치적 이데올로기를 반영해왔다. 폭력과 스포츠의 관계를 이론화한 심리학자 피터 마시 Peter Marsh에 따르면, 인간을 포함한 수컷 동물은 "공격성aggro"을 내재하고 있어 서로의 영역을 침범하고 지배하기 위해 끊임없이 싸운다. 그런데 싸움이 심해지거나 상대방이 너무 약해서 상대방을 죽여 버리게 되면 지배를 할 수 없으므로 생각해낸 해결책이 싸움의 "의식화ritualization"이다. 지배와 살인과 폭력에의 충동을 공격적인 의식으로 만듦으로써 무법천지의 싸움은 규칙을 갖춘 경기나 게임이 된다(Dunning 160에서 재인용). 복싱 prizefighting의 기원 역시 백인상류남성이 주로 이민자들로 구성된 깡패의 무리를 구제한다는 명목 아래 그들을 링 안에 가둬놓고 돈을 걸고 그들의 싸움을 보고 즐긴 것으로(Tolchin 187), 순수한 스포츠정신의 구현이라기보다 지배계급의 위선과 무정함의 산물에 가깝다. 복싱에 구조화되어있는 인종과 계급, 성별의 차별문제를 생각해볼 때 감독이 의도했던 아니든 남미계 여성 복싱선수가 남성을 이기고 챔피언이 되는 〈걸 파이트〉의 혁신적 이야기는 분명 어떤 정치적 진술을 남고 있다.

쿠사마는 링을 다이애나가 정체성을 찾아나가는 '순수한' 단련과 깨달음의 장으로 그리려했고, 선정적 폭력 대신 아마추어복싱의 소박함에 초점을 맞춤으로써 그 목적은 어느 정도 달성된 것처럼 보인다. 그러나 〈걸 파이트〉의 진정한 재미라면 여주인공의 묵묵한 훈련 끝에 찾아온 승리라는 성장서사보다 신성한 링을 야릇한 성적 긴장으로 물들이는 선수들 간의 '불순한' 연애감정이다.4 트레이너 헥터의 생일파티에 갔다가 에이드리안이 데려온 섹시한 여성을 보고 속이 상한 다이애나는, 며칠 후 에이드리안과의 스파링시합에서 펀치를 날리다 그를 부둥켜안고 "사랑해. 정말로"라고 그녀 특유의 무덤덤하면서도 절박한 어조로 말한다. 늘어진 운동복을 입고, 안면보호 헤드기어를 쓰고, 입은 마우스피스를 물어 다물기도 힘들만큼 튀어나온 별로 아름답지 못한 상황에서 내뱉어진 사랑고백은 '순수한' 힘과 기술의 경연장인 복싱 링을 성적 욕망이 분출되는 미묘한 공간으로 탈바꿈시킨다. 제인 코드웰Jayne Caudwell은 이 사랑고백이 "무뚝뚝하고, 엉성하고, 나약"하게 들리지만 이 고백을 통해 다이애나가 스스로의 목소리를 갖게 되고 욕망의 대상이 아닌 주체로 변신한다고 한다(264). 그러나 스파링시합 중의 엉뚱한 사랑고백이 의미 깊은 것이라면 그 이유는 링 위에서 승부를 가리듯 다이애나가 욕망의 주체가 됨으로써 에이드리안과의 관계에 있어 우위를 점하게 되어서가 아니다. 완력으로 상대를 제압하는 것을 목적으로 하는 스파링시합에서 에이드리안은 상대가 여자라서 못 치고 있고 다이애나는 자신의 사랑을 받아주지 않는 남자를 쳐야 하는 입장에 놓여 있다. 육체적 싸움과 감정적 갈등이 동시에 벌어지고 있는 링 위에서 다이애나의 고백이 뜻 깊은 이유는, 다이애나가 승리를 목적으로 싸우는 복싱을 연마하고 있는 동시에 자의식을 내려놓고 적/타자/연인에게 먼저 다가가 고백해야 하는 사랑의 윤리학 또한 터득하고 있음을 엿보게 해주기 때문이다.5 〈걸 파이트〉 속 링은 다양한 권력관계와 감정의 교차, 감춰진 욕망에 '오염'되어 있으나 바로 그 혼재 속에 기존의 지배적 남성성·여성성을 재확인하기도 하고 해체하기도 하는 '정치적' 작업을 수행한다.

위의 장면이 감독의 감상적 의도와 달리 스포츠의 순수성이란 신화를 깨고 의외의 통찰력을 보여주고 있다면, 복싱영화의 가장 문제적 요소라 할 폭력의 낭만화에 관해 〈걸 파이트〉의 감독은 어떠한 태도를 갖고 있으며 영화는 또 어떤 식으로 감독의 의중을 배반할까. 복싱에 내재된 계급과 성 이데올로기의 치열한 탐구라기보다 복싱을 "인생을 바꾸는 여정"으로 일반화시켜 차용하듯, 영화의 핵심적 주제인 여성의 폭력행사에 대해서도 쿠사마는 지극히 원론적인 입장을 보인다. 〈걸 파이트〉가 여성의 완력 추구를 주창하는 것인지 묻는 질문에 쿠사마는 "잘 모르겠다"며, 자신의 영화는 "어떻게 살아가야 하는지에 관한 수많은 규칙을 깨고 자신에게 맞는 것을 탐험해보기로 한 어떤 인물의 이야기"라고 추상적으로 답한다 (Baker 26에서 재인용). 그러나 그 '인물'이 남미계 소녀이고 그 소녀가 '규칙을 깨고 탐험해보기로 한' 것이 하필이면 가장 마초적, 폭력적 남성성의 시험장인 복싱 링이라는 점은 〈걸 파이트〉가 여성해방과 폭력의 관계, 지배적 남성성과 복싱의 관계에 대해 정치적 입장을 피할 수 없음을 뜻한다.

『여성 남성성Female Masculinity』의 마지막 장 「성난 황소 레즈비언 Raging Bull Dyke」에서 핼버스탬은 복싱영화만큼 "남성성이란 짐"(274)을 잘 포착하는 재현 방식은 없다고 단언한다. 그만큼 링 위의 복서의 몸은 두들겨 맞아 부러지고 찢기고 피투성이가 되었으나 결코 무릎 꿇지 않은 육체의 전시를 통해 힘겹게 영웅적 남성성이란 '짐'을 유지하는 다분히 마조히즘적인 몸이다. 마틴 스콜세지 감독, 로버트 드 니로 주연의 고전복싱영화 〈성난 황소〉(1980)에 등장하는 것처럼 관객을 흥분의 도가니에 몰아넣고 상대 복서의 뇌를 뒤흔드는 강력한 연타의 펀치, 흑백으로 촬영되어 그 비장미가 더욱 강조되는 곤죽이 된 남성의 육체는 〈걸 파이트〉에 등장하지 않는다. 다이애나가 입은 가장 큰 부상이라고는 멍든 눈 정도이며 다이애나가 입힌 가장 큰 부상 역시 제로에 가까움에도 불구하고 평자들은 다이애나의 아마추어복싱 입문에 거의 혁명적 의의를 부여하고 있다. 모니카 캐스퍼Monica Casper는 "육체적 페미니즘"이라는 마사 맥코이Martha McCaughey의 용어를 빌려 여성스포츠가 주는 폭력의 희열을 역설하며, 〈걸 파이트〉가 성공한 이유 역시 관객으로 하여금 다이애나의 분노나 공격성을 맘껏 즐기게 해주기 때문이라고 주장한다.

> 맥코이는 여성 스포츠가 남성성에 제기하는 위협을 받아들이고 분노와 공격성, 폭력마저 발휘할 수 있는 여성 스스로의 능력을 즐기는 것을 두려워하지 말라고 독려한다. . . . 다이애나는 많은 여성이 원하지만 해서는 안 된다고 평생 들어온 일을 하게 된다. 그리고 그녀의 주먹이 목표물을 찾고 우리가 살과 뼈에 파고드는 가죽글러브의 그 만족스러운 소리를 들을 때, 그녀는 변신한다. 그리고 우리도 따라 변한다. (109)

남성에게만 허용되고 여성에게는 금기시되었던 폭력을 휘두름으로써 다이애나가 변신한다면 과연 '무엇'으로 변신하는 것일까. 애당초 폭력이 문제라면 그것은 인류 모두의 문제이지 특정성별의 문제는 아닐 것이다. 남성이 대개 폭력의 가해자였고 여성이 무력한 희생자였다는 점을 고려해 볼 때 여성에게도 정당한 무력을 행사할 수 있는 권리가 주어져야 함은 지당하다. 그러나 "공격할 수 있는 능력"(Casper 109)을 가진 다이애나가 그 능력을 펼치며 '무언가'로 변신할 때, 대리만족을 느끼는 여성관객도 함께 따라서 '무언가'로 변신할 때 그 무엇은 주로 남성들이 점해왔던 가해자의 우월한 위치일 것이다. 그러나 지배적 남성성, 그러한 남성성을 가진 이가 갖게 되는 권력, 폭력을 휘두를 수 있는 "능력"을 경계해야 하는 이유는 이들이 너무도 쉽게 남용될 수 있기 때문이다. 이런 의미에서 남성과의 '동등한' 위치를 문자 그대로 해석해 때리는 여자로의 변신을 치하하고 그 새롭고도 달콤한 권력에 취해있는 듯 보이는 캐스퍼의 글은 젠더에 대한 고찰이라기보다 폭력의 유혹성 혹은 전염성을 드러내주는 예로 보인다.

쿠사마 역시 아마추어복싱을 해본 경험이 있고, 영화준비를 위해 오 개월간 복싱훈련을 받은 로드리게스도 복싱에 매료되어 영화 〈매트릭스〉 시리즈의 여주인공 역을 거절했다는 후문이 있을 정도로 〈걸 파이트〉 속 여성복싱 장면은 현란하지 않으나 진정성이 느껴지고 선정적이지 않으면서도 충분히 강렬하다. 앞서 언급했듯 감독은 폭력을 통한 여권신장이라는 정치적 의도보다 남과 좀 다른 길을 택한 한 거친 소녀의 자아와 사랑 찾기에 중점을 두고 영화를 만들었음을 강조한다. 그럼에도 불구하고 평자들이 유독 여성 복싱이 환기시키는 해방감에만 찬사를 보내는 이유는 2000년대 들어 일상화된 "9조항 이후"(Heywood and Dworkin 64) 세대 여성들의 활약 때문이다. 2000년 이전까지 스포츠가 초남성성의 이데올로기를 조장하고 영웅적 남성성이란 부풀려진 이상을 심어주는 것에 대해 여성 스포츠사회학자들의 우려가 있었다면,[6] 레슬리 헤이우드Leslie Heywood 같은 이는 평생 스포츠에 참여해오며 경쟁과 개인주의에 물든 '9조항' 발효 이후 세대 여성에게 초남성성의 지향은 당연한 것이라고 한다. 스포츠사회학자이자 아마추어역도선수인 헤이우드는 역도선수로서의 자신을 '전사 레스터'라고 부른다. 나아가 여성 스포츠인은 더 협동적이고 상대를 배려한다는 고정관념에서 벗어나, 이기고자 하는 욕구를 숨기지 않고 적을 신나게 "혼쭐내주며kicking ass" 투쟁을 벌여 승리를 쟁취하는 "챔피언의 길"을 걷겠다고 한다(64). 그러나 온갖 신나고 해방감을 주고 일등을 차지하는 챔피언의 길은 남성적인 것으로, 팀플레이나 배려나 치어리더 같이 보조적이고 희생적인 것은 여성적, 따라서 시시한 것으로 치부해버린다는 점에서 헤이우드가 주창하는 "람보 페미니즘"(65)은 '람보'에만 관심이 있을 뿐 '페미니즘'에는 흥미가 없어 보인다.

여성 평자들의 폭력 예찬과 달리 〈걸 파이트〉 속 폭력은 해방감만 주는 것이 아니라 탈출구 없는 현실의 갑갑함을 더하기도 한다. 이 영화의 가장 불편한 장면 중 하나인 다이애나가 아버지를 부엌 바닥에 때려눕히고 목을 조르는 장면은 "극도로 만족스럽다"(Tolchin 194)고만 하기에는 많이 씁쓸하다. 다이애나에게 전혀 도움이 되지 못하는 아버지였기에 이전에는 직접 대들지 못하고 바닥에 접시를 던져버렸던 다이애나가 영화의 후반부에 폭발하는 장면은 일차적으로 통쾌할 수 있다. 그러나 체육관의 링 안에서 보호 기어를 착용한 채 휘둘러야 할 폭력을 훈련이 아닌 일상의 공간인 가정으로 끌고 들어온 것은 정당화하기 어렵다. 영화의 시작 부분에서 얄밉게 구는 동급생을 다짜고짜 때려눕힌 다이애나의 모습이 등장했었다면, 후반부 아버지에게 행하는 폭력은 복싱을 배운 후 동급생에서 아버지로 제압할 수 있는 상대의 폭이 넓어졌음을 보여줄 뿐 부녀간의 문제를 전혀 해결하지 못한다는 점에서 동급생에게 휘둘렀던 것과 똑같이 무의미한 폭력이다. 비슷한 의미에서 영화의 끝에 아마추어복싱 챔피언이 되는 것도 총체적 난국인 다이애나의 삶에 어떤 근본적 해결책이 될 지 의심스럽다. 결국 아마추어복서로서 다이애나가 형성하는 남성성은 '성난 황소'처럼 폭언과 폭행을 일삼으며 겉과 속이 멍든 마초남성도 아니고, 핼버스탬이 지배적 남성성의 대안으로 제시하는 레즈비언 복서상―"남자답게 맞기taking it like a man"보다 자신을 "내주는 이giver"로서 기존 젠더를 해체하는 여성 남성성의 상징(276)―도 아니다. 다이애나를 그저 때리는 여자의 틀 속에 가두어놓고 그녀가 흉내 내는 지배적 남성성에 대리만족을 느끼는데 그친다면 그것은 복서 말고도 동시에 다른 여러 것인 다이애나라는 인물의 깊이를 축소시켜버리는 셈이 된다.[7]

2. 맞는 남자의 '퀴어'한 실패

〈걸 파이트〉를 보다 넓은 다이애나의 성장기로 봤을 때 다이애나가 아마추어복싱 챔피언이 되는 것 못지않게 중요한 역할을 하는 것이 에이드리안과의 로맨스이다. 로드리게스의 존재감이 원체 강렬한 영화이고 에이드리안의 이름이 록키의 '그녀'에게서 따온 것이다 보니 다이애나와 에이드리안의 로맨스는 평자들로부터 심각하게 다루어지지 않았다. 이본 태스커Yvonne Tasker는 복싱영화가 워낙 남성적인 장르기에 복싱영화 속 여성인물은 커플을 이룰 때에만 등장할 수 있고(87), 코드웰도 영화 속 여성스포츠인의 몸은 지배적인 여성상에 부합되지 않기 때문에 항상 이성애라는 "부차적 줄거리"(263)를 필요로 한다고 한다. 그러나 다이애나와 에이드리안의 로맨스를 여성 복서라는 주인공에게 덜 거부감을 느끼게 하기 위한 '장치'로 보기보다, 두 남녀의 사랑이야기를 그리는데 그저 그들이 마침 같은 체육관에서 같은 꿈을 키워나가던 아마추어복서들이었다고 볼 수는 없을까. 〈걸 파이트〉를 여성 복싱영화로'만' 본다면 에이드리안과의 이별을 무릅쓰고 결승전 출전을 감행한 다이애나의 선택은 "특별히 용감한 행동"(Casper 108)으로 보이고, 다이애나가 에이드리안을 쓰러뜨리는 것은 〈성난 황소〉에 등장하는 '때리는 남자주인공' 대 '부엌에 갇혀 맞는 부인' 구도의 통쾌한 역전(Fojas 107)으로 읽힐 수도 있을 것이다. 그러나 이 같은 해석은 용감하고 폭력적인 남성성/사냥에 내밀리고 수동적인 여성성이란 이분법에서 벗어나지 못하는 구태의연한 해석이며, 기존의 젠더 이데올로기로 설명되지 않는 부분－특히 다이애나가 '루저' 에이드리안과 키스하는 마지막 장면－을 "공상fantasy"(Tolchin 191)의 영역으로 평가절하 하는 한계를 드러낸다.

    다이애나와 에이드리안의 관계를 항상 남성이 우위를 점하는 이성애의 법칙에 비추어 보고 다이애나의 승리를 통쾌한 젠더 불평등의 해소로만 보는 것은, 다이애나가 챔피언이 되기 위해 에이드리안과의 사랑을 '포기'한 것이 아니라 오히려 서로의 꿈을 존중하기에 둘 중하나는 질 것을 알면서도 싸움에 나왔다는 사실을 간과하고 있다. 다이애나와 에이드리안을 남성 대 여성, 승자와 패자의 전형으로만 봤을 때, 남자를 때려눕히고도 그 남자의 사랑을 차지한 다이애나의 모습은 그야말로 "공상" 속에서나 가능한 것으로 보일 것이다. 안타까운 것은 이러한 사고방식이 스포츠를 포함한 전문분야에서 '승리'를 거둔 여성은 여성성을 잃은 남성적 존재가 되고, 여성이 승자가 되기를 포기하고 '여성'으로 남을 때만 주어지는 보답인 사랑까지는 가질 수 없다는 편견을 반영하고 있음이다. '9조항'이후세대 초남성성을 지지하는 비평가들의 이같이 협소한 젠더의식은, 그 실체가 존재하지 않는 젠더-상징계에서 개인의 통제를 용이하게 하기 위해 발명된 남성성/여성성이란 기표-에 갇혀 여성이 '케이크를 먹기도 하고 가질 수는 없다'며 자발적으로 행복의 가능성을 차단해버리고 있다. 캐스퍼는 과연 "연인인 상대복서를 끝장내버리고도 그 남자를 얻는다는 어린 라틴계 록키 영화를 세상은 받아들일 준비가 되었는가?"(106)라고 물으며 회의를 드러낸다. 복서로서의 다이애나를 극찬하는 리치 역시 "업

데이트된 '소녀 - 소년을 - 만나다, 소녀 - 소년을 - 때려눕히다, 소녀 - 소년을 - 유지하다'라는 줄거리가 영화의 가장 탄탄한 점은 아니다"(18)라며 복싱영화와 '여성적' 로맨스가 공존하기 어려움을 피력한다. 그러나 여성복서로서의 다이애나보다 여성스럽지 못함에도 '불구하고' 에이드리안에 대한 연정 앞에 당당한 다이애나의 모습에 더 눈길이 갔던 필자는, 이 둘의 관계가 낯설고 개연성이 없어 보이기에 오히려 기존의 젠더 정치에서 벗어난 획기적인 남녀관계를 그려준다고 믿는다.

'9조항' 이후 세대 평자들에게 에이드리안과 다이애나가 짧은 대화 후 키스를 나누는 〈걸 파이트〉의 마지막 장면은 지나친 이상화에 불과해 보인다. 이러한 비평가에게는 오히려 결승전에서 판정승을 거둔 후 대기실에 홀로 앉아 기쁨과 슬픔에 터져 나오는 울음을 애써 삼키는 '감동적 챔피언' 다이에나의 모습이 여성 복싱영화의 결말에 더 어울린나고 느낄 섯이다. 챔피언이 되어 사회적 인정을 받았으면 됐지 자신이 때려눕힌 남자의 애정까지 갈구하는 것은 지나친 욕심이며 어렵사리 획득한 승자의 권위마저 깎아내릴 수 있다. 바다 버스타인의 말처럼 "여성성, 그리고 그와 연관된 자질들의 극심한 폄하"(Heywood and Dworkin 57에서 재인용)로 특징지어지는 미국문화 속에서 로맨스의 추구는 곧 나약함과 열등함의 상징이기 때문이다. 그러나 프로복서의 꿈을 접고 풀이 잔뜩 죽은 에이드리안과, 그를 위로하면서도 잰 채 하지 않고 나름대로의 사랑스러운 유머도 잃지 않는 다이애나가 나누는 바시막 대화는 남성 대 여성, 승자 대 패자를 떠나 같은 꿈을 공유했고, 서로를 욕망의 대상인 동시에 링 위의 맞수로 존중했으며, 결승전을 통해 "인생은 전쟁과목 시간"이라는 소박한 깨달음을 함께 깨달은 소년소녀의 동지애를 보여준다. 먼저 체육관으로 찾아온 에이드리안이 다이애나에게 "죽여주는 훅을 가졌던 걸"이라고 말을 걸자, 다이애나는 "네 라이트 크로스도 분첩powder puff 같진 않았어"라며 덤덤히 받아친다.

> 에이드리안: 난 [시합에서] 내가 가진 모든 걸 내줬어.
> 다이애나: 나도.
> 에이드리안: 권투. 프로가 되는 거. 난 탈출 티켓을 따고 싶었는데. 그런데
> 　　　　　　바보같이 너한테 기회를 줘버렸구나.
> 다이애나: 그게 현실이지. 그렇게 배우는 거야.
> 에이드리안: 그래 이제 날 존경하지 않지?
> 다이애나: 아니.
> 에이드리안: 어제 밤 일이 있고서도? 거짓말.
> 다이애나: 에이드리안, 넌 내가 그냥 아무 사내인 듯 나랑 경기를 했어. 넌
> 　　　　　무너졌고 그렇게 날 존중해 보인 거야. 그게 무슨 뜻인지 몰라?
> 에이드리안: 너와 함께 하는 인생은 전쟁이란 거?
> 다이애나: 아마도. 아마도 인생이 그저 전쟁과목 시간인가 봐.
> 에이드리안: 널 만난 후 사는 게 엉망진창이었어. 이제 날 차버릴 거니?
> 다이애나: 아마도.
> 에이드리안: 약속해?
> [키스]

인생과 사랑과 존경이란 거창한 주제에 관해 심오한 대화를 나누고 있는
것도 아니고 키스로 이어질 만큼 감미로운 사랑고백으로 들리지도 않지
만, 위의 대화는 바로 그런 낯설음을 통해 기존의 남녀관계에 코드화되어
있는 젠더 이데올로기를 해체하고 있다. 다이애나와 에이드리안은 '서로
에게 모든 걸 주는' 경기를 펼쳤고, 한 명은 승자가 되었고 다른 한 명은
패자가 되었지만 서로에 대한 존경을 잃지 않는다. 서로에게 모든 걸 주
었다 함은 일차적으로는 시합에 모든 것을 쏟아 붓고 후회 없이 싸웠다는

뜻이지만, '남자답게 맞기'를 통해 마조히즘적 육체를 궁극의 남성미로 진열하는 링을 무의미하게 맞고 버티면 이기는 곳에서 연마한 기술을 함께 나누고 상대 속에 자신을 비워버리는 곳으로 탈정치화하고 있다는 의미로 해석될 수도 있다. 둘 중 하나가 '루저'임에도 불구하고 갑을의 권력관계를 이루지 않는다는 점에서 둘의 로맨스는 시합의 승자와 패자에 우월함과 열등함이란 심리적·정치적 가치를 부여하는 지배적 남성성의 세계에 편입되지 않는 남녀관계이기도 하다.

싸움으로 맺어진 사이이니만치 서로가 사귀게 되면 전쟁 같을 것이며, '널 만난 후 모든 게 엉망'이었다는 에이드리안의 말 또한 다이애나와의 사랑이 기존의 이성애관계로 잘 이해되지 않기에 그들이 고뇌해왔음을 비친다. 이 둘의 별로 달콤해 보이지 않는 로맨스는 에이드리안과 캣의 지극히 빤한 애인관계와 좋은 내비를 이룬다. 예쁘고 섹시한 옷자림의 캣은 자신의 공간에 있다기보다 에이드리안의 체육관을 찾아오고 에이드리안이 초대받은 헥터의 생일파티에 따라오는 전형적인 과시용 애인에 지나지 않는다. 함께 있을 때에도 입 한 번 여는 법 없이 항상 에이드리안을 쓰다듬거나 감싸 안고 있는 캣에 대해 에이드리안은 그녀가 자신의 프로입문에만 관심이 있는 것 같다고 다이애나에게 털어놓는다. 반면 다이애나와 에이드리안은 함께 훈련하고 차를 타고 이야기를 나누며 복싱경기를 구경하고 체중에 대한 걱정을 하며 햄버거를 나눠먹는 소소한 즐거움으로 친밀해진 사이이다. 그러나 영화의 가장 마지막 대사에서 '이제나 채이겠구나'라고 농담반 진담반으로 묻는 에이드리안과 아마 그럴 거라고 답하지만 이미 눈빛으로 마음을 전달한 다이애나, 꼭 찬다고 약속하라며 서로를 안는 두 주인공의 모습은 젠더 구별의 틀로는 적확히 설명할 수 없으면서도 뜨겁고 신선하고 감동적인 사랑을 선사한다.

〈걸 파이트〉에서 그려지는 로맨스는 화려한 주인공들의 아름다운 애정씬을 보여주는 것도 아니고 미래도 불분명하기 짝이 없으며 사실 이성애 관계라고만 못 박기도 애매하게 연인과 친구, 동지애와 욕망 사이를 오가고 있다. 한 평자는 다이애나와 에이드리안이 몸무게마저 같아 같은 체급에서 경기하는 지적·육체적 닮은꼴이며 어느 한 쪽에게 종속적이지 않은 연인이라는 점에서 그들의 이성애가 "동성애적 무차별homoerotic nondifference"(Fojas 113)에 바탕을 둔 관계라고 주장한다. 태스커는 에이드리안-다이애나 커플이 사랑만큼이나 존경에 의미를 두는 "파트너십"(87)을 기반으로 이성애 로맨스의 법칙을 새로 쓴다고 한다. 두 평자의 의견 모두 일리가 있는 해석이지만 필자가 강조하고 싶은 이 커플의 미덕은 차이나 동일성을 기준으로 한 평등한 관계 혹은 이상적 사랑의 성취 그 이상을 생각하게 만든다는 것이다. 핼버스탬의 표현대로 복싱 링이 "지배적 남성성의 권위와 그것이 종속성 남성성과 맺는 관련의 멋진 은유"(1998, 275)라면, 에이드리안의 패배에도 불구하고 둘이 사랑을 키워나가는 것은 '루저'로 표상되는 종속성 남성성의 획기적 도발이다. 나아가 에이드리안이 결승전 패배 후 프로복서의 꿈을 접고 아버지의 자동차수리소로 돌아가는 것 역시 이기는 것만을 남성적인 것으로 여기는 링의 기준으로는 한심한 실패이겠지만, 한 명의 승자가 탄생하기 위해 '희생'되었을 수많은 패자를 생각해보면 딱히 부끄러운 일이 아니다. 19살의 에이드리안에게 값진 경험과 성숙한 사랑을 갖게 해준 1년간의 아마추어복싱 훈련, 그리고 결승전 패배 끝의 '포기'는 오히려 최후의 승자만을 인정하는 링의 폭정으로부터 해방되어 다른 종류의 승리를 향해 인생을 이어나가게 해주는 계기이다. 에이드리안의 패배가 승리라는 미명의 폭력적 이데올로기를 되새겨보게 해주듯, 에이드리안과 다이애나와의 로맨스 역시 두 소년

소녀의 연애를 넘어 승리와 여자를 갈취의 대상으로 여기는 지배적 남성성의 무자비함을 숙고하게 만든다.

『실패의 퀴어한 예술*The Queer Art of Failure*』(2011) 서론에서 핼버스탬은 무의미한 경쟁의 홍수, 밝고 유쾌한 긍정적 사고 예찬, 남성적인 기준에 의해 정의되는 성공과 여성다움의 압박을 이성애규범heteronormative 사회의 버팀목으로 지적한다. 핼버스탬에 따르면 이렇게 협소한 남성중심의 성공을 강요하는 사회에서 '실패'하는 것은 기성사회의 치부와 숨겨진 이데올로기를 드러낼 뿐 아니라 의외의 해방감과 창조성을 가져다주는 의미 깊은 행위일 수 있다. 이러한 의미에서 '루저' 에이드리안은 폭력과 로맨스, 여성성과 남성성, 우월한 승자와 열등한 패자의 이분법을 해체하며 이상한 해방감을 안겨주는 '퀴어'한 실패자이다. 〈걸 파이트〉는 여러 면에서 다양한 성취를 기두고 있는 작품이지만, 전투적 여성평자들의 일방적인 주장처럼 복싱을 통한 여성 폭력의 찬양보다 '때리는 여자'와 '맞는 남자'의 색다른queer 사랑이야기로서 더 흥미로운 영화이다. 사랑에 관해 무척 감상적인 생각을 가진 듯이 보이는 감독 쿠사마는 "사랑은 다른 것이 절대 깨울 수 없는 뇌의 어떤 부분을 깨운다"(Rybicky 264에서 재인용)고 한다. 또 다른 인터뷰에서는 복싱이 육체적일 뿐 아니라 감성적인 것이기도 하다며, 복서들 사이에 이루어지는 무언의 동의—"우리 서로를 심하게 다치게 할 수도 있다"—가 꼭 사랑같다고 말한다(Tolchin 188에서 재인용). 전자의 인용이 사랑의 치고성과 기능성에 대한 쿠사마의 믿음을 표현한다면, 후자의 인용은 복싱의 필요악이 폭력이듯 사랑 역시 항상 부상의 위험을 안고 해야만 하는 것이라는 통찰력을 보여준다. 이 믿음과 통찰력의 결과로 탄생한 다이애나와 에이드리안이란 두 '루저' 연인은 사랑의 부상을 피하기 위해 기존의 젠더 이데올로기에 안주하는 데 익숙한 관객의 뇌에 펀치를 날리며 상처나 실패를 두려워하지 않고 인생과 사랑이란 전장을 함께 누빈다. 두 아마추어복서가 창조해내는 남성성은 강철 같은 육체나 찬란한 승리 따위와는 거리가 멀지만 바로 그 대단치 않은 남성성을 통해 마초적 남성성이 지배하는 링을 사랑이 쌓여가는 곳으로 뒤바꿈 한다. 바로 이것이 〈걸 파이트〉가 이루어내는 '퀴어'한 성취, 인식론적 전환을 일으키는 놀라운 '루저'의 힘이다.

[1] 포스트페미니즘은 2000년을 전후하여 등장한 개념으로 뚜렷한 학술적 정의를 가지기보다 다양하면서도 어떤 공통점을 보이는 대중문화 속 여성상을 지칭하는데 쓰인다. 이 현상의 '포스터 걸'이라 할 『브리짓 존스의 다이어리』(*Bridget Jones' Diary*)의 주인공은 남녀평등의 권리를 누리면서도 백마 탄 왕자를 꿈꾸는, 걸 파워와 보수적인 여성비하, 해방의 상징이자 또 다른 예속의 희생자로 찬사와 비난을 동시에 받아왔다.

[2] 이와 관련한 연구로는 로라 멀비(Laura Mulvey)의 기념비적 에세이 "Visual Pleasure and Narrative Cinema," 특히 "Woman as Image, Man as Bearer of the Look"이라는 제목의 세 번째 부분을 참조.

[3] 1890년대부터 영화의 출발과 함께 한 복싱영화의 초기역사에 관해서는 댄 스트라이블(Dan Streible)의 *Fight Pictures: A History of Boxing and Early Cinema* 참조.

[4] 현대스포츠를 거의 지배한다고 할 수 있을 정도로 스포츠 곳곳에 함의된 성적 의미에 관한 연구로는 토비 밀러(Toby Miller)의 *Sportsex* 참조.

[5] 사랑이 완고한 자아를 해체하는 윤리적 행위임을 논한 대표적 이론서로는 줄리아 크리스테바(Julia Kristeva)의 *Tales of Love*와 리오 버사니(Leo Bersani)의 "Is the Rectum a Grave?" 참조.

[6] 이에 관한 대표적 연구로는 바다 버스타인(Varda Burstyn)의 *The Rites of Men: Manhood, Politics, and the Culture of Sport* 참조.

[7] 미셸 로드리게스가 사생활에 있어 폭력적이고 레즈비언이란 의심을 받았고(Lindner 5), 이후 맡은 역할들이 〈분노의 질주〉의 카 레이서, 〈S.W.A.T.〉의 특수부대요원이나 〈아바타〉의 여군조종사 등으로 한정되었던 점이 그 예라 하겠다.

인용문헌

Baker, Aaron. "A New Combination: Women and the Boxing film: An Interview with Karyn Kusama." *Cineaste* 25.4 (September 2000): 22-26.

Bersani, Leo. "Is the Rectum a Grave?" *AIDS: Cultural Analysis/Cultural Activism*. ed. Douglas Crimp. Cambridge: MIT P, 1987. 197-223.

Burstyn, Varda. *The Rites of Men: Manhood, Politics, and the Culture of Sport*. Toronto: U of Toronto P, 1999.

Casper, Monica. "Knockout Women: A Review of Karyn Kusama's *Girlfight*." *Journal of Sport and Social Issues* 25.1 (February 2001): 104-10.

Caudwell, Jayne. "*Girlfight* and *Bend It Like Beckham: Screening Women, Sport, and Sexuality*." *Journal of Lesbian Studies* 13 (2009): 255-71.

De Garis, Laurence. "'Be a Buddy to Your Buddy': Male Identity, Aggression, and Intimacy in a Boxing Gym." *Masculinities, Gender Relations, and Sport*. ed. Jim McKay, Michael Messner, and Don Sabo. Thousand Oaks, CA: Sage Publications, 2000. 87-107.

Dunning, Eric. *Sport Matters: Sociological Studies of Sport, Violence, and Civilization*. New York: Routledge, 1999.

Fojas, Camilla. "Sports of Spectatorship: Boxing Women of Color in *Girlfight* and Beyond." *Cinema Journal* 49.1 (Fall 2009): 103-15.

Girlfight. dir. Karyn Kusama. perf. Michelle Rodriguez. Sony Pictures. 2000.

Halberstam, Judith. *Female Masculinity*. Durham, NC: Duke UP, 1998.

_____ *Queer Art of Failure*. Durham, NC: Duke UP, 2011.

Heywood, Leslie and Shari Dworkin. *Built to Win: The Female Athlete as Cultural Icon*. Minneapolis: U of Minnesota P, 2004.

Kristeva, Julia. *Tales of Love*. trans. Leon Roudiez. New York: Columbia UP, 1987.

Lindner, Katharina. "Fight for Subjectivity: Articulations of Physicality in *Girlfight*." *Journal of International Women's Studies* 10.3 (March 2009): 4-17.

Miller, Toby. *Sportsex*. Philadelphia: Temple UP, 2001.

Mulvey, Laura. "Visual Pleasure and Narrative Cinema." *Film Theory and Criticism*. ed. Leo Braudy and Marshall Cohen. Oxford: Oxford UP, 2004. 837-48.

Oates, Joyce Carol. *On Boxing*. Hopewell, NJ: The Ecco Press, 1994.

Rich, Ruby. "Take It Like a Girl." *Sight and Sound* 11.2 (February 2001): 16-18.

Rybicky, Dan. "'And Maybe There Is a Way to Give Hollywood the Kick in the Ass That It Needs': An Interview with Filmmaker Karyn Kusama." *Filming Difference: Actors, Directors, Producers, and Writers on Gender, Race, and Sexuality in Film*. Ed. Daniel Bernardi. Austin, TX: U of Texas P, 2009.

Streible, Dan. *Fight Pictures: A History of Boxing and Early Cinema*. Berkeley: U of California P, 2008.

Tasker, Yvonne. "Bodies and Genres in Transition: *Girlfight* and *Real Women Have Curves*." *Gender Meets Genre in Postwar Cinemas*. ed. Christine Gledhill. Champagne: U of Illinois P, 2012. 84-95.

Tolchin, Karen. "'Hey, Killer': The Construction of a Macho Latina, or the Perils and Enticements of *Girlfight*." *From Bananas to Buttocks: The Latina Body in Popular Film and Culture*. Austin, TX: U of Texas P, 2007, 183-98.

사진출처

<http://www.rottentomatoes.com/quiz/michelle-rodriguez-movies-1102198/>
<http://www.filmforager.com/2011/10/girlfight-2000.html>
<http://www.mediacircus.net/girlfight.html>

김성곤 | 한국문학번역원장 겸 서울대학교 명예교수

　　서울대학교 언어교육원장, 출판문화원장, 미국학연구소장을 지냈고, 학계에서는 국제비교한국학회 회장, 한국현대영미소설학회 회장, 한국아메리카학회 회장, 문학과 영상학회 회장, 한국대학출판인협회 회장 등을 역임하였다. 문단에서는 『문학사상사』 주간, 『21세기문학 편집위원』, 『외국문학』 책임편집인을 지냈다.

　　캘리포니아 버클리대, 펜실베니아주립대, 브리검영대, 컬럼비아대, 뉴욕주립대 등에서 가르쳤으며, 옥스퍼드대 및 하버드대 옌칭연구소 방문학자를 역임하였다.

　　우호 인문학상, 김환태평론문학상, 뉴욕주립대 탁월한 해외동문상, 풀브라이트 시빙스타운 동문상, 오늘의 책을 十x했으며, ర 성공로시교요인 베二드징시, 인국을 대표하는 번역가, 한국 근현대 대표평론가 50인에 선정되었다.

　　대표 저서로 『경계를 넘어서는 문학』, 『하이브리드 시대의 문학』, 『글로벌 시대의 문학』, 『문화연구와 인문학의 미래』, 『퓨전시대의 새로운 문화읽기』, 『다문화시대의 한국인』, 『문학과 영화』, 『탈모더니즘시대의 미국문학』, 『포스트모더니즘과 현대미국소설』, 『포스트모던 시대의 작가들: 미로 속의 언어』 등이 있다.

강규한 ˈ 국민대학교 영어영문학부 교수

서울대학교 영문학 박사

주요 논문으로는 「동물 생명 박탈의 생태비평적 조망」, "Going Beyond Binary Disposition of 0/1: Rethinking the Question of Technology" 등이 있다.

강평순 ˈ 세명대학교 영어학과 교수

서울대학교 영문학 박사

주요 저서로『미국소설의 이해』, 『Communicative English 1』 등이 있으며, 주요 논문으로는 「「리틀 기딩」에 나타난 순간과 영원」, 「『파도』: 버나드의 예술가적 비전의 성취」, 「자유주의적 페미니즘에 대한 연구」 등이 있다.

권진아 ˈ 서울대학교 기초교육원 강의부교수

서울대학교 영문학 박사

주요 논문으로 「근대 유토피아 픽션 연구」가 있다.

김선옥 ˈ 인천대학교 기초교육원 초빙교수

서울대학교 영문학 박사

주요 논문으로 「『빌러비드』에 나타난 마술적 사실주의와 흑인 미학」, 「토니 모리슨의 『타르 베이비』에 나타난 세계시민주의 전망」, "The Politics of Black Leadership and Identity in Ralph Ellison's *Invisible Man*", "Faulkner's *Go Down, Moses*: Racialized Space and Destabilizing Hybridity" 등이 있다.

김수연 ˈ 한국외국어대학교 영미문학·문화학과 조교수

텍사스 A&M대학교 영문학 박사

주요 논문으로 "Ethical Treason: Radical Cosmopolitanism in Salman Rushdie's *Fury*"(*ARIEL*), "My Fear of Meats and Motherhood: Ruth L. Ozeki's *My Year of Meats*"(*The Explicator*), 「〈두 번의 결혼식과 한 번의 장례식〉: '퀴어'하지 않은 퀴어 로맨틱 코미디」(『안과밖』), 「고텀 멀카니의 『런던스태니』(*Londonstani*)에 나타난 "블링블링 경제학"과 창조적 남성성 비판」(『영미문학페미니즘』) 등이 있다.

김진경 │ 서울신학대학교 영어과 교수
서울대학교 영문학 박사
주요 저서로『지워진 목소리 되살려내기』등 이외에 다수의 논문이 있다.

노동욱 │ 서울대학교 강사
서울대학교 영문학 박사
주요 논문으로「백인이 된 흑인, 흑인이 된 백인: 미국 소설에 나타난 패싱(passing)
의 인종 경계선과 계급정체성 연구」,「트웨인이 바라본 자연과 문명:『허클베리 핀의
모험』에 나타난 19세기 미국사회 비판」 등이 있다.

안은주 │ 동의대학교 교양교육원 교수
서울대학교 영문학 박사
주요 논문으로「중국어, 영어, 중국계 미국어: 킹스턴의 언어와 번역」 등이 있으며,
번역서로는『오류에 대하여』,『누구를 위하여 좋은 울리나』 등이 있다.

유희석 │ 전남대학교 영어교육과 교수
서울대학교 영문학 박사
주요 저서로『근대 극복의 이정표들』(2007),『한국문학의 최전선과 세계문학』(2013)
등이 있다.

이시연 │ 광주과학기술원 기초교육학부 교수
에딘버러대학교 영문학 박사
박사 논문 "The Author on the Stage: Fielding's Self-Awareness as Author and Problems
of Authority" 외, 최근 논문으로 "Swift, Wood, and Newton: A Mock-Heroic in the
History of the New Science," "Anguished for a Houyhnhnm 'Avatar': Gulliver and
Fantasies of Modern Selfhood" 등이 있다.

한기욱 │ 인제대학교 영문과 교수
서울대학교 영문학 박사
문학평론가. 주요 저서로『영미문학의 길잡이』(공저), 평론집『문학의 새로움은 어디
서 오는가』 등이, 역서로는『필경사 바틀비』 등이 있다.